U0034469

福壽春

福壽春

李師江

RENJIAN PUBLISHER

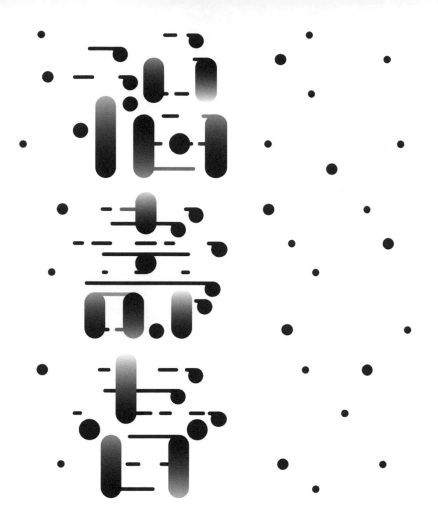

讓世界安靜下來

蘇敏逸

李師江對台灣讀者來說，也許並不算陌生。他曾先後在台灣出版了《比愛情更假》（二〇〇二）、《她們都挺棒的》（二〇〇三）、《肉》（二〇〇三）等三部小說及隨筆集《畜生級男人》（二〇〇四），這些作品大多以李師江混居北京的生活經驗為素材，在他噴薄而出，不吐不快的文字裡，激盪著桀傲不馴的青春野性與玩世不恭的叛逆之氣，隱隱然帶著王朔的調調，而他在二〇一〇年由北京人民文學出版社出版的《中文系》，也讓我聯想到上個世紀九〇年代王朔的經典作品〈動物凶猛〉。

熟悉李師江這類作品的讀者，肯定會對寫出《福壽春》的李師江感到陌生。在這裡，攔海造田、山上栽茉莉、海邊養蟶子的增坂村取代了北京城；傳統親族倫常與思想觀念取代了現代都會的男女關係；平靜樸實、娓娓道來，帶著農村百姓尋常口語的敘述語調取代了調侃嘲諷中帶著青春憤怒的伶牙俐齒。這部作品以李師江的故鄉福建寧德增坂村為背景，透過李福仁及其兒女家人、鄰里親族的日常生活，寫出李福仁勤懇踏實、子孫滿堂卻老來孤單的一生，寫出中國現代化進程中農村故鄉地景與人心的變化，也寫出李師江對鄉村生活的追憶與眷戀。

一部好的小說是內容與形式相得益彰的高度整合，恰當的形式可以使作品的內容與精神獲得更精準的傳達。《福壽春》給我最深刻的印象是濃厚的中國古典小說氣息，李師江正是以平實的傳統說書的敘述模式，將農村素樸的常民生活與思維方式捕捉、凝煉起來。小說題目「福」、「壽」、「春」本身便飽含著中國農民傳統觀念中的吉祥之意，而小說的框架是算命師對李福仁「子孫滿堂，老來孤單」的命運斷語，既符合農村鄉民求神問卜的生活習性，又隱然帶著命運難違的中國傳統智慧。小說以古典白話的平鋪直敘開展李福仁的家族故事，在人際紛爭中展現農民最單純善良的公道是非。

現代化進程中的城鄉問題可以說是中國經濟迅速膨脹，社會產生巨變之後，作家們最重要的書寫主題之一。將《福壽春》與李師江以北京生活為書寫背景的作品加以合觀，也可以看見李師江對這個問題的態度。相較於京城生活的躁動喧囂，李師江對故鄉風俗民情的描寫細膩有情。在小說中，李福仁的兩個兒子安春和三春僅是讀了一點書，便厭棄農村的勞動，一心想往城市發展，卻因好高騖遠，不肯踏實苦幹，最後敗盡家財而歸，安春和三春的經歷展現了現代都市社會的物欲誘惑對人心的腐蝕。相較之下，寡言守分的李福仁對土地懷抱著深厚的感情，生活簡單，熱愛勞動，厭惡好吃懶做之人，李福仁看似保守但卻勤懇踏實的生命態度才是人類得以永續發展的關鍵。同時，在全村人依然秉持著「生兒子最重要」的傳統觀念，安春與細春也為了生個兒子，躲避計生組對於超生的追查而遠走他鄉，李福仁卻看得開：「如今我倒覺得生個女兒家倒是有情有義的，雖不能傳宗接代，倒是對父母體貼，也是有用的。」在時代的變遷中，李福仁並不固執於傳統思維，是真正智慧通達之人。

大陸版的《福壽春》有李師江所寫的〈創作札記（代序）〉，記錄了李師江在創作生涯中對於寫作問題的摸索、反省與修正，其中有這樣一條：「耐心、笨拙、誠實、細心，這是我目前能想到的要寫好一個長篇的質素。」李師江正是通過這樣的實踐，讓生命與作品沉靜下來，而《福壽春》便是這實踐的產物。我個人以為，不僅僅是寫長篇小說，其實「耐心、笨拙、誠實、細心」也是面對這個過於急功好利、喧囂浮躁的現代社會，很重要的美德。

目錄

0

人生在世，命有定數。不信命有自個的活法，信命的也有命理可循。西人循星座，中國人信生庚八字，輔以相生相剋之理，禍福時運，都有預料之跡。故爾有風水相師，精通命理徵兆，預言禍福，窺探天機，又以此為職，替人指點迷津，尋求趨利避害之法。又據說那算命先生，因以洩露天機為業，常常命運不濟，遭天譴而折壽，也是人生一大悖論。又有初識些不三不四的理論者，信口雌黃，見人有錢言其好，見人無錢，又以言語相欺嚇唬騙財者，也能魚目混珠，混得好飯吃，因其只騙人不欺天，倒不損害自己壽辰。因而造就這世界魚目混珠，真假莫辨，只能是信命者自己體會，不信者也無礙，宛如那塵埃一般，隨風去也。

卻說算命陳先生，肥胖白淨，有福相。那一身行頭，也頗清楚，上身是一白色短袖襯衫，乾淨齊整可見折痕，下面一條暗色肥大背帶西褲，折痕也歷歷在目。戴一副黑色墨鏡，儼然知識幹部形象。左手拄一根黑色透亮拐杖，右手提一個精緻竹籠，籠中是那嘰喳蹦跳甚是伶俐的算命鳥。他每隔一兩年都會來村中一次，盤桓個十日八日，給村中有興趣的老少算完了才走。他是個瞎子，以拐杖探路，這一日篤篤篤進了一家宅院，那拐杖卻先探到地上一軟物事，接著哼哼兩聲，陳先生嘆問道：「好大一頭肥豬，卻是誰家的？」

正是晌午時分，那厝裡幾戶人在前廳乘涼，閒聊著吹穿堂風呢，一人回應道：「陳先生，是福仁家養的一口好豬呀！」

陳先生用杖子在豬身上探了探，那豬也不甚理會，自顧沉睡。陳先生吟道：「是好豬，卻不是主人的！」那李福仁也在乘涼呢，憨笑道：「先生開玩笑吧，這口豬好養得很，又不往外跑，數我數年來最好養的一口豬，怎會不是我的呢！」

原來這口豬頗有口碑，打自買回來養起，噌噌噌長肉，自比把普通的豬長得快，習性又好，鄰里也嘖嘖稱讚。說來自有奇妙之處，這豬天性不同凡響，吃完了不愛待豬圈睡，愛跑出來在廳堂一臥，跟人待一塊兒，一動不動，似乎聽人聊天，既而鼾聲漸起，如一朵巨大的蘑菇在地上生長。大夥都誇這豬脾性好，年底長到四五百斤，李福仁可以起新厝了。

當下陳先生不再言豬，眾人給他在廳堂讓座，吃茶。他也放下籠子，取出紙牌，放出算命鳥，準備預卜的營生。也有人在眾鄰里之間招呼：「陳先生來算命了。」便有一干婦女小孩也圍來湊熱鬧。陳先生將他人生辰八字與那算命鳥說了，算命鳥便跳出來，在斜攤開的紙牌上抽出一隻，遞與陳先生。陳先生便拈了一顆黃穀餵了，然後細看此牌，娓娓道出那命運玄機，眾人屏息側耳傾聽，此情此景暫不細表。且道這豬，到了年底，長了好大肥實的個兒，不下五百來斤，李福仁叫了屠夫李細嫩，凌晨時分殺了，分了幾擔已到街上擺上架。眾人起來時只見地上有幾灘豬血的痕跡，都奇了，道：「這麼大一口豬殺了也不見豬叫聲，好不清淨俐落！」

街道肉攤上，屠夫李細嫩管切肉，李福仁脖子上掛了個褪色的電工包，管收錢。晌午時分兩人都顧不上吃飯，在鄰鋪子裡拿幾個包子往嘴裡一塞。李福仁收錢收到手忙腳亂，一雙常年在地頭忙活的手，算起經濟帳來煞是費勁。日頭西落，看那豬肉所剩無幾，破舊的電工包裡鼓鼓囊囊，李福仁也估摸不清到底有多少錢，只是覺得充實到了心頭，似乎把一口肥豬正鑽在這包裡待著。正尋思今天回去算帳可能要算到半夜，卻見大兒子安春急匆匆趕來，叫道：「爹，二姐肚子疼在地上直打滾，娘叫你快回！」

李福仁脖子上掛著一袋錢急匆匆趕回家，二女兒美葉已經疼得無力。阿吉醫生已到現場，端詳過後道：「可能是急性闌尾炎，須到縣裡動手術。」當下叫了鄰里後生四個，抬了竹子擔架來，把美葉放上去，李福仁跟著，就往縣裡趕。其時增坂村還未通馬路，須抬到鄰村廉坑，才能搭上車。

這一住院住了半個月多，李福仁不甚曉得女兒病情，只記得自己成天跑上跑下從電工包裡取錢，而那個電工包，就連睡覺也掛在他脖子上，一天一天地癟了下去。到了出院那天，居然掏空了，李福仁在回家的路上，心頭有所悟，居然覺得這個包頗為棘手，順手扔了。

過了一二年光景，算命陳先生又篤篤篤而來，青山依舊，還是那副白胖樣子。有人記起前事，稱讚道：「陳先生好靈驗，說那豬不是他的便不是他的。」於是慫恿李福仁也來算一次，李福仁木訥，不好求神占卜之事，只是搖頭憨笑。陳先生摸了摸李福仁的額頭五官，喃喃道：「子孫滿堂，老來孤單，你的命是撿回來的，硬得很。」李福仁一介粗人，並不明白其意，旁聽者也並不在意。各人只管得眼前得失，哪會愁煞一生一世。

1

日月穿梭，光陰荏苒，轉眼李福仁已經六十開外，體力不似當年能扛一二百斤擔子，卻仍上山種地，下海種蟶，十分繁忙，家中大小事全由妻子常氏主持。這一日正晚飯時分，家裡來了個不速之婦，身材乾瘦，顴骨突出，臉形如橄欖，眼睛卻有精光。這婦人渾身上下與常人無異，只有一個不凡之處，乃是嘴巴，伶俐刁鑽，誇一個人能比花好比月圓，罵一個人能變狼心成狗肺，端得是難惹。她老公腿腳細長，渾號鷺鷥，因而人叫她鷺鷥嫂。夫妻倆無兒無女，家中生計靠鷺鷥在土裡刨活自給；那鷺鷥嫂仗著能說會道，消息靈通，近年做些說媒牽線的事，因能得個二三十塊媒錢，又能騙到一個豬腿來吃，居然做上手了，打探到誰家未婚男兒未嫁女兒的信息，便能循著氣味上門來了。

常氏不敢怠慢，客氣道：「你到誰家誰家有喜，有閒等到來我家了，必有好事。快坐快坐，要是沒吃飯我就添雙筷子，不要客套。」當下放下碗，給鷺鷥嫂泡茶。鷺鷥嫂阻止道：「別忙別忙，你吃你的，又不是遠門客。我剛吃了晚飯，老頭子在飯裡多加了紅薯，一出門就放屁，在你家門口放完了才敢進來呢——怕被人說不厚道，嘴上能說屁股還不閒著，見笑見笑。聽人講二春回來呢，這還不信呢，過來看看，還真是回來了，嘖嘖嘖，大變樣了，看來外面水土更養人。」

二春也跟他爹李福仁一樣，寡言少語，埋頭吃飯，聽鷺鷥嫂提到自己了，才點一下頭附和一下，並不搭訕。常氏替他回道：「是呀，昨天剛回呢，是比前些年長得壯實了！」

鷺鷥嫂問道：「去了好幾年了吧！」

常氏道：「前後去了四年了，讓他回還不肯回來，這一對冤家，盼得我心兒都裂兩瓣了。」

鷺鷥嫂道：「父子算什麼冤家！這一回來，不就結了，一家子團團圓圓的多好！」

原來這家中有一樁逸事，卻是村人鄰里都知曉的。四年前，二春也就二十出頭，在家閒著，成日跟一夥浪蕩子弟玩耍，晚上也不回家過夜，把家當了飯館，吃了就走。李福仁是極勤勞的人，最看不慣兒子德行，卻也不知管教，只想把他趕出門去。那常氏是極疼兒子的，做了好人來呵護，讓二春也能混日子。逢著一次，大女兒坐月子，常氏一去伺候了個把月，那李福仁自己在家做飯，偏偏不做二春的份，待其他人吃完，便鎖了家門，不讓二春有吃的門路。那二春在家待不下去，打聽得一個浪蕩朋友的叔叔在廣東磚廠做工，有門路可以介紹過去，便尋思離家去了。沒有盤纏，便假借李福仁的名義，到村中收購鱔苗的販子支了幾十元，因那李福仁三天兩頭都有鱔苗送來，販子也不介意。二春取了錢，到三嬸家借了一個蛇皮袋子，裹了幾件行李便去了廣東。常氏回來，見兒子不知去向，打聽了幾日，才曉得去了廣東，待託人寫了信去，和二春聯繫上，曉得在磚廠勤勞做工，又有同鄉關照，方得放心。這二春心氣高，這一負氣出走，連續幾年都不想回來。後常氏在信中婉言勸了，才在四年之後回了家。

當下鷺鷥嫂開門見山，道：「二春也有二十五了吧，該尋思著討媳婦了。」常氏道：「是呀，正要尋思這事呢，你見識的姑娘多，給我們二春留心著。」鷺鷥嫂笑道：「不留心我能上你家來？就不知二春中意什麼樣的姑娘，二春呀，你說說。凡你能說出個大概模樣、怎樣脾性、如何出身，有個一二三的說道，我包準能將那意中人從人堆裡摘出來。這我可不是說唬話，你娘也知道我說撮合過我不少滿意姻緣的。」二春受了追問，才支吾了一聲道：「不曉得。」常氏插嘴道：「鷺鷥嫂呀，我二春這些年只曉得工作，哪去想這事，你見識廣，搭配不搭配，你可先做主意。」鷺鷥嫂笑道：「我是肯替你搭配哩，可討媳婦這事是千人眼萬人面，最終要自己看準的才覺得好。前些年我給村尾李細玉介紹一個八都的姑娘，別提多好，腰身粗屁股大，不用懷上就知將來能生男娃，要是聽我的，今年早就抱上孩子了。偏是不滿意，後尋了一門蘆桿瘦的媳婦，風一吹能倒，結婚一兩年了，如今不但沒個動靜，且那媳婦兒整日泡在藥罐子裡，他爹媽腸子悔青，斷子絕孫的心都有了！」

鷺鷥嫂站在三春身邊，講得高興，又指手畫腳，身子都快挨到桌子上去，把三春弄惱了，道：「你這唾沫星子老往我碗裡蹦，不讓我吃飯了，走遠點！」常氏忙解圍道：「這孩子，說話沒個分寸。」講得鷺鷥嫂一陣尷尬，退後一步笑道：「是不是給你哥說媳婦把你惹著了，別著急，你哥討了媳婦就輪到你了。」三春道：「笑話，我要媳婦還輪到你找，我豈不是白到縣裡念書了。我決不可能要你手頭那些農村姑娘的。」鷺鷥嫂裝嚴肅道：「好，有本事的話找一個在你哥前頭的，鷺鷥嫂就等著看你能耐，不要到頭來又讓你媽來求我了。」三春道：「又不是有金元寶撿，搶在我哥前頭幹嗎？等我要媳婦的時候，姑娘自己會找上門來！」鷺鷥嫂不服氣道：「果然是讀過些書的，說話的口氣都不一樣，只怕將來做得沒說得那麼容易，我且擦亮眼睛瞧著！」

插科打諢一陣，飯散了，剩常氏和鷺鷥嫂在廚房，兩個婦人竊竊祕語了一陣，鷺鷥嫂道：「我是不打無準備的仗，這生庚帖子都帶了，您瞧瞧。」取出一張紅紙帖子來，上寫：「萬氏，女命，年十九歲，五月初六日子時生。」原來是橫嶼島上一個姑娘，鷺鷥嫂早有心說與二春。常氏喜道：「都說你鷺鷥嫂做事麻利，我二春才回來兩天就有這好事，明日就找阿肥先生合帖去。」那阿肥先生乃是本村的陰陽先生，未娶獨居，時常有侄兒家接濟些糧食，三餐節儉，卻吃得肥胖，通曉易經風水，幫人做些紅白喜事掐日子的活計。次日兩婦人拿了帖子來，阿肥先生淨了手，把男女雙方生庚帖子並排在桌上，閉目掐指算了片刻，輕聲開口道：「有合。」兩婦人都面有喜色，同聲問道：「大合還是小合？」阿肥先生神閒氣定道：「不大不小，中合。大合乃是天合，為天定良辰，萬裡挑一，普通人家只要中合已經滿意。」常氏滿是歡心，道：「既然如此，八字有一撇了，鷺鷥嫂，事不宜遲，且把二春的生庚給送去。」鷺鷥嫂見有成數，也頗興奮，道：「正是，都說好事多磨，咱們得手腳麻利些，休讓什麼給磨住。」叫先生寫了一張二春的生庚帖子，讓鷺鷥嫂捎與對方合帖用。又給了阿肥先生兩元合帖花彩，回去一心等鷺鷥嫂消息。

幾日後，鷺鷥嫂就回了信息，進了常氏的厝裡便叫道：「這兩塊錢真沒白給，阿肥先生的合帖拿十里八村都有靈驗。對方合帖了，也是有合，就等二春去看女方哩。」嚷嚷呶呶的，似要全厝的人都知道她撮合的媒有成數。常氏道：「好勒，給他辦身行頭，選個好日子你就帶他過去。」鷺鷥嫂煞有介事道：「是呀，我也得算計著騰出日子來呢，這捎帶消息來回跑路的，也要不少開銷呢！」常氏婉言笑道：「你的辛苦，我這心裡一併記著，等事成了一併付你媒錢，哪能忘了你的好處呢！」鷺鷥嫂道：「我倒不是計較這些，只是我那老頭一身老病，三天兩頭湯湯藥藥的，手頭緊得似擰了鏍絲，哪有閒錢跑閒差使。似你這趟差使，我能省就省，不坐車不搭船，直接走路去。」

常氏笑道：「鷺鷥嫂你又說大話嘲諷我，那橫嶼隔著海一二里的，你能走過去不成。」鷺鷥嫂神氣道：「不成就游過去唄，捨得這身皮，才能攢下兩藥錢。跑我這行當，貼錢做義務也有落自己頭上的：去年給李歪鼻家老大說個媒，費我來來回回跑路費，結果到頭一個子兒沒得。」常氏道：「你那媒錢是大錢，人家自然就忘了小頭了，也是常事。」鷺鷥嫂怨道：「哎喲，說起大頭來我就來氣，全是義務，李老八兒子那門婚，我穿針引線忙破了頭，臨成了，居然說是自由戀愛，不認我這個媒人了，哎喲，那個冤呀，在我肚裡堵個十天八天都出不盡。他一個土鱉兒子，拿起鋼筆都會倒個兒，跟縣裡文化人差個十萬八千，懂得什麼自由戀愛？不過為撇下我的功勞趕了個假時髦。明眼人都能看出來，兩家相距十幾里地，非親非故，沒有我撮合能湊一塊兒？

還硬說是同學，沒讀過書哪有同學呀？這樣不誠實的人家，結了婚也沒有意義，過幾年準得見報應……」

常氏忙止住了她的話頭，道：「他嫂子，這人心好歹都看得見，用不著去煩惱它，你做了，終歸是好事，人家雖短著你的，心裡也能記得你的好哩。」鷺鷥嫂作勢掌自己嘴巴，吐著唾沫道：「呸呸，我這刀子嘴豆腐心，話吐出來就沒了。做媒人的，打心裡也不願意咒別人的不好，平時別人氣著我我也不說的，這不是見了你說話投機，掏心窩子了都！」常氏給鷺鷥嫂泡了糖茶，又問了對方姑娘一些究竟，鷺鷥嫂又吐了姑娘一些信息：原來姑娘家有四姐妹，排第二。家裡女兒多，到了出嫁的年齡，跟流水似的，得緊著往外趕，對男方家境不甚計較，只尋求一個老實肯幹的後生嫁了出去。兩婦人就著姑娘的話題閒聊下去，暫且不提。

常氏是重門面的，讓二春到縣裡配了一套行頭。買了時下縣裡流行的一身藍色西裝西褲；店主姑娘又建議他配一條白襯衫加一條紅色領帶，煞是鮮豔，去了好幾十塊。臨行，常氏又囑咐要買雙新皮鞋，才能配套。原來二春有雙皮鞋，塗了油也能顯新，常氏要兒子體面，不放心，怕配不得新衣服，又花了十來塊。那二春皮膚白，晒不黑，又身材高挑，眉目清秀，回得家來，這一身行頭加在身上，儼然不像個農家子弟。常氏前後上下打量，只似端詳著剛出生的嬰兒一般，口裡讚如今衣裳做得真是好看！鷺鷥嫂也讚道：「我帶過看親的後生，數你最有派頭，連我都長氣哩。」只是到了臨走前，居然沒有人會打領帶，慌裡慌張，好歹從村裡叫了個去過縣裡工作的來打上。鷺鷥嫂道：「快走快走，誤了好些時間了，遲了人家以為你面子重。他嫂子，這車船費是不是交我手上來？」常氏道：「不急，二春口袋裡有錢，他見過世面，哪裡花錢他懂得主持。」鷺鷥嫂道：「瞧您這好手段，錢抓您手裡跟上了鎖似的，一準想讓二春的婚結得氣派。」

當下從村口坐上三輪摩托車，搖搖顛顛而去。前七八年在西陂塘造堤攔海，村口前面的海地灘塗成了田地，又在田地之間修了一條磕磕絆絆的馬路，直通到國道上去，增坂村才有得通車。那車開到渡口，又搭船開了一二里，才到橫嶼，一路無話。到了姑娘家，鷺鷥嫂輕車熟路，躡手躡腳帶了進去，是一座古舊青磚大厝，住了六七八戶人家。姑娘家長接了進去，都知來意，也不說話，只點頭意會，二春頭一回見識，只覺得跟做什麼祕密事。兩人被接引著，在前廳長凳上坐了片刻，未見姑娘身影。女主人客氣，泡了茶。二春正一路口渴，剛要吃茶，卻被鷺鷥嫂輕摁住手腕，悄聲道：「姻緣未定，不能吃茶，任何東西也別放嘴裡，這是規矩來著。」

二春坐立不安，只瞧著天井花盤上種的一棵石榴樹，有一隻伶俐小雀跳來跳去。鷺鷥嫂習以為常，如姜太公釣魚，穩穩等著，一切程序盡在心中。再過片刻，才見一個姑娘從外頭進來，穿過前廳，進了一間廂房去了。鷺鷥嫂轉看二春，似乎在打盹，忙輕聲指著道：「就是這姑娘，回頭出來仔細瞧了！」二春睜大眼睛，不一刻姑娘便從廂房出來，穿過前廳之間，也用餘光瞥了二春一眼。但見這姑娘，不胖不瘦，不高不矮，容貌不漂亮也不難看，一個尋常不過的女兒家。鷺鷥嫂問道：「看清楚否？」二春點了點頭，當下兩人告辭而回。鷺鷥嫂問道：「中意麼？」二春只是愣著，不說話。鷺鷥嫂道：「你也是男子漢人家了，這點面皮都沒有，回頭跟你娘說去，早日把意見傳達了來。」

回得家來，常氏早想問個究竟了，怎奈二春金口難開。問得急了，只說個「不知道」。常氏道：「我兒，你是不是在外邊做工做傻了，怎麼連媳婦都不懂得挑，你是不是嫌對方哪點不好了？」軟磨硬泡之下，二春才開金口吐了兩個字：「太黑。」

恰那鷺鷥嫂又來尋回話，常氏便抱歉道：「恐怕不成哩，二春說那姑娘太黑，我也不知道怎生個黑法，是不是炭那麼黑呀！」鷺鷥嫂慨然道：「他嫂子，我又不缺心眼，怎會介紹個黑炭給侄兒。那黑也就是不太白淨而已，島上的姑娘整日風吹得，都沒那麼白淨，又不是大榕樹上的鷺，池子裡的鵝，一身白毛有啥用，多白也白不成米飯來吃。尋常人家討媳婦，看得順眼就過去，最重要是身材好骨盆好，能生仔，先傳宗接代先有福，你說在理不在理？」

常氏道：「我也是這個意思。只是我二春見過世面，眼光挑剔，如今後生的事，咱們也做不了太多的主，不順他的意，將來還不知道有多少為難事。我再說說他，你給費心多張羅張羅，找個你情我願的。你手上的生庚帖子排成隊，註定不是什麼難事。」鷺鷥嫂無奈道：「這麼挑剔的主，只怕做成要扒我兩層老皮了，做好事難呀！」失望之餘，又問道：「那安春的豬欄是不是不養豬呀，要是空著便給我用罷！像我這種無兒無女無依無靠的人，還是養隻豬當老本罷了！」常氏道：「那我問問，他應該是不養的，我那大兒媳婦帶著孩子就費勁，從不思量養豬的事。」當下鷺鷥嫂悻悻而回，嘀咕道：「也不知人說他從廣東背回一袋子錢是真是假，姿態這麼高，保不成是真的？」心裡一團疑問咯得慌，找人打聽去了。

2

且不說鷺鷥嫂張羅無果，單說村中有一對中年夫妻，無子，男人諢號扁嘴鴨，能說會道。這扁嘴鴨不好農事，喜歡做些買賣，賣螃蟹漿，收購廢銅爛鐵，當貨郎，等等，反而比一般人更有些閒錢，日子甚是優哉。直到扁嘴鴨五十歲那一年才生下一個兒子，把夫婦喜得屁滾尿流，這是後話。那增坂村前臨海後靠山，扁嘴鴨常挑著海貨往山裡賣，最經常的有一樣螃蟹漿：將活蹦亂爬的螃蟹洗淨，放在石臼裡，用石錘砸爛，搗成漿末，然後加上鹽巴、酒糟，放在罎子裡醃製一個月，極有滋味，又不爛不壞，為山民至愛。扁嘴鴨把螃蟹漿賣到山村，再從山村盤些木炭下去賣，每年都來回幾趟，走村串戶，極為熟絡。這一日走到一座高山小村，名曰三望，極為偏僻，爬山上來的人須得走過三個山頭，仰望三次，方能到達，故名三望村。日暮時分，扁嘴鴨在一戶人家過夜。增坂村有諺云：「漁夫無情，山民有義。」這是增坂人的日常經驗，就是說住在水上的漁夫，即便你幫助過他，他也像流水一樣對你無情，不認得你，擺渡該能要你多少錢還是多少錢；而住在山裡的山民，只要你跟他打過一次交道，他會一輩子都記得你。因此主人家熱情招待，雖無豐盛宴席，卻有自釀好酒，野兔菜蔬，加上明燈暖火，吃得扁嘴鴨胡說神侃，樂不思蜀。

酒酣耳熱之際，主人家説了一樁心事。原來這戶人家有一女兒，出落成人，夫婦不願女兒在這深山裡待下去，尋思最好不過在沿海富庶村落找一戶人家嫁了出去。説著叫出了女兒，二十多歲光景，細皮嫩肉，眉目可人，居然是一朵山中白蓮無人識曉。扁嘴鴨道：「這等標準，便是在我村裡也是數一數二的。」當下把胸脯拍得砰砰響，這差使大包大攬得應承下來。又問得這姑娘叫雷荷花，當場認了乾女兒，好與她撮合對象。

這山裡人做事，打實心眼，説一便是一了，記得牢牢的，不似海上的人神侃一番睡一覺便忘得乾淨了。次日，夫婦便讓雷荷花隨著扁嘴鴨一併下山，回得家來。扁嘴鴨的婆娘阿仙見憑空跳出個乾女兒，也樂開花了——原來夫婦倆因無子無女，對做爹娘的名分早心癢癢的了。夜裡夫妻倆在床上不曾睡覺，嘀咕這村裡哪個後生能配上雷荷花，自己還能沾光的，嘀咕到半夜，掐來算去也沒個結果。扁嘴鴨道：「費勁費勁，想破頭也沒有十全十美的，先睡好覺明天再思量。」話音落下，鼾聲頓起。

第二天扁嘴鴨挑炭出來，沒走幾步碰到常氏，便鼓惑道：「廣播説今年寒流來得早，多備炭，天一冷緊著就買不上。」常氏看了看木炭，綳脆，直讚好貨，道：「你不提醒都忘了，家裡火籠都壞了，得修去，早年是他爺爺用的，如今他爹也要用了，他爺爺走了，家財沒幾個能繼承的，倒把這凍瘡一個不落繼承了。」秤了八斤木炭，徑直往家裡取錢去。扁嘴鴨跟在後面，嘴閒不住，冒出一句道：「鷺鷥嫂給二春説的親事，成了嗎？」常氏道：「二春見了世面，眼光高，看不上人家！」

扁嘴鴨一拍腦袋道：「瞧我這豬腦，要不是多嘴問一句，差點把二春這一等一的後生給忘了！」常氏問：「哪個事？」扁嘴鴨道：「好事呀，我認了一個乾女兒，漂亮強似圖畫上的人，正給說對象呢！」常氏道：「你有福呀，猛不丁就冒出乾女兒來，是要給二春撮合撮合？」扁嘴鴨道：「那可不是，全村我想了個遍，也就二春能配，絕配呀老嫂子，你見了恨不得馬上摟回家去。」常氏道：「好事好事，怪不得昨天做了個什麼夢笑得合不攏嘴，原來是你給牽線來了，趕緊合計合計。」當下給了扁嘴鴨炭錢，又問了一番，約好晚上把姑娘帶過來坐坐。

扁嘴鴨在村中走了一遭，把炭賣完，回到家中跟老婆如此這般說了一遍，老婆先是高興，覺得跟二春甚是般配，想那二春見過大世面，聽說又賺了好多錢回來，鄰里都覺得他有出息。繼而又翻下臉來，把扁嘴鴨臭罵了一頓，道：「你倒想得出好主意，把女兒帶他家去看，好似沒人要送貨上門，自己成天作賤自己也罷，還要別人也跟著作賤。」扁嘴鴨委屈道：「剛剛還誇是好事，眨眼就變成壞事了，罷了罷了，都你說了算，我只提意見還不成吧。」當下被老婆支使去給雷荷花買了扁肉當飯吃。那雷荷花初來乍到，人生地不熟，只在家睡覺，胃口也不甚好，只喜歡吃酸辣扁肉。

晚上常氏左等右等，不見扁嘴鴨帶姑娘過來，便用手絹包了四個鴨蛋，又加七八個蜜棗，過來看個究竟。扁嘴鴨迎進家裡，只說姑娘怕羞，不好意思上門。常氏道：「姑娘家是應該這樣，我來好生瞅瞅，是何等俊俏姑娘。」扁嘴鴨引了去，待常氏見了姑娘，果然如花一般，當下稱讚不已，直誇扁嘴鴨夫婦好福氣。當下把鴨蛋與蜜棗放姑娘手上，連問了好多貼心話，又留意姑娘的言行舉止，心裡有數了才回。

第二日一早，常氏便到漳灣碼頭上買了海鮮，施展手藝，中午辦了一桌，有活煎大紅蟹、紅燒帶魚、清燉五都鯉等等大菜，席間又上了爆炒章魚，因這炒章魚要注意火候，才能鮮嫩，又要炒熟趁熱吃，才可口，最好客人上桌後才上菜。這些尋常不得吃的海鮮都是碼頭漁民船上的早貨，被常氏左說又說把價錢壓得低低的買回來。當下請了扁嘴鴨夫婦以及雷荷花，這邊是李福仁、二春，又請了二春的二叔，也是能說會道。邊吃，常氏邊在在桌前灶上忙得井井有條。那扁嘴鴨和二叔兩杯酒下肚，聊些逸事見聞，早已聊到九霄雲外掰不回來，完全忘了這次小宴的初衷。不過那雷荷花和二春雖不言語，一照面後也知其意了，雙方都留了心。次日常氏讓二春將昨日多餘的螃蟹送到扁嘴鴨家，並喚過雷荷花去村外田野之間散心。這二春雖然是木頭人，但碰著合意的，那金口也能開的，居然聊了進去。他對雷荷花感覺甚好，嘴上枯木逢春，數日後就說動了雷荷花來他家住。阿仙不甚滿意，但雷荷花自己樂意，也不好勸阻。那山裡人對海鮮有嗜好，常氏更是撿雷荷花中意的海鮮，讓她吃得留連忘返。住了十餘日，也不知跟二春談得如何了，自回三望村去了，連扁嘴鴨夫婦也沒問出個究竟。

日月穿梭。忽然一日雷荷花從山上傳下話來，說已有身孕，是二春的，趕緊準備婚嫁之事。

常氏一驚一喜，驚的是這姑娘好身子；喜的是未過門來先見兒孫。阿仙也不敢怠慢，以乾娘的身分，和常氏到阿肥先生處合帖。這一合不打緊，居然是「不合」。常氏不甘，問道：「先生是不是錯了，再合一遍？」阿肥先生道：「我可把爹娘認錯，也不敢把帖子合錯。」這一節外生枝讓常氏躊躇了，進也不是，退也不是，也沒能拿個主意。雷荷花等了幾日，不見動靜，急得自己下來，才知道是合帖有礙。便不信，自己和二春拿了生庚去合。二春心裡是願意的，也配合她去，這一合結果又出乎意料：是偏合，不能大配卻能小配，這門親事能結。常氏滿心疑惑：同樣的生庚，同一個先生，卻能配出不同的結果，豈不是兒戲？因問了先生。先生道：「帖子是不合，但男才女貌坐我面前，又已懷胎，我再說不合，是棒打鴛鴦，卻是打也打不散。寧拆一座廟，不破一樁親，此情此景，也能配出個偏合出來。」常氏半信半疑，卻也暗合自己心意：那合帖是個儀式說頭，自己打心裡確實願意兒子早娶媳婦，又對雷荷花頗為滿意，哪有不願接納之理。當下雖心有芥蒂，卻不提合帖之事，籌備起婚事出來。

有了身孕，當即省了小訂，直接大訂，親家提了禮金帖子，請扁嘴鴨做媒傳了來。那帖子上寫的是：「禮金一千六，喜餅一百八十斤，肉兩擔，金三錢，行頭三套，肚兜錢二百，手吃錢二百。」

常氏請人唸了來，一一計算過，當即叫了扁嘴鴨過來，道：「不日前村頭李安誠女兒出嫁，雖然是大戶人家，禮金也才一千，她這小山村卻要一千六，不妥。扁嘴鴨兄弟，你替我跑趟腿，這禮金要說下來，合適了，咱一分錢不少。」

扁嘴鴨笑道：「要得，只是要讓我這媒人跑斷腿，三重嶺跑下來，我須得把鞋子磨破幾雙！」扁嘴鴨隨即上山，把禮金說到一千二，親家母隨著下來，看看男方的家境。李福仁家沒有新房，住的是祖宅，六扇大院，七八戶人家。二春結了婚，也只能有一間正廂房做寢室。親家母對此不甚滿意，怎奈生米已成熟飯，又不好說，只能是撇著嘴，臉上不甚歡笑。逡巡一日，說了些酸中帶甜的話，便回山上去了。

大訂之日，擺了四桌喜酒，請了來幫忙的近親。吃了飯，鞭炮起，抬槓的眾後生把一百八十斤喜餅、二百斤豬肉、並禮金帖中所提物事，一併抬女方家去。女方回了數百個粽子、包子、並糧食種子。單說這一千二的禮金，常氏只是預付了三百，說剩九百等結婚在即兑現，到時來得及買錄音機、縫紉機、木工衣櫥、藤床等一干嫁妝即可。而這婚期，也已請先生掐好了，即大訂後的兩個月，到時新娘已經有四個月身孕，緊著娶過門了。親家自認為男方太過謹慎，怕女方吃了禮金，到時候買不足嫁妝，而常氏卻另有衷腸。

原來常氏一手掌管全家財政，卻是外緊內寬。二春去廣州後一兩年，在常氏勸導下每個月都郵了錢回來，說是給攢老婆本，估摸下來也合計有三千多。怎奈這錢在常氏手裡跟水一般流了出去。李福仁生有兩女四子，女兒美景、美葉已經出嫁，大兒子安春前四年已經結婚，且分了家去，生有兩女；繼而二春、三春和細春在家。因有二春每月寄錢，常氏家用寬裕了些，伙食辦得好；又加上大兒子安春也是一懶做之輩，不時來家中支借些用，盡是有去無回，錢散得十分容易。等二春回家時，那三千多的老婆本剩餘不過幾百，二春也不知曉。偏偏這婚事結得緊，常氏不得不思量周轉。

3

大訂之禮完畢，親戚散去，常氏拾掇了幾天，清淨了些，夜裡乃與李福仁商量，道：「這婚期又緊，雖然擺酒可用親戚的門頭錢應付過去，可這禮金錢還缺著，得思量個辦法。」李福仁只迴避道：「我又不管錢，人都老了，生不出錢來了。」常氏道：「沒叫你母雞下金蛋，你也是家中頂梁柱，好歹想個門路。」李福仁道：「我能有什麼門路，還是你想想吧。」常氏道：「你只管生兒子，都不愁兒子。」李福仁道：「你怎知我不愁，我心裡愁，你看不見的。」常氏道：「卻也沒見你愁出個辦法了。」李福仁道：「是愁不出個辦法，所以倒不如不愁了。」常氏道：「你這一輩子，就圖個不愁事，愁事全壓我身上了。」

這一日，常氏提了幾斤山東蘋果，徑直去大女兒家串門。大女兒美景嫁到南埕，翻過一個山頭五六里路就到了，還沒到家，被正在外邊玩耍的外甥給瞅見了，一把撲上來，「外婆外婆」直親熱叫喚。那外甥小名船仔，八歲光景，常氏跟撿了個心肝似的，直疼了老半天，用手擦拭了一個蘋果，塞他嘴裡去。船仔道：「外婆，我要到你家去，阿爸咬了阿媽，我害怕。」常氏安慰道：「你阿爸阿媽狗咬狗，你不去理會害怕，待有誰欺負你，你找外婆來。」婆孫進了屋，沒人，常氏見幾件髒衣服搭在凳上，看不過，便動手在水槽裡洗了。船仔道：「我知道媽媽在哪裡，我去叫了來。」出去片刻，叫了阿媽回來。美景道：「我剛去隔壁打紙牌。」常氏道：「船仔說你們兩口子咬來咬去，別嚇壞了孩子。」常氏剛把衣服晾了，又收拾灶台，美景道：「媽，你別忙來忙去，聽我聊。」

美景的丈夫慶生是養殖海魚的，日子過還算實在。美景帶帶孩子，手上有幾個閒錢，喜歡玩四色紙牌。去年慶生養黃花魚，碰著一段暴雨天，水塘決口，稀哩嘩啦流個血本無歸，人也頹了。在家閒待了，居然也跟著美景，好上了賭博。原來家裡錢都歸美景管，慶生賭上後就不讓管了，家裡有幾個錢，都爭來咬去。

常氏道：「這兩人都賭著可不好，要把家賭沒了，你跟慶生好好商量著，兩人都戒了，好好再幹點什麼營生，幹不成老老實實種田，今年糧食價錢還高。」美景道：「媽，我那玩紙牌都是婦女，能玩多大，消遣而已，他要賭就讓他賭，賭完了看拿什麼養我們娘兒。」常氏道：「那可不成，你得和氣。」母女聊了些家常事，吃了午飯，待回去，美景道：「媽，你來一趟有什麼事吧，咋就走了。」常氏道：「本想說來著，看你自己一身癢癢都撓不過來，不想說哩。」美景道：「我這裡沒事，他做事業失敗是男人的事，干係不大，什麼事你說吧！」常氏當下把二春的事禮金還缺的事說了一遍。

美景道：「這麼大的錢誰的手上也不現成，不如做一場會，先收一筆錢以後慢慢還。」常氏道：「要得要得，好幾年沒做會了，倒把這給忘了。叫你爹給想主意，他硬是悶不出個屁來。」美景道：「你讓我爹能想什麼呀，就讓他過清淨日子算了。」當下母女倆計畫著，做場三十塊錢的會，自己當會頭，叫上五十個會腳，能收一千五塊錢結婚用，然後慢慢再還。

常氏心中有數，正要回來，美景忽然想起，道：「差點忘點，前幾日美葉到我這兒，給二春包了五十塊禮金，要我轉交了。」常氏道：「她想做甚來著？」美景道：「她想續親，想著二春結婚的時候能給她發帖呢。在我面前哭了半天，把我心都哭軟了，我問她，當初讓爹娘受氣怎麼就那麼鐵心呀，她就直哭，畢竟是姐妹，我也就替你應承下來了。」常氏嘆了口氣，眼睛驀地濕潤了，糊成一片。美景道：「娘，你就原諒了他，畢竟也是你親生女兒，雖然當初倔得跟驢似的。」常氏掏出手絹擦拭眼角，道：「你道我不曾想她呀，也是我十月懷胎懷出來的，這三年斷了，我就怕想起她，一想起呀，就跟我身上被割塊肉，沒了。管她嫁的是豬是狗，我倒是想續了親，就怕你爹還恨著呢！」美景道：「他當然恨，可恨這麼久了也該消了，那過去的事也別計較，她也知道自己過去蠢，現在有這認爹娘的心了，你就跟爹好好說合說合。」

原來這美葉在家時與父母甚是不合，自己多病麻煩不說，幾年前又在婚姻上惹了一大麻煩。先是父母做主，許了烏嶼村一戶人家，訂了婚，人家逢年過節也都禮品豬肉一應俱全地孝敬，就是提到完婚，美葉就彆扭，拖著不肯完婚。後來美葉提出去漳灣鎮學裁縫，經常連日住在那裁縫店裡。那裁縫師傅是個瘸子，一隻腳拐著，卻是一小白臉蛋，一來二去，居然跟美葉好上了。又據說，這好上是裁縫的哥哥的計謀，因那瘸子不好討老婆，他哥哥頗費心機，給美葉灌了許多迷魂湯，竟讓美葉死心塌地跟瘸子處了。等李福仁家裡察覺，已經遲了，捎話讓美葉回來，居然叫不回了。李福仁帶著幾個後生，要瘸子家裡來要人，那瘸子的哥哥早有準備，把美葉先藏了，然後也叫人守著家門，不讓進來。糾纏之中，雙方動了手，引起一場打鬥糾紛，那李福仁的胸部居然中了一拳，回來後留了下隱患。卻說那鳥嶼人，得知婚姻起了變故，先是一心來要人，後見這人是要不回來了，不由得翻臉，遷怒於李福仁一女二嫁。李福仁啞巴吃黃蓮，兩頭受苦，家裡被鳥嶼人鬧了一番，敗壞了名聲不說，還把訂婚和歷次年節的禮物折算成錢，一併還了鳥嶼人，好話說了幾籮筐，才把這段孽緣了斷。李福仁再也不認美葉，斷了父女關係。常氏偶然聽得些美葉的消息，說是跟瘸子生了一個女兒，只在心裡默默記著，也不敢言聲，因那李福仁傷透了心，已當沒生了這個女兒，再提及就火冒三丈。

那美葉逃婚另嫁，幾年後似乎也覺得對不住父母，卻知要父母原諒也是艱難，只得跑姐姐美景這邊哭訴。那美景也惱她當初爛心腸，害父母好苦，罵了幾次，卻又可憐妹妹有悔恨之心，因此有暗暗往來，通曉些家裡信息。

當下美景將美葉心境告訴了母親，那常氏心裡有苦有澀，抹了幾把眼淚，收下美葉的禮錢，道：「先把她心意收了，你爹這輩子饒不饒恕她，都難說了！」那船仔要跟外婆走，抱著常氏大腿不放，美景不讓，常氏道：「你就讓他跟我回去耍幾日，再過來接他？」美景道：「不成不成，你這回去忙著二春的婚事，暈頭轉向的，哪有精力管他。他現在到處跑，一轉眼都不見，你要繩子栓他鼻子才行！」常氏道：「那就罷了，乖心肝，你在家玩著，等過陣子跟爸爸媽媽來吃喜酒，到時可有小仔跟你玩。」好容易哄住，回家不提。

常氏回家，依計做了場會，從村東到村西，忙著十餘日就找了五十隻會腳。因這做會頗為盛行，家裡有點閒錢的人都願意加一場會，到自家要辦事的時候標過來，化整為零，加得時間長的還有利息，因而不太困難，湊了一千五百塊錢，做了禮金。女方置了嫁妝，云云不提。

待離婚期十餘日，給親朋好友放了帖子，門頭錢也陸續到來，親戚紅包少的一二十，多的三五十，二春的朋友多是包了三十。估摸著人頭，辦十二桌酒席的數，請了老廚阿利來做計畫。阿利吃了茶，道：「你這酒席要不要氣派？」常氏道：「我們家大春已經辦過喜事，現在輪到二春，也就不必置辦大排場，不給人說閒話就得。」阿利道：「最省的就按照老例來做，四大八小十二道菜，那四道是雞、鴨、豬蹄、豬肚，加上油炸蝦、油炸海蠣、油炸豬皮、油炸排骨等小菜例子，這一桌不包酒錢不超過一百。不過如今人對老例頗為厭倦，都是吃完了就吐閒話，經不起議論。」常氏道：「咱們不講排場，可有變通的法？」阿利得意道：「這變通的花樣就數我拿手，別人新廚變不了，只能照本宣科，不是按照村裡的老例，就是按照縣裡的新例。村中老例經不起議論，縣裡新例又花不起那錢。這變通的法，我講出來，你老嫂子可要佩服我了，咱們把那大菜變一樣時新的，把那小菜省去兩樣，現在人胃口變小了，十二道菜下來往往有剩兩三道都浪費著，時行菜道少花樣新，倒是沒人說閒話。」常氏誇道：「這主意好，你說這大菜做什麼新花樣？」阿利喝了口茶，潤了嗓子道：「這大菜縣裡酒店裡有，實用的不多，有一道叫鮑魚，死貴死貴的，你猜是什麼，大蚌殼裡包一小疙瘩肉，吞下去唾沫都不起一個；還有一道更是笑話，叫魚刺，把海魚的鰭剮拉下來燉爛了吃，你說他不吃魚肉倒是吃魚鰭，放在咱們酒席上要得罪人的。但有一樣比較實用花樣也新，叫干貝，全是用貝殼的耳朵剔下來揉成絲的，加上荸薺碎沫和炒雞蛋碎末攪勻了吃，倒是新鮮可口，這一道菜有口碑。」常氏道：「可也死貴？」阿利道：「也貴但不死貴，把鴨肉換了干貝，再撤下兩道小菜，一桌不超過一百二，現如今一百二以下的酒席，也經不起人說，我這是拿捏到又有面子又最節省的。」常氏讚道：「您會安排這遠近都知道，就依您大兄弟的。」

當即列了菜單，常氏讓安春進城採購。那安春有些小心眼，貪了幾個小錢想自己使，買回來的材料有少斤缺兩的。那阿利是老賊精，一盤點就曉得短了，撒手道：「他嫂子，這活我可幹不了，這不夠十二桌的材料你要我做成十二桌，人家準說我這大師傅貪了。」常氏忙架勸道：「怎麼會不夠呢，你那菜單上可寫足數量？」阿利道：「菜單是足了，可買回來卻不足。」常氏道：「這樣，可能安春買貨被人宰了！」阿利不便明說，只撇嘴道：「也不知是安春被人宰還是我被安春宰了！」常氏道：「我家安春沒做過買賣，不懂斤兩，大兄弟你把缺的再列一個菜單，我讓他補齊了。」阿利心裡有氣，卻也不便揭安春的短，便把缺少的再列出來，安春依舊裝傻，又跑了一趟。阿利私下對安春頗看不慣，和人嘀咕道：「這是怎麼做兒子的，當家鼠偷食，要不是我眼尖，到時候我都脫不了干係。」原來農村人吃宴席嘴上極精明，菜量少了，水貨摻了，味道缺了，都能吃出個究竟：不是怪主人家小氣，便是怪廚師將材料偷藏起來，因此阿利極看重材料足不足的。常氏也聽了這些風言，並不計較，相信是兒子沒經驗，被販子短了去。那李福仁和兒子們都不曉得喜事禮節，只能打些下手差使，大事小事全落到常氏一人頭上，從早忙到晚，一天只睡三四個小時，卻跟上了油的機器一般，絲毫不倦。直到喜辰前一天，美景才帶了船仔來，幫母親搭把手，又有那叔嬸及鄰家婦人過來幫廚，阿利將那些該先煎炸晒的材料一一弄好，只等開席了下鍋。

十一月二十八吉日，那新嫁娘雷荷花梳妝打扮收拾妥當，下午五六點光景與那伴娘等一干做姨舅的後生姑娘從山村出發，下山來坐了車，約七點到了村口。下得車來，二春的三嬸接了下去，鞭炮齊響，敲鑼引開，兩個小廝提著燈籠，引了往街上走，繞了一圈，徑直帶回家去。那街上閒人翹首爭看新娘模樣，互相打聽一番，都知是李福仁家又娶了一門媳婦。進了家門口，開山炮響起，焰火衝天，親戚圍觀著齊湧了上來，一時間門口處熙熙攘攘。三嬸取了五色米往新娘頭上撒去，又早把備好的一串龍眼讓新娘攥著，迎進廳堂，獻上糖茶吃了。眾人叫道：「二春呢，快喚出來拜堂！」二春藏在鄰家，已經整裝準備好，正緊張著，有後生來喚：「新娘進門了，出來吧。」伴郎後生帶了二春到了廳堂，眾人齊聲喧嘩，加上鞭炮不停，熱鬧非凡。主事人喚了李福仁和常氏居中坐了，高聲喝道：「拜堂開始！」先拜了天地，二拜祖宗，三拜父母，夫妻對拜。常氏喜得眉開眼笑，眼角都泛出了淚花，李福仁木著，喜在心裡也無甚表情。完畢，新娘被送回新房，鞭炮又響開，眾人入席吃酒。

那前廳有四桌酒席，是李福仁這邊兄弟姑嫿以及常氏娘家的親戚，吃著酒，互相說了親戚之間雞毛屁事，又見二姑娘美葉沒有到席，不明就裡的二妗道：「弟弟的喜事也不來摻乎，也不知將來要認哪裡的親，女孩兒要是蠢起來，就沒了邊。」二舅道：「都說養女孩兒不如男，這古話倒是實在。」美景恰端菜過來，道：「也不是她沒這個心，想來，我爹卻鐵了心不讓。」原來常氏早有跟李福仁說了，美葉來了禮錢，想借二春的喜事續了親。李福仁只是不依，道：「你休讓我見了這做婊子的，更休讓我見一個瘸子來，要來，只是要讓我活活氣死。」常氏怕喜事上出了意外，不再提了。美葉知道了父親的脾性，哭了一場，也不敢來。眾人聽了美景說了原委，又唏噓一通。

後廳連門廊上一併擺開了六七桌，全是那二春的朋友後生，以及雷荷花那邊來的姨舅賓朋，二春陪酒。後生火力壯，扯開了嗓門猜「大發」，罰大杯，間有要賴爭辯的人，爭執不已，喊鬧震天。又把二春拉了過來，輪過划拳吃酒，打了通關。吃了六道菜，伴郎後生叫道：「不如鬧洞房去。」於是一桌子人跟了去，那洞房門關著，啪啪敲了，只是不開。邊上一看熱鬧的鄰居老漢道：「你們不懂規矩，只要唱詩來著，裡面對不開了才開門。」後生道：「你可會唱？」老漢道：「我來唱著，你們附和。」當下清了清嗓子，高亢唱道：「手擎龍燭拉珠簾，盤開洞房看新人！」眾人和道：「好！」裡面的伴娘早有準備，應聲對了：「千嬌百媚新嫁娘，凡夫糙漢不可看。」眾人和道：「好。」老漢來了勁，又尖著嗓子喊了一句，對了幾個來回，那伴娘詞窮了，接不上來。眾後生齊叫道：「對不上來了，快快開門！」只聽得門動了一下，原來門閂被敲敲打開了，眾人一哄而進，見那新娘還蓋著頭，只坐不語，於是趁這酒氣百般刁難，先是伴娘擋著，擋不住了，要新娘給眾人餵酒吃糖。原來此處鬧新房的，越是刁鑽越有說道，要給媳婦下馬威，將來在婆家低聲下氣伺候丈夫婆婆的。又有賊精的不知從哪裡弄了鋸末，從新娘脖子撒了下去，新娘越是掙扎，越是渾身癢癢，隔著衣服撓個不停。眾廝做流氓狀叫道：「脫了脫了！」新娘身子又癢，又不得脫身，眼淚都嘩嘩流了。

二春在外頭吃酒，聽得有人笑喊「新娘哭了」，要進去，卻在門口被後生攔住，道：「別進去，我們正要得新娘開心呢；你就待圓房再進來，我們也不搶你的份。」二春哭笑不得，又被人拉回酒桌，也不好意思強去給新娘救場。美景聽了眾人廝鬧得凶，趕緊來了洞房，叫道：「眾兄弟不要太過了，新媳婦是懷了孩子的，不要惹出事來！」有嘴貧的叫道：「懷了更好，今晚就生下來，不正雙喜臨門！」美景罵道：「你個壞心肝，要生回家跟媳婦生去，外面上菜了，都出去吃酒！」撩起袖子，如一夫當關般將眾人死推出洞房，當下勸慰了新娘，又打了湯擦洗了身子。新娘從家裡出來，也沒往肚子裡填東西，此刻被折騰數下，肚子早已空了，按規矩又不得上酒席，美景又讓送點心進來吃了。外頭直熱鬧到最後一道菜上了，眾人酒席下桌散了，又有一老漢來唱了賀詩，眾人和了「好」，送了新郎進來圓房。

夜裡親朋散去，那常氏的娘家親戚因路途遠，留了下來。親戚聚得少，趁此機會幾個人與常氏在廚房裡烤火閒聊，一家一家地聊事，幾乎通宵達旦。李福仁摟著一個竹火籠子，明著幾塊炭火，也坐廚房聽著，突然眾人聞著一陣焦味，都道：「是什麼燒了吧！」四處瞅瞅，卻見李福仁坐著板凳靠牆睡著了，把棉襖袖子搭進火爐，被燻焦了，急忙把他搖醒。常氏道：「你去睡吧，跟小仔們打通鋪去，又不說話，坐著甚麼！」李福仁朦朧道：「原是聽你們聊天，想不到聽睡著了。」眾人都笑，李福仁摟著火籠子上樓去了。常氏道：「把火籠看好，別再燒了。」舅子道：「姐夫好有福，坐著都能睡著！」常氏道：「他不想事，不過讓他想著的事，九頭牛都拉不回來！」後半夜常氏又煮麵給眾人又吃了點心，凌晨才都去通鋪裡歇了。常氏睡了一二小時，又起床忙早飯，跟上了發條一般，一刻也不得閒。

至第三天，客人才散乾淨，常氏把四五床被單拆下來洗了，發現有一床尿騷得不行。常氏笑道：「定是哪個小仔幹的好事。」把棉被放大太陽底下晒了，還是黃斑一大塊，常氏聞了聞，無甚氣味，道：「這童子尿還真乾淨，味道說沒就沒了，怪不得還有人拿來治病哩！」

人逢喜事，日子也過得快。二春與雷荷花結了婚，夫妻頗為恩愛，雷荷花肚子一天天顯起來。常氏忙裡忙外，因在大宅院裡養雞不便，便買了十來隻小雞苗，叫美景養著，只等著抱了孫子給雷荷花做月子食補；又準備了粳米，釀了一罈酒，也是坐月子用。卻不料大春和三春都貪杯，酒還沒熟，甜絲絲的，已經開始今天試一杯明天試一壺，淘得漸乾了。常氏見了，道：「這一罈索性你們喝了，我再釀一罈罷了！」如此對兒子毫無怨言，就連李福仁都看不慣了，道：「你就不會說他們一句嗎，那大春已經分家了，卻還把這裡當食堂！」常氏道：「說甚麼，哪個不是親骨肉，他們愛吃就吃，能去堵住嘴嗎？我又不是不會做了！」如此雞毛蒜皮，暫不細表。卻一日，三嬸嬸到家來，在廚房偷偷對常氏道：「你可聽到外邊有雷荷花的閒言？」常氏道：「不知，卻是哪個？」三嬸道：「說是雷荷花在二春之前已經有主了，那肚子裡小孩是不是二春的，也是疑問！」常氏幾乎驚倒，變聲道：「哪個天殺的種了這樣的謠言！」三嬸道：「那日聽得婦女們議論，我問了，說口風似乎從鷺鷥嫂那裡出來，說得有板有眼，又有依據，都知道對方是哪家，也不全是謠言！」常氏道：「那鷺鷥嫂給二春說了橫嶼的一門親，不成，如今二春又結了婚，又要生孩子，她有怨言在肚子哩！那雷荷花肚子裡懷的是二春的骨肉，這個我可打包票的。」三嬸道：「她有怨言是真，可這事也有來頭，不如問清楚了，要不風言風雨不好聽！」

常氏在村裡找了正在叫賣的扁嘴鴨，把他拉進家裡僻靜處，扁嘴鴨問道：「這麼神神道道的，出了什麼大事？」常氏道：「不是大事，也不是小事。」當下的風言風語說了一遍。扁嘴鴨叫冤道：「俗話說，夫妻拜了堂，怪不得媒人，以後你家裡做富裕了，也不用謝我，日子過得不如意了，也不得怪我了，這事與我沒干係了。」常氏道：「也不是怪你媒人咋的，只不過有閒話說雷荷花已有過一個主，有鼻子有眼的，我也不好找親家打聽，想來想去，找你探聽個究竟，不最合適嗎！」當下給扁嘴鴨泡了茶，扁嘴鴨尋思片刻，道：「你不怪我最好，我也是最近才知道的，雷荷花過去確實有過一主，但那是久遠的事，已經了了。」說來話長，雷荷花七八歲得了一場驚嚇病，吃藥不好，父母聽得附近一個神漢頗靈驗，那神漢看了，說是祖嗣家譜沒做好，有那祖上野鬼搗蛋，當可請神驅鬼治好。又提了一條件，說若治好女孩兒的病，可許了將女孩與他兒子訂了童子婚。那雷荷花的父母又擔驚女兒，又無錢，就許了。那神漢施了法術，雷荷花的病也好了。只是後來的兒子有出息，到大城市去討生活，也不要這童婚了，這樁婚事也就了結。那神漢方圓幾里是有名的，雷荷花一動靜，這事也能傳開的。常氏聽了原委，鬆了一口氣，道：「既是這樣，那也無妨，八百年前的事，總有那無聊人提起。」

回來想了想，心裡也有個小結，便提了小袋一把婚宴剩下的蜜棗，來到鷺鷥家。那鷺鷥是個老病號，幹兩三天活，病休一天，把草藥當飯吃。人打趣道：「你比那縣裡有工作的假期還多！」鷺鷥笑道：「要羨慕我，你我調換了試試，你躺家生病，我去幹活，看誰舒服？」雖是笑話，卻有那些老病的老人知道酸楚，替鷺鷥說證道：「人都以為躺家最舒服，不知道能響噹噹下地幹活是最舒服的。況且那鷺鷥無兒無女的，老死了也不知道骨頭擱在哪處！」鷺鷥聽了道：「這才是話，誰以為我喜歡躺著，我被病厭得都不想活了，這老天造了人為何又把病也給造出來，多此一舉哩。誰要答應能幫我體面埋了，我當場可以死去。」

正是六七點時光，鷺鷥吃了晚飯正在煎藥，那土屋裡漫著藥味，人聞著就能病好。常氏進了屋，道：「鷺鷥兄弟，你這天天吃藥，苦呀，把這蜜棗往嘴裡塞兩個，能忘了苦。」鷺鷥笑嘻嘻讚道：「你老嫂子能懂得我老病號的苦。」拿了蜜棗子咬了半個，叫道：「哎喲，好東西好東西，從來不曾嚐過這麼甜的物事。」把那半個棗子又放回袋裡，道：「不敢亂吃了，專等那吃藥後嚐。」常氏問道：「鷺鷥嫂呢？」鷺鷥道：「她呀，腳閒不住，嘴巴更閒不住，又到哪裡播報新聞去了吧。硬是不肯陪我說話，讓我這老病號整天跟藥罐子嘮嗑。你有事？」常氏笑道：「也無事，就是上次給二春說了椿媒，不成，也得謝她；二春剛辦了喜事，也不曾叫她過去，都覺得失禮了。」鷺鷥笑道：「不用不用，這瘋婆子哪懂得失禮不失禮。」常氏道：「那待她回來，你也把我意思轉達了，她那嘴厲害，我還有事得靠她嘴哩。」鷺鷥道：「要得要得。」當下常氏又閒聊一番，問候了鷺鷥的病情，才回。

4

說也奇怪，李福仁勤苦，一世只曉得苦幹，偏兒子們均不像他的種。先說安春，長得甚是雄壯威武，若干年前參軍去了，兩年後回來。李福仁原想著種地添個幫手，誰曉得安春卻鄙夷，道：「休叫我幹農活，我那戰友的父親在縣裡當官，答應遲早會給我弄個差使。」終日在家閒著，吃了睡，睡了閒逛，被李福仁催促得實在不行了，才去割稻子什麼的幫一下手，卻也拙笨得很，還理直氣壯說道：「說了我不是當農民的料，你還不信！」李福仁嘆罵不已。常氏卻勸道：「孩子有志氣，許是以後有官做的，你也別為難他了。」李福仁道：「做官也要勤快人，他能做官，你把我頭砍了！」常氏道：「你卻別不信，我們家孩子長得就跟其他孩子不一般，興許要高出一截。」安春有了母親撐腰，更是自信得很，時不時要了車錢，說是去縣裡找戰友跑路。去了回來，說東扯西，希望閃爍，只道這一趟沒白去。如此周而復始，一兩年有餘，差使還是不見影子，卻見多識廣，口若懸河，與村頭李平安的大女兒清河好上了。那清河因讀了幾年書，白白胖胖，在家閒待著，能讀些才子佳人小說，與別的農家女子自不一樣，高不成低的看不上眼，卻被安春一番口才加一表人才給唬住了。常氏見兒子雖沒撈著差使，卻撈了一門媳婦，也高興，叫媒人去提了親，把頭門媳婦娶回家了。婚後生了女兒，安春卻還一樣，只扯嘴皮子糊弄日子，李福仁便下了決心，讓他分了家，自個兒打理生活去。那安春，從來都是做了三分說到十分的人，沒了依賴，自己養家糊口頗為難，好似圈養大了放養的豬，時不時來常氏兜裡周轉一二。

再說三春，人最聰明，去縣裡十中念了初中，寄宿在校，每週拿了米錢去，一次不落。到了高中，有一日回來卻對常氏道：「我不想再念書了。」賴在家裡不走了。常氏不知兒子何出此言，稍了話去縣裡問三春的姑姑，姑姑去學校一打聽，三春已經半個學期沒來上課了，學校聯繫家長也不曾聯繫到。常氏問了三春去做甚，三春知道謊言揭破，仍從容道：「這讀書太苦了些，我是在縣裡耍去了，可你要知道，如今書讀得再好，上了大學也不管用了。」常氏道：「如何不管用？」三春道：「你忘啦，去年有大學生來我們村當乞丐，以後上了大學都不管用了，還不如找其他法子賺錢。」原來去年確實有一個衣裳又髒又破的大學生，背了個包，戴著黑框眼睛，不知怎麼得流落到村裡，跪在路上討飯吃，說已經兩天沒食物落肚了。村中人沒見過這樣大學生的，圍了過來觀看，有好心人讓他吃了飯，又問他來路。那大學生有點癲狂，話說顛三倒四。因本地人講方言鳥語，有讀過書或者走南闖北的才聽得懂普通話。問了許久，加上揣測，才知道他從北京來的，參加了學生運動，政府不允許，一路逃了過來。誰也不敢收留他，交了村民主任，那主任有覺悟，當夜叫了車送到鎮上派出所去。因村裡沒有出過大學生，眾人均唏嘘不已，引為一大新聞。

常氏道：「我知你說這些是糊弄我的，讀大學沒用，可是有文化能識字總有用，講好普通話才能走南闖北。」三春道：「我字已經學夠了，寫信什麼的都能應付，普通話也夠用，老師說現在外面都在改革開放，當書呆子最沒出息。」常氏見三春鐵心不念了，也不勉強，依了。李福仁自己不識字，對讀書的事一竅不通，更沒有意見。三春樂得在家耍，李福仁讓他幹農活，他推辭道：「我是讀過書的，將來指定幹快活的事，你叫我下地，那不是很賤嗎！」李福仁罵道：「這個小畜生，送去念了這麼多年書，就學個推三托四的理論！」自此也覺得三春是不成器的，失望透頂。常氏倒總能夠左右逢源，道：「不去也罷，既然他幹不成農活，學點手藝也好。」送到鎮上一家師傅那裡學木工。斷斷續續學了一年，說成了成了，可以單幹了。常氏狠了心，給他買了一套工具，大幾十塊，花的都是二春在廣東做工的錢。萬事俱備，只欠東風，可你一個雛仔，也沒做過像樣的活，誰家願意造房子或打家具把木工給你攬著？都是請老師傅的。沒活兒，三春也不著急，樂得清閒，常氏要是感慨了，三春便道：「不是我不做，沒活我怎麼做，總不能將自家厝拆了再裝一遍？你能幫我攬到活兒，我便做！」常氏便留意誰家有木工活，都主動邀道：「我那三春，到鎮裡學了一手好活，又買了一套蹭亮蹭亮工具，如今在家閒著，要不來你家做。」人家都應道：「已經約了某某老師傅了，要是活兒緊人手不夠再叫你哩！」因此偶爾有去給人家大師傅幫幫工，只能賺一頓飯和香菸的錢。村裡又有一老師傅，人稱神雕，專門雕塑木頭神像，栩栩如生，諸多宮廟的活兒多在這裡。常氏去神雕那打聽了，回來問三春道：「何不去給神雕做幫手，可以長做，他那活忙不過來。」三春回敬道：「給那老不死的做幫手？他幹的活多土呀，你別把你兒子當土包子了。」

李福仁的鋤頭把根兒爛了，叫三春重新楔了把兒，到了地裡鋤草，沒鋤兩下子就鬆了。李福仁回來，對常氏嘆道：「木工學了一年，鋤頭把兒都楔不好，你養了一個活靈活現的廢物！」常氏生氣道：「孩子才多大，你妄下什麼結論。人家木工要學多年，他才學一年，就可以出師，誰說廢物，舌頭要長瘡的！我看比別人的孩子要好上百倍！」李福仁搖頭嘆道：「我是不管了，看你能寵出什麼好兒子出來！」那三春從外面晃蕩回來，倒是機靈，躲在門外聽了片刻，冒出來道：「好呀，老頭，你瞧不起我，等我發達了你別想吃我一粒米，我賺的全給我娘吃。」李福仁道：「我沒有福氣吃你的，早死心了。」那常氏卻動了淚花，道：「兒子這麼好，你還吵什麼，有什麼不滿足的。」李福仁道：「好，你就知道好，他這麼多年就學得能哄你，我是不指望了。」三春道：「你倒識趣，這麼早不指望，須知誰對我好我就對誰更好，誰對我壞我就對誰更壞，這是毛主席說的！」凡父子吵架，常氏必做和事老；有時李福仁罵得凶了，常氏便護著兒子，和李福仁較勁，那李福仁往往把幾句心頭話潑出去，便孤零零地退了。

那遇到家中不爽之口角，或者閒下來，李福仁便會到過路亭閒坐。此過路亭乃街頭一閒聊之地，村中先人在此蓋了瓦棚，又因是南北必經之路，兩邊備有長條木凳，供路人休息喝茶。於是村中老人多集中在此談天說地，匯總各路新聞，有那別村的路人汗津津路過此地，便會有人讓了座，路人稍做歇息，吹一吹南來北往之風，又依著剛才的話題加入自村的逸事傳聞，悅人耳目，引為共鳴。

老人談天，總離不了是自己的子孫滿堂、老來之福，李福仁總能為眾人羨慕。說書匠李兆壽因掉了牙，兩個腮幫子深陷進去，說話聲變得細長卻清晰，跟唱戲一般有韻味，道：「李福仁四個兒子響噹噹，又娶了兩門媳婦，要數福氣，就是他了。」李福仁邊搖頭邊訕笑，卻也不解釋，只是問道：「聽說給懷合說媳婦有眉目了？」李兆壽笑道：「眉目是有，可是出了一道難題，叫我思量來思量去，好似那伍子胥過昭關，一夜愁白了頭呀！」李福仁道：「這是喜事，照例做便是，怎得叫你這樣思量？」李兆壽苦笑道：「這說起來，又是一齣戲，但凡只要遇到為難，這戲就越來越長，盤根交錯，看起來是爽快，落到自己身上，那就沒法爽快啦！」原來這李兆壽有三個兒子，大兒子李漁民是他婆娘與前夫生的，已經結婚生子自立門戶去了。二兒子懷合和小兒子細懷合，是親生的。那懷合有三十三了，一直娶不上親，李兆壽是抬頭有笑臉，低頭自悲傷。不日前卻山重水複，有廉坑一戶人家，家裡有女兒六個，均沒有出嫁，有大女兒三十二歲了，二女兒二十九歲了，都急著嫁，人家不嫌懷合長得矮小，家境平庸，兩個女兒讓他挑，看中哪個就哪個。那懷合去人家家裡看了，兩個女兒均高大端莊，比他都要高出些許，那懷合喜不自禁，當場就拍板要二女兒。但喜上心頭，愁也來了，人家來了一個條件，須得男方上門。那懷合下頭揣著心跳，上頭挑著愁眉，回來告知老父母，一盆熱水，一盆冷水，澆得老倆口失魂落魄。

李兆壽道：「自己的兒子，我真不想讓他倒插門，可懷合中意那姑娘，不成以後若娶不上親，成了光棍，又怕他怪罪我，左右為難呀。伍子胥過昭關，有皇甫訥來冒充，我這是硬邦邦的事，一點也蒙混不過呀！」李福仁附和道：「確是難題，不過年輕人自己拿主意去，都由不得我們了。」李兆壽道：「也是，我們要是主意了，他又一輩子怪我們，這倒插門，不光彩，他臉上要是掛得住，我這老臉也就賴著，咱們只圖老了，有人過來把老骨頭放棺材裡，也就算不白生兒女了！」

說到生死問題，那身邊靠條拐杖靜靜坐著的李懷生道：「最可憐是我弟弟，死在自己兒子手裡！」李兆壽附和道：「就我知道，從清末到如今呀，沒發生過這樣的事情，那不肖兒子，在早年是要殺頭的！」李福仁問道：「有判刑嗎？聽說公安有人來抓了去了！」李懷生嘆道：「不判，沒什麼罪，這法律都不顧上咱們老頭了！」原來說的是李懷生的弟弟李細生，七十來歲的老人，老伴先一步走了，他在兩個兒子家裡輪灶，三天一輪。每日只是粗茶淡飯，初時只以為兒子們節儉，並不介意。日子久了，居然發現了端倪，但凡在小兒子家吃灶，大兒子家才買肉，大兒子家吃灶，小兒子才買肉。老頭嘴上早淡出個鳥來，心裡不岔，一日不顧了日期，逢著輪小兒子的灶，卻跑大兒子家去，自己盛了飯，就上桌去夾肉。偏那兒媳是賊精的料，用筷子擋住了老頭的筷子，道：「今天不是我們家吃的灶，不能來這裡吃肉！」老頭眼巴巴看著兒子，兒子卻視而不見，一言不發。當下老頭子丟了碗，不知從哪裡弄了瓶農藥，跑到山上老伴墓前，當酒喝了，去那陰間跟老伴訴說去了。那兩個兒子知理虧，把老頭葬禮辦得熱熱鬧鬧，一副孝子行徑，卻更不經人說了。

放高利貸的李懷祖正討了息錢，興沖沖經過，見幾個老頭子閒聊，也插進來道：「其實按我說是李細生的不是。兒媳不孝自古就有，也不單你一家，就這增坂村來說，若叫人去調查來，恐怕有百分之七八十，都是兒孫對老人不盡孝的，偏那李細生去尋死，那是可惜。要換我，雖沒人做主，但將這情況挨家挨戶說去，看他經得起經不起全村人說，保管能吃到肉！」李懷玉嘆道：「你是不知他的心，他心傷透了，又怎能想到其他勾當！」李懷祖愣說道：「正是傷心才要告知別人，村中老少管不了可以寫信給中央，國家主席要是知了這事也會管，國家主席也老了，他也怕自己兒媳不孝，他會處理，讓全國人都知道這樣不對，對別人也有好處！現在他這麼死了，也沒人懲罰他兒媳，沒有留個教訓呀！」李福仁笑道：「那國家主席會管這小事？」李懷祖正經道：「你可以這麼思量，假若毛主席知道這事，他會管嗎？那保準會，農民的事毛主席都管，何況這樣不孝的事他知道了必會生氣。那現在社會又先進，又文明了，所以更會管，只是你沒讓他知道。」李兆壽笑道：「可他要管這事，那忙不過來了！」李懷祖道：「這你就有所不知，那國家主席手下有幾百號，都替他做事，他只要說張某某今天你把我這事辦了，那張某某就一心幹這事去了。我到縣裡看過電視，國家主席開會，底下烏泱泱幾百號人，都聽他的，他布置好了，大家就去處理，處理好了，再開會，要不然國家挺大的，他怎麼管得過來！」李兆壽道：「那你高利貸討不回來，他也能管？」李懷祖道：「這事不麻煩他，借錢不還，天打雷劈，老天管著的事，政府就不用管了。」當下眾人被李懷祖講得半信半疑，雲山霧罩。此中閒聊，雖得不出決策，卻能讓人通情達理。那李福仁話不多，卻喜歡聽了些閒嘮，自然心中清爽許多，不記家中煩事，此為一樂趣。

5

過了春節，直到元宵，都是閒人閒錢最多的時候。村中的賭攤恰如牛糞，這裡一堆，那裡一堆；又若牛糞上起了蟲子，蠢蠢欲動。那賭攤最密集處在宮廟門前的空曠處，人聲鼎沸，此起彼伏，間而有打架罵嘴，一派喜氣。又有小孩老人也來湊熱鬧，賭上幾角錢，玩起色子，有賭癮的婦女也抱著嬰兒夾雜其中，嬰兒阿了屎，也不顧，兩眼盯著起落的色子，任他起勁兒啼哭。又被也在賭場的老公看見，一頓臭罵，揪了頭髮一屁股踢回家去。而小販也聚集這裡，賣甘蔗的、買米糖的、買糯米飯、買水粉的，還有小孩子從家裡拿來小板凳、小馬紮租給賭徒，因那賭徒夜以繼日蹲在攤邊，甚是辛勞，便會花五角錢要了凳子坐著，餓了抓一把零錢叫小孩去買吃的來。

那三春連日來在各個賭攤神出鬼沒，手中並沒多少錢，一兩注錢袋就見底了。跑回家對常氏道：「給幾塊錢買菸！」常氏瞅著李福仁不在，便會抽出三五十塊塞給他，邊叫道：「兒子呀，別拿去賭博，吃了不可惜，賭了可惜。」三春又能在賭場耍上一兩回。

那元宵前後，村裡的眾多神像遊了街，又請了戲，散了，那賭場和閒人便也消退。餘下的賭攤，便移到隱祕處，搞地下活動去了。該出門的也出門，該下地的下地，那村子，恰似沸的水冷靜了下來，閒人再也不能理直氣壯地待著了。那三春因在賭場出沒，被李福仁撞見幾次，恨不得將兒子如那蒼蠅一掌拍死，鬧了幾次。那常氏想這對父子冤家這樣下去也不是辦法，恰那鎮上三春的木工師傅稍話來，因活兒多，問三春肯不肯搭手去，也有工錢算。常氏百般哄勸，又擠了二十塊生活費，好歹讓三春去了。

逢著喜事，碰著年節，花錢跟流水一般。常氏一盤算，那二春結婚收來的門頭禮錢已經落花流水。因那每個月又要還三十塊會錢，加上雷荷花又在懷孕之中，常氏不能不想著生計。李福仁除了幹活，農閒會去海裡釣長腳螃蟹，換些家用的錢，卻也是杯水車薪；那二春剛回來，也閒待著，陪著老婆的肚子大起來。細春小學畢業後，也不讀書了，成日裡喜歡上山打鳥，下河撈魚，幹些玩耍的活。這風風火火的家裡，吃閒飯的要多，一派風光的下面，常氏把持著斷了線的經濟命脈。恰這一日，常氏的小妹從縣裡來，因有一戶熟人要找保姆，問常氏有沒有手腳乾淨俐落的婦女推薦，又說了工資是三十元包吃住。常氏叫道：「乖乖，這麼好的活怎好讓給別人，我去就行！」她妹妹笑道：「你莫非玩笑，都快六十了，給人當保姆？」常氏道：「不是玩笑，我這幹活俐落得很，這錢好賺，妹妹不瞞你說，二春辦喜事那場會都壓我身上呢！」她妹妹道：「你就這樣給兒子當牛當馬，做到何時為止！」常氏道：「不礙事，看二春娶上媳婦了，你讓我做什麼都值得，況且這保姆的活計，又不是上山打獵下地幹活，跟我在家一樣。」強行要妹妹帶了她徑直去縣裡。

那常氏生得慈眉善目，有福相，皮膚白，雖然年紀頗大，但看著舒服，那戶女主人當面也不說什麼，只是背後跟常氏的妹妹玩笑道：「你莫不是帶了一人來我家養老？」常氏的妹妹道：「這你倒莫擔心，能幹著呢，就是十個我也比不上她！」過了幾日，女主人便感嘆了：「哎呀，你這姐姐，真是不得了，疼起人來，等疼到心裡去！」常氏的妹妹道：「那可不是，我那幾個外甥，被她疼得，二三十歲了還在吃她奶呢！」女主人道：「不得了不得了，再過陣子，恐怕我要認她當媽了！」常氏妹妹笑道：「那可別，我是叫你妹妹的，你一認，輩分可就亂了，到時候怕你把我叫老了！」那戶主住著一個小三層樓，男主人高先生是做海鮮生意的，女主人叫葉華，三十出頭，是縣裡第一中心小學的老師。因生了個男孩子，已經六歲，上幼兒園了，又生了一個，才四個月。那常氏進了她家，見了這三層小樓，嘖嘖稱嘆，竟當成自個兒的家，收拾洗刷得清爽乾淨，連女主人葉華都耳目一新。那四個月大的小嬰兒，只是愛哭，葉華也不知道何故。那常氏抱了，嬰兒掙扎不安，只一夜，便發現了問題。次日用溫湯給他洗了身子，屁股上撲了點痱子粉，吃足了奶，竟然安睡了。睡醒了又吃奶，一天六次，已經哄得歡笑。葉華嘆道：「你真好手段，怎生讓小孩這麼乖了！」常氏解釋道：「你用了那尿紙不透氣，那小孩尿了，也沒及時洗了，捂著，小屁股都捂著小紅疹子，你沒發覺，但小孩可難受，癢了，怎能不哭！你要把他小身子弄舒服了，才能睡！」葉華道：「是這樣，虧你有經驗！」常氏道：「妹子你不知道，我養了兒女六個，個個都長得一表人才，不得有些手段了。那小孩子，當有一點侍候不好，麻煩就全來，他身子難受了，就睡不好；睡眠不足了，哭；奶水吃不足了，哭；被生人驚嚇了，哭，問題多多。你要全知道了，也就簡單。」那葉華雖是養過孩子的，卻也不是自己帶的，哪裡懂得這許多，嘆服不已。葉華有奶水，但乳頭小，噙不住，全是泡奶粉吃。常氏知道了，卻不主張，道：「我只知孩子吃了娘的奶，才孝順，光吃牛奶，卻不知道將來認不認得娘，況你這鼓鼓兩個奶子，不吃可惜。」將葉華的奶水揉擠出來，熱了給嬰兒吃。那葉華被她揉擠得舒服，跟親娘伺候似的，又那常氏口極疼人，把兒女當心頭肉，把外人當兒女，當下關係極好，日復一日。

且說三春到鎮上師傅那裡幫工，做了十天半月，漸漸出了問題。三春腦子靈絡，幹活卻沒耐心，凡推出的木版，鑿出的楔眼，造出的木架，說是完工的，卻沒有做乾淨，都需要師傅來收尾。那師傅平時喝斥弟子慣了，見三春的活兒這般不像話，漸漸地不耐煩，語氣就重了。三春是不經罵的，也漸漸被師傅說惱了，道：「是你叫我來的又不是我自己要來，還這麼刁難我，工錢算與我，我不幹了！」師傅雖然訓斥，卻還當他自己人，也道：「就這三腳貓功夫還提工錢，再不認真多學點，以後休提是我這裡學的。」三春翻臉道：「好，咱們就斷了師徒關係，以後你我休再往來，誰也不提誰！」師傅原以為是氣話，沒想到卻當真了，那三春只是不幹，自己計算了活兒的錢，只要師傅算給他便走。因他寄宿在師傅家裡，又在那裡吃飯，師傅不理會，只等他回心轉意。誰知他第二天起了，卻也不幹活，卻外邊逛蕩了半天，仍回來，向師傅結算工錢。師傅和其他徒弟見他，就跟見一隻死癩皮狗一樣，任百般折騰，也不搭理。那三春使了一計，掏出一個打火機，把刨花給攏了一堆，威脅道：「再不理我，我便燒了這房子。」見無人應聲，便將刨花在屋裡點了，火花嗶啦啦竄起。惹得那師傅又驚又怒，和其他兩個徒弟，幾隻腳踩了火，再將他連拖帶推趕出門去。三春無賴道：「你等著，不給厲害瞧瞧是不走的。」

那師傅的老婆知了，忐忑不安，讓師傅早點把這瘟神打發了。師傅的怒火也漸漸轉為後怕，次日叫徒弟把他叫來，按照他計算的工錢，打發了去，嘆道：「收徒弟沒眼神，卻收了隻狼狗，就當被狗叼了去！」三春拿了錢，也不回家，就在鎮上第九中學邊上，租了間房子，住了下來，每日裡跟那廝混的學生一起打桌球，玩紙牌，吃吃喝喝。不多幾日，口袋裡就要空了，一次在市場邊閒逛，見一個婦女提著一籃子蟶子在叫賣，雖是簡單，卻生意不錯，三春靈機一動，問了價錢，問了賺頭，又到碼頭逡巡了一陣，有了些主意。不久，到房東那裡借了一個籃子，一桿秤，凌晨到碼頭批了蟶子，到市場邊上趕了早市。因沒有正規的攤位，三春只是在市場邊上的台階上，加上嘴巴也能煽乎，居然賣出了一大半。回來睡了一覺，傍晚十分，又把剩下的蟶子全清了出去，賺了幾塊錢。有了活路，當下心中十分得意，在校邊的「漁民之家小炒店」，要了一瓶啤酒，兩個小菜，自斟自飲起來。恰一個打台球認識的學生哥來店裡吃麵，被三春見了，叫道：「過來過來，請你吃酒！」又大聲叫道：「老闆，再來個杯子。」學生哥受寵若驚，道：「發財啦？」三春道：「今天做生意賺了！」學生哥道：「什麼生意，兩天沒見你就發了？」三春道：「做海鮮生意，今天一試手，發覺錢好賺，你要想賺，別讀書了，跟我混。」學生哥敬了三春，佩服道：「來來來，借你的酒敬你來著，以後多提攜哥們！」三春勁頭上來，道：「行，你以後就叫我大哥，我認你小弟，大哥發財了，就把你從學校裡解放出來。你這個破九中有什麼好讀？我在縣裡讀十中都不想讀，書讀得多沒用，有錢花是硬道理。天天有酒喝，就是當神仙！」當下又叫了一瓶酒，又叫了一個菜，且吃且侃，又把自己教訓了木工師傅的事兒說了一遍。學生哥道：「我那學校宿舍要關門，先走！」三春拉起他的手，嘴巴湊近他的耳朵道：「你要走，大哥就不留你了，記住，要發財，找大哥！」學生哥諾諾而去，三春把殘酒乾了，剩下的幾個花生米一併倒進嘴裡，叫道：「老闆，結帳結帳！」付了錢，心滿意足睡去了。

如此這般，前幾日幹得起勁，幹了半個月，每日賺的也只夠菸酒錢，漸漸厭了。發財夢只是一時的感覺，要真落實卻不容易，再也不請人吃酒，有時候睡上一兩天，再出來做一次，再也沒有剛開始的興奮。恰被市場正規擺攤的盯上，怪三春搶了生意，叫了爛仔來趕走。那爛仔來了一次，恰三春那天歇了，躲過一次，又來的時候，盯梢的人報信去，三個爛仔趕來，不由分說，搶了三春的桿秤，往膝蓋上一磕，活生生折斷，又把那一籃蟶子踢飛，散了一地都是。三春一見氣勢，知道來著不善，想溜，卻被當頭大個子一把推倒在地。三春急道：「媽的，幹嗎打我！」大個子爛仔道：「不是打你，要打死你，誰讓你在擺攤了，有辦攤位嗎？」一腳朝三春掃了過去，三春用雙手擋住，哀求道：「大哥，饒了我，下次不敢了！」三個人拳打腳踢，旁人迅速圍過來觀看，當中有一老漢認識爛仔的，叫道：「這後生可憐，饒了他吧！」三春見有人做主，忙一骨碌起來躲到老漢背後，叫道：「老伯救我，我是被爹娘趕出來沒飯吃才這裡混的，你讓他們別打我！」老伯說：「別打別打，好說好說。」當下頂著老伯的背，慢慢退到路口，一溜煙跑了。爛仔喊道：「再過來，斷你腳！」當下路人俯身把踩爛或沒踩爛的蟶子撿入自己的菜籃，散去，不提。

那三春本來就有打退堂鼓的意思，又遭爛仔一頓痛打，當下回來收拾一番，因那籃子和桿秤都是向房東借的，又不想賠錢，便偷偷溜回家了。常氏去縣裡做了保姆，家裡如那一齣沒了主角的戲，輪著坐莊，或者李福仁燒飯做菜，或者雷荷花帶了身孕也忙灶台。那三春回來時正是一家人在吃晚飯，雷荷花叫道：「快來吃飯。」三春瞅了瞅桌上幾盤殘菜，搖頭道：「這菜怎麼吃呀，不吃飯了，我去買酒來吃。」放下行李傢伙，取了一個瓷缸，去外頭買了五角散裝啤酒，又買了一紙包花生米，湊桌上吃了。李福仁早聽說了三春大鬧他師傅家的事，一氣鱉在心頭，問道：「你去做工不做也罷，卻要火燒了師傅家，有這事？」三春撇嘴道：「燒卻也沒燒，教訓他一番罷了，也不看我是什麼角色，整天當狗一樣使喚我！」李福仁怒道：「師傅辛苦教你，卻沒好報，你莫不是狼狗養的！」三春吃著酒，慢條斯理道：「你不懂，我是不想在他手下混，我要做大生意去。」李福仁心裡憤恨，嘴裡再也罵不出什麼話來，只是丟了碗走出去，眼不見他，心裡的氣才落了下來。三春見他走了，對著桌子上二春、細春和雷荷花道：「老頭就是不懂，偏要我去跟著木匠，外面有的是大生意做，要是有誰給我本錢，我非要發大財給他瞧瞧不可！」當中三春文化程度最高，眾人都半信半疑，只聽他說，不做言語。

三春在家待了幾日，因父子多有發生齷齪，也待不下，聽得常氏在縣裡某某家做保姆，便也找了上來。常氏每日裡四五點起床，趕了早市，把那中午的菜買了，回來做了稀飯，早餐以肉鬆、黃豆、榨菜為配菜，待主人吃了早飯上班去。又餵了嬰兒，哄著睡了，那常氏只是愛乾淨，把家裡衣服、雜七雜八的物事整日洗個不停。待到十點種，做了午飯，葉華十一點準時下班，吃了飯，午睡到一點半，又上班去，晚上五點半準時下班。男主人田先生因做生意，在家不在家沒準。日日如此，常氏雖忙，卻也樂在其中，倒也清淨。正是下午時光，常氏哄了孩子睡覺，正在洗刷刷洗刷刷。那三春尋到了這裡，敲了門，常氏驚道：「兒呀，你怎尋這裡來了！」三春道：「說你來這裡當保姆了，我過來看看條件如何！」常氏迎了進來，道：「好呀，好呀，是個好人家。」三春進了屋子，左右打量一番，道：「為了趕過來看你，飯都沒吃呢！」常氏道：「哎喲，那肚子可餓壞了，待我煮一碗麵條與你吃了先？」三春道：「隨便隨便！」

那常氏手腳麻利，將那細麵放沸水中燙了，再撥幾塊午飯吃剩的肉片，一併在碗裡攪和，只片刻，便端了出來。那三春只三口兩口，便風捲殘雲，吃了半碗。常氏道：「是餓了，慢慢吃，別噎了。」然後問了三春的來歷。三春吧唧吧唧道：「我那師傅對我白眼相待，整日裡給我找麻煩，我不堪忍受了，便辭了工。你猜我去做什麼了，在市場做海鮮生意，好有賺頭，開始做順了，正要賺錢，來了幾個爛仔趕我走，全是不要命的，踢翻了我的攤子，不讓我幹，本錢都折了。」常氏嘖嘖痛心道：「哎喲，可有受傷？」三春道：「還好早躲開，受了點皮肉傷，不礙事！」常氏道：「回來就好，別再跟爛仔計較，那些都是沒爹沒娘不要命的！」三春剔著牙道：「我回家，爹還怪我呢，恨不得我在外面給人剁掉吃了，別再回來！」常氏道：「你別理會他，他就懂得跟孩子計較，不懂疼人！」

那三春吃得凶，完了連打飽嗝，對常氏道：「你把碗洗了去，省得讓人看到我在這裡吃食。」又在屋子裡端詳溜達，道：「娘，要是有本錢做生意，憑我的腦子，是可以發財的！像這種小洋樓，也不是住不起！」常氏感嘆道：「是呀，就怪你長在農家，爹娘沒有本事，讓你發展不起呀！」那三春因也無聊，便一直閒扯著，一會兒嬰兒醒來，又吹著口哨幫著哄嬰兒。直至那葉華下班回來，常氏介紹道：「這是我三兒子，來看我呢！」三春也跟葉華打了招呼，就要走，葉華道：「吃飯了走？」三春推辭道：「不用不用，外面有朋友一起吃飯。」出得門來，又從常氏那裡要了幾塊錢，當下在縣裡廝混。隔一二日，又到常氏那裡蹭些吃的，常氏每次只是心疼他肚子餓了，也不問他究竟幹什麼。

6

清明過後，山色新綠，布穀鳥在山中死叫死叫，聲音透亮地傳了來，更有那杜鵑就棲息在村中馬尾松上，天不亮就叫醒人家。而土裡也有氤氳的暖氣傳到腳板上。那說書匠李兆壽的腳趾一遇春氣，便起潮腫，吃了晚飯，便到了李福仁那院子的天井裡，掰了一片蘆薈，取那脂膏塗抹。李福仁正思量去合作社裡買穀種，李兆壽傳訊道：「今年來了雜交新種，都趕早去買了！」李福仁道：「那新種說是產量高，沒有種出來一兩年也不知道，以前有新種，也有好的，也有反而差的，所以也不敢全買新的。」李兆壽道：「八號雜交最穩定，你可種一半。」李福仁道：「正是，去年下冬辦了二春的喜事，花了五擔穀子，還欠他叔兩擔呢，今年可不敢大意！」李兆壽道：「怎會吃了五擔，是釀酒嗎？」李福仁道：「釀酒用了兩擔，那流水席吃的米多，三四天親戚鄰居輪著吃，山都會吃空。」

正說著，安春叼了一根菸進來，吐了一口煙霧，對李福仁道：「你要撒種子，把我的也一塊撒了！」李福仁道：「下冬我給你撒的種，現在又要我來！」安春不屑道：「就我那兩分地，單撒種多麻煩，你只不過多撒幾把，種子錢回頭我算給你。」李福仁道：「你今年也要種點糯米和粳米，要不做糨做糕又要到我這兒拿。」安春道：「隨便，你撒什麼種我種什麼穀子，一家人分那麼清楚幹嗎，你說是吧兆壽伯！」李兆基笑道：「你爹也老了，多一分活多一分累，你也體諒他。」那李兆壽把光腳擱在凳子邊沿，往那泡腫的指甲蓋下塗蘆薈汁兒，安春又開話題道：「你這腳趾，得到醫院看看，那裡的藥管用，年年塗這蘆薈汁，好不了！」李兆基哈哈大笑道：「你莫不是開玩笑，我又不是富貴人家，也不是退休幹部，提起醫院兩個字，不讓人笑死。不瞞你說，活到這個歲數，那醫院長得什麼樣子都沒見過呢。咱們要是實在過不去，到診所拿兩個藥片已經是不得了了，哪裡麻煩得了醫院，你嘴上說說過癮罷了！」李福仁道：「你理他做甚，他只放空炮。」又對安春道：「種子我來撒，那田你自己也該去翻了。」安春道：「翻他做甚，我叫了老八的牛給我去犁，多省事！」李福仁道：「犁田你要錢給人家，自己拿鋤頭翻他一兩天，又不累！」安春反駁道：「牛能幹的事還用人去幹嗎？真是老腦筋，現在外邊都是拖拉機來耕，人家國外的農民都不用自己動手，都是機器。」李兆壽笑道：「都用機器那都不是農民，全做工人了！」安春閒扯著，從前廳踱步到廚房，見著上有一根黃澄澄的螃蟹鉗子，便扔了菸蒂，拿鉗子啃了起來。

李兆壽嘆道：「不單是他，這後生都越來越不像話，幹點農活跟要他去死一般，不似我們，把田地當了命根子一樣做！」李福仁道：「正是，當年攔海分了田，我好比撿了一條命，都活過來了。這後生勤奮的也有，單說安春，就是一個懶字當頭，他娘慣的。」安春吧唧吧唧從廚房出來，聽了分辯道：「也別說我懶，田地能種出幾個錢呀，凡有點出息的，都不會在地頭上幹了！」李福仁辯道：「你是農民，不種田能幹嗎？人要勤快，批上十幾畝地，什麼錢都賺過來了！」安春道：「你別老當我是農民，我遲早能吃快活飯的！」李兆基道：「這安春說得也有道理，如今副業多，賺錢的門路廣，後生難怪不肯種地！」李福仁道：「門路多不勤奮也是白搭，我們種的糧食都是能吃的，實實在在的口糧，比什麼都強！」安春問道：「娘沒說什麼時候回來？」李福仁道：「她只每月標會回來！」安春道：「聽說三春都到了她那裡，別賺兩個錢都讓他挖空了。」李福仁道：「恐怕被他挖空哩！」安春道：「娘回來了可叫我一聲，我有事找她。」說罷便搖搖晃晃閒人般去了。

那李福仁家裡有七分地，加上安春的三分，整有一畝，恰要五六斤穀種。又因那糯米和粳米種得少，撒起來不方便。那李兆壽腦子靈光些，道：「何不兩家歸置起來，糯米種子由我撒了，粳米種子由你撒了，到時候秧苗互相用，方便了些。」李福仁道：「虧你想得出，有道理。」那穀雨時分，李兆基便把種子早早撒了，又早早拉了細春一道去把田地翻了，撒了草木灰。那細春小學畢業就不讀書了，上山掏鳥，下河撈雨，耍玩了幾年，去年就過了十六歲，吃了麵蛋，過了成人禮。李福仁想著頭三個兒子都不願做農事了，就想讓細春幫了自己的農活，省得自己幹不動了，那田地又荒去。哪知那細春也有意見，道：「他們都不幹農活，你偏讓我幹！」李福仁道：「你若肯念書，有工作，將來也許能不晒日頭；你又不念，若又不學農活，只能變成壞仔！」因此便跟牽牛一樣，把他牽在自己身邊。那常氏又心疼，道：「兒子若不願意幹，你就不要勉強他幹了！」李福仁惱道：「頭三個兒子都你管，都懶字當頭；細春我帶著學好，你還干涉，你能一輩子都讓他吃奶？」常氏道：「你別這麼說兒子，後生不都這樣，那二春去了廣東賺了那許多錢，又怎說懶？」李福仁道：「要不是我當初不給他吃飯，餓他幾天，他後來能自立？兒女是打出來的，沒你這般寶貝一樣疼！」常氏嘀咕著不服氣，卻也不再爭執。

李福仁順道去看了看安春的田地，去年下冬的稻茬仍在，那早春的地氣一上來，全都發了新葉，便去催了安春。安春道：「來得及，老八的牛累病了，好了便來。」李福仁又踱到老八的牛欄去，看了那牛，牙口老了，確實沒力。李福仁解放前給地主放過牛，頗知習性，看了那牛的眼神，自語道：「老東西可憐！」老八從邊上糞池出來，繫著褲腰帶道：「牠老了，幹一兩天就得歇著！」李福仁道：「我早時給地主放牛。這麼老的牛一般就無用，要不閒著，要不殺了，到田裡拖不動犁倒更麻煩！」老八摸了摸牛角，道：「正是，可惜我不是地主，還要牠幹活。」李福仁笑道：「牠也是命不好的牛哩！」老八道：「下輩子讓牠投胎到富貴人家去吧！」原來那老八是五保戶，孤寡一人，生計還得指望牛呢！

閒話少敘。且說這一日，李福仁淩晨，天色朦朧淡亮，便已起身。只有不知藏在何處的嘰喳鳥叫，讓人曉得這是天快亮了。李福仁先去秧地把秧苗拔好，紮了一束束碼在竹框上，挑到田裡，均勻扔到田間。此時才值天亮，先是天邊一派通紅，俄而蹩得紅紅的日頭才懶懶升起，天地間一下子豁亮，沿著水窪地跟塗了紅黃色一般，人在畫中了。而鳥鳴聲更加脆亮雜亂，四面八方，不曉得在說什麼，但曉得牠們也相當激動。李福仁幹完這一出活兒，便返回去吃早飯，尋思把細春叫了一起插秧。還沒到家門口，被鷺鷥嫂一把逮住，嘶聲道：「快快，我的豬被當成安春的豬給拉走了，叔呀，這回只有靠你把牠弄回來了。」李福仁被說懵了，道：「何事，你且慢慢說來。」那鷺鷥嫂慌張得顛三倒四，平時的伶牙俐齒全掉了，半晌才說出原委。

此事須從安春說起，因安春生了兩胎，都是女孩，死活也要生男孩，卻被計生組上了名單。凌晨那村委主任領了計生組的人，想趁人睡得正死的時機，偷偷來捉拿了去結紮。安春分了家，住的是街頭的一座大厝隔出來的廂房，早有準備，聽了狗叫，便知道動靜，連同老婆一起，從後門逃竄了去。計生組闖了進來，卻撲個空，因捉拿安春已經捉了一次，也被逃了，當下大怒，用鋼條將家中木衣櫃捅得一個一個窟窿，恰似那不齊整的馬蜂窩。因家中也無甚物事，出了門口，見邊上豬圈裡有只半瘦不肥的豬仔，且睡得香呢，便牽了去，只待安春帶了老婆來換豬。誰知那豬卻不是安春的：只因鷺鷥嫂家裡窄，見鄰邊安春有豬圈閒著，便買了豬這裡養著，卻被當了安春的豬牽去。等鷺鷥嫂起來做了豬食，才知道豬已成了冤枉的主兒。因那計生組是鎮上的公家人，鷺鷥嫂倒也不敢自己去要，也尋不找安春，才慌裡慌張尋上了李福仁。

李福仁知了原委，問道：「可確定安春沒被捉了去？」鷺鷥嫂道：「若安春被捉了，我的豬仔就無事了。」李福仁放下了心，道：「那就好，那就好！」鷺鷥嫂道：「你得幫我去證明了，那豬是我的，不是安春的呀！」李福仁勸慰道：「這倒不急，他們又不能一口把豬吃了去，你待我進去吃個早飯了去！」鷺鷥嫂無法，只好跟在李福仁後面，道：「那也未必，若是把我的豬當場宰了，可要不回來了！」李福仁寬慰道：「你那豬沒二兩肉，宰牠做甚，塞不住牙縫都！」

當下李福仁回來，吃了早飯，叫細春先到田裡插秧去，自己和鷺鷥嫂到了大隊。村大隊設在祠堂，那祠堂原是做小學用的，後來在村尾新建了小學，便把祠堂當了大隊辦公的處所。到了大隊，鐵將軍把門，便又回頭找村主任李安民的家去。經過過路亭，卻見雜貨鋪老闆李福生探頭對眾人宣揚道：「昨夜抓了兩個婦女，都送到鎮上去了。」有過路者道：「明知道抓得緊，怎麼不先躲呀！」李福生道：「算是抓得少了，聽說那南埕，一抓就一車。」鷺鷥嫂聽了道：「捉人就捉人，沒聽說也把我的豬捉了去。」李福生道：「這是上面的辦法，這次抓不到人的，全要家裡拿一樣去頂，不是豬就是家具。不過又不抓你去結紮了，抓你豬做甚？」鷺鷥嫂大聲憤憤道：「把我的豬當成安春的豬抓了去，你道冤不冤！」李福生笑道：「又是奇聞，原來公家人也能把事情搞錯了！」那上街的人紛紛停這裡，探聽議論一兩句，一時抓計劃生育又成一大談資，不表。

村主任李安民帶著計生組的人忙活了半夜，正吃了早飯，正想睡個回籠覺。那鷺鷥嫂在門外就喊道：「安民侄兒，你把豬抓錯了！」那安民把筷子一丟，閃進了臥室，對老婆雨花道：「你就說我出去了！」那雨花剛把安民的碗筷撤下，鷺鷥嫂一步跨了進來，雨花道：「是找安民吧，他出去了。」鷺鷥嫂道：「我在窗外瞧見他了，妹子你讓他出來說句話！」那雨花便不再理會，自己往廚房去了。那李安民邊披了件半新不舊的西裝，走出臥室，一臉厭倦且冷著。鷺鷥嫂便將此豬非彼豬的來龍去脈說了，又拉出李福仁來證明。李安民正色道：「這個情況我目前不能處理，計生組收繳的東西，都屬公家，你的豬只能等那安春來自首了才能放回去，你來這兒找我還不如找安春去！」鷺鷥嫂爭辯道：「不是這個道理，若是安春的豬，我才不管；你們抓錯了豬，那就還我，這是放到皇帝面前都說得通的道理！」李安民冷言道：「我做不了主的，你得等那計生組的同志來了再說！」又對李福仁道：「你還來做什麼證明？該叫安春的老婆去結紮了！」李福仁道：「哎喲，小兄弟，你怎麼能這麼說，他兒子沒生，結紮了怎麼辦？總得有個兒子了才能去呀！」李安民道：「這是國家政策，政策來了你能不聽嗎，不聽就犯法，早動員早好，要不然以後還不知道要怎麼處罰呢！」李福仁道：「政策也要保護農民有後代，我們幹了一輩子就是圖個子孫的，這是千古的道理。毛主席要是在，他也同意這個理的。」安民不耐煩道：「與你們說不清，回去吧！」那鷺鷥嫂只是不願意走，一味哀求，安民道：「你不要影響我的工作，我只答應你，我中午往鎮上打了電話再回覆你。」說罷自進房間去了。

鷺鷥嫂只得和李福仁悻悻退了出來。換做平常，此刻還沒有餵食，那豬已經死叫死叫，讓主人不得安寧。鷺鷥嫂一心疼那豬餓了，竟不由自主說道：「不如傳話安春回來，讓我家的豬可回來？」李福仁不高興了，道：「鷺鷥嫂你怎也說這話，不能為了豬讓我沒了後代呀，好沒道理！」鷺鷥嫂知道話說錯了，打趣道：「掌嘴掌嘴，怪我把豬當成兒子來養，好不心焦！」又指著李安民的房子找話頭，道：「他幹這等斷人後代的活計，自己也好不了，他那兒子就出問題了；他造這個房子，也好不地道，遲早住不安生。」李福仁只是搖頭嘆息，不知如何回答了。原來那李安民管理村裡的計生工作，多有人閒話，他生有一女一子，那男孩子有七八歲，不曉得什麼怪病，只是不停地搖頭，到醫院去，說了中風了，也治得不見全好。村人都說小孩子哪會中風，是鬼附了身，因安民做的計生工作得罪了人家的祖輩，故有這樣的劫數。又，那安民在村尾建房，是村裡少有的水泥平台房子，恰值村裡正在修建馬路，有討好的人便把修馬路的材料直接運到他家去，做了房子的用途，貪了不少便宜。村人知道，也是閒言論道，說這樣的房子住著也遭報應，等等不云。

鷺鷥嫂回家來，記掛著豬都餓瘦了，不得閒。中午又到安民家去，問可給鎮上打電話了。那雨花說安民出去了，也未說去了哪裡。到大隊找，也是無人。鷺鷥嫂一路埋怨道：「做了幹部，說話跟放屁一般，還不如做農民。」那鷺鷥正從田裡回家來，飢腸轆轆，見也沒得飯吃，便朝鷺鷥嫂發了小小的脾氣。哪知他小小的脾氣惹了鷺鷥嫂的大脾氣，鷺鷥嫂咆哮道：「吃個屎，那豬平白無故被人抱走了，我這千討萬討要不回來，你個龜兒子，一點用都沒有，只懂得張口向我要飯吃。」那鷺鷥乃一介病夫，幹活慢騰騰的，就是發脾氣也慢條斯理，緩緩道：「是你沒有要我管，我才不管，你要讓我管，我就能把豬要回來。且你這個脾氣，應該向那些幹部發去，看他敢不還！」鷺鷥嫂道：「我怎知道那些幹部什麼來頭，有多大能量，跟他們橫了，也不知有沒有好果子吃，壞了大事倒有可能。」鷺鷥點了一把旱煙，跟吸鴉片一樣長長吸了一口，道：「你別慌，且做飯與我吃，待吃飽了，我來處理。」

那鷺鷥嫂當下手忙腳亂，做了簡單飯菜騙了鷺鷥的肚子。那鷺鷥吃足了，又點了一炮煙，吃了，問道：「豬在哪裡？」鷺鷥嫂道：「就在大隊關著呢，門打不開！」那鷺鷥穿過大街，徑直朝大隊來，且一路叫囂著壯膽兒，道：「我也沒超生，我豬也沒超生，偏計劃生育計劃到我家來，有天理嗎？如果有天理，該獎勵我才對喲！」嗓子長而怪，路人知情或不知情的都朝他笑了。鷺鷥嫂不知他要究竟什麼，跟在後面朝路人解釋，訴說豬的冤枉。那鷺鷥到了大隊，見大門緊鎖，四周溜了一圈，有了主意。找了一個邊上的窗戶，把一根木條死力掰下，露出偌大的空隙。原來這裡做小學的時候，那窗戶是木條的，學生可以在空隙中鑽進鑽出，後來做了大隊，就把窗戶上又橫釘了一兩塊木板，讓小孩子不再自由出入。當下鷺鷥四下環顧，喚了一個七八歲小孩，問道：「你能從這裡爬進去？」小孩道：「能。」鷺鷥道：「你從這裡爬了進去，幫我開了後門！」小孩笑著，頗為狐疑，搖頭道：「不去不去。」鷺鷥道：「你乖乖來著，我那豬被人捉裡面去了，餓得直叫喚，要放出來的，你幫我忙，回頭殺豬了有你份！」小孩又狐疑笑了，道：「我不要豬。」鷺鷥不得已，從袋裡掏出髒兮兮一把鈔票，取了一張一角的，道：「幫我打開門，這個是你的。」小孩子笑道：「先給我！」鷺鷥道：「不乖，開了門再給！」見小孩猶豫了，便強行抱他上了窗台，小孩子逞能，跟猴似的往空隙裡一探，便進去了。那鷺鷥嫂只是在正門一側遠遠望風，頗擔驚受怕，見小孩子進去，忙過來和鷺鷥一起往邊上小門走，且道：「要是被公家知道了，會不會有事？」鷺鷥嫌她說喪氣話，道：「有甚麼事，是拿回自己的豬，又不偷不搶！」鷺鷥嫂又道：「我們打開了公家的地方，會不會被公家人抓了去？」鷺鷥嘴裡發出嗤嗤聲，給自己壯膽道：「來人也不怕，我是被抓過壯丁的，什麼大的官什麼大的槍都見過，誰若敢動我，嘿嘿，那正好，我一癱在地，這身病就歸他管了。」

那小孩跳將進去，從裡面拔了鐵拴，開了邊門，伸手對鷺鷥道：「錢，錢！」鷺鷥卻不認了，道：「小屁孩，幫老人家一點忙就要錢，你爹是誰，我跟他說去，且讓他教訓你！」小孩子笑指著鷺鷥道：「騙人精，騙人精，我早知道你騙我的！」鷺鷥道：「早知道了還跟我要錢，我老人家每一分錢都不容易的。」小孩瞅準了，一巴掌拍在鷺鷥屁股上，爽道：「打你老屁股！」笑著跑了。

祠堂廂房原是做了教室的，左右首各四進；那大隊的辦公室，設在樓上，原先也是老師的辦公室。一般無事，白天倒無人，晚飯卻有幹部等聚了打牌等，而此刻偌大的院子靜悄悄。那鷺鷥嫂已先進去，循著哼哼聲，在一間教室裡找到了豬，又有超生家庭沒收的家具也陳列在此。豬原來不只一隻，有三隻，餓得慌了，見了人，跟見了娘似的，直叫喚著拱上前來。鷺鷥把自家的豬趕了出來，又把教室的門搭拉上，鷺鷥嫂嘴裡嘖嘖嘖，用叫喚吃食的聲音哄了出去，但要趕豬跑，卻費勁，這蠢物不懂得你要走的方向，只左右亂竄。鷺鷥嫂便向邊上人家借了簸箕，用一根木棍敲著簸箕，給豬矯正方向，費十二分力氣，兩人把豬趕回家。又不敢再關在安春的豬欄裡，將廚房用木板隔了一角，把豬關了。又用腳盆給豬餵食，那豬餓壞，撲上來吃了幾口，只一拱，就把塑料盆子拱翻了。鷺鷥嫂道：「你去豬欄搬了石槽來！」鷺鷥道：「這般費勁，你若伺候豬一般伺候我一兩天，我倒也瞑目。」鷺鷥嫂回道：「那不簡單，明日起你只吃豬食便可！」老倆口互相咬牙，暫不細表。但路人知了鷺鷥把豬趕回了，也依樣畫葫蘆，或者偷偷把豬弄回，或者偷偷把家具搬回。因此舉動皆由自己這邊起，鷺鷥嫂頗擔心惹出事來。終於等到安民找上門來，還好沒什麼嚴厲懲罰措施，只是說影響不好，如此這般警告了一番，沒甚懲罰，懸了一顆心這才落下。這一幹事，鷺鷥立了大功，凡提此事，便道女人家只懂得在家裡管男人，外邊的大事，一分一毫也無奈，頗揚眉吐氣幾日，且不細提。

卻說安春和老婆逃了出去，那家裡跟遭劫了似的，一片狼狽。李福仁去拾掇了，等著安春回來，卻沒個信。去親家那裡打聽了，才知道先是逃去四都，安春的小姨子家。那四都也抓得緊，不敢多住，又逃到安春的縣裡不知什麼朋友那去了，一時也聯繫不上。兩個女娃兒，全是丈母娘接管。李福仁每從地頭回來，都先去安春家看看，卻是一點動靜都沒有，那家沒住人了，恰跟人斷了氣一般，沒了活的氣息。一開門，便驚了老鼠索索竄動。李福仁心裡著急，一日正吃著晚飯說著安春的事，村裡廣播響了來：「李福仁來大隊聽電話！」李福仁一驚，道：「誰人會給我打電話？」二春道：「你去接便知道了。」李福仁道：「二春你去接了吧，那電話我哪懂得怎麼接！」二春道：「人家叫你接電話，你去了便知道了。」李福仁便放了碗筷，抹了嘴，快步到了大隊。那大門倒虛掩著，徑直進去，見樓上有燈光，便上了木樓，辦公室裡有六七個人湊桌上打牌吆喝，有兩個是幹部呢。便小心問道：「說有我的電話，在哪呢？」其中一人指著桌上一部黑色電話道：「你等著，片刻就打過來了。」李福仁木著盯了那電話，五分鐘左右突然叮零零響了，嚇了一跳，卻不敢動。打牌的叫道：「你自己接呀！」李福仁道：「卻不知如何接？」那嘴裡叼根菸的通訊員左手拿了把牌，右手取了聽筒，問道：「是找李福仁？」然後遞給李福仁。李福仁聽了，卻是安春的聲音，便大喊道：「你在哪裡，怎不回來！」打牌的人叫道：「你不要用力喊，他聽得見，把我們都震聾了！」

那一頭安春道：「爹，我在縣裡朋友家，先躲著，現在趁農忙時節，計生組抓得緊，我暫時就不回來了，我那幾片田，你雇人種了吧！」李福仁道：「哪有錢雇人，你又不是做了地主，我看最近也沒人來，你把老婆寄縣裡，自己回來種了，我叫細春打你下手！」安春道：「爹，你不知，女的抓不到他就抓男的，一樣地結紮，一不小心我這香火就斷了吧！」說得李福仁倒也沒話了，扭頭問打牌的幹部，道：「鎮上計生組還來吧！」那幹部道：「那頭是安春吧，我們正要抓你，你倒來跟我們打聽消息，真是老鼠使喚貓來了！」一夥人哈哈大笑。那幹部道：「你跟安春說了，他回來也要抓，不回來也要抓，叫他乖乖主動到我們這兒來，國家政策你是逃不掉的。」唬得李福仁再也沒主意，只得跟電話道：「好吧，你再躲躲吧！」忙擱了電話，似乎怕幹部循著電話線把那頭的安春抓住了。幹部又道：「你說現在這部電話都變成超生人家通消息的電話了，是不是該把電話停了？」通訊員道：「可是停了那上面的政策也通知不下來了！」幹部啪得砸下一手好牌，道：「等想個辦法，不能把貓的家什變老鼠的工具！」

那李福仁回家，眾人問是誰的電話，李福仁道：「安春的。」細春道：「必定沒好事！」李福仁道：「他在縣裡要再躲些日子。明天咱們去把他的田給翻鋤了。」細春道：「不是說給老八的牛翻嗎？」李福仁道：「那牛比我還老，翻不動了，我們自己去一兩天翻了，比牠省事！」細春攤開手指道：「你可憐老牛倒不可憐我了。看我前些日子起的水泡，破的時候疼死了，現在都變成繭子了，再起一遍水泡，估計手都爛了。」李福仁慈祥笑道：「那手就是要越起繭子才越不疼哩，你看我這雙手，再也起不了水泡了！」細春又道：「大姐都說了，不要再給大哥忙活，你幫他，他自己永遠不上手！」李福仁道：「我本是不想幫了，現在形勢緊，再幫他一季，以後都他自己的事。」

李福仁擔心安春的田地過了時節廢了，一心一意把農活做了。偏細春勉強給大哥做活，李福仁做得頗費勁。恰美景串了回門，看在眼裡，心疼老爹這把年紀還在為兒子耕作，埋怨了一番，回去叫了丈夫慶生來幫忙，這才將安春的活兒緊著時令做完。

7

三月初五，因是標會的日子，常氏又從縣裡趕了回來，天黑了才進屋裡。李福仁也知今日要標會，便早早吃了晚飯，騰出桌子來。那會腳卻已經來了五六個，有愛香、錦雲、桂鳳等一干婦女，皆聚集在廚房裡聒躁，說東道西的，單等常氏回來。常氏剛進廚房，桂鳳便問道：「又是走路回來？」常氏道：「正是，走路慣了，也捨不得坐車。」雷荷花腆個肚子也湊在桌邊看熱鬧，道：「娘飯吃了沒？」常氏道：「吃了飯，給拾掇乾淨了，這才下來！」桂鳳道：「暗黑走道，你膽子真大，聽人說溪口路上鬧鬼呢！」常氏把已到的會標一一擺在桌上，道：「鬼倒是也看見了，但想我一世不做虧心事，也不害我，念了念經，就過了。」桂鳳奇道：「真是有鬼呀，長啥樣了？」錦雲道：「說了你又不敢回去！」桂鳳道：「且聽著，一會兒結伴回！」

這縣裡到村有二十里路，常氏不坐車，從近道回，要經過溪口村一片樹林，老早就傳那樹林鬧鬼。常氏陪著眾人閒叨，漫不經心道：「我過了溪口村，那天色還不晚，只進了那樹林，天就黑了，陰風也來。我看那深處一閃一閃的火，心想是鬼，又想我不做壞事，鬼來找我做甚，必是好奇而嚇人而已。我就不看它，在心裡念叨生平做的好事，又念了平安經，就這麼過去，鬼也沒了，想必也知道我是不該害的了。」那桂鳳且聽且緊問道：「你可看見了它具體模樣，有鼻子有眼睛嗎？」常氏道：「看它做甚，看了都睡不好覺。」恰那李兆壽的婆娘陳老姆進來，聽了勸道：「他嫂子，若然這樣，下次可別再往那道上走了，那鬼是會纏人的，萬一你身子不好了，或者心裡有礙，鬼就附你身上哩。你且聽著，那貴嬌的女兒在鎮上讀書，去年回來卻瘋癲了，一會說誰誰誰要害他，一會兒說指爹罵娘數落不好，卻好端端一個姑娘，怎麼眨眼就這般不像人了。你猜如何？後來去那仙艮請將馬天師，馬天師道出原委，原來那姑娘在學校晚自習，那教室外頭有一棵榕樹，榕樹上躲著齷齪鬼仔，恰姑娘出來那夜裡感冒了，出來打了個噴嚏，被那鬼仔盯上，附了身上去作亂。馬天師又道，那鬼修煉得法力頗大，自己畫了三道符，只能去勸它離去；若它不回，馬天師法力也無法驅趕，要另請了高明的人。果不其然，那鬼走了又來，姑娘瘋癲老反覆。後來又請了大聖，大聖也說這鬼煞是厲害，需得上天請得幫手來，還不知能不能剷除呢！」這個事兒眾人也都知道一二，當下連嘆這女孩兒不幸。桂鳳道：「原來村西那棵榕樹上也有小鬼住著，路人過了都受驚嚇，後來樹下造了廟，請了神鎮住，那路才太平了。」

這是又進了一個漢子叫李安國的，手裡攥著會標往桌子上放了，接茬道：「按我說，現在村裡造的廟雖多，但有一處不好，請的神都不夠大，看不住全村。你求祂辦事吧，總是法力不夠，又得請更高明的。咱只要請一個大的神，村裡七七八八的小鬼祂都能鎮住，給咱們辦事也方便！」陳老姆忙勸阻道：「可別亂說這話，這神倒是都挺大了，只是這些年出來鬧的鬼越來越厲害了，也都是有來頭的，不好弄。聽說附貴嬌女兒身上那鬼，原來是有官做的，解放後被槍斃了，骨頭就埋在學校的牆根上。現在形勢不緊了，他就出來作亂，死得越冤的鬼就鬧得越厲害了。」

當下要標會的陸續到來，把鬼的話題打住，齊把會帖擱桌上，排了大概三十來家，有的沒親自來，就拜託別人捎會帖來了。到了七點，時間已到，不再等人，眾人道：「開帖開帖，不來的指定不想標了。」常氏便從左到右，把會帖一一拆開，依次寫：李安先五元，李懷祖八元，李玉鳳九元，李玉觀五元等等。當拆到李玉清十元，人群發了「嗡」的驚嘆，有的道：「哎呀，這麼高，肯定中標了！」又有道：「這用錢的時節，會跟天一般高，有十五以上的也不希奇！」又有道：「比十五還高怎麼還得起呀？」又有道：「用錢的時候就先不想還錢的事了。」正說著，常氏又拆開一個，寫：李兆壽十一元。眾人又「嗡」的一聲，有的道：「這帖寫得真刁，剛好壓著李玉清。」其後一一打開，再也沒有出現比十一元更高的了。李玉清媳婦頗為沮喪，道：「狠了這回心還是標不到。」陳老姆中了標，且只比第二名高一塊錢，眾人都道賀。陳老姆又喜又心疼，道：「雖是中了，可還起來，要把便祕的勁兒都使上！」原來這五十元的會，平時標中的不會超過五十五，超過十元的，利息比天還高，要不是用錢急，誰也不會去標。李玉清媳婦笑問道：「老姆，你要是不急著用錢，可把這場會轉與我。」陳老姆回道：「哎喲妹子，你可不知道，我等這場會都等白了頭，上個月我會帖是十元，還沒標上呢，這次可是下狠心瘸足了盡，我那老頭本來說寫十元，我說你十元人家也許也十一，寧可多一塊，這才拿到手呀！」

眾人散去，帶了會錢的便把錢留了下來，常氏收好，直接交給陳老姆，叫二春將那會帳一一圈了；沒交的，待明日叫李福仁去討來。因知這錢是給她兒子李懷合的婚事，便問了究竟。陳老姆道：「嫂子，我沒你的命好，我是花錢給兒子娶了媳婦，又要雙手把兒子送上門，這門親事我也不知道是喜是悲！」便將那一肚子委屈掏了出來。原來對方要懷合做上門女婿，一家人意見不同，陳老姆不合意，自己的兒子想留身邊；可是懷合雖不願意上門，卻對姑娘頗為中意，猶豫之下，還是想結了這門親事；李兆壽卻不表態，只聽兒子自己的意思。陳老姆矛盾不已，只能將氣撒在老頭身上，罵道：「把自己的兒子給別人也不介意，看誰人給你養老送終！」罵過了癮，但也無法，只能答應了這門親事。儀式還是照常辦，男方一分錢也不少發，只不過娶過來三天後夫妻就回女方家去。陳老姆說完，流了淚，常氏握了她的手，勸道：「事已至此，也就認了，好在懷合是好孩子，他心裡必定能記掛著爹娘，多回來看看，總比那娶不上媳婦抱怨爹娘的好。況且家裡還有細懷合，終究有一個在身邊！」如此這般，才將她眼淚止住，將會錢收好，送出門去。

當夜閒聊無話。次日常氏頭一遍雞叫便起了，天色白得早，雖有些霧，卻有一派暖意，上街的影影綽綽，在朦朧中打了招呼。常氏買了肉菜炒了，又蒸了一大鍋乾飯，喚起眾人起來吃了，李福仁拉著細春便下地去了。常氏吩咐了二春一干事項，便走路回了縣裡。因常氏回了家，葉華便叫她母親來陪孩子睡了一夜，畢竟生分，稍一驚便啼哭，到了八九點光景，正在常氏上來，接了去，葉華母親叫道：「這娃娃，連外婆也認生，倒見你更親。」常氏道：「那可不是，聽著我哼的曲兒睡慣了，又喜歡小手攥個物什睡去，一般人才不知癖好哩！」葉華母親道：「還是你好手段，我且回去！」常氏道：「辛苦辛苦。」送了出去，待那娃娃睡了，又做了那中午的飯菜。那葉華中午回來，吃飯間說道：「昨夜那三春尋來，說約了朋友去廈門做工，找你要路費的，見你不在，便央我先支了他些錢，回頭再找你算。我問多少，他說二十，我見不是好大數目，便借了他。他又認真，非要記了借條給我。」常氏聞言，道：「哦，這孩子！」當下謝了葉華，又道：「昨夜裡回去交了會錢，這錢暫時也不能還你，當等著下個月了！」葉華道：「不礙事，或等他賺錢了自己還我。」常氏道：「也不知去廈門做甚，叫我好擔心！」葉華道：「聽那口氣，似乎頗有眉目。」當下揣測不提。

卻過了兩日，正下午十分，常氏聽得敲門聲，又聽得叫道：「娘，娘！」開了門，卻是三春，嘆道：「我正擔心你呢？」又驚詫道：「不是說去廈門？」三春道：「那點本錢怎敢去，我那朋友先去了，等我有了本錢再走！」

原來三春在縣裡耍，邂逅了原來一個同學叫高傑。那高傑也是讀書不甚興趣，喜歡做七七八八的勾當，下了課便到車棚去偷自行車鈴鐺，偷了滿滿一課桌抽屜，許多是老師的，讓老師也叫苦不迭。終有一日，被親近老師的同學告了，又打了那告密的同學，被學校開除了，也跟三春一樣成天閒逛。高傑與三春耍在一處，成天看錄像、打台球，在父母那裡趁錢，玩了幾個月，恰遇見他有一表哥回來，原來在廈門做了小五金生意，發了小財，叫高傑也去站櫃檯。高傑在縣裡日子過得爽，不太想去，那表哥說，廈門的生活過得更爽，要得東西可比縣裡多，高傑才動了心。於是跟三春說了，邀三春一道去闖闖，三春道：「去是想去，你可跟你表哥合夥，可我沒得本錢，去了也是靠邊打雜，不如籌錢了去，到時候叫你表哥指點一下有什麼好生計可做！」於是來常氏這裡找錢，恰常氏回家去了，三春靈機一動跟葉華開了口，又不好多說，只要了二十元，堪堪做個路費。便將二十元請了高傑吃飯，讓他先去廈門，自己籌了本錢再來。

當下常氏也一籌莫展，只是道：「兒呀，農家子弟想法不要太遠了，又何必到廈門那麼遠的地方去，出了什麼事我也照顧不到你，不如就在這裡找了活幹，好歹能掙點錢，娘給你說門媳婦去！」三春撇嘴道：「不成不成，人說不到外面去闖一闖，白活了一輩子，你要想辦法替我備了本錢，我就能成事。你想二春當年要不是出去廣東，也別指望他能賺幾個錢！」常氏道：「你說得有理，可你去廈門做什麼事，要多少本錢？」三春道：「也不知，你且借個一二百，多了更好。」常氏嘆道：「我且思量一下。」凡天下父母，均把兒女的愁做了自己的愁；而天下兒女，往往只顧著自己，少有將心比做父母的心；只是自己做了父母，方能明白做父母的滋味，只是常言道，知父母，卻已遲。

次日吃了晚飯，常氏把小娃兒交給葉華，道：「到我小妹家去說點事。」便走了。常氏有姐妹四個，前三個都在鄉下，唯有小妹常金玉，早年沒嫁出去，卻與一個上山下鄉的青年談了戀愛，搬到縣裡來，育有一子一女。那妹夫在縣裡土地局工作，因常金玉沒有文憑，先是在土地局食堂做飯，後來年紀大了，吃不消，又在收發室裡謀了一個閒差，倒也快活。夫妻生了一對兒女，女兒尚在高中，兒子去年上了大學，喜到常金玉心裡去，治了自己沒文化的心病。且說常氏揣了心事，來了小妹家裡，敲了門打開，卻是一副陌生臉孔，才曉得找錯了門。當下問了，那人知道常金玉的名字，道：「在隔壁門樓呢。」常氏想著自己來土地局宿舍小妹家也有多次了，今天怎麼會找錯的，真是邪了。過了來，敲門進屋，那常金玉夫婦在看電視，女兒在裡屋做作業呢。讓了坐，閒聊一陣，因當著妹夫的面，常氏也不說究竟，只是往外裡扯。那妹夫好脾氣，知了姐妹有私話要說，便去了裡屋。常金玉道：「何事你說了吧！」常氏道：「妹夫在，我說不出口。現如今我最愁的是三春，沒讀書後去學了木工手藝，不成事，在縣裡晃蕩，也找不到事做。前些日子說要到廈門做生意去，沒有本錢，讓我給籌著，你說我這哪裡找呀，不得已找你來想個法子！」常金玉道：「你這一世就是為兒子累，沒錢管你要，沒媳婦管你要，你只是做個母親，又不是開銀行，沒這道理。」常氏道：「自家兒子，不管娘要向誰要，想我兒又不是打家劫舍的料。」常金玉道：「這就是你想的不是了，你樣樣都應承，哪有個完的時候，只怕你將來動彈不得了還管你要飯吃。你也要六十歲了，該不管的就不管，讓兒子自己去張羅。」常氏道：「就是放不下嘛，能放下我能這麼為難嗎？」

常氏和常金玉，是最大和最小兩姐妹，性情最是不同。常金玉道：「你讓我想，我也沒主意，只是我勸你，既然三春聰明，由他自己想法子去，你不必再折騰自己了。」常氏道：「我若忍心，何至於來求你，你是我妹妹，他是你侄子，我想你不幫他還有誰能幫他！」常金玉笑道：「姐姐，你到老了也沒明白我的意思，幫一時，難幫一世，他二十來歲的後生，幫人做工什麼的都能混口飯吃，不如讓他自己闖去；況且我這裡是沒有能力，兩個孩子，一個高中，一個大學，能使的勁都使上了！就說我聽兒，他若考不上大學，我也不供養他，他上了，我就是使勁供他。你三春，當初也有書念，但凡伙食費沒了，我也可以幫一把；現在出了學校了，自己混飯吃去，再也沒道理幫了呀！」話已至此，常氏也不勉強，只道是心裡想，自己的孩子跟別人的孩子畢竟不一樣，臉上頗有些不悅。常金玉又道：「姐姐，我是說了一萬遍了，你也聽不進去，若在縣裡，你這把年齡都該退休，什麼事也不操勞了，可我見你操心得越來越多了，二兒子娶媳婦，你來做保姆還債，現在又操勞三兒子，將來又管小兒子，我這心都替你累了！」常氏道：「人一生不是為兒女操勞還為誰操勞，不過是自己沒能耐讓兒女跟著受累罷了。」

那妹夫在屋裡聽了，倒是對常金玉不滿，出來道：「姐姐來了，你沒弄點東西給她吃，倒是教訓她來著！」常金玉道：「我是想讓她舒服點，我們姐妹多年來一直都說不通。」常氏輕聲道：「命不讓你舒服你又怎麼舒服，若我是縣裡有工作有錢的人，也就舒服了！」常金玉笑道：「也不是說有工作不做農民命就好，工作累死的人也有，你總是不懂得我的意思。」當下常氏要走，妹夫拿了包餅乾遞給她，常氏推辭道：「不必了，我又吃不得這東西。」妹夫道：「拿著，回家可以帶給小孩子吃。」常氏這才拿了，出來。走至宿舍外的一段小路，忽明忽暗，邊上萬家燈火，常氏覺得妹妹私心不幫她，又想著兒子無依無助浪蕩在縣裡，不由一陣酸楚，眼睛就濕了。恰一隻狗從小巷裡出來，見人便吼了兩聲，把常氏嚇得忘了酸楚，急匆匆走回。

葉華開了門，燈光一照，見了常氏眼皮紅腫，又見神情不悅，覺得有事，便問道：「咋啦？」常氏眼皮底下打轉的水便冒了出來，哽咽道：「妹子呀，人窮氣了連親妹妹也不搭理了。」當下進了屋，洗了把臉。葉華見她情緒緩和過來，也不便多問，安慰兩句，便睡去了。

那三春一心只索要本錢，又來問了，常氏便將一五一十說了。三春道：「這個小姨不親，只顧著自己孩子，不顧別人孩子。」常氏道：「要不別去了，就在縣裡找活幹？」三春道：「不成，我給朋友去了電話，說那邊有錢賺，叫我快走哩！」常氏道：「真是為難！」用中午剩下的花蛤湯給三春做了一碗麵，三春吃了，也無事幹，眼睛對盯著天花板和牆壁東看看，西看看。常氏見兒子為難，勸道：「不如等我過兩天下去，到你叔嬸那邊看看？」三春搖搖頭，道：「鄉下的都是窮鬼，有什麼好問的，不如向葉華借了？」常氏道：「哎喲，孩子，你上次借她還沒還呢！」三春撇嘴道：「咳，人家有錢，哪計較這點小錢，你看她這房子這麼大，幾層空著都沒人住，就不是跟小姨一樣窮氣的人，況且你幫她孩子哄得這麼好，比他娘都親了，借她一點錢算什麼，又不是不還！」常氏道：「也有道理，只是張不開口。」三春道：「咳，女人家就顧點面子，你為我前途想想，這點面子有什麼捨不得的！」恰聽見裡間小娃醒了的聲音，常氏道：「你且先回，我試試看！」

且說三春出得門來，在南門兜花了五角錢打了三局台球，便往堂兄華生那裡去了。原來李福仁有四個兄弟，爹娘養不起，最小的一個打小就讓爹娘送到鎮上給人了，一直到成人之後才重新認親，這華生就是三春這個小叔叔的兒子。他去年從師範大學畢了業，在一中當了老師。三春到華生宿舍尋了一遍，不在，又到食堂一看，正和一夥老師在吃飯呢。華生道：「過來過來，自己打飯吃去。」給了他一個飯盒，幾張飯票，華生到窗口打了一份荔枝肉，一份菠菜，二兩飯，湊在老師堆裡吃了。華生道：「晚上有舞會，跟我一道耍？」三春道：「隨便。」吃了飯，在水槽洗了碗，一道回了單間宿舍。三春疲倦，和衣往床上躺去。華生問道：「還沒事做？」三春道：「事多了去，就沒盤纏，有一朋友在廣東，叫我去當演員，還有一朋友在廈門，做生意，也叫我去，都有賺頭。」華生道：「你能當演員？」三春神祕道：「我當然可以，口才這麼好，人也長得不賴，他說那裡缺三級片演員，可掙錢了。」華生道：「那還別去，會被公安局抓了可就完蛋。」華生當下在鏡子前梳了頭，噴了摩絲，換上一件綠色條絨西服，問道：「可以嗎這樣？今晚有姑娘來！」三春轉頭看了一眼，道：「可以了，可以當演員了都！」華生道：「你不收拾收拾，認識一下姑娘！」三春嘆道：「沒興趣，自己都養不活。」華生道：「那找個能養你的。」三春笑道：「吃軟飯？我是那吃軟飯的人嗎哈哈。」華生道：「走吧，要不姑娘都讓色鬼們分走了，我們這裡光棍太多了！」三春奇道：「你這裡光棍還多，學校裡就有好多女老師呀？」華生道：「你不知，現在男老師特不吃香，姑娘都嫌窮酸，怕嫁過來吃西北風；女老師呢倒吃香了，那些銀行、郵電系統的色狼都往這裡趕，我們搶他們不過，都讓著。我剛進學校，老光棍就警告我了，得趁著手熱趕緊動手，要是折騰一兩年手冷了，讓姑娘回過神來，到時候只能去村裡娶了！」三春一聽來勁了，道：「走，幫你搶去，今晚怎麼也要搶一個回來！」

當下兩人到了實驗樓，爬上七樓的教工之家，一個偌大的教室，頂上是可旋轉的彩燈，邊上靠著一排音響和椅子，中間有一張乒乓球檯，兩個老師打得正酣，周圍數人觀看喝彩。華生的球打得甚好，輪到他上，把一個「四粒車」的老師打得屁滾尿流，又換上一個跟華生打，也敗了。還有不服氣的要打，華生道：「不來了不來了，出一身臭汗，一會兒沒法跳舞！」扔了牌子，又去衛生間收拾一番。一會兒樓道裡有人喊：「有一群女的上樓了，撤了球檯！」裡面的人趕緊把乒乓桌折起來，又問道：「是不是都是大媽？上回招了一群大媽，差點讓人瘋了！」樓道的喊：「不是，有好看的。」當下彩燈亮起，霓虹閃爍，舞曲舒緩地響起。

來了四個姑娘，似乎是常來的，唧唧喳喳地進去。其中有一個馬尾巴的是本校的女老師，一進舞廳便叫道：「怎麼全是男的，陽盛陰衰！」一個寸頭的體育老師叫道：「叫你多帶幾個女孩子，怎麼老是這幾個，名花有主了都！」馬尾巴叫道：「嘿，你這人這麼粗俗呀，我們是來跳舞，又不是販賣人口的。」又對三個女孩子道：「別理他，他是我們學校的流氓，專門糟蹋女學生，你們要小心！」寸頭道：「林老師，不要這樣敗壞我名譽，名聲壞了娶不上老婆，你可要負責任呀！」馬尾巴道：「活該，嘴巴這麼壞就該斷子絕孫！」寸頭皺眉道：「真受不了你，還好沒娶你，要不然就死在你嘴裡了！」馬尾巴叫道：「沒勁沒勁，不理你了，跳舞去。」舞池燈光閃爍，女孩子被很熟練的男老師們拉了下去，接著又陸續有人進來。樓道裡又有人叫道：「建行那兩個小子來了，趕緊把四樓的鐵門鎖上！」有人就咚咚咚跑下去鎖門了。

三春坐在牆邊的椅子上，抽了根菸，對一旁的華生道：「怎麼不上，那兒有女孩不錯的。」華生道：「不行，都是有主的了，跟她們玩都白搭。」華生邊看錶邊著急，道：「怎麼還沒來？」又朝外邊吆喝道：「嘿，那小子走了就把門打開，還有人沒上來呢！」外頭道：「知道知道。」過了一棵菸的功夫，華生眼睛一亮，對進來的兩個女生道：「到這兒到這兒。」然後互相介紹了，原來小劉老師約好了，給華生帶來個舞伴，叫陳紅。小劉對著華生耳朵悄聲道：「不錯吧，其他靠你自己了。」華生很高興，便拉了陳紅，到舞池去展開嫻熟的舞步去了。小劉對三春道：「我們也下去跳？」三春道：「我不會，是來看熱鬧的。」小劉道：「其實跳舞很簡單的，就跟著跨步就行了。」又道：「陳紅長得不錯吧！」三春道：「還不錯，是幹什麼的。」小劉道：「現在不幹什麼，在家待著，他爸是銀行的，遲早把她弄銀行裡去。」說著，小劉就被其他的人拉進舞池去了。那三春看著無聊，居然坐在椅子上見周公去了。後被華生拍拍肩膀醒來，便問道：「怎麼樣了，有戲嗎？」華生指著舞池，道：「還沒說幾句話，就被那小子搶去了！」三春一看，一個非常自信的小夥子正擁著陳紅翩翩起舞。三春道：「誰呀？」華生道：「就是建行的小子，起先門被鎖了上不來，後來又冒上來了，長得挺奶油的，嘴巴又甜，特有優越感，老在我們這邊搶舞伴，我們都煩他。」三春道：「那搶回來呀！」華生道：「這怎麼搶呀，女孩子到他手裡都愛跟他跳，還能怎麼著！」

三春看在眼裡，等那小子和陳紅舞到身邊，突然伸手把小子拉了出來，道：「這是我們的朋友，你先歇一下。」那小子愣了一下，推了三春一把，道：「有病呀你，找死吧！」三春就要拳腳過去，卻被華生一把抱住，附在耳邊道：「別鬧別鬧，要出醜的。」見有人鬧事，跳舞的人都停了下來，那小子的同夥也過來了，問道：「誰呀誰呀，想鬧事呀！」華生一邊道歉一邊拉著三春趕緊出去了。三春道：「就這麼走？太丟臉了吧，跟他們掐一下！」華生道：「千萬別，你不知，要是在這兒爭風吃醋傳了出去，我還怎麼在學校待下去呀！」兩人灰溜溜下樓去了。華生偷雞不成反蝕一把米，但他脾氣好，也不生氣，回到宿舍又閒聊片刻，見旁邊房間老師開著十四吋黑白小電視在看《聊齋》，便過去一起看了。

在華生這兒睡了兩日，三春又來到常氏這邊打探消息。常氏道：「我倒是跟葉華説了，她一個女人家，拿不定主意，説等他老公後天回來了商量商量。」三春怨道：「怎麼碰到的都是小裡小氣的人。」常氏勸道：「咱們人窮氣短，只能依人家的。葉華妹子叫你後日來，親自跟他老公説了！」三春便走了，單等後日又來，恰葉華的老公高三明從溫州賣了海鮮回來了，那高三明三十來歲，肚子微凸，為人豪爽，原來也是讀書不成，高中沒畢業就給人家幫手做買賣，後來行道熟了，自己單幹，賺了錢建了五層樓的房子，娶了老婆，也混了個殷實日子。葉華當著面把借錢的事跟他說了，高三明道：「這種小事，不必單等我回來，三春小弟他要出去做事，理當助他一臂之力；我當年做事也是沒本錢，沒人提攜，才那麼辛苦，不過好歹自己闖出來了！」

當下請三春一起喝酒，三春沒想到此人這麼俐落，陪著吃了幾杯，聽了高三明海吹了生意場上的事，借了二百元錢，填了借條，興沖沖走了。常氏對高三明十分感謝，說不盡好話，又高興送了兒子出來，恰跟送去考狀元似的，滿心希望，不提。

8

安春在縣裡躲了些時日，一個人回了家，灶冷茶涼，便下來李福仁這邊吃了。那細春幹了些日子的農活，正肚裡有氣，責怪道：「你倒回來得正是時候，恰等我們幫你幹完活了！」安春自己盛了一碗番薯米飯，坐在桌邊扒了兩口下去，才搭理道：「你以為我想這樣，我也是無奈，總得等你嫂子懷孕後才能下來！」李福仁正不想理他，聽了這話，問道：「懷上啦？」安春道：「懷上了我這才下來，要不然早下來忙活了！」李福仁道：「這回指望能生個男丁！」

恰李兆壽踱著步子進來嘮嗑，笑道：「前日裡那工作隊到我那牆上寫字，寫道『生男生女一樣好，女兒也是傳後人』，我問這話是誰說的，他說是政府說的，我當時就思量這政府也是騙人，女兒長大了就嫁出去了，跟潑出去的水似的，怎麼能是傳後人呢，不是說笑話嗎！」李福仁道：「政策這東西是說不準的，早時候鼓勵多生，現在又鼓勵少生，不知何時改朝換代了，又反過來了。」李兆壽道：「我們農家人生個兒子，就踏實了，養兒防老是古話，其實現在未必能養你；但沒養個兒子，你心裡就落空，對祖宗沒個交代，政府他不懂這個。但現在也怪了，聽說縣裡也有人就養個女兒夠了，不生男孩，我也思量過，人家有工資，老了政府還管工資，所以不怕；我們幹不動了，沒人理會，道理就在這個。那政府來抓計劃生育，他沒給我們這個交代，所以抓得難了。」安春道：「政府能管那麼多，我們就真正共產了，現在的口號是『該流不流，扒房牽牛，少生優生，幸福一生』，沒商量的，我這想生一個，得躲個一兩年。」細春道：「生個孩子有那麼難麼，你就是藉口偷懶，人家幹活，你就出去歇著，幫你忙完了，你接回家歇著。」

那安春幾口吃完了飯，不在乎道：「你以為我是出去歇著，我是出去賺錢的。」從衣袋裡掏出一疊錢來，也不知是多少，扇了一下，啪啪作響。細春道：「我和爹替你把活幹了，也該拿工錢來！」安春把錢收回口袋，不屑道：「說笑話了，一家人我還給你工錢，外人知道了還道是我雇你們，被人戳脊梁的！」細春道：「一個嘴巴，把什麼說得都是你有道理！」李兆壽插嘴道：「說是雇錢，確實難聽，就拿點算是給你爹買吃的，這名義還可。」安春卻叉開話題道：「這縣裡的錢就是比村裡的錢好賺，遲早我還是搬縣裡去。」李福仁道：「搬縣裡住，那你會住得起，吃喝都那麼貴，又要租房子，除非找到公家差使還差不多。」安春道：「工作倒是沒有，當年我退伍的時候沒有關係，要有關係也許現在也是公家人！」

此刻安春的大女兒珍珍跑了進來，撲來叫道：「阿爸阿爸！」安春接過來抱起，道：「正要去看你！」原來安春和老婆逃去，兩個女兒珍珍和玉玉都放在丈人家裡，那珍珍聽人說爸爸回來了，興奮不已，尋這裡來了。珍珍道：「媽媽呢？」安春道：「媽媽再躲些時日回來！」珍珍道：「人說，你被抓去了，我還哭了！」安春親了珍珍一口，道：「爸爸跑得快，抓不著的，別聽外人撒謊。」李福仁道：「你得把兩個孩子帶回家呀，放在親家那邊這麼久，人家只忙你一家的事了！」安春道：「正要帶回呢！」李兆壽插嘴笑道：「安春也算有門路，把孩子放親家那邊，自己又在縣裡有窩點，要是換我家，只能躲菩薩廟去了！」李福仁道：「我那親家母是好人，就受他們連累，一句話都不說呢！」安春把珍珍放下來，道：「你跟叔叔玩一下，我去把你妹妹抱回來！」自己就出去了。

珍珍就跑細春身邊去耍。細春道：「你站著，我變個魔術你瞧！」手裡拿了個硬幣，撲地放在嘴裡，兩手張開，硬幣沒了。珍珍道：「哪裡去了？」細春道：「當然吃下去了。」做了吞嚥狀，喉結一動一動了，然後把手放在屁股後面，道：「拉出來。」把硬幣從屁股那邊拿了出來。珍珍拍手道：「叔叔會吃錢，我也要吃！」李福仁看了，慈愛笑道：「你且別這麼騙她，回頭她真的把錢吃了進去！」細春把珍珍抱了，道：「你不會這麼傻吧，你爸爸不會生個會吃錢的傻女兒吧！」一邊撓了珍珍的胳肢窩，逗得她掙扎不已。

吃喝拉撒，日月穿梭。且說這一日黃昏，喜鵲從天井落了下來，停在小桑樹上尾巴一翹一翹，又左轉右轉，尋找什麼，見了人，啾啾告知了兩聲，又飛出去了。這廂邊卻瓜熟蒂落，雷荷花突然腹痛不已，因家裡都是男人，亂成一團。那李福仁叫細春道：「趕緊去叫摩托車，上縣裡醫院去。」那細春便去了。雷荷花只是叫痛，李福仁慌裡慌張，跟二春道：「我也不知如何做主，你去叫你三嬸來吧！」二春便跑去，那三嬸正在家裡做菜，聽說要生了，便把火滅了，趕了過來。因是有經驗的，便道：「這一路顛簸到縣裡都來不及了，就叫接生婆吧！」二春慌張道：「哪個接生婆？」三嬸道：「還有哪個，你奶奶過世後，這村裡接生的就只是阿吉醫生他老婆了，你快去叫來，說馬上接生了！」二春又一路跑街上阿吉的診所去。

原來這村裡，老一輩的接生婆就是二春的奶奶，他奶奶過世後，有個懷慶婆婆也能接生，那懷慶婆婆過世後，有在家裡生的，全都是叫阿吉的老婆秀清。阿吉原是赤腳醫生，醫術高明，在村裡開了診所，他老婆秀清先是幫著抓藥，後來慢慢懂得些藥理，對於農民的常見病也能開藥，成了半個醫生。村裡如今有些錢的人，會到縣裡去生；那些貧困去不起的，才在家裡生了。常氏本來有吩咐，到了日期定要到縣裡接生去，可是家裡幾個男人，又怎懂得跡象？況且按這日期，確實有早產的樣子，沒能預料。

細春急匆匆回來，道：「摩托車來了！」李福仁道：「你三嬸說去縣裡來不及了，把車退了去！」細春頗為惱火，道：「早說，就別叫了！」李福仁無話可說。三嬸坐在雷荷花床上，只握著雷荷花的手，輕聲安慰，又對細春道：「你跟人好話說幾句，無事，咱們是事出有因，不是哄他玩的。」李福仁突然想起，道：「那你坐了車去縣裡把你娘叫回來！」三春撓頭道：「去縣裡懂得去，可是她在哪一家做事我又怎麼知道！」又靈機一動，道：「娘不是說那人家裡有電話嗎，你去大隊打一個電話不就可以了。」李福仁道：「也是，我倒忘了這一出，不知大隊這時候有沒人。」

細春去退摩托車，李福仁便也往大隊一路急走，直到樓上辦公室，碰見一個幹部剛好要鎖門下樓。李福仁道：「我有急事要打下電話。」幹部道：「正巧，再遲一步我就走人了。」重新開門進去，李福仁道：「你替我打一下，打到縣裡找二春娘。」幹部道：「號碼多少？」李福仁道：「什麼號碼？」幹部道：「電話號碼，有號碼才能打過去！」李福仁道：「沒有，直接打縣裡某某家不行嗎？」幹部道：「你不知，這打電話又不是喊廣播，喊了全村人都聽見；電話須有號碼，沒有就打不通，你問了號碼明天再來！」說畢，便重新鎖門下樓。李福仁聽了也不知究竟，只知道是不能打的，邊走邊嘀咕道：「這麼麻煩，還不如廣播呢！」

回了家，細春問道：「可跟娘說了！」李福仁道：「打不了，他說要什麼號碼，我哪知號碼！」細春道：「是喲，要號碼才能打通！」李福仁道：「我當以為他打到縣上，縣裡廣播一下，你娘就知道了，實在不知那麼麻煩。且先不管，明天你到小姨家，由她找你娘去！」

接生婆秀清卻已來了，問了情況，便在床邊小心觀察，又叫三嬸燒了一鍋湯備好。同一厝的婦女聞聲也趕了過來問候觀看，頗為緊張。只聽得裡屋雷荷花一陣叫喚，歇了，又一陣叫喚，實不知那孩子在娘胎裡施展什麼拳腳。二春只是候在門邊，忐忑不定，那細春給三嬸打下手，忙著備些使用傢伙。李福仁此刻倒是從慌裡定了下來，只是站在前廳祭桌前，對著祖宗牌位默念，祈求平安喜添男丁。

如此這般地折騰到夜裡七點鐘多，雷荷花哼哼不絕，一次次用勁，終於，接生婆秀清道：

「要來了，跟拉屎般用力。」雷荷花一聲悶哼，如小老鼠般紅通通的娃兒被接了出來。那秀清把臍帶用線打結了，剪斷，留了一指多長在小孩這頭，又在斷處點了消炎水，把母子身子拾掇完畢。在一旁的三嬸看得仔細，道：「是女娃兒？」秀清道：「是女娃兒，你且拿湯來。」三嬸取了早備好的湯，秀清將娃兒洗了，穿了小衣裳。外頭眾人聽得「哇」的一聲似貓叫，道：「生了生了。」三嬸出來取湯，對門口的李福仁和二春道：「是女娃兒！」李福仁與二春均欣喜無言。李福仁問道：「媳婦無事？」三嬸道：「都平安。」女娃兒哇哇叫著，秀清道：「拿糖水來吃了。」三嬸便將那一小碗糖開水呵得溫了，倒入奶瓶，湊著娃兒嘴上餵了，哭聲就止住了。那雷荷花生得筋疲力盡，問了一聲是男是女後，睡死了過去。一頓飯工夫悠悠醒來，見了娃兒在枕邊，滿臉欣喜。三嬸道：「能吃東西了嗎？」雷荷花點了點頭，三嬸便把米酒線麵煮蛋給她餵了，緩過力來。母女平安，一家人俱欣喜，左鄰右舍都過來問候，講了吉利話，喜氣融融。

次日常氏聞訊趕回，直撲了雷荷花房裡道：「哎喲我的兒，等不及我回來就生了，難怪我昨夜裡睡得不踏實，我這當奶奶的對你不好呀！」抱了嬰兒直端詳。當下不斷同宗親鄰送了麵蛋過來作禮，打聽了是女娃，不免賀喜之中又撫慰兩句，說是如今這世道女孩兒也有出息。那常氏的遺憾並不露在面上，只一派喜慶。又過兩日，接生婆秀清過來看了嬰兒，臍帶已然脫落；又雷荷花已經出奶了，噙吮不已。美景早把公雞送了過來，每日裡米酒燉雞湯補身子，那雷荷花身子還好，胃口不嬌嫩，能吃能喝，沒有什麼大麻煩。二春送了麵蛋到親家處報信，第十日，親家母便送了雞蛋、米酒等一干物事來，俗禮叫「十日麵」的。眾人給雷荷花做月子不提。

常氏忙了數日，捨不得辭了保姆的活兒，又葉華家裡也需要她的手段，便又上去。一上去，又記掛著家裡長短，又趁晚上下來看看，忙得似陀螺。好在雷荷花的月子不麻煩，那李福仁和二春也通灶上的活兒，把男人當了女人使，也夠用。這生兒育女的事，就要順順當當，那小孩兒一不留神，就成人了。要是有七七八八的鬧心事，小孩子磕磕絆絆，大人也就不好受，所以帶娃兒要懂得手段，才不費心。卻說這一日，葉華家的小孩子正醒來，常氏抱著，準備哄高興了放在搖籃上，自己忙洗菜做飯去。卻電話響了，是二春的聲音，急道：「娘，娃兒病了，你快下來。」那常氏抓著話筒愣著半天，只道：「好，好！」便放下了。原來那李福仁說了上次打電話未遂的事，常氏便留了心眼，把葉華家的電話號碼傳給家裡，二春這才懂得打電話上來。

此刻是下午時分，葉華還未下班，家中也託不上什麼人，根本走不開。常氏念想這未滿月的娃兒，什麼病讓二春急衝衝的？一團疑慮急上了心頭，又脫不開身，女人家一急，眼淚就出來了，想著自家的孩子顧不上，兩頭為難的處境，一個人自顧地悲傷。將娃兒放在搖籃上，把菜給洗了，小孩兒卻玩得不高興，哭了起來。常氏忙在圍裙上擦了把手，把小孩抱起，噙著淚哄道：「阿婆哭你怎麼也哭？阿婆不是不理你，是家裡小孫女病了，也不知是什麼個境況！」一雙老淚眼對著一雙小淚眼，好歹把小孩哄樂了。如此這般斷斷續續，把飯菜做完，單等那葉華回來，魂兒卻跑了，居然靠著小孩子的搖籃邊睡了過去。被葉華回來的聲音驚醒，那淚痕也乾了，趕緊說了如此這般，便出了門。本想坐車，卻又沒坐過，也不知道車站在哪裡，便使勁掄兩條腿，也不顧路遠人老，也不顧那牛鬼蛇神，急急到家，氣若喘牛。

常氏看那娃兒，原來有一日都不吃奶了，奶頭放她嘴裡，噙兩下便丟了；娃兒要哭，張開了嘴，卻哭不出聲，恰似那離開水的魚，唇兒一張一合地難受。雷荷花心疼得慌，沒滿月的孩子，更不知看什麼醫生，李福仁下午下地去了，二春不知所措，只得叫常氏下來思量。常氏道：「你三嬸頗知些草藥，叫她看看！」二春叫了三嬸過來，三嬸過來，責備道：「你這帶孩子，沒個有過來人怎麼成！」看了孩子，道：「莫不是被沖了吧？你奶奶曾留有小兒藥方，不妨吃了看看！」原來二春的奶奶本是又能接生，又知小兒藥方子，三嬸帶孩子時，曾有吃了她的方子，所以記得一二。當下三嬸口述了幾味草藥，無非甘草、金銀花等吃沖的方子，去診所買來煎了，用小湯匙給小孩子一小口一小口餵了。

夜裡常氏心裡頗為矛盾，對李福仁道：「他三嬸說得對，這沒有一個過來人在家伺候她月子，也不保平安，可那頭也要我，這兩頭都為難，可有法子？」李福仁道：「你辭了便是。親家娘都有話了，說自己媳婦不照顧，卻去照顧別人，這話也在理。」常氏嘆道：「那邊也不好放，這會錢一個月一個月緊著，放了去哪兒拿？況且三春還欠著他錢呢……」李福仁道：「你讓三春纏到他那頭去了？說你這個女人，怎麼這樣作踐自己呀！」常氏本來不想提三春這事，可說漏了嘴，被李福仁埋怨了，只能爭辯道：「他孩子要出去做事，我得管著他點呀！」李福仁道：「我不跟你說了，這家由你做主，以後老少沒飯吃全靠你！」老倆口本想商量出主意，卻被三春的事嘔了氣，也沒說出究竟來，睡去不提。

那小娃兒吃了兩回藥，還是哭不出聲來。次日三嬸過來探望，見不起效，道：「這個沖得厲害，老一輩小兒醫生要解這個，都是有些私活的。」雷荷花愁道：「要不抱到醫院去看看？」三嬸道：「但凡這種病，醫院一般看不出，花費又貴，去了都是冤枉！」常氏道：「你三嬸可想想還有什麼人治小兒的？」三嬸道：「要是他奶奶在世，可是行家！」尋思一番道：「聽說我那娘舅家好似也有一娃兒犯沖了，不知請的是哪一村的老太婆，給治好了！」常氏如抓了救命稻草般道：「那可要麻煩三嬸去問一問，這個要緊。」三嬸依從道：「那我去問問，二春你可跟你三叔說一聲去。」當下常氏遞了兩塊錢路費給三嬸，三嬸徑直往村口去了。二春來了三叔家，那三叔正窩在床上，二春道：「三叔，三嬸給我那小娃兒問藥去了，叫我來說一聲。」三叔氣喘咳嗽了幾聲，道：「一說求醫問藥，她就要走在前頭，遲早給人家藥出問題出來。」

原來那三叔家，女兒都出嫁了，獨一個兒子在外頭上大學，三叔因患支氣管炎長年臥床，一步離不開三嬸。凡見三嬸幫東家忙這個，替西家走那門，就有氣，口中只是叫罵。二春也不太理會，通了消息便溜了出來。

三嬸去娘家後域問了消息，那後域不遠，一個小時已經回來，把那剩下的車錢零票還了常氏，道：「說是廉坑村的陳老太婆，村裡一問便知，是祖傳的小兒醫方，極靈驗，須得去把她請來。」廉坑倒是不遠，也就五六里路，二春和常氏便徑直走了來，問了陳老太婆處，也是一青磚青瓦大院了，前後廳天井一應俱全。前廳有一干婦女小孩閒聊戲耍，知道來意，陳老太婆的兒子迎了出來，是一個四十來歲的壯漢，道：「我娘人倒是在，只是年紀太大了，不願她去遠門。」二春一聽就喪氣了，那常氏倒不慌張，道：「哎喲，大兄弟，我這方圓十里打聽了，就你家老太太能知小兒方子，特地來求她的，這救命的事，好歹也要去一趟了。」說畢，掏出一張綠油油的兩元票子，塞到壯漢手裡道：「走得急，沒買口吃的，這是給老太太的口吃錢，你代我說說，小娃的性命全在你手裡了，救不救得看您的好心。」因常氏的口才好，壯漢卻也再說不出什麼拒絕的話，收了錢，道：「待我全問問她吃得消否！」進了廂房去了，那前廳的婦女看著都笑了。常氏也附和她們笑著，打量了屋子，找了話閒叨，片刻，壯漢出來道：「去也可以，得坐轎子。」常氏道：「要得，你這兒可有轎子？」壯漢道：「有，你要雇兩個抬轎的，我幫你叫去。」原來這家人自己常備了一個竹轎子，看那形狀，是兩根竹竿之間固定了一個竹的躺椅，坐在上面倒也穩當。因這村與村之間車路都不大通行，想來老太太年紀也大，有被人請的，均由這轎子坐了去。片刻，叫了兩個憨頭憨腦的後生，壯漢道：「他們可抬轎子，要四塊錢來回！」常氏心疼，問道：「可讓我兒子抬一頭？」壯漢道：「這抬轎子是有手段的，生人抬，老太太坐著不舒服！」常氏無奈，道：「也是，叫老太太舒服就好。」叫了老太太出來，有七十以上了，只見一頭銀髮，面目清矍乾淨，有幾分福相，精神倒好，只是年邁腿腳有些老了，著一身乾淨淡藍褂子，拄一頭烏黑拐杖，自語道：「又有娃娃病啦！」常氏忙接過，道了好，扶著老太太上轎。轎夫起身，那轎子一顫一顫，老太太在上面眼睛微閉，無聲無息。常氏與二春一路尾隨，不提。

如此這般隆重，抬進了院子，那厝裡婦女小孩圍來觀看，屏聲議論。常氏扶了老太太進了房間，二春也跟著進了，那雷荷花正臥床，小娃兒依舊沉沉的。老太太掐了掐小娃兒的小手，小娃兒張嘴，聲音還是哭不出來。老太太緩聲細語道：「沖得可重，可讓什麼生人進來了？」常氏轉問雷荷花道：「有什麼生人進來沖的，可告訴老阿婆。」雷荷花沉吟道：「除了二春和三嬸，沒什麼人進來呀！」又想起道：「倒是那日珍珍有進來，說要看妹妹，我讓她待了會兒，她小孩能有什麼沖的！」常氏道：「有一小女孩子進來，想來不礙事吧！」老太太道：「誰說沒事，她只要帶了氣味，驚了娃兒，就沖了！」雷荷花道：「說到氣味，我倒想起，她那天身上有魚腥味，當時一進來我都有些嘔！」二春倒是想起來了，補充道：「那日是前廳船仔攔河回來，送了一斤鯽魚，活蹦亂跳，那珍珍在魚桶裡玩了許久，後又進來說看妹妹了！」常氏又湊著老太太耳朵轉告，道：「是一小女孩玩了鯽魚，身上有腥味，這可有干係？」老太太道：「有，那出生兒最怕驚沖腥沖的，可要謹慎，這是腥沖了舌頭，哭不出聲了。」常氏道：「既知是腥沖，可有解？」老太太不回答，只道：「可拿一把茶葉來。」二春出去，把茶葉罐子取進去，老太太抓了一把，放在嘴裡咀嚼，跟嚼軟糖一般，絲毫不覺得苦。片刻，將那茶汁茶沫吐在掌上，往那小娃兒身上塗抹，從額頭到手心到腳底，凡有要緊之穴，皆不放過，邊抹邊揉。那嬰兒柔嫩，尋常人想揉搓都不知如何下手，她能揉得不輕不重，勁道合適，端得看出手段。恰那房門微開，有婦女好事者擠進頭來觀看獵奇，老太太發覺，道：「要房間要守得緊，不可讓外人進出觀看，也不可漏風受冷的。」那獵奇者聽了，把頭伸出躲回外邊去了。常氏道：「正是，正是。」起身把門關緊了。老太太又嘮叨道：「大人在房間裡走來走去，也要慢，不可風驚了小娃兒。」

將全身揉擦完畢，老太太從腦後髮髻上取下一根銀簪，照著剛才揉擦的穴位，打斜裡一一點摁，被點之處，那小娃的嫩肉下陷，又彈起，每一下小娃都微微張嘴，似要哭出。雷荷花不知這老太太道行多深，只是看著提心吊膽，生怕嫩皮讓銀簪戳破了。如此這般，全身做過一遍，老太太叫道：「且讓她睡著。」要出門去，常氏扶了她出門，在廳堂坐定，又獻上茶，喝了，老太太道：「要走了。」自己就坐到轎子上去。

那兩個轎夫忙放下茶杯，走了過去，老太太跟他們說了一聲什麼，轎夫道：「老太太叫給錢。」常氏問道：「不知多少？」轎夫道：「慣例都是五塊！」常氏邊取錢邊自語道：「起先給了他兒子兩塊了。」轎夫將這話傳給老太太，老太太也低聲嘀咕了一句，轎夫笑著轉告常氏道：「她說她兒子跟她沒干係，拿什麼錢。」然後解釋道：「她兒子不是跟她一家，只是有時候幫她招呼一下客人！」常氏不得已，取了五塊錢給她，又給了轎夫腳力錢。自己湊近老太太耳邊道：「小娃兒能好麼，要不要吃藥？」老太太嘀咕道：「好不好看造化，只叫一人跟來取藥。」隨即起轎子，揚長而去。二春忙跟隨著轎子取藥去。

照了老太太的吩咐，在雷荷花房門口燻了一盆穀殼，煙霧裊裊，不讓生人再往房裡張望。說也奇了，到了下半夜，娃兒醒了，居然哭出聲來。次日吃了老太太的小兒草藥，便又活靈活現過來，眾人皆喜，添丁的喜慶又繼續洋溢全家，且直嘆服老太太的活兒。

當下更加小心，無甚大礙，人生漫漫，此小兒躲過一劫，必然還有更多劫難候在後頭，人生在世十之八九，大概如此，閒時且先歡樂，等下一劫來了再說。到底是苦難漫長還是歡樂更多，要看諸君各自法眼，說寅就是寅，說卯便是卯，而禍福相倚循環而生的悲喜劇，卻是逃不掉的！

9

常氏等家中煩事消停，又上了縣裡葉華家來。雖心想把工辭了回家當主心骨去，但畢竟是女人家，左思右想，躊躇不決，又忙忙碌碌，一日挨著一日。閒時無話，來了事便開講，且說這日晚間，葉華接了一個電話，叫道：「阿姆，是找你的。」常氏心裡咯噔一聲，接了電話，才知是三春的。常氏忐忑問道：「兒呀，你都可好？」三春道：「沒什麼不好，也沒什麼好，這邊活兒沒法做。」常氏道：「哎喲，是不是有什麼不順呀，你且說說給娘聽了。」三春道：「自打來到這裡，也只是給人打了下手站櫃檯，受氣不說，那賺的錢抽菸喝酒都不夠，還不如在家自在。」常氏道：「你不是有本錢嗎，沒得自己做？」三春在電話那頭嗤道：「別提起本錢來了，說來是個笑話，那一二百塊錢哪能做本錢，隨便一個做個門面也要一兩千塊錢撐起來，娘，要不你去借一兩千給我，我這兒自己幹下去！」常氏嚇了一跳，道：「哎喲，兒呀，這是老虎的口我去哪裡開呀，為娘要是有這本事，也用不著你去外面辛苦做事了。我看你要做得不順就回來吧，好歹有娘照顧著你。」三春道：「沒本錢看來只好回來了，這邊日子好難捱，比坐監獄還無味！」三春訴苦萬狀，常氏心疼，又嫌廈門遙遠，照顧不到，只怕三春受了委屈，便說定叫他回來。放下電話，葉華問道：「好似三春的聲音！」常氏道：「是我兒，還好有這電話，要不在外受了苦，都聽不見他訴苦呢！」葉華道：「有去兩個多月了吧，那邊做得還好？」常氏哀嘆道：「不順，可能都受苦呀，我叫他不行就回來，在家裡好歹有個照應！」葉華道：「這麼短時間，可能還要適應吧，能立住腳跟就不錯了！」常氏道：「他道本錢不大，沒得做，人家開店都得幾千幾萬的來，我們咋出得起！」葉華見她又提本錢的事，便住了嘴，到一邊看電視去了。

過了幾日，那三春跟老闆結了工錢，辭了高傑，坐了長途汽車打道回府。下了車，直奔葉華家常氏這裡，常氏見兒一臉旅途的憔悴，直叫可憐。那三春進了門，從旅行包裡掏出一件醬黃女式褂子，道：「雖然沒錢，也得幫你從廈門帶件衣服。」常氏接過來，打開細看，嘴裡嘖嘖嘆道：「哎喲，兒呀，這要好多錢吧？這顏色給娘穿太鮮了吧？」三春不屑道：「鮮什麼鮮，現在外面改革開放，老人都往年輕裡穿，形勢就是這樣，沒人笑話！」常氏愛惜不已，將衣服折了，道：「還是等那做客時穿吧！」三春道：「我要走了，還要跟縣裡朋友談事去。」說畢，煞有介事得轉身走了。常氏尾隨千叮萬囑要護好身體。

待葉華回來，飯後拾掇完畢，常氏笑咪咪地對葉華道：「妹子，讓你瞧一件物什。」葉華笑道：「有寶貝？」常氏說畢進房間，掏出那件醬黃褂子出來，道：「你瞧，這是三春從廈門給我買的，你看是不是太鮮了！」葉華攤開來了看了，道：「不錯，且穿上試試。」常氏含笑把褂子套在身子，扣了扣子，拉平了衣襟和袖口。葉華道：「合適合適，都顯年輕了。」常氏笑道：

「三春也這麼說，道是老年人都往年輕裡穿，時興了如今！」又道：「想來這大城市的衣服貴得很，他自己又沒錢了，光記得我，三春兒也懂孝順了。」葉華見常氏陶醉中，附和道：「這兒子孝順了，你是心裡美滋滋吧！」常氏道：「那倒不假，這養兒疼兒，最後要的就是這一下，做娘的也就知足了！」葉華道：「三春怎麼回來啦？」常氏道：「他在那邊做得不順，就回來做了，我兒這幾年來運氣都不好，做什麼事都辛勞無功，過幾日要給他抽籤問問，時運何時該到！」葉華道：「這後面的天王寺抽籤靈驗，可去問問。」兩婦女當下閒聊不提。

卻說人無百年好，花無百日開。這人與人的情分，最難敵的是猜疑。這一日週六，葉華在家拾掇散在各處的衣物來洗，在客廳掛鉤上取了一件自己的褲子，翻了口袋，有是十元錢，突然記得這是自己課時補貼的獎金，應該有二十元。心中疑惑，當下也不便問常氏，暗暗記在心中。待到高三明回來，卻忍不住告知了。高三明道：「莫不是你記錯了？」葉華道：「我從辦公室領了又沒買過東西，這點數目還是錯不了的。」高三明道：「我看也不可能是阿姆做的手腳，每次買菜都一五一十算得清楚，不可猜疑人家！」葉華道：「我也沒猜是她，所以才跟你討論了。」高三明道：「十塊錢的事，且不談了。」這高三明是男人心粗，芝麻小事，嘴巴關了也就心裡忘了，但葉華卻不一樣，如一粒沙子咯在心頭，不能釋懷，又暗想這家裡是不是有別人來過，更加不安。

次日，不經意問了常氏，道：「最近家裡可有生人來過？」常氏道：「生人我可不敢放他進來。」又道：「閒時就三春來看看我，其他人有敲錯門的，我都在門外就打發了。有何事？」葉華道：「也無事，這路上現在小偷小騙挺多的，多加小心。」常氏回道：「正是，閒雜人多，可不得小心。」

倘若這事若忘了也就過了，偏偏葉華的狐疑揮散不去，老覺得家裡不安全，似非得要揭個水落石出方能定了心。又使了一計，還是在褲子口袋裡放了二十塊錢，又不經意掛在客廳掛鉤上，每日偷偷看那錢少了沒有，如此過了三日，搜了口袋，發覺又少了十元。這一刻，似在預料之中，實則預料之外，恰是夜裡八九點十分，高三明沒有在家，常氏都進屋睡覺去了，葉華這一驚一嚇不打緊，恍然覺得家裡布滿陰謀，跟見鬼似地尖聲叫了起來。常氏聞聲趕來，見葉華跟要哭了似的，忙問究竟。葉華已是憤怒，質問道：「你說我這褲兜裡錢哪裡去了？都丟了兩次，你這家是怎麼看的！」常氏不知所措，細聲道：「哎喲妹子，你這一叫我頭皮都軟了，什麼事了你且慢慢說。」葉華胸部一起一伏，氣喘難平，待平靜下來，將那兩次丟錢的事件說了出來。常氏聽了，回過神來，道：「哎喲妹子，你這交我買菜的錢，我一五一十都跟你交了底細，其他的錢我是不敢動的！」葉華道：「我也沒說是你拿來，我是問你看家時有誰來過，若沒有人難道會飛了不成！」常氏道：「就我見的，也沒有生人！」葉華道：「你上次說三春來看你過，今天來了沒有！」常氏道：「他，來倒是來過，可是……都不曾進門就走了，跟他也沒干係吧，況且我兒也是讀過書的誠實人……」葉華氣道：「我也沒說是他，只是這家你看不緊，丟這丟那的，我怎麼放心！」言畢，氣咻咻進房間去了。

常氏也受了驚嚇，甚是無趣，回到房間思量了，又是疑惑又是淒涼，沉沉睡去。次日雖然不提這事，但也有隔閡了。到了吃中飯的時候，常氏道：「妹子，家裡出了這蹊蹺事，我也不知如何是好，心裡也慚愧，且我家兒媳婦也生了孩子，要我照顧，我思量著不如回去，你且換個能幹的人來……」葉華聽她開口，就有預感，道：「你要家裡有事想走，我也不強留了，且不急，待我下午叫了我媽來接了孩子，給你算好了錢再走。」常氏道：「正是，我倒不急，你吩咐何時便是何時。」葉華雖然戀著常氏幹活勤快清楚，又愛乾淨，帶孩子手段又好，但知那三春來了之後，總覺得是個麻煩，因此常氏想走，卻也不多挽留。下午，上完了一堂課，便把她媽叫了來，那常氏把機靈細碎的照顧娃兒的活一一交代清楚，且收拾了行李物什要走。臨了捨不得那小娃兒，親了又親，把自己眼淚都親出來了，哽咽道：「倒不知他長大了還記得我帶過幾個月！」葉華媽橫抱著小娃，安慰道：「記得記得，長大要帶他去瞧你哩，這情分可不敢忘。」葉華道：「阿姆，昨天那事我也不是怪你，就是家裡丟東西，心裡急。」常氏道：「妹子，我能體諒你，高三明又不在家，這麼大一個家你要看著不省心，風吹草動都驚心。我老了，也看不動，這裡疏忽了那裡疏忽了，妹子你知道就好！」葉華卻也動了情，知她是個好人，幾乎捨不得她走，女人家又淚裡話了許久，葉華將常氏送到車站，上了車，又替她付了車票。常氏拉著她的手，道：「三春那借的錢，我讓他掙了就還你們，別記掛。」葉華道：「倒不記掛，就看他自己，懂得還就還，不會記著你身上的。」淚裡人情，話帶世故，依依別了，且不絮叨。

那高三明回來，知了原委，倒怪起葉華不挽留她，道：「她盡心盡意照顧我們孩子，你讓一個老人家，發生了這等事回去，多不厚道！」葉華倒也不申辯，情如浮雲，事如流水，過了。那常氏回家，也不提因何事辭了，只說要回家照顧自己的兒媳婦孫女兒，一時倒也無人知。後來通過常金玉的嘴裡流了出來，那鄉裡眾人才曉得，常氏因有這麼一樁蹊蹺事才回來，雖事只一種真相，人卻有千種猜想，萬般感嘆。

常氏回了家，恰似那船中有了舵，家裡由一派浮躁定了下來。安春知了娘回來，也帶著珍珍過來看了，珍珍道：「婆婆，你去那縣裡照看什麼小弟弟？」常氏抱了珍珍道：「乖兒，你也知道婆婆去看小弟弟了，那小弟弟也跟你一般愛憐，只可惜不是婆婆的孫子哩。」安春嘴裡銜著一根菸，道：「我就說嘛，自家的孩子不帶，去帶別人家的孩子，在外面多不好聽，都以為我們當兒子的不養你！」常氏道：「去幫人做事賺錢，正正當當，不好聽倒不會，誰若說不好聽，你倒叫他來見我，跟我當面說。」安春道：「咳，人家說你也是背地裡說，當面只會說你的好，做人就是要做名譽，名譽都是背地裡被人搞壞的。」常氏道：「你勿聽人說，那閒言碎語，經不得推敲的，我比誰都愛自己的孫女兒。」把珍珍的一鼻子鼻涕給揿了，又給她小臉小手給洗了，道：「你要乾淨了，叫你妹妹學著你。」安春道：「娘，清河又懷孕了，愛吃酸的，你明兒搞點什麼酸的讓她解饞！」常氏驚道：「哎喲，兒呀，懷孕了你還讓她回來，不是危險得很嘛，現在抓得還緊呀！」安春坦然道：「不礙事，這點你放心，我跟村裡那通訊員禿頭的兒子吩咐好了，但凡有情況，第一個通知我；那禿頭的兒子混個通訊員當得還挺得意，我一報我戰友的名字，他就腿軟，不敢不聽我的。我是萬事俱備，都搞通了，才叫清河回來，要不然不是往槍口上撞嗎！」常氏道：「那也要小心，計生組都是半夜來的，神鬼不知，最好是要自己小心！」安春道：「放心放心，這點能耐都沒有，我還當什麼軍人當年！」當下叼著菸搖擺而去。

雖說常氏在家忙忙碌碌，疼兒愛女，其樂融融，卻無時不想著生計。這日，見同厝裡的女孩兒貴嬌出去了回來，一陣清香，原來是採了茉莉花回來。正是春夏時節，這幾日，溫度突然升高，把花兒都催出來了。常氏道：「有茉莉花採了？」貴嬌道：「有，大隊前就日就開始收購了！」常氏道：「要不是聞這花香，我都忘了。」因李福仁上田裡打農藥去了，當下常氏叫二春道：「你且去地裡看看茉莉花怎麼樣！」二春道：「我也不知咱家地在哪裡，茉莉花種在哪裡。」常氏道：「我倒忘了，你好些年沒回家了。」當下擱下活計，自己往山上去了。

原來幾年前，大隊貸款從外邊進了茉莉花苗，鼓勵農民種花茶。那李福仁只懂得種紅苕、種菜，卻不信種花能種出什麼名堂，不種，自留地依然種紅苕。卻不料，一兩年之後，種了茉莉花的人家收成可觀，一個夏季下來，多的收成好幾百，這筆閒錢讓常氏心熱了，責怪李福仁當初不種茉莉。而此刻大隊又不進苗了，李福仁怎懂得如何種花？去年，將這苦頭說了出去，那李兆壽是李福仁的至好，道：「不妨，且到我園子裡剪些枝做苗，選那不粗不細的桿，剪一伸指長，往土裡插，便活了，這玩意兒賤，好長得很。」李福仁便剪了苗，種了兩塊花地，一塊在「鸚鵡籠」，有十餘壟，一塊在「蓮花心」，也有八壟。因這玩意兒是季節性的，過了採摘季節人便不管了，因此自去年花苗開枝吐葉成活，李福仁便不曾管它了。

常氏戴了一頂斗笠，把一塊濕毛巾搭在肩上擦汗，徑直到了「鸚鵡籠」。這「鸚鵡籠」乃一片朝南的山坳之地，太陽晒得著，風吹不到，甚是悶熱，村人在此大多栽了茉莉，園地裡散布戴著斗笠摘茉莉花的婦女小孩，近處的叨嘮，稍遠的互相呼應。常氏看了自己園地的茉莉，花身倒長得快，已經到膝蓋了，雖不茂盛，但花蕾也星星點點，長勢喜人，只是草也長得一般高了。拔了幾棵草後甚是氣喘，那旁邊的婦女道：「這鋤草的活兒要男人來幹，你用手拔只怕吃力不討好！」常氏應道：「正是，只是看不過，拔幾棵試試。」當下把星星點點的花蕾之中把那成熟的摘了，卻又忘了帶一籃子來，只得把毛巾結成一個兜，十幾壟摘過，卻也有半斤來。常氏料得今年花樹可以收成，甚是欣喜，當下叫道：「誰有到『蓮花心』摘的，可跟我做伴過去。」上頭一個乾瘦婦女叫道：「嫂子，你等我片刻，我就一壟摘完了過去。」常氏便上她的園地裡來，卻見那樹高過胸部，花蕾遍布四周，好一派繁茂景象。常氏羨慕道：「哎喲，你家好手段，花樹種得這般高大可人！」婦女邊摘邊道：「嫂子，我這栽了有三年了，男人收拾得勤，花開得多，可倒苦了我，一個季節都要晒在日頭裡了。」常氏問道：「去年收成可多？」婦女道：「多，去年一季下來有五百以上了，我家栽得多，『鸚鵡籠』、『蓮花心』、『老虎頭』都有，孩子去那邊摘了。」常氏讚道：「真是能幹人家！」婦女道：「我看你那樹是新樹，只把草收拾了，種上肥，一個月就蹭蹭蹭長，比什麼都快！」常氏道：「正是，回家讓老頭來收拾了！」

完畢，當下和婦女汗津津下到山腳，沿著一條水渠往西走，便到了「蓮花心」山腳。這「蓮花心」山形似蓮花，是福地之山，因此數百年來，村人多將墳墓建造於此。據說哪個是真正建在蓮花之心，便可澤被後世，福耀子孫。又，因此頗為陰森，凡路邊地旁，必有大小不等年代不同之墳，若是有多人在地裡幹活，彼此呼應，倒不瘮人。若是只剩下一人，那只能心慌慌。男人倒不甚怕，婦女若有來幹活的，都想有結個伴，大聲嘮叨以壯膽。常氏的園地在山頭，與那婦女在山腰中道別後，一路羊腸小道爬上來，路邊野草深深，知了嘶鳴，卻已汗如雨下，褂子都濕了，還好多能遇見一二採花者。到了山頭，極目四望，四周江水逶迤，青山迢迢，那南埕塘的海風吹了過來，四肢百骸渾如散了架吹到天上去清爽，常氏嘆道：「真是舒服！」那低一處的婦女叫道：「你上面舒服，我這下面卻跟火籠一般哩！」常氏道：「你要熱不過，可來上面吹吹風再摘哩！」下面的道：「哪有那個閒心，不如快摘完了回去吹穿堂風！」

常氏看了園地，也跟「鷓鴣籠」那邊的一樣長草了，花蕾卻不如那邊多。當下採了成熟的花蕾，樂悠悠下山來。卻在村口遇見收購的小販，道：「你這一點花，直接販給我了！」原來這茉莉花，可拿大隊去收購，也可拿小販直接收了去，那大隊的有收購證，須到一個月才化整為零付款，小販的可當時給錢。常氏道：「你這價錢可跟大隊的一樣？」小販把茉莉花倒在秤盤裡，道：「放心，只會比他高。」常氏道：「今天一斤多少錢？」小販道：「一塊。」常氏道：「那可知大隊那邊多少錢？」小販道：「若他高，明日我補你。況且你這麼一點，拿那邊去多麻煩，不如我直接付錢給你爽快！」秤了，有半斤。當下取了錢，回家不提。

待李福仁回了，告知茉莉花的情況，埋怨道：「若早些鋤草施肥，今日或許可大採摘了。」李福仁道：「我前頭也知園地荒了，只是想不到花季這麼早到，不曾管它。」次日便騰出手來，帶了細春去鋤草，直忙了兩三日，把那草拔得乾乾淨淨。又，因要施糞肥，便到宅院前廳老蟹那邊問訊。那老蟹因幹活過了日頭回來，家裡人都吃了，只他一個人在乾噍。端了小臉盤那麼大的一缸米飯，卻只有一盤螃蟹醬，一疊豆腐，吃得咋咋有聲。李福仁過來道：「你倒還那麼能吃！」老蟹含著飯支吾道：「人是老了，胃口卻小不了。」原來這老蟹是有名的飯桶，壯年常跟李福仁等人一起去海裡幹活，上午剛到灘塗，就忍不住把帶來的大缸中飯給吃了；到了中飯點，餓得不行，又挨個兒借飯吃，眾人便勻他一口，每每這樣，被人笑稱飯桶。老蟹又道：「我一旦吃不下這麼一大缸，就肯定病了。」李福仁道：「你吃菜倒節省！」老蟹道：「菜倒無所謂，飯要足。」李福仁掉轉話題道：「我那茉莉要澆糞肥，可到你的糞池去舀兩桶？我一家也都在你糞池裡拉。」老蟹道：「那無妨，你舀便是，現在也有人舀了，也有不跟我說的呢！」又道：「這些年多用化肥，糞便也不珍貴了，誰愛舀我也不說他。」李福仁道：「正是，也是因了化肥，我和我三弟那糞池塌了，不曾去管它，就廢了，如今想要澆糞肥，只能東家西家要。」老蟹邊咀嚼邊道：「也就我們老輩人愛用糞肥，年輕後生都不用，圖化肥省事。」李福仁道：「我是聽說那化肥澆花，會把土質燒壞，茉莉花是年年在那裡長的，壞了可不靈；那化肥又貴，糞便天天拉了就有，屁股裡來的東西不花錢，且從祖宗下來用了幾百年了，那地都好好的哩。」老蟹爽快道：「你且舀去，我那糞池特招人，每天屁股白晃晃都有人在那裡拉屎，天天有新糞。」

當下李福仁謝了，到後廳牆角挑了兩個糞桶，見細春正在跟厝裡小孩子玩耍，便詢問要不要一起去。細春道：「挑糞這種事落我頭上，豈不讓人笑死，你就讓我歇著吧！」李福仁不勉強他，自個到了糞池，並排三間，只是下面糞池子隔開，上面拉屎的地方並無阻隔，中間一間是老蟹的。因那糞池欄用了好的木頭，被人坐得光溜溜地又乾淨，比邊上兩間受歡迎；又因在路口，雜貨店邊上，拉屎的甚多。一個鄰家小屁孩正坐在欄上拉得使勁，李福仁道：「你到旁邊拉去，我要舀糞。」小屁孩漲紅臉道：「我這裡擦了屁股，到旁邊去，要多費一張菸紙殼，你且先賠我一張。」原來他手上只有一張擦屁股的菸紙殼。李福仁邊掀開糞池板邊道：「我不抽菸，哪有菸紙殼，你若不去，糞便沾你一身，休得怪我。」小屁孩道：「且慢且慢，我去就是。」一手摀了鼻子，一手提著褲子，露出半個屁股，移到邊上的糞池去，道：「拉屎的敵不過舀糞的。」李福仁道：「這才乖，要不弄髒一身，你娘還要給你洗衣裳。」李福仁把糞勺一次次探到下面，滿滿舀了兩桶，剛挑起來，又覺得太重，頗覺得體力不如前兩年了。便又放下來，舀了一部分回糞坑去。小屁孩一直摀著鼻子，甕聲甕氣道：「你舀來舀去的，好麻煩，又不是盛飯吃。」李福仁笑了，道：「老人家沒力了，被你後生取笑。」又道：「沒從你屁股出來時，還不是飯。」小屁孩做嘔吐聲，道：「噁心噁心，趕緊糞池板蓋上了走！」李福仁笑道：「這孩子！」挑了糞桶揚長而去。

當下李福仁到「鸚鵡籠」，於山澗溝渠中和了水，在每四叢茉莉樹之間鋤了個坑，澆了糞水。正是下午三點來鐘，糞水經太陽一蒸，氣味隨風散了去，恰還有婦人在園種摘茉莉，叫道：「阿伯，這時辰澆糞便，教人不想活了，快暈倒了也！」李福仁抱歉道：「哦，有臭味？」婦女道：「你那麼近，還聞不到？」李福仁憨笑道：「我聞了幾十年，習慣了，都不覺是香是臭！」婦人笑道：「你那鼻子可還有靈？教你了，那茉莉花的味，是香，糞便的味，是臭！」又道：「你可等日落我們都散了再來澆肥。」李福仁道：「正是，正是，我們早年幹活，哪有這個講究！」當下依了婦女，在日落時分又來澆了，直忙兩天，把「鸚鵡籠」和「蓮花心」的樹都澆遍。那樹吃了肥料，倒跟聽話似的靈驗，很快出了一遍新芽新枝，又繁茂了一重。常氏每日裡摘花，因是頭年栽，又新奇，又能換些家用補貼，跟疼兒女一般愛護。

那農家，若不把瓜果花木當成了寶貝來疼，那瓜果花木也必不回報他，天下有命之物皆如此。種瓜得瓜，種豆得豆，人說草木也是有情，理就在此。

10

卻說那閒人二春，守著老婆也將有一年了。先是，沒生孩子的時候，嘀咕著在家沒什麼合適的活兒幹，不如回廣東掙錢去，被常氏止住了，道：「兒呀，現在媳婦有孕在身，你遠門是不能出的，萬貫家財比不上全家團圓，你且好生伺候媳婦，待做了爸爸再說。」待到孩子生了，每日裡給老婆燒雞湯，給孩子餵奶瓶，又抱孩子又洗尿布，男人當了女人使，不亦樂乎，完全沉浸在當了父親的快樂之中。李福仁雖不管事，但一生勤力慣了，最見不得兒子在家做閒人。常氏在縣裡當保姆的時候，家裡婆婆媽媽的活兒二春接了，倒也不怪；常氏回來後，還哪有二春幹的零碎活。每日裡只見他抱著孩子從前廳轉悠到後廳，從廚房轉悠到寢室，無事還跟同院的孩子打牌下棋，又好做機巧器具：凡是有小孩來請他做彈弓，做鏈子槍，做飛刀，做紅纓槍，做滑輪板，他都一一應承，當了正事做，什麼也沒撈著，只得了小孩子們的擁護喜愛。李福仁眼見了，覺得不務正業，心煩。他跟二春有疙瘩，也不直接管教他，只有時看不慣了，跟常氏抱怨。常氏一向大包大攬，凡自己能幹的事都不叫兒子，何況見二春抱著娃娃其樂融融，自己也開心不已，倒是來應付李福仁，道：「二春剛當了爸爸，三口人美美滿滿的，你能驅使他去幹嗎？他不做粗人，只做工，天這麼熱，好狗都不賺六月錢。待他自己省悟了，想去做事再不遲嘛！」又道：「他媳婦有病，他要伺候，你待打發他走，他媳婦到時候怪起來，你我都不討好。」李福仁被常氏一頓道理封住，便也不再嘀咕。

雷荷花自嫁了過來許久，才曉得是繡花枕頭，身子不瓷實，有一樣麻煩病，那心口時常驚慌。待與二春處得久了，夫妻床頭話已，才曉得那病的由來：打那一兩歲起，在家中無人照看，她娘便用布單將她兜在背上，山上種地、打柴，無所不能。不料一日卻從山坡上摔倒，滾了下來，恰那小雷荷花也在背上跟著一起滾下，自此落下驚嚇的病。後漸漸長大，此病居然不離身，一遇驚嚇便心跳不已。看了草醫，看了神醫，有時好轉但無根治。自生了孩子後，常氏也問了些方子，此病已纏身二十來年，治療殊為不易。

農家新媳婦，但凡是在娘家勤力做活的，多帶了一身病過來。雖出嫁時歡天喜地看不出來，待那過了門，見那湯湯藥藥伺候的，多是此類。這種狀況見得經常，婆家倒也不引為詫異。人生是與病痛相生相伴的，運氣好的一帖偏方能斷根，運氣不好的則一生相隨，農家人倒也坦然認命了。

這日，常氏在「蓮花心」摘了茉莉花，又尋到一處山坳，尋一味草藥曰「一根香」者。此草葉似蕨菜，卻是筆直一條挺立草叢中，群生。常氏在那草叢高一腳低一腳，倒尋出不少，拔出，根兒白淨。邊上有採花的十來歲姑娘，身子跟茉莉樹一般高，在壟間晃來閃去，日頭下晃眼，猛地抬頭，見了常氏白衣彎腰在草叢中，嚇了一跳，驚叫道：「阿姆，你在做甚麼，我還以為是鬼哩！」常氏直起身來，擦了汗，笑道：「莫怕莫怕，我在拔『一根香』。」姑娘道：「做甚麼，能賣錢？」常氏道：「不是哩，這『一根香』是好藥，草醫告知我的，好靈驗，將它一起燉豬肝，我兒媳婦吃了，晚上可睡得好！」姑娘問道：「她晚上咋睡不好？」常氏邊拔草邊道：「她心慌慌，晚上常睡不好，這藥吃了心靜。」姑娘道：「哦，你那塊草叢有骸甕，可要小心，踩翻了，鬼可要跑出來的！」常氏道：「你可不要嚇阿姆，我本是不怕的，你這一說，腿倒麻了！」姑娘呵呵樂了，道：「我以為你老人家是不怕的，卻也怕。」常氏道：「你不說就不怕了，要把你自己嚇怕了，你以後天天來這裡摘茉莉，可不遭罪！」姑娘道：「我本來不來這裡摘的，阿媽中暑了，我才來，她若好了，還是她來的。」

且不說絮叨，當下常氏拔了一滿掐「一根香」，在山溪中把根洗乾淨了，用一根甘草捆了，擱茉莉花籃子上一道回來。在村口把茉莉花購了，徑直上安春家來。那安春一家正在家裡乘涼，清河靠在躺椅上養胎，拿一本《故事會》看了，安春則坐小板凳上逗弄兩個女娃兒玩。珍珍見奶奶手裡挎一籃子進門，以為有吃的，便蹦著小腳撲上來。常氏攔住她的小身子道：「你別黏上來，婆婆一身臭汗且把你弄髒了！」放下籃子，到廚房水缸裡舀了一瓢涼水，咕咚咕咚喝了一氣，出來。珍珍指著那一掐「一根香」，道：「婆婆，這是什麼？」常氏道：「這是『一根香』，給你嬸嬸吃心驚。」安春道：「她那病，這些草藥哪能治好，須上縣醫院，一照光，什麼都能看出來！」常氏道：「農家人的病，說那些幹嗎——清河的身子如何？」清河道：「還好，有時會嘔，想吃糟菜！」安春道：「上次我叫你弄點酸的，你也沒弄。」常氏拍腦袋道：「忙來忙去也忘了，誰家裡醃有糟菜，倒得打聽一下。你這左鄰右舍有無問問？」安春道：「這種小事讓我一個男人去問，豈不是很丟臉！」常氏道：「也是，那我來問。」又道：「我尋思，你是不是把『鸚鵡籠』那兩壟地也種了茉莉，好歹這個夏季有流水錢？」安春道：「這花我也不懂得種，爹要是願意，就讓他種了，我指定不做粗人幹農活，要到縣裡去過生活的，那花也是給你們的。」常氏道：「這樣也好，現在茉莉花值錢，那地種個蘿蔔紅苕什麼的划不來。」

恰那鷺鷥嫂在門外日頭下閃過，瞅見常氏，晃了進來嘮叨，道：「茉莉花採完？有閒心了。」常氏道：「是採完了，我那老頭澆了一層糞便，那花蕾全噴出來，煞是漂亮。弄完了，過來看看清河的身子。」鷺鷥嫂道：「還沒顯肚子吧，這回要生個男娃兒！」清河聽了，卻把臉色暗了下去，只看書。鷺鷥嫂毫不知覺，又道：「是不是男娃，去扁頭家問問『哪吒』。」常氏道：「『哪吒』是落他身上？」鷺鷥嫂道：「落了兩年了，問紅花白花的事，就他靈驗，全村其他神明都比不上他。知道為什麼靈？如果胎兒未明，他可直接去觀音菩薩那裡幫你求願，村裡幾個男胎都是他求過來，絕靈，現在名氣大了，各村求胎的人都找他！」常氏道：「哎喲，這麼靈了，我倒不知，要不是你說，還不知道去求呢。」安春不屑道：「靈不靈不知，他倒是靠這個賺了不少錢。」常氏道：「哎喲，兒子，你可別亂說，神明都聽得見的。」鷺鷥嫂道：「就是靈，各路人馬才都來，現在計劃生育抓得緊，不靠他點撥不行，你家三個都是孫女兒，該去求求他了！」常氏道：「正是正是。」鷺鷥嫂吐了信息，滿意出去。

常氏又問了清河一些情況，逗了玉玉一會兒，便出門走了。清河拍了拍珍珍，悄聲道：「你不是要吃李子嗎，婆婆手裡有錢。」珍珍追了出去，道：「婆婆，那裡有李子賣！」常氏道：「你想吃，怎麼不叫爸爸買了吃？」珍珍道：「爸爸沒錢，媽媽說婆婆有錢！」常氏道：「在哪裡，帶婆婆去買了給你。」原來剛才一個小販叫賣了過去。常氏拉了珍珍，轉過巷口叫住了小販，買了一斤李子，道：「你提回去，跟媽媽一起吃。」珍珍提了李子，早忘了婆婆，咯咯笑著迫不及待地跑了回去。

常氏尋思去哪裡尋糟菜。這糟菜不算值錢的東西，早年沒得吃，多有人醃了常年做菜吃。後來人時興吃鮮菜，又嫌棄麻煩，糟菜漸漸少見了。一條巷子打聽下來，人道：「你厝裡老蟹有做那玩意吧！」常氏回來問了，拍額叫道：「踏破鐵鞋無處尋，原來這稀罕貨在你這兒。」對老蟹婆娘道：「我大媳婦大肚子了，到處尋這個吃，找了半條巷，說你有哩！」老蟹婆娘道：「老蟹他愛吃這個，如今這個也沒人吃了，只我們自己嚼。」進了廚房，只見五六個罎罎罐罐，罎口用塑料紙封了，頂上還壓了磚頭方石等物什。老蟹婆娘選了個小罎子，道：「這個應該熟了！」打開，酸香四溢，讓人牙齒一陣酸軟，舌頭起津了。常氏讚道：「好生漂亮，你這醃得好手段！」老蟹婆娘道：「這是芥菜醃的，大頭，若用大頭菜或者蘿蔔葉子醃的，沒這漂亮。」拉了幾頭出來，一條條色澤金黃，透明飽滿，那口水已忍不住自己下嚥了。常氏道：「好東西，難怪我媳婦這麼死想這個。」接到三頭，道：「老蟹嫂，我也不買你的，就等我蘿蔔收了，拿一籃子來給你醃蘿蔔乾！」老蟹婆娘道：「好説好説，本不是賣錢的貨，吃完了還嘴饞，再來取了！」

常氏道謝而去，提來幾頭濕淋淋來安春家，那清河早用手掰了一條嚼去了。珍珍也跟著嚼起來，常氏道：「小孩家別吃多，小心吃積了。」清河吃爽了，道：「安春，要是這糟菜做了魚湯，甭提多好吃，我這肚子成天的難受，估計就是想吃這個！」想到形象之處，禁不住手蹈足舞，道：「是了，我要吃的就是這個，安春你快弄魚去！」常氏見媳婦高興，也頗開心，道：「安春，那你到街上看看有沒有魚買！」安春道：「你們説夢吧，這大熱天，又不是乾池的時節，攤上除了幾頭死鹹魚，怎會有活魚買。」又道：「想吃，還不如你叫細春去河裡撈幾頭鯽魚吃，他不是就喜歡做這個嘛！」常氏道：「哎呀，真是真是，那撈的魚又不要錢又新鮮。」屁顛屁顛回了家，那細春正躺在後廳一條長凳上面，似老僧獨臥地睡著。常氏道：「你大嫂子想吃糟菜做鯽魚，你可去河裡撈幾個給她？」細春一個鯉魚打挺般起來，道：「不早説，我正閒著沒事幹呢！」又道：「以前都不讓我下河，現在倒自動讓我去！」常氏道：「以前你小，去了多擔驚，即便現在去，也不可往深處走。」細春道：「不會啦，就在下坂塘那些河溝，水還沒到屁股臉。」

早早些年，細春還在村裡讀小學，就愛去河裡游水摸魚。一日跟了幾個頑童去前塘河溝裡耍，因那前塘是攔海造田攔出來的，河底深淺不一，水流交匯之處，更有漩渦。其中有一個是玉音的孫子，一頭紮進橋底河道，就不見了。其他眾小孩子等呀等，見等不上來，便把他書包交回家裡。玉音問道：「我孫子呢？」小孩們道：「跳河裡去，尋不見了。」那婦人玉音快氣絕過去；尋了善泳的後生，才把屍體給撈上來。因她兒子和兒媳婦都在外面做事，玉音幾乎發瘋，道：「就你們的孩子回來，我的孫子回不來，是不是你們害死的。」還尋到李福仁家裡瘋哭，要賠她孫子。自此一遭，常氏也後怕得魂飛魄散，再不許細春到河裡耍去。因細春愛水，也常偷偷地撈魚去，看管不過。事過多年，小孩也長大了，常氏才淡忘此遭。

當下細春尋出一個塑料桶，一個竹土箕，出了後門，見那巷子裡有個十來歲小孩正要了回來，便叫道：「二郎神，跟我撈魚去！」二郎神歡叫道：「好呀好呀，撈魚嘍！」細春道：「喊個屁，小心被你媽聽見了，揪回去！」二郎神趕忙收聲，賊手賊腳跟在細春後面，出了村口，向右拐，片刻就到了下坂塘。在稻田之間尋了一條河溝，兩邊上長滿河草，細春拿著土箕，把開口朝邊上水草叢中鏟進去，又用腳捅了捅水草，趕出魚來。撈了上來，卻只是幾個小蝦米亂跳。往上再撈一次，撈出一個小鯽魚，細春要扔了，二郎神道：「別扔別扔，拿桶裡來。」細春道：「拿個屁，小得跟鬼似的，怎麼能吃！」二郎神道：「不能吃給我養著。」細春道：「鯽魚有什麼好養，要養就養鯉魚。」還是丟回桶裡，二郎神盛了半桶水，提著跟班。如此沿河上溯，撈了好大段，撈了些鯽魚、斑紋魚、鯉魚、鯰魚、草蝦等，但盡是小的，塞牙縫用。細春嘆道：「奇了怪了，怎麼都是魚子魚孫，那魚爹魚娘都躲哪乘涼去了！」二郎神突然拍腦袋道：「我想起來了，有一窩大鯽魚，就是上游路那邊，橋底下，我摘茉莉時經過那裡發現的。」細春站在河裡，朝二郎神拍濺一把水過去，道：「你娘的，不早說，是想藏著自己撈？」二郎神含冤道：「不是不是，我才想起來！」細春爬上岸邊道：「快帶過去，以後有不交代的，不帶你來玩！」

兩人沿著河岸往上走，恰是「蓮花心」山腳下那條路，站在石板上，從縫隙看下去，橋下確有一群巴掌大的鯽魚母游來游去。人一下河，魚就從容不迫往石窩子進去了。細春把手掌伸進石窩子，手腕到了洞口便卡住了，裡面卻別有洞天，無可奈何。細春道：「這魚狡猾得很，撈不到也抓不到，怎麼辦？」二郎神道：「我有一計，你把土箕埋伏在洞口，你扶著土箕，站著不動，待牠以為你是個死東西，游出來逛蕩，你再很快撈起，不就成了！」細春誇道：「你這圓腦袋倒有鬼主意，還好你媽沒抽扁了它！」依計行事，哪知道高一尺魔高一丈，那鯽魚母見外邊沒動靜了，便出得洞來，一見到人，人雖不動，卻被認出來了，轉身甩了屁股便進去，再不出來。也有在洞口跟你對望一下，又倒退進去的，賊得很呢。

細春道：「完了完了，這魚他媽的認人，沒法抓。二郎神，還有沒有辦法？」二郎神道：「我再想！」抓著頭皮使勁想，細春笑道：「你那是想辦法還是拉屎呀，臉都憋紅了。」二郎神道：「我正使勁想呀！」又道：「有了有了，你把土箕埋伏洞口，在土箕口兩邊拴了繩子，就在橋上拉著，待牠游進土箕，你把繩子一提，牠就游不出土箕了。」三春又誇道：「你他媽還是個諸葛亮呢！」在岩上取了藤條，依計行事，因那水流有力，又加了一塊石頭定了土箕。細春扒在石板，手握藤條，如姜太公般等著，日頭還有些力，汗都被晒乾了。對一旁無事的二郎神道：

「你別在這邊驚動魚了，到那頭給我弄點泉水過來吃。」二郎神道：「可是沒罐子裝水！」細春道：「河邊不都是野芋頭葉子嗎，不會折一片來裝？什麼都要我教你！」二郎神躡手躡腳得過了橋，跑過去弄水了。片刻，細春看橋底又有魚賊手賊腳地出來，進了土箕，還用嘴舔了石頭。細春剛提起繩子，那魚便曉得動靜，迫不及待又游到洞口張望，似乎逗弄起人來了。如此數次，奈何不得，搞得細春心神疲倦，沮喪不已。二郎神捧了一葉子水過來，輕聲問道：「可有魚中計！」細春道：「中個屁，你腦袋想的，魚腦袋都知道，還想當諸葛亮！」當下喝了水，放棄了捕這一窩魚的打算，又回下游撈去。

至那日頭落了，提了半桶小魚回來，擱在後廳洗衣槽上。常氏看了看魚，笑道：「這麼小，吃了牠爹媽都心疼！」細春回道：「大魚都不知道躲哪去了，明天去攔河去。」又問李福仁道：「爹，石板橋下有一窩子鯽魚，一見人影就鑽石縫裡去，怎麼能抓到！」李福仁笑道：「那裡的魚怎能抓到！牠人見得多，都成精了。」細春道：「世上還有抓不到的魚？我就不信了，一定要想法子弄到手。」此話雖講得堅決，可直到十年之後，這條河上已經廢了，布滿了農藥瓶、塑料、養殖場的豬糞，細春還是沒動到那窩鯽魚的一根寒毛。倒是有時經過那處，暗想，那賊精一般的鯽魚母是渴死、藥死還是老死，不得而知，只留那鬥智鬥勇卻被魚耍了的一幕好戲，這是後話。卻說當時二郎神跟在細春後面，想去桶裡撈幾隻回去養，細春道：「吃不了，都給你了，提回去吧！」二郎神欣喜不已，提了就走，又被細春叫住，悄聲道：「明天跟我去攔河，你再叫兩三個小仔來，每人自己帶桶！」二郎神道：「曉得！」安春又道：「都別讓爹娘知道，偷偷出來，三點到村頭榕樹下碰頭。」

一夜無話。次日，細春頂著賊光光的日頭，提了桶到榕樹下，二郎神已經帶兩個小屁孩猴急猴急等了，諢號是「沒心腸」和「泥鰍」。細春道：「泥鰍穿那麼乾淨衣裳幹嗎？我們指定要一身髒回來，回去換了再來，到前塘河裡找我們！」泥鰍爭辯道：「髒了無事，我媽會洗的！」細春道：「不行，回頭你媽來我家囉嗦，講我把你帶壞，以後不敢帶你玩了！」泥鰍無奈，只得回頭換去。三人到了前塘，在田間河溝裡找可以攔河的段。那沒心腸著急，一會道這裡可攔，一會兒道那裡可攔，細春批評道：「難怪叫你沒心腸，水流這麼急，沒等你淘乾，水已經沖進來了！」二郎神趁機道：「細春哥，還是我比他靈吧！」細春道：「正是，你是吃飯的，他是吃屎的，你一個頂他倆。」沒心腸不服道：「我比他有力！」細春道：「那等會看你淘水的時候有沒有力了！」說著，找到了一段水流極是平緩的河溝，細春讓兩個小仔在狹窄處築泥壩，自己下面也築了泥壩，隔出個兩三米長的河段，開始往外淘水。兩個小仔為比力氣，淘得氣喘吁吁不亦樂乎。此時泥鰍也換了一件他爹的破背心，遠遠尋來，日頭下像一隻鷹的影子撲來，加入淘水的行列。

淘了不到半個小時，可看見河底的爛泥了，受困的魚兒如沒頭蒼蠅，在泥漿裡闖來闖去。幾個小仔就要去抓，細春指揮道：「又跑不掉，急什麼，水掏乾淨了好抓。泥鰍，你看你的泥壩都快倒了，趕緊加土，要是水沖進來你負責得起嗎！」泥鰍趕緊到邊上田裡搬土，又把泥壩加固了一遍。見泥水裡魚兒亂竄，小仔們更加來勁，片刻就把水掏乾淨。細春道：「開始抓魚。」小仔們興奮異常，巴掌大的羅非魚先被抓個乾淨，其次有鯽魚、鯉魚、鯰魚，以及無辜受牽連而死的草桿一般大的小牽魚。抓得差不多了，二郎神把手伸進泥漿裡使勁兒掏，細春道：「什麼玩意兒你掏半天？」二郎神道：「一條好肥的泥鰍，滑溜溜抓不住手！」細春指著「泥鰍」笑道：「你想吃泥鰍，可以把這隻大泥鰍抓回家紅燒了吃。」二郎神笑道：「那隻泥鰍太臭，吃了要嘔吐的！」泥鰍反擊道：「你才臭呢，拉屎不擦屁股，都被我看見了！」二郎神道：「放你狗屁，我家裡菸殼那麼多，還不會沒紙張擦屁股！」泥鰍反擊道：「你那菸殼都是拿去打的，捨不得擦呀，要不然打菸殼的時候就數你的最多！」二郎神道：「是你菸殼被我贏多了妒忌吧，沒出息的東西！」

二人嘴槍舌棒的時候，二郎神對著泥裡專心致志地掏。細春坐在岸上，指了指泥壩，給沒心腸和泥鰍使了個眼色，兩人會意，齊力把搖搖欲墜的泥壩一推，轟然倒塌，自己卻上了岸。那漲了多時的河水帶了泥漿沖了下去，把二郎神沖了一個趔趄，幾乎跌倒河裡。三人哈哈大笑。二郎神叫道：「他奶奶的你們害我，我詛咒你們全家淹死！」細春道：「要詛咒，不讓他上來！」於是細春在這邊岸上，那兩人守住對岸，凡二郎神要上岸，均被推了下去。二郎神求饒道：「我收回話，讓我上去！」細春問道：「你們答應不答應！」泥鰍道：「且讓他怎麼收回！」二郎神道：「你們聽好了。我剛才說詛咒你們全家淹死，現在我收回，呸呸。」往河裡吐了唾沫，道：「總可以了吧！」沒心腸道：「這個收不回去的，要抽自己兩嘴巴！」細春笑道：「對，抽了才真的收回去了，沒心腸有時候還挺機靈！」二郎神無法，又左右抽了自己的臉，道：「再不可以我就跟你們拼了。」細春道：「算了算了，饒了你，我倒不想作弄你，是他們兩個想耍你一下！」當然饒了二郎神，讓他上了岸邊。

當下歇息了一陣，細春道：「小仔們，有力氣沒，還要不要再攔一次？」二郎神說沒力了，那兩個卻想再攔一次。細春道：「泥鰍，你到那邊挖兩個紅苕吃了，就再攔一次。」泥鰍道：「你們給我看好了，別讓人抓了我！」二郎神道：「膽小鬼！」當下泥鰍賊手賊腳去挖了兩個拳頭大紅苕過來，大家分著嚼了，又找了一處，攔了一次河。總共抓了三十來個魚，細春抓了十來個大的羅非魚和鯽魚，提回來，其餘的給小仔們分了去。常氏道：「今兒的魚好大，才像個魚。」提去給了安春。安春雖也是個懶貨，卻是烹調好手，當下取了三個鯽魚和糟菜、辣椒等燙煮，腥味盡去，香味噴鼻，解了清河的喜饞，不在話下。

那常氏記掛著清河肚裡的胎兒，恰一日採茉莉花，從「鸚鵡籠」到「蓮花心」的路上，瞧見扁頭的媳婦正往回走，拉住道：「妹子，問你個事，想降哪吒問胎，不知何時請扁頭合適？」扁頭媳婦道：「明日晚上阿吉媳婦要問他兒子的事，可一塊降了。」常氏喜道：「趕巧趕巧，要備什麼物什？」扁頭媳婦道：「香燭元寶即可。」常氏道：「我即備來，你可跟扁頭説聲。」扁頭媳婦道：「要得。」道別無話。到了次日晚間，過了飯時，常氏先到細清店裡，道：「香一束，燭兩支，那元寶倒不知要多少？」細清問道：「做甚用？」常氏道：「請降哪吒。」細清道：「十褶便可。」取了一干物什，點了數，道：「一共是八角六分，那菸你帶了不？」常氏道：「昨日問扁頭媳婦，沒說要菸。」細清道：「她可能忘了，哪吒也是這一兩年開始抽菸的，你既然降他，須得請他菸，他精神頭也足！」常氏道：「也好，你且拿包合適的菸。」細清要拿了包「紅梅」，一併放紅色塑料袋裡，擱櫃檯上。常氏付了錢，取了物什，徑直往坂尾來，那一幢白石地基紅磚牆的新厝，就是扁頭的了。這扁頭，因那後腦勺兒時睡扁了，側看如頭被切了一塊，諢號扁頭，原是村中尋常子弟，不甚勤勞，家境平平，與老父母住在七倒八歪的老厝裡。幾年前突然有神附體，自道是哪吒，也能問卜，也能醫藥，有幾遭甚是靈驗，傳來出去，時來運轉，發了神財，在那坂尾開闊之地，尋一風水之地，正對嶺頭三仙艮，建了紅磚圍牆水泥平台宅院，在村裡屬前列致富人家。又在宅中建了哪吒的牌位，說哪吒若在天上無事，便常駐在此了。

進了正門，是露天小院，頂上棚子結了絲瓜，底下一派蔭涼。扁頭斜躺在一竹涼椅上，將白色老頭衫底下卷起，露出圓滾滾肚皮吹穿堂風。阿吉的媳婦秀清也備著香燭等物早來一步，正跟扁頭在閒聊他兒子的事，不勝急切。原來赤腳醫生阿吉在村裡開了診所，家境甚好，卻有一事頭疼，那便是兒子安達自小寵愛，極為頑劣。待到十六七歲，退了學在家，麻煩不斷。合該出事，這一日全家吃飯，黃狗逡巡在桌下尋食，安達剝了梭子蟹的殼便扔給狗吃，阿吉看不過，道：「你將那蟹殼裡的膏給我吃了，再扔給狗不遲！」安達卻答道：「你又不如狗對我好，幹嗎要先給你吃！」阿吉狂怒不已，訓斥逆子。那安達嬌生慣養，心氣極高的，也不跟老子多辯，吃了飯便走人了。兩日一夜不曾回來，去外婆、姑舅等親戚處尋了，均無蹤影，把阿吉夫婦急得腸子都悔青了，這才來問訊哪吒。

秀清正將煩惱跟扁頭説著，常氏進來，坐板凳上，也湊著閒扯一陣家長裡短。扯得淡了，扁頭便起身道：「開始降吧！」清河和常氏不再嘮叨，都嚴肅起來，跟了扁頭來到後廳。那哪吒牌位在後廳祭桌上，板壁上有一金黃色「震」字大牌匾，周圍牆壁掛滿錦旗，皆是方圓各村弟子贈的，云「醫術高明」、「有求必應」、「名揚四海」等字樣。祭桌前有一張沉木太師椅，也不知道是何年月傳了下來，甚是古樸。又在面前放了一個小舊鐵鍋，用做燒紙錢元寶的香爐。秀清上了兩杯茶，供在祭桌牌位前，燭台上點了蠟燭，祭桌兩邊的牆柱上各插了三支香，又有三支是在前方的香爐上，且在香爐上燒了黃紙元寶。完畢，扁頭坐太師椅上，秀清給他點上菸，手執三支點燃的香，奉承道：「這哪吒好大的法力，來求醫的人越來越多了吧！」扁頭邊叼著菸邊説話，道：「那病人來了，我都叫他去你們診所，別來求我，那醫院能治好的病讓醫院去治，我這裡不是醫院。你一定要來，哪吒也給你看，給你青草藥給你畫符，治得好不好得看你造化，從來都是這麼勸病人的……」正説著，扁頭突然瞇了眼睛，渾身一抖，跳了起來，又重坐太師椅上。常氏在邊上瞧見了，悄聲道：「上身了吧！」只聽扁頭變了聲，用近乎女人的腔調問道：「何人呀？」秀清忙舉香垂首道：「哪吒神仙在上，本村弟子陳秀清，特降真身問事。」哪吒尖聲道：

「何事？」秀清道：「我兒李安達，十七歲，本村弟子，因前天和他爸爸起了口角，生氣出走了，如今尋了兩日都沒有音信，請哪吒神仙指點，到哪處尋找合適！」哪吒道：「親戚朋友、鄰里鄉村都問過了嗎？」秀清道：「都問過了，凡有蹤跡都會來音信，這孩子是存心要讓家裡人急的！」哪吒道：「既如此，讓我算算！」秀清道：「神仙法力高，煩請為弟子做主！」哪吒掐了掐手指，閉目凝神算了，又若入定，知理的人都知那真身已飛上雲端觀察了。良久，那真身從雲端下來，哪吒身子一動，緩緩睜開眼睛，道：「往東方找，三日之內，必有消息！」秀清道：「以往也有出走，多在外婆家，這次為何跑得蹤影全無！」哪吒道：「有礙物上身，引了去，比較麻煩些。」又道：「讓我給畫三張符，保他不至出事！」秀清舒口氣，垂首道：「多謝神仙！」扁頭媳婦早有準備，在祭桌上拿了一把禿頭毛筆放哪吒手裡，又將黃紙一張張遞到跟前，哪吒快筆畫符，急就三張，道：「每日晚間，將放他床頭燒了，可保佑平安！」秀清謝過，又問幾日才能找到，跑了多遠的地方去了，哪吒一一肯定應承，秀清直到放心，才完事，退回邊上。

扁頭媳婦對常氏道：「她問完了，趁他真身沒走，你可接著問！」常氏道：「需要再點香燭燒元寶嗎？」扁頭媳婦道：「不用，把香燭元寶留這裡便可，你可給他再點一支菸！」常氏便把哪吒嘴裡抽得差不多的菸頭丟了，給他嘴裡塞了一根「紅梅」，點了。哪吒深吸一口，道：「何人？又有事？」常氏道：「本村弟子常某人，請哪吒神仙問胎。我大兒子李安春，兒媳婦李清河，也都是本村的，懷了孕有三個月了，請問神仙她這胎是紅花還是白花？」哪吒聽了，閉目一動不動，神遊天外。常氏舉著香不知所措。扁頭媳婦道：「又到天上去了，問胎多是去觀音菩薩那裡打探！」許久，不見回神，那銜著的菸卻已經要燒到菸屁股了。扁頭媳婦又點了一根，續上。只聽得一聲悶喝，哪吒從雲頭降落，渾身一顫，落了身，尖聲道：「你這家可曾懷過兩胎紅花？」常氏彎腰點頭道：「正是！」哪吒道：「這一胎好，有望是白花，只是保胎得下功夫！」常氏喜道：「神仙可是問送子菩薩了，可有要如何保胎？」哪吒道：「自己小心謹慎便是，功到自然成，無須多問！」常氏又問道：「如今這計生組經常半夜抓人，可有危險？」哪吒道：「有，都有危險，務必小心，拿筆來！」又取了筆畫了三張符，啞聲道：「胎前燒了，一日一張，可保平安！」常氏謝過，又許了願，道：「若能保佑白花降生，必備重禮來謝哪吒神仙。」云云。哪吒「噓」地一聲，把菸噴了，又渾身抖動，汗流下來！扁頭媳婦道：「退身了！」泡了一杯茶，遞給扁頭。那扁頭漸漸停止抖動，渾身癱軟，恍如幹了重活一般，接了茶，喝了，才緩了過來。

那秀清憂心孩子的事，已經先走。常氏等扁頭回過神來，又嘮叨一陣，擔心道：「先前哪吒說那計生組的最是危險，跟我思量的一樣，安春還自信跟通訊員打了招呼什麼的，我覺得不牢靠！」扁頭嘴裡「呸」地吐出一片茶葉，道：「那是最沒得信的，上回有椿公案，也是關於通訊員的，卻被哪吒說得準準的！」常氏忙打聽何事。扁頭道：「祠堂坪安飛，你道他是誰，是通訊員的表兄，自己人，媳婦帶孕身，也是叫通訊員報計生組的信，有這關係，想來是萬無一失了。安飛他娘來問哪吒，哪吒告訴她，要防的恰是自己人。恰那媳婦懷了九個月了，幾乎水到渠成，他娘去縣裡買小娃的衣服呀、搖籃呀籌備著。合該有事，原先通訊員他娘借了她五十塊會錢，無利的，她因要籌備娃兒出生物什，要了回去。通訊員他娘雖湊錢還了，心裡卻老大不願意，對了兒子嘀咕了這事。那通訊員是勢利的角色，暗想我都為你聽消息，你早不該跟我要這錢了。一怒之下，主動給鎮裡去電話通風報信，計生組連夜來抓，單抓安飛媳婦，九個月的身子，送到鎮上醫院強行流掉了，據說還是男娃。那安飛他娘，抱著那新買的搖籃童裝，每夜裡跟豬似地嚎，嚎完了就道悔不該不重視哪吒的話！那有什麼用，神仙跟你說了，自己倒不放心上，出了事怨不得人了！」

常氏聽了，心膽俱寒，忙辭了扁頭，徑直往安春家裡來。亮著燈，清河倒在家陪著玉玉，道：「聖堂坪有放電視，珍珍吵著要去看，安春帶她去了！」常氏笑道：「乖乖，我那珍珍也懂得看電視了，將來指不定都比男孩有出息！」說著，便往聖堂坪來找父女倆。

常氏從後門出來，從壩河石板上過了，恰一陣風從河溝裡吹了過來，涼爽得直讚嘆。卻說這條小河，自後山風水林流下來，將增坂村截成南北兩半。南邊三分之二強的人口，信佛信神，都是姓李的祖先傳下來的；北邊又叫高園，有三分之一弱的人口，都姓陳，信的是天主教。高園有座教堂，甚是古老，教堂前面有一大片草坪，叫聖堂坪，教會活動多在於此。陳姓與李姓信仰不同，自成兩派，一派俗稱從教的，一派俗稱從佛的，因風俗習慣自不相同，百年來交流甚少，並不密切，卻也相安無事。那從教的因人口少，倒也團結，見那從佛的富裕人家有的買了電視，在街上店頭裡放，那從教的孩子有的想看，卻也不便，怕受欺負又犯賤，便每家每戶湊錢，買了台全村最大的黑白電視，放在聖堂坪放，集體觀看。安春這邊是屬於從佛的，本來也不應去從教的那邊看，卻因離得聖堂坪近，人也熟，珍珍鬧了，便也去湊熱鬧。

常氏到聖堂坪，不知有幾十幾百號人圍著電視，前面有長凳板凳，後排和邊上的全站著，倒跟箍桶似的，人哪能鑽進去。常氏個兒矮，根本看不見電視，只見前頭有光一閃一閃的，又有喇叭聲音，甚是稀奇。人群之外，又有婦女老人，根本看不見電視的，索性在乘涼閒聊，照看小孩。那跑來跑去的小孩，也不是來看電視的，借了半圓的月兒亮光，在玩兵捉賊仔的遊戲，叫笑聲不止。一個熟識老婦人見了常氏，道：「阿姆也來看電視呀！」常氏道：「我又哪裡能看得懂，孫女過來玩了，我且來看看，想不到高園這麼熱鬧！」老婦道：「電視買來後，這裡每夜就不曾安靜過，也就是些聽得懂普通話的看得懂，其餘的，全是看熱鬧來的。」說著，正在外圍踮著腳尖看的安春卻聽見常氏的聲音，走了過來招呼。常氏問道：「珍珍呢？」安春道：「跟小孩在坪上玩，不知跑哪裡去了。」對著朦朧的小孩影子叫了幾聲，珍珍聽見了，歡跑過來，見了奶奶，道：「婆婆，他們說我不會跑，不讓我玩捉賊仔，你幫我去說說！」常氏勸慰道：「你看他們都比你高一頭，你當然跑不過，等長高了，再來玩！」摸了珍珍一下，臉和脖子全是汗，且臉又燒，道：「跟爸爸回去，趕緊洗身子睡覺去。」安春也看不著什麼電視，便抱了孩子，三人一道回了。

到家，常氏先是報喜，把降哪吒的事說了一遍。安春道：「那個迷信哪有個準，就你們老人家相信！」常氏作勢要抽安春嘴巴狀，肅然道：「你收聲，不得亂說，那神明會時刻在保佑著呢，你聽我話，小心為上。」又把通訊員的缺德事說了，勸安春不要聰明反被聰明誤。安春先是不屑，後見常氏死死不依，便答應了跟通訊員那邊要搞好關係。常氏繞著清河的肚子，燒了一張符，餘下兩張讓清河自己接連兩日燒了。

安春取了湯，倒在木盆裡，把珍珍扔了進去，讓她自個兒折騰洗去。常氏見水花四濺，便蹲下給珍珍揉洗身子，又對安春道：「你爹說十五那日就割稻子，你是跟他合作還是單幹？」安春道：「清河帶了孕身，我單幹怎麼能忙過來！」常氏道：「我道也是，你爹說，要是合作，你就準備了十五過來，細春也會幫忙！」安春疑道：「十五稻子熟了嗎？」常氏道：「你爹看過，日前都有人割了。」當下計議已定，不提。

且說農六月時節，稻禾已熟，因前堂是攔海造的田，格外平整，上千畝的稻田，放眼望去，似金黃的綢平鋪了，又有火辣日頭照著，眼睛已說不出這黃得有多稠；中間但有些綠色的、白色的，或是種紅苕、蔬菜的地，或是魚塘。風從海外吹來，熟穀的味與鹹土的味一併撲面，薰圍了整個村子，滲入宅院巷口，村裡的氣息都變了，農家人的鼻子早就聞得，那稻禾該收進糧倉了。李福仁和細春天不亮就起了，常氏早從街上買了包子饅頭，又去叫了安春，吃了，父子便扛了打穀機、挑了籮筐出發。天色沒有完全打開，且有些霧，巷道裡會碰到也去割稻的人，在迷濛裡打了招呼，語氣都頗為喜悅。李福仁父子到了田裡，太陽還未露頭，腳上沾了田埂草上的露水，清爽得都有些涼絲絲的。細春道：「爹，為何要這麼早來！」李福仁道：「趁日頭沒出來，幹活多爽快，一會兒熱了，你就曉得現在涼爽的好處了。」父子三人拿著鐮刀下了田裡，嚓嚓嚓割起來，靜聽，遠近也傳來嚓嚓嚓的聲音，到處呼應，如春蠶吃葉，不絕於耳。一會兒，日頭從海那邊的山頭冒出來，紅紅的，一些暖氣先傳了過來，漸漸熱了，然後就全然曝露夏日的樣子。

到那九點多鐘，一片稻子割完，將一垛垛搬上田頭。李福仁踩著打穀機開始打穀，安春在左邊遞上一束束稻穗。細春的胳膊、小腿以及臉上都被稻葉割出些小口子，又被日頭一晒，汗水一濕，叫疼不已。喊道：「這麼苦的活，這輩子要是當農民就遭殃了！」李福仁聽了，大笑道：「我們一輩子就盼這個收成的時節，你倒抱怨起來；舊社會的時候，我給地主做長工，也就這時候能喝點香噴噴的粥湯！」細春道：「渴死了，要不我先回去弄水來喝！」安春倒是眼尖，道：「不用了，你看水包都來了，有涼茶喝。」又大聲叫道：「水包，往這兒來！」細春扭頭，只見不遠處水包一頭挑個桶，一頭挑個籮筐，正應了聲，往這邊來了。

這水包是個孤兒，自小一直跟著水粉店的老頭，做些挑水、磨米、打下手的活兒，混了口飯吃。後來老頭死了，水粉店也塌了，水包也五十來歲，又身體不好，經常因肺病而吐血。宗族同人可憐他，在村裡宮廟邊給他修了一間屋子住了，平時好心人給他一二角，或者誰使喚他通消息也給他些零錢，沒飯吃的時候就拿著碗去人家裡要些飯菜，病得熬不過了去診所店頭討一兩顆藥，如此度日。到收成季節，水包便挑些涼茶送田間給農人喝了，換些穀子回來，全村人也都曉得他這個營生，不論貧富人家都善待他。

水包佝僂著身子，搖晃著挑了過來，父子三人都舀那桶裡的涼茶喝了，甚是暢快。李福仁問道：「水包，你身體不好，挑著擔子還吃得消嗎？」水包常年都愁著臉，無甚表情，道：「吃不消吃得消都要來這一遭，沒糧食天天管人要飯，自己也難受！」李福仁道：「那你就多來幾趟，糧食也多存些！」水包道：「我一天也就能來一趟，下午得在家歇息，一累過頭就要吐血了。」李福仁道：「你比我還小呢，有病人家就是可憐！」把新穀子捧了兩捧到水包的筐子裡。水包也是心裡道謝，嘴裡也說不出什麼好聽話，又挑著往另一處去了。

如此勞作，十來點鐘就打了約兩擔穀子，李福仁和安春各挑了一擔，晃悠悠前往坂尾，倒在竹墊子上。原來清晨常氏已在坂尾坪上鋪了竹墊子占了位置，那占不到地的人，有的都鋪到馬路邊上去了。細春也收拾了鐮刀等小器具直接回家。常氏也已備好比往日豐盛的伙食，見三人陸續回來了，給盛了飯，狼吞虎嚥去了。常氏便取了耙子，徑直坂尾攤穀子去。飯後歇了一晌，下午又往田間去，繼續勞作。如此反覆，十餘日把稻子收割完了，又接茬翻了田，種了下季的秧苗。農人勞作，苦中有樂，不外乎如此而已。而是苦是樂，只有與土地相依為命的人自個兒能咂摸分辯。如我輩如此翻弄筆墨者，雖然禮讚耕作，也愛那收成的氣息，心中卻畏懼那份辛勞，即便云云勞動幸福，似真情也有假意，嘴上功夫而已。此情此意，按下不提。

卻說這時節最是繁忙，常氏恨不得分成兩個身子忙活。因那茉莉花也開得正盛，常氏便讓二春去採摘茉莉花。因那二春甚是白淨，比那農家婦女有過之而無不及，有的婦人便取笑道：「你娘怎麼捨得你出來晒日頭呀，聽說把你男人家當了女兒來養，每日裡只是抱抱孩子洗洗尿布什麼的。」諸如此類的話，無不是在採花之中無聊之時從那些婦人嘴裡噴笑而出。那婦人只是取樂，打發日頭之下寂寞的活兒。怎奈言者無心，聽者有意，那二春雖悶聲不吭，卻擱上心頭了。

過了農忙時節，便跟常氏提出要出去廣東做工。那常氏沒有地理概念，只覺得廣東是無比遙遠之處，上次兒子一去，四年才得以見面，心裡上老大不願意。便道：「這全村上下，都沒有媳婦在家自己跑那麼遠去的人，媳婦女兒萬一有什麼事，都要你做主，況且待這娃兒可以走路了，你得想著再生一胎。我是不願意，你若想去，也得問媳婦的主意。」一面也暗暗地跟雷荷花傳了意思，讓她不要勸丈夫出遠門。那雷荷花，倒是個沒什麼心思的姑娘人家，過門後脾性平和，如常生活，跟公婆叔侄也不曾有矛盾。聽了婆婆的話，自然想讓丈夫在家做主，況且自己身體不好，隨時要二春應承著。為此二春躊躇不決。

恰那細春因被日頭曝壞了，小便不暢，且拉的是黃色，極其難受，叫了一夜。常氏去三嬸那裡討草藥，三嬸給了一把晒乾的車前子，道是熬了再涼溫，用冰糖化了吃，只兩三個小時就小便通暢了。閒聊之中，常氏又說了二春的煩惱，三嬸消息靈通，道：「二春既一心做磚，也不用到廣東去，橫坑也有磚廠，不如去問問可有要人的？」常氏道：「哎喲，我從來就沒想到這邊也有磚廠，是不是你大妹在橫坑呀，可託她問問？」當下三嬸答應先託人打聽去。

此地方圓百里，原來普通造房都是白石為基，以實土夯牆；而那古老的厝院，多是有錢人以青磚建造。近幾年來，有錢的人家用紅磚水泥建造平台小樓，因這近處沒有磚廠，花費頗貴。而橫坑的磚廠頗有年頭，據說那裡土多，土質又好，遠近都在這裡買磚。常氏回來告知二春，三嬸在給他打聽橫坑的磚廠，二春也沒異議，一心等待消息。但凡人無念想，便如草木般日子過去不知不覺，春夏秋冬換了衣裳即可；一旦有了等待，卻有如身處煎熬之中，一天饒是漫長。過兩三日，便主動跑三嬸家問消息去。三嬸道：「這幾日均無人去橫坑，不好通消息！」二春失望而回。

這悶聲不想的人有時候心倒細，居然思量了一個主意，前去叫了三嬸，道：「三嬸，你跟我去大隊給橫坑打電話！」三嬸道：「橫坑的電話能打得通嗎？」二春道：「我已問了，大隊裡各村的電話都有，你只須喚了親戚的名字，便給喚來聽話。」三嬸懵懵懂懂，跟了去，果不其然，二春把電話打通了，那頭叫了三嬸的大妹來。三嬸平時說話麻利，接了話筒倒緊張起來，話說得零零碎碎，好歹把意思傳了過來，還強調了，這侄兒是去過廣東的，會技術。因大妹的兒子也在磚廠做工，便答應打聽了明日回覆。因久未聯繫，三嬸又在電話裡緊張地聊了些家常，有如握著火藥筒跟人談笑風生。次日，二春還是央了三嬸過來打電話聽消息，那邊回話道，磚廠現在人都齊整，況且有了缺，他們村子還有人候補，暫時不會有位子。那二春聽了，一腔熱情也散了，耷拉著腦袋回來。

那雷荷花正坐桌邊抱著娃兒，邊吹著那熱騰騰的草藥，見二春進來，道：「你抱孩子把尿噓出來去！」若是平時，一句話不說屁顛屁顛照辦了。今日居然吃錯了藥似的，叫道：「老把這齷齪事讓我幹，怎不得霉氣。」把雷荷花聽得愣了，許久沒回過神來，待回過神來，眼淚卻出來了，自顧抱著孩子回臥室去。原來夫妻從沒紅過臉，二春沒有脾性的時候比女人還女人，雷荷花也習慣了對他指使。今日這一頂撞，在他人夫妻看來不算什麼，在雷荷花眼裡，恰似冰火兩重天，只道不認識這人了，故而有這麼大的反應。二春從水缸裡舀了瓢水吃了，悶在廚房裡，也不理會。恰那同厝一個女孩子見雷荷花抹著眼淚進了臥室，猜了疑，忙去巷口告了正吹風歇息的常氏。常氏慌張進來，見雷荷花還在哭啼，問了原委，也知道無非是兒子心中有煩惱事，嘴上不岔而已，還是把二春叫了，當著媳婦的面說了幾句，道是自家媳婦不懂得疼，將來老了誰來相依為命等等老話，不表。

常氏從來是把兒子的愁當了自己的愁擱心上的，二春這麼不順心，她的心也懸著了。想想也是，自從廣東回來後，也不想務農，也不曾有事業，真不知道時運何時轉來。便抽了空，要宮廟林公殿前抽籤去。那林公是村裡最正的神明，長駐宮廟，村人有不決之事，全來問他，故抽籤者頗經常。到了宮廟，點了香，取了籤筒，跪在林公像前，邊轉動籤條邊輕聲念念有詞：「我兒李二春，乃是本村弟子，去年從廣東做工回來，娶了媳婦，也生了一女娃，只是在家這一年來，也不會農活，也不曾有事做，請林公判決，時運何時來到。另，稟告林公，我這兒只重那一門做磚的手藝，而我村臨近又找不到適合的活兒，請林公指點，他還能做哪些合適的事，可到哪裡尋找？」邊畢，搖那籤筒，一會兒便掉出一支，看了，是九籤。想要再複一籤，邊上在等的一個老頭道：「是好籤，不用複了。」常氏依言，興沖沖去找二春的三叔解籤。他三叔長年臥病在床，懂得一點文字，對籤理也頗熟。常氏來了病榻前，問道：「他叔，我這二春自回來後運氣一直不來，給他到林公處問籤，是九籤，你看是哪個意思！」三叔道：「這個籤是平安籤。」從床頭抽出籤書，翻開唸道：「勞君問我心中事，此意偏宜說向公。一片靈台明似鏡，恰如明月正當空。籤解為『趙韓王半部論語定天下』，說的是北宋宰相趙普以半部論語治理國家，天下承平。本籤者皎月當空之相也，凡事正直則吉之籤。雖是前運不佳，前事去之後，漸見順利。所以不必焦躁，心放寬去做即可。」常氏道：「這麼說時運會來？」三叔道：「有時運，他去廣東做了那麼多年，有手藝，如籤中丞相一樣有治國的機會，只要做好人，就會順利！」當下常氏歡喜不已，告知了二春，母子心都寬了一些。

11

且說農忙過後，這一日下午，正是太陽曝晒時分。那厝外巷裡，日頭被青磚高牆給擋了，倒是涼爽，李福仁把一塊長木板搭在一個台階上，當了涼床，漸出鼾聲。家中的黃狗也傍著李福仁的鼾聲似睡非睡，見有人來了，便睜開眼睛。細春要了幾個錢，買了根冰棍，因熱得無處玩耍，也尋了巷口來。恰三個小孩子在玩丟石子，便在小孩中挑撥比拼一番，尋了些無聊樂趣。

李兆壽夾了根菸屁股，也撲哧撲哧冒著煙走過來，見了小孩子們，道：「今晚我說書，你們都去聽，不要錢！」中間一個小孩子道：「誰肯聽你的，晚上有錄像看呢！」李兆壽討了沒趣，罵道：「你們就是去聽，也是去耍鬧，不去也罷！」細春倒是替老人解圍道：「他們就懂得吃奶，哪懂得聽說書，我要是見他們去聽了，倒是一個個都扔河裡去！」小孩子道：「我偏要偷偷去聽，讓你抓不著。」

李兆壽見李福仁光著膀子側睡，問細春道：「可是你爹在睡覺？」細春道：「不是他是誰，我那狗最愛跟他睡！」恰李福仁從鼾聲裡轉醒，起身來，黃狗也跟著起身，打了哈欠，張開前腿伸了懶腰，好似什麼都學著主人。李福仁問道：「店裡通知了嗎？」李兆壽道：「通知了，幫我寫了墨字，貼在店面。也是那些店裡坐的老人家慫恿的，說這大夏天，兩個說書匠，該叫一個人，老人家還是愛聽書的。」李福仁道：「也是，老人都聽習慣了。」又對細春道：「你幫我去拿茶缸來。」

村中有兩個說書人，一個老的，就是李兆壽；另一個少的，叫李秀洪，也近五十來歲了，是繼承了他父親的活兒。那李秀洪頗有些文化，又聰明，得了一個親戚的引渡，到縣裡開布店去了，如今就剩一個李兆壽。這李兆壽也六十出頭了，恰牙齒掉了幾顆，說話有點喻了起來，因此不似跟以往說書一樣俐落了。

那細春端了茶缸出來，李福仁一陣牛飲解了睡覺渴，十分爽快。細春問李兆壽道：「為什麼你能說書，我爹就說不了！」李福仁未等李兆壽回答，先笑道：「我頭尾就上過三天學，他是進入部隊請教過老師的，怎麼能比！」細春奇道：「你還進過部隊？」李兆壽笑道：「部隊倒是進了多次，就怕說出來讓你笑話！」細春道：「你倒說來聽聽！」李兆壽道：「當兵我是去了三次，前兩次是當國民黨的兵，都是拉壯丁去的，咱們是農家人膽子，見了槍就怕，兩次都是瞅著機會就跑回來了。還好後一次是當共產黨的兵，現在才有發餉。」細春道：「發什麼餉？」李兆壽笑道：「公社每個月有發我二十八塊錢，就是幸好最後一次是當共產黨的兵，要不然文革我就要遭殃了哈哈。」細春道：「原來你還是有工資的！」李兆壽道：「有工資不假，可這工資不比當幹部的工資，今天這個要幾塊，明天那個要幾塊，囫圇吞棗就沒了！」細春道：「說了半天，可你那說書的活兒是哪來的？」李兆壽嘿嘿笑道：「看這記性不太頂用，話說著說著就跑了，這也是我趕巧，在國民黨部隊裡碰上一個老漢，也是抓壯丁來的，我們都是不想打仗了，哪裡清淨就躲哪裡，他嘴巴閒不住，就給我說書。我也奇了，他說的我都能記住，也能一一說出來，他跟我說道，你也可以靠這個吃飯的。我聽說這可以吃飯，也就認真了，肚子裡藏了幾部書，趁兵荒馬亂逃出來，那老漢也不知去向。解放後也不知哪年月，鎮上公社說有說書比賽，叫各村的人去比賽，說有獎品，我便去了，嘿嘿，得了一個什麼獎，獎了一個瓷缸，有一個幹部拍著我的肩膀說，你可以好好為人民服務，我想他的意思是會給我分配工作。回來等，等了一年又一等，嘿嘿，才知道那句話的意思不是分配工作，是可以一邊勞動一邊說書，這就是，人腦袋裡一有念想，就容易把別人說的話想歪，鬧出笑話，不知道被我婆娘當了多少話柄。」說著，李兆壽自己倒笑了起來。

李福仁問道：「今晚你講的是哪一齣？」李兆壽道：「都得從《三俠五義》講開始，這一齣我當年去八都講，要包場五塊錢，老人不答應我就不講，寧可住旅店一天花五角錢，後來老人還是應承了，因為遠近沒有誰比我講得更起落！」李福仁問道：「你去比賽也是講這一齣？」李兆壽道：「正是，當年在鎮上講了這個，頗得些名氣，後來遠近才有人來請！」說罷嘿嘿笑了。細春問道：「為什麼單這一齣出彩，其他就不如呢？」李兆壽道：「哎喲，細春，你也是讀過書的，也明白這道理，那幹部跟我說了，你這一齣好，是講到自己的生活裡去了，《三俠五義》出彩在鬧東京的五鼠，那鑽天鼠，我就比做是閣樓上的耗子；徹地鼠，我說是地洞的耗子；穿山鼠，我說是牆洞裡的耗子；翻江鼠，我說是陰溝裡的耗子；錦毛鼠，我比方孩子耍的松鼠。那些老鼠成天都在家待著，老少無不跟親眼見了似的，開懷大笑。其他的比如《呼家將》、《說岳》、《楊家將》，我都說不到這般親切，大概是裡面找不到我們過日子裡見的東西！」

看官且聽，這農村的藝人雖是野路子出身，沒什麼正規理論，卻因經年累月的磨練，自有心得。不說這心得，就是一個平常農民，不識幾個字，但說了出來，卻是藝術至理，可他又哪知，那些有文化的搞文字的人，有的窮其一生，走那唬人的路子，也摸不透這樸素道理呢！

李兆壽正說得高興，卻見路口閃出一人進了巷子，先以為是陌生人，定睛看了才知是熟悉的，道：「這不是三春嗎，換了一身派頭了！」只見三春一件白襯衫，紮在黑褲上面，只扣了底下兩顆扣子，露出快到肚臍的白條身子，腳下一雙黑皮鞋，眼前一副蛤蟆墨鏡，儼然是農民不像農民，公家人不像公家人。三春見眾人在這裡乘涼，便走了過來。李福仁跟他沒有言語，沒打招呼，倒是細春見了他那墨鏡好奇，摘了下來自己戴上，看了看太陽，道：「倒是能讓眼睛涼爽！」

李兆壽見了這個怪物，問道：「這大熱天都穿拖鞋打赤腳，你倒穿了皮鞋，不嫌熱嗎！」三春有些不屑道：「不熱，工作需要！」李兆壽笑道：「什麼工作需要，是坐辦公室嗎？」三春又鄙夷得搖頭，道：「辦公室給我坐都不坐，是這個。」邊說邊掃了個旋風腿。李兆壽道：「你倒說出來嘛，你擺來擺去我們莊稼人哪看得出來！」三春伸出一根手指，問道：「黑社會你知道嗎？我就是黑社會的！」李兆壽笑道：「我只聽過舊社會新社會，倒不知道黑社會是哪裡冒出來！」三春道：「所以嘛，說給你聽也不懂！」李兆壽不服道：「你就說是幹什麼，比如我是拿鋤頭種地的！」三春道：「沒那麼簡單，要說幹什麼，就是打人，誰不服氣就踢誰，踢死了都不償命的。」李兆壽笑道：「這是壞仔幹的事呀，沒聽說這個也是工作。」三春道：「嗨，壞仔有我這個派頭嗎？比壞仔高級多了，怎麼跟你說也不明白的！」又問細春道：「娘可在家？」細春把墨鏡還給他，道：「你進去看看有沒有在！」那李福仁瞅著三春進去了，對李兆壽道：「他說的話哪有準，你倒當他是誠實人。」李兆壽笑道：「也就是好奇，鑾問問他，他在外邊飄，雖然說得天花亂墜，但外邊有些信息他通靈，不比我們待在村子光知道田頭裡的事。」

三春偏門穿過後廳，徑直到了廚房，沒人，掀開桌上的碗罩，見有一海碗沒吃過的稀飯，新米煮的，碗面上浮著一層香噴噴的膜。三春便找了些白糖，晒在上面，抓了雙筷子呼嚕呼嚕往嘴裡撥了。常氏剛從外邊把茉莉花賣了，又一路走走停停跟人閒叨回來，在巷口見了李福仁道：「我可知那『蓮花心』的茉莉花為什麼開得不如『鷓鴣籠』，『蓮花心』朝向是陰的，日頭照的不足。那上面來的技術員說，茉莉花是不怕晒的，日頭照得越足開得越歡。」李福仁道：「噢，是這麼賤的。」常氏道：「明天開春不如把『蓮花心』的移載到『小嶺仔』去，安春在『鷓鴣籠』的自留地也都是向陽的，明春都栽了去。」李福仁道：「正是。安春的自留地只怕等我伺候得能收成了，他就等著摘花去了！」常氏道：「是兒子的地，你也別分那麼清楚，他若肯摘，那有什麼不可的，你不為兒子那還為誰操勞，你說有道理吧兆壽叔？」李兆壽嘿嘿笑了。細春知道此時常氏口袋裡有零錢，便伸手進去掏了兩角出來，許是慣了，常氏也不阻擋，只是道：「別掏多，這個月會錢還發愁呢。」細春取了零錢，岔開話題道：「三哥回來了，在裡面呢！」

常氏忙進去，正碰上三春把一大碗缸的香噴噴稀飯吃了個底朝天，忙道：「兒呀，你可回來，幾個月都沒你聲了，可有吃的喝的？」三春把筷子一擱，抹著嘴巴，微笑道：「你看我這身行頭，像是沒吃沒喝的嗎？」常氏道：「倒是不像，只是沒你信息，娘不能不擔心你吃啥喝啥，住在哪裡，有沒有被人欺負？還曾聽你細叔說，曾到華生哥那裡吃過住過，是吧！」三春不屑道：「說哪裡話，他一個老師，工資還不夠吃喝拉撒，我去他那有什麼便宜可占。我朋友那麼多，住的地方多了，住膩了自己就換換而已。崇文旅社，我住那裡一個月，老闆都不要我錢，現在我租在縣裡一個平台房子，給房東錢，他還不收，說你想住就住，都對我到這個程度！」常氏道：「哎喲，什麼好福氣都能遇上這麼好的人！」三春道：「這裡頭的奧妙你不懂，他們看出我身分出來，就不敢要我錢了。現在我幹很輕鬆的事，每個月都有工資，比那坐辦公室的還舒服又自由，一切都走上正軌，跟以往都不一樣了。」常氏喜道：「哎喲，那你時運可能來了，也該來了。你做的什麼事呀，也跟娘說說，出去人家問我你在縣裡做什麼，好歹也有個說頭！」三春道：「這事說給你聽你也不懂，我的這工作那錄像裡面演的才有，這村裡的土人是不能了解的。」常氏道：「哦，那先進的東西我也就不問了，知道你有吃有喝我就放心，按我說，你這年齡，要是有生活了，也該說個姑娘回來了。」三春道：「那都是小意思的事，等我閒下來再弄幾個姑娘你來挑！」常氏道：「什麼弄幾個，弄一個就夠了。莫非是縣裡的姑娘？」三春道：「廢話，我現在難道還找農村的姑娘！」那常氏喜悅得眼角到濕了，道：「要是真能這樣，那就祖宗保佑了。」

母子倆聊了，又扯到辭退保姆的事，常氏把來龍去脈說了一遍，三春道：「早知道她這個女人這麼小氣，我就雇一輛車去，把她家裡東西都拖走算了。倘若她現在還敢惹我，我倒給她一個教訓！」常氏勸道：「兒呀，別說橫話了，那葉華是個好人，你不要去計較她。」本來還想提到借錢的事，讓三春手頭寬了就把債還了，但看這口氣，只好把話頭嚥了下去。常氏又轉話題道：「那你回來做甚？」三春道：「我聽說你被人辭了，回來看看呀，若受氣了，我得找她出氣去呀！再有，我回來找個把人手去縣裡幹活！」常氏道：「你可別再提受氣不受氣的事。你要找什麼人呀，你二哥想找事還沒找到事做呢！」三春道：「我這活兒要腦子活絡的，他那悶人可不行。你別問，我這處理完事就回縣裡。」常氏道：「既如此，我且到街上買點魚菜回來。」

三春閒扯完畢，在灶口柴堆裡取了一截草莖，邊剔牙邊出門去，從下邊街逛蕩到上邊街。原來增坂村的街道是丁字街，東西長街叫上邊街，從下邊井往南一條叫下邊街。三春帶了一身派頭走過，自然是家鼠走在田鼠堆裡，有與眾不同的時髦相，在店頭裡認識的人叫道：「哇，三春，已經這麼派頭了，在做什麼事呀！」三春微笑致意，低調回道：「沒什麼，忙工作！」又有那不服氣的後生仔待他走過，譏笑道：「還真有人怕別人不知道自己在縣裡當壞仔！」那聽者又多了一份好奇打聽，那不服氣者似懂非懂添油加醋說了一番，消息就不脛而走了。也有人道：「你若看不起他，也整這一身派頭來？」那後生仔道：「我沒那派頭，也不當壞仔。」又有那好奇者曲線打聽，見了常氏問道：「哎呀，三春如今不一樣啦，可知在縣裡幹什麼好工作？」那常氏聽了話裡有讚美之意，也欣喜，回道：「我只知他在縣裡有飯吃，能不晒日頭，具體什麼工作也不懂，他說他那工作只有錄像裡頭有，我這把年紀又怎會通曉呢！」也有問那李福仁的，李福仁則苦笑道：「我是不知也不想知，他說的花哨話誰又能信。」

且說三春一番招搖之後，來到村尾一戶人家，見十來歲小女孩在門口玩，便問道：「你哥在嗎？」女孩道：「我哥可能去縣裡玩了。」三春又問：「知道什麼時候回來嗎？」女孩道：「不曉得，晚上會回吧。」三春吃了飯，趁那天色要暗、暑氣未退之時，又來問了，回應道：「回來了，可又出去了。」三春又晃悠到下邊街的錄像場，錄像還沒開始，已經進場的小孩子在喧鬧追逐，賣水果和米糖的已經到裡面了，廣播裡放著〈牡丹之歌〉，蔣大為的聲音老遠就能聽到。三春到門口想進去，把門的通訊員道：「嘿，票呢？」三春道：「不看錄像，找人，找找就出來！」通訊員道：「先別進去，你找什麼人？」三春道：「什麼人，跳蚤呀！」通訊員道：「跳蚤沒來，他要是來了我怎麼不記得，跟你一樣都是不想買票的！」三春道：「真的沒來？」通訊員道：「騙你幹嗎，現在裡面都是小孩。」三春道：「今晚演什麼片子？」通訊員道：「《風雨雙流星》、《敗家仔》，要看請先買票！」三春鄙夷道：「雜片！」又從下邊街逛到上邊街，到了過路亭，只見街頭開闊處，大小高矮的板凳一併齊全，坐的全是聽書的幾十號人。還有甚者，在稍平的地上鋪上破蓆子，如臥佛般躺著，比睡自家床上還爽。因蚊蟲大，有人在風口燒了火缽，艾草煙陣陣熏了過來，有的老人倒把自己的菸斗給滅了。那說書匠李兆壽端坐其中，正說得有趣，口沫橫飛，比起常日的談笑卻威嚴不少。面前桌上一缸茶、一把扇子、一塊驚堂木，傢伙俱全。講到起落之處，那驚堂木一拍，頗有氣勢，能將昏昏欲睡的聽者驚醒；說到停頓之處，便端起茶缸一口盡吸，咕咚有聲。

三春也走累了，找了個長凳蹭著坐了一頭，索性歇下來聽書。不知不覺，那李兆壽講到：展昭聽得龐太師之子安樂侯龐昱在陳州欺壓百姓，強搶民女，氣破英雄膽，直往陳州大路而來。恰遇一老婆子於路邊墳前痛哭，原來這楊婆子是田忠之妻，將主人田起元夫婦遇害之事，一把鼻涕兩行淚說了一遍，又道：「丈夫田京上京控告，至今杳無音信，現在小主人在監受罪，飯菜均不能送。」展爺聞聽，又是悽惶又是憤恨，便道：「媽媽不必啼哭，田起元與我素日最為相好，我因在外訪友，不知他遭了這般罪。如今吃食都不濟，我這裡有白銀十兩，暫且拿去使用。」說罷，拋下銀兩，直奔皇親花園而來。驚堂木一拍，道：「這一去未知如何，且聽下回分解。」當即中場歇息。

也正是此刻，三春見跳蚤大搖大擺得走過來，三春叫道：「跳蚤！」跳蚤看過來，道：

「嘿，還有閒聽書！」又見旁邊老頭拿了一個碗，替李兆壽收錢，跳蚤是好動的主兒，搶過去道：「我來收我來收，你老頭子摔壞了骨頭這點錢可治不起。」搶了那碗過來，挨個兒收錢，且道：「多來點多來點，老頭說書不容易，沒準明天躺床上起不來你們就再也沒得聽了。咳，是不是有人要走，都別走噢，誰要走把耳朵割下來留這兒。」又遇上婦女抱著小孩子也來湊熱鬧的，手掏進口袋半天掏不出一個子兒，又自作主張道：「算了算了，你別掏了，要掏出錢來回家被老公剝了皮。」眾人見他煞有介事的樣子，都笑了，想走的卻也不敢走。這跳蚤長得黑瘦，貌不驚人，但凡了解的人，卻知他有威懾力。因他曾經和村裡有勢力安雄一家打架，安雄有四個兒子，行事也頗為囂張，一般人家都畏懼。跳蚤被安雄的兩個兒子夾攻，逃進家門，取了一把柴刀出來，安雄的兩個兒子看那架勢，脱褲子放屁——兵分兩路抱頭鼠竄。跳蚤饒不過，將他小兒子追到池塘了，拿著刀盯著，不讓上岸，又拿石頭要將他砸死，直到安雄夫婦趕來跪下求情，才饒恕，這一仗打得安雄一家不敢報復，忍氣吞聲了，跳蚤的不要命的蠻橫名氣也傳了出去，加上他又喜歡替人出頭，一般人當他是刺頭，既服他又不敢惹他。

跳蚤把錢收完，將一碗花花綠綠的票子和硬幣擱在李兆壽面前，道：「老頭，我做事還利索吧！」李兆壽嘿嘿笑了，邊上的老頭誇道：「後生仔裡數你仗義。」跳蚤得意道：「就是，我就是路見不平拔刀相助的那種人，以後你說書光說我就行了。」叫道：「三春，走人！」很瀟脫的拉著三春往街上去了。三春道：「從下午就開始找你了，知你去縣裡，起先又到錄像場去找！」

跳蚤撇嘴道：「我怎麼可能去那狗屎錄像，都是往縣裡看的，有好片子，《縱橫四海》，《賭神》都是瀟灑的片子，這裡看不到。你知道嗎，現在我坐車去縣裡沒人敢跟我要錢！」又道：「你好像也蠻瀟灑的，幹什麼了呢！」三春神祕道：「好事，我一想到有好事做就來找你，想想全村也就你一個人能幹，我現在做的事就是錄像裡面有的。」跳蚤道：「說嘛。」三春道：「有老大，有馬仔，有威風，小馬哥有多瀟灑咱們就有多瀟灑。」當下三春將自己回村專程找他的緣由說了一遍，跳蚤當即頗為讚許，兩人又瞎掰了些逞強鬥勇的事，約計次日一起去縣裡。其中具體言談計議，兩人到縣裡做的何事，只因時辰未到，暫且不提。

回頭來說常氏，因還會錢是家裡一大負擔，成天幹拆東牆補西牆的事。雖說夏季裡每天有那茉莉花，但常氏又不是摳錢過日子的婦人，只要兒女們要吃喝用錢，但凡口袋裡有的都會掏出來，日子又頗為排場，只等到那用錢時刻，便習慣用臨時抱佛腳。這個月的會，那些會腳的錢倒是都收齊了，自己卻要短人幾塊，因此又跟標了會的說去。又因常氏的話頭頗軟，下的承諾又好聽，人家便都依了她。雖然如此尷尬活計，常氏也不放在心上，都是樂觀的，一心信著兒子將來能有出息的。正趕巧，剛回了家，卻碰上一樁好事。三嬸過來道：「橫坑那邊有消息了，磚廠一個技術工捲了會錢帶著老婆孩子跑了，磚廠聽得二春是有技術的，可過去試試。」常氏聽了，振奮得很，道：「哎喲，我兒時運真的來了。」叫道：「二春二春！」廳前廳後都沒有影子。細春回道：「又到榕樹頭下棋了可能！」常氏道：「你且去叫來，說三嬸這裡有事！」細春出去叫了，片刻果然把二春叫了回來。當下三嬸如此這般地說了，囑咐明日一早便去橫坑，二春內心也欣喜不已，又告知了老婆，那份心情恰似：籠中鳥入林，池裡龍飛天。

次日二春吃了早飯便上路了。那橫坑，說遠又遠，說近又近，若從馬路坐車去，得繞過漳灣鎮才到；若從山路過去，則須翻過一座嶺，年輕後生半個小時即可到。常氏拿了車錢，讓二春從馬路去。到了橫坑，先問某某家在何處，找到了三嬸的大妹，帶了去磚廠。那磚廠離就在村邊，靠著山頭，下面即是馬路。剛爬上山坡，那磚廠的廠長就看見二春，知道了來意，問道：「做哪個工序的？」二春道：「燒窖。」廠長道：「正好，去替了盧師傅，讓他去睡會兒。」二春便到了窖裡，替了盧師傅，專心照看那一窖磚來。這一看，兩日後才出來，回了一趟家。常氏心裡早有疑問，道：「能做得下去？」二春道：「能做，我得帶些衣服去，兩三日能回來一趟。」又跟雷荷花說了如此情形。歇了一日，帶了幾件破爛衣服去當工作服，又往橫坑去了。

二春嘴拙，也不懂跟常氏說了究竟，倒是後來三嬸的大妹來串門了，讚道：「那侄兒倒有好技術，在這裡閒著，幸虧那廠長賞識了，留著不放。」大家才知道二春在磚廠是個好技術。那如常氏等不懂燒磚技術的，見兒子這麼受人誇，便又問了究竟，三嬸的大妹便一一道來。原來那燒磚主要有三道工序，乃是裝窯、燒窯、出窯。先是挖土製造磚坯，晾乾，這全是普通工。待將晾乾的磚坯用地排車運到窖裡碼垛，就開始有技術，垛碼得須在中間留出火道，碼得好壞跟成磚的質量有關係。又若碼得不好，則會塌窖，不過這技術一般人訓練後也能合格。主要的技術在點火燒窰，因這火點了後，不能斷火，得師傅長久盯著掌握火候。火若抬旺了，磚坯就有可能燒化結硫，只能報廢；火若小了，那燒出來的磚不熟，也不能用。這一爐磚五萬來塊，須燒三天才停火，既是技術火，又是體力活，故而燒窰的師傅最要緊，須懂火候，又須認真，那一窰磚出來才出色。倘若是個三心二意的人，雖然有技術，卻難以一心把住火的，那磚出來人也多半不滿意。那二春在廣東幹了四年，卻把燒窰的火候給通曉了；卻又是個悶性子，能用心坐得住，那一窰漂亮的磚出來，廠長已曉得他的火候，比起好些師傅都要專業，當即要定了他。

常氏聽了，滿心為兒子驕傲。但凡人問二春在哪裡做事，她便答道：「在磚廠做師傅呢。」自此，二春兩三日一回，他是實心眼的主，做定了一件事便不再想其他的了，雖是辛苦，卻也舒服。常氏也了了一件大事，直叫神明林公有靈。

因那手頭緊，常氏早早就指望著洗蟶仔的錢。故而未到立冬，便催李福仁去把蟶位鋤了。李福仁道：「這時節蟶位可以鋤了，倒要叫細春跟我去，要不然，等我幹不動了，蟶位就沒人要了。」常氏道：「你且問問孩子。」細春跟著李福仁從盛夏一路忙活下來，從割稻子、插秧、薅草，雖然勉強，但總算讓李福仁有了農活幫手。又要叫他幹海裡的活，細春就不滿意了，叫道：「怎麼都是叫我！」李福仁苦笑道：「我能叫誰呀，你大哥分家了，幹不幹我都管不著，你二哥就鐵定吃燒磚的飯，你三哥是二流子，我只能叫得動你，往後咱家的地才有人做。要是地都沒人做了，那農家怎麼叫農家呢。」細春無法，只好勉強應承。

這一日淩晨，李福仁扛了木鋤，細春扛了竹耙，往那海上灘塗幹活去，同去的有李兆壽等一干老農。因那灘塗都到下塘村去了，須得走一兩個小時，這般老農又不坐車，細春甚是不耐煩，問道：「也奇怪了，為什麼要跑這麼遠幹活去。」李福仁笑道：「若不跑這麼遠，哪有灘塗？原來還有前堂這一塊，後來都成田地了。」細春道：「照理說，那下塘地界的灘塗應該是下塘人的，我們怎麼村能跑那裡去，都隔十萬八千里了。」李福仁道：「這裡的緣由我都不清楚了，你問兆壽叔還能懂得。」李兆壽笑道：「這說起來又有歷史，我這一輩也就知個大體，你們後生更不知了。打從知道養海開始，我們村的祖宗就跟周圍鄉村爭奪灘塗，也不知道爭了幾百年，多有並村武鬥，傷害很厲害。各村頭人想著也不是辦法，便約了一個法則：漲潮之時，各村從自己村口撒下漂浮之物，漂到何處，便是自村的海域，浮物交會之處便是界限。增坂村祖先撒的是穀殼，外村撒的是穀殼灰，也是天助我村：外村人只到穀殼灰輕，漂得更遠，卻不料那灰漂了許久便沉了，而穀殼卻隨大風漂得許遠，以內盡成了增坂村的海域。因此族譜上有載，本村的灘塗，東至三都口，西到下塘頭，南至蛇頭，北至嶼頭，面積浩大，都有根據的，後來土地改革的時候，有一片租給南埕的，順便被分了去，這些遠的事，說起來頭都疼！」一路聊著，就不覺得遠，九點多鐘，到了那下塘堤壩，因是大潮，灘塗上水未退盡，眾人便坐在岸上等待。

此刻日頭已經很足，從灘塗的水光中折射過來，晃眼得很。潮水退了一半的灘塗上，螃蜞、紅鉗蟹、跳跳魚、彈塗魚等等都在覓食，密密麻麻忙忙碌碌，一聽行人動靜，便退縮在洞旁，以觀其變，待人靠近要捉牠，便賊似地鑽進洞裡，甚是機靈。細春因初次來海塘，甚是稀奇，便下了堤去捉螃蟹，螃蟹跟逗他玩似的，待他伸手要捉，才蹭地鑽進洞去，一個也抓不著。那堤上李兆壽見了，笑道：「螃蟹比鬼還精，你須抄牠後路，才能逮住。」細春依了他的辦法，找了軟泥洞口，待螃蟹縮進去了，卻從洞旁將手掌斜抄進去，截住去路，將螃蟹掏了出來。原來此類小蟹，都是自作聰明之徒，逃回洞去並不往深處走，只是在淺處稍躲，待外邊沒動靜了又賊頭賊腦出來，故只要稍稍往下抄其洞穴，就可活捉。海邊農夫捉螃蟹，都是利用了螃蟹的小聰明才得手，否則泱泱海塘，面對如此伶俐之物，只能無可奈何。細春捉了幾個螃蟹，又無處安放，只得放了，權且做玩耍一番。那潮水也退乾淨了，李福仁道：「不要耍了，幹活去。」

各人便踏過布滿螃蟹洞的荒灘，到自己的蟶位上忙活。李福仁用木鋤將多餘的土鏟到壟頭，蟶位低平之後，又將土翻了一遍，且翻且讓細春用竹耙履平了。細春不明所以，問道：「為何要履得這麼平滑？」李福仁道：「待那潮水上漲，自然就有蟶菌附著軟泥上面，長成蟶苗，所以要低平軟，讓蟶菌著床。」細春不解道：「那蟶菌又從哪裡來？」李福仁道：「你這追根問底，我也不知，只知道潮水裡天生就有蟶菌。若水勢好，蟶菌便多，水勢差了，蟶菌便少。」細春又道：「那連江等外縣人為何到這裡買蟶苗，難道他們那邊潮水裡沒有蟶菌？」李福仁道：「正是，他們那邊潮水不長蟶菌！」細春道：「真是奇怪，難道我們這一帶海水有什麼奧妙，自古以來就有蟶菌？」李福仁道：「也不是從古到今都有，你爺爺做海那時候，蟶菌也斷絕了好些年，那時候我也才十來歲，聽說後來從別處買了蟶子來種，這潮水才重新又有了蟶菌。」

父子倆邊忙活邊聊著，倒也融洽。只是那日頭在上邊晒著，鹹水在下面泡著，細春的皮膚恰似別蟲子咬似的，又癢又疼，不時叫苦。李福仁道：「你初次來，這海土不認你，叫你吃些苦；若來慣了，這海土還能治你皮膚的病呢。」細春做得不耐煩了，便想去抓海鳥消遣：原來那鷺鷥、鷗鳥見人來幹活，便過來湊熱鬧。鳥自有牠的想法：被人鋤過的灘塗上，自然有被翻出的小魚、海蟲，順手牽羊美餐一頓，所以見了人來幹活，便緊跟身後，不離不棄。眼見這鳥離得近，想捉牠卻談何容易，見你靠近了牠才稍稍躲一下，倒讓細春自己在泥地裡差點摔倒。李福仁見了，笑道：「這灘塗是海鳥的地盤，你怎麼可能奈何得了牠，牠不來干擾你就算好了。以往這裡清窟抓魚的時候，成百隻海鳥來跟你搶魚呢，你不得不分一部分讓牠吃。」細春道：「這般囂張，下次來借一桿獵槍來！」李福仁道：「那不成，做海的不能得罪海鳥，牠是有靈的：海鳥多，水勢就好；若沒有海鳥，灘塗必然沒得收成了！」

不知不覺，那溝底又聽見海水拍打的聲音。遠望去，溝渠的水如一條白帶，連接到外海去，而一波波水勢來得甚是凶猛，眼見著要漲起來，似要把灘塗上勞作的人們給趕走。細春見潮水又要漲起，心中暗自高興，卻問道：「潮水剛退了不久，怎麼這麼快又漲了?」李福仁道：「今天是大潮，只能幹兩三個鐘頭，若是小潮，能待四五個鐘頭。」細春早已經不耐煩，叫道：「也好也好，快點回去，要不然被晒成人乾了。」丟了耙子去抓彈塗魚。因那跳跳、彈塗魚等見海水要漲，不知是興奮還是恐懼，都更加活躍起來。細春沒耐心，追了老半天也不見抓一個，只弄了一身泥巴，突然卻見灘塗上有一個小拳頭般大的洞，比起一般螃蟹的洞要大，用手往裡掏，卻進不了多深。細春叫道：「爹，有好東西，你過來看看這是什麼洞。」李福仁有經驗，遠遠看了一眼便曉得，道：「是章魚洞。」細春興奮道：「爹，你別幹活了，咱們下次接著幹，今天先把這頭章魚弄回去。」李福仁道：「那章魚洞深得很，十分費勁的。」因不忍掃了兒子的興，便扛著木鋤過來，一鋤鋤挖開章魚的洞。這海上的畜生，數章魚狡猾，洞極深，農民挖章魚多因為挖不到底而功虧一簣的。父子倆輪流挖，因越到下面土越硬，細春要不是因好奇早就洩氣了。那潮水又漸漸逼近，父子兩加快速度，挖起的土都堆一個小山包。那李福仁頗有經驗，挖到一處，便騰出手去一摸，到底了，掏出一隻小巧玲瓏的章魚出來。細春頗有些意外，道：「這麼深的洞我還以為多大，原來是這麼小的玩意兒。」要把章魚取過來，那章魚居然把爪子吸在李福仁的手腕上，死死不放。強行拉又怕拉斷了，便一條條掰起，取了過來。細春才知道，往日爹到海裡做活，偶爾還能帶一二章魚或者大螃蟹回來，都是如此碰巧得到的。當下潮水漫漲，那耕作的蟶位已經被淹沒，潮聲喧嘩著，如性情粗暴的野獸，拍打著堤岸，一切都被淹沒，海成了牠的天下。只有幾尾海鷗，如紙般輕盈，在海濤之上周旋不已。農人們早已陸續回到堤岸上，結伴聊天回家不提。

如此忙碌幾日，把一片蟶位鋤平。今年水勢頗好，將近年底，早有人來報信，說那蟶苗已經長目了，密得很。常氏舒了一口氣，道：「老天保佑，這個年有得過了，往年到正月才能洗蟶苗，人都說今年能提早了。」李福仁要帶細春去洗蟶苗，細春不免一番埋怨，道：「天都冷了，還叫我下水幹活！」李福仁道：「你倒不知了，天越冷，水越暖活，咱們祖先幾百年來都這麼做下來的，偏你怕冷！」細春半信半疑，被李福仁拽了去，因這灘塗的活計都是有些技巧的，李福仁一心想讓細春學會，將來能繼承了農事。因此到了灘塗，先讓細春認得蟶眼，如針眼大小，密密麻麻鋪陳，精緻宛如天成。又告訴細春，每個針眼下面均有一個蟶苗，因那蟶苗很淺，只將上面一層泥土刮起，放在細密網兜裡洗了，蟶苗便水落石出。如此這般講解示範，細春倒也很快上手，一心勞作，倒也無話。凡是晴天，便都來洗蟶苗，怎耐水勢好得不得了，那前幾日剛洗過的蟶位，過了十幾日又有蟶苗長起，原來蟶苗太厚，洗一遍根本不乾淨的。來灘塗上勞作的農人，一個個跟撿著便宜似的，均面有喜色，互相打探長勢，僥倖有個好年。漸漸逼近年關，蟶苗居然收購了兩百來塊，李福仁決定再長的春節後再洗。常氏每日裡收著蟶苗的錢，心中叫阿彌陀佛。

這情形，多數人都是樂意的，偏有一個人卻不太樂意。那清河顛著個大肚子，又見別人年關均有大收入，心裡不太舒服，對安春道：「你說人人都有蟶位，怎麼偏你沒有，難道你不是你娘生的。」又道：「這大年就來了，我跟孩子們又該買新衣裳了！」安春在老婆面前沒脾氣，只有被使喚的份，便找到常氏問道：「我怎麼沒分到蟶位呀，你看人家都有收成，我偏沒有，清河都不樂意了。」常氏驚訝道：「哎喲，兒呀，我也不知怎麼回事，這你得問你爹去。」原來當初分家，田地都按人口分給了安春，海地卻沒有分。待了李福仁回來，常氏問了究竟，李福仁道：

「沒分給他是事實，可當初分家的時候，曾問了他，他說：『那一點蠷地拿來做甚，我也不會跑老遠去打理』，這才沒分他的。」常氏道：「這倒是你的疏忽，他說不做也是要分他的，如今清河不滿意了。」李福仁道：「那也不怪我，他若肯做海，別說蠷位可以分他，那灘塗還有好多荒地，誰開荒了就是誰的，只是他自己不勤勞而已。」常氏道：「你可別這樣說兒子，我跟他解釋去。」常氏便到安春家回覆了，那安春道：「我倒沒說過那話，若是蠷位分給我了，我自己不去也能雇人去，農民這麼多，有活不會沒人去幹的。」那清河也端著臉不言聲。常氏也無奈，只好和言安慰了一番，那清河已快臨產，常氏又仔細問訊一番，然後告辭。

又，到了年底，那鷺鷥嫂將她的寶貝豬叫人給殺了，有兩百餘斤肉，歡喜有餘，把豬血煮成塊，給左鄰右舍送去。將一碗送給安春，笑道：「這頭豬，差點替你去結紮了。」興高采烈而去。清河卻不自在，對安春道：「借了我們豬圈一年，就送這一碗豬血，也好意思樂呵呵的，送一個豬腿都不過分。」安春也覺得有理，以為借給人家豬圈功勞很大，居然在過路亭晒太陽時也跟人閒嘮道：「我那豬圈給鷺鷥嫂養了一年豬，就送我一碗豬血，居然有這個道理。」人家聽了不言語，待他走了，知理的人便嘲笑道：「莫非老倆口要將整隻豬端過來給你。」這種閒話是長了腿的，傳到了鷺鷥嫂耳朵裡，偏鷺鷥嫂是個愛計較道理的，倒不跟安春當面說，而是跑到常氏那邊分辯，說了一番道理。常氏只得道：「我兒那是玩笑話，你且左耳朵來右耳朵去，莫放心上。」安慰一番老人家。

百忙之中抽了一日，常氏走到鎮上，去百貨逛了，買了嬰兒的衣裳、虎頭鞋；又有給清河、珍珍和玉玉的花褂子，紮了滿滿一袋，興沖沖來到安春這邊。給珍珍和玉玉都試穿上，直叫：「我的兒好看！」待常氏去了，清河卻對安春笑道：「你娘給我買了這麼土的褂子，還不如直接給錢讓我自己買去！」安春道：「她懂得買什麼！」原來那清河讀過書，又識得字，頗懂得些時髦，與安春一道都以有文化自居，對鄉下人穿的漂亮衣裳是看不上的。

常氏回家來，細春問去做甚，便回答：「去給珍珍、玉玉還有那未出世的嬰兒買了衣裳。」話一出口，見雷荷花也在，已覺得不妥，懊悔道：「哎喲，一心替那未出世的嬰兒想著，卻忘記給你們母女也買好衣裳來，該死的腦袋！」又道：「明天再跑一趟買去，這快過年了，百貨裡真是熱鬧，人一進去就忘了自己來幹什麼。」

這做父母的，但凡兒女多了，疼了這個，就傷了那個，平衡不過來。待他們老了，要兒女養了，哪個都有理由說父母的不親。為爹娘的苦衷，此為一樁。

閒話少說，單說這年底的節骨眼上，來了一樁喜事。農曆十二月二十六，清河在縣裡醫院生產。常氏聽得是個男娃兒，連夜趕了上去，歡喜得不知所以。那清河已產過兩胎，此次生產頗順利，休息了兩日，母子雇車回家坐月子，又團聚過年。因是男娃兒，又是第一個孫子，那禮數自然多了，清河娘家雞、蛋、酒等一干禮物，美景等親戚也送了坐月子的禮物，人來人往，歡慶祝福，自不必說。那常氏，兩頭忙活，接人待物，又怕來人沖了娃兒，多出個心眼，警惕呵護。

她又是愛乾淨了，那安春的房子裡外都洗了，不見她有閒著的一刻。那李福仁也滿心歡喜，上來悄悄看了娃兒，直盯著小雞雞看清楚了，才寬心快樂。人笨嘴拙，待客禮數也不太懂，家裡雜活也幫不上什麼忙，只好偷偷樂著逛到過路亭來。店頭裡曉得消息的人，也都問候賀喜了，李福仁傻傻憨笑。那秀才李長青正在店頭寫春聯，道：「家有這麼大的喜事，不貼個紅聯喜慶喜慶！」李福仁應道：「正是，你給寫幾個好聽的，貼在安春屋頭。」李長青道：「安春那屋頭小，外門一聯，裡門一聯就夠了。」當下筆走龍蛇，寫了兩副春聯，李福仁問道：「都是好字？」李長青道：「好得很，子孫滿堂、富貴盈門，都在裡面了。」李福仁道：「金字描了更好看些。」李長青道：「老人家也愛漂亮。」李福仁傻笑道：「看著金字，心頭暖活。」李長青又將兩副春聯用金粉描了一便，增輝不少，又告知每張貼的位置。李福仁問了價錢，待要掏出時，卻發現自己口袋裡不曾有一分錢，原來他不管事，又極少買東西，便有去買，用錢也是常氏來支配。當下道：「我且先拿回去，回頭送錢來。」興沖沖回安春家，取了一團剩飯米粒將對聯黏了，又搬了板凳墊腳，貼在門邊上。那米粒黏性不強，待貼這張，那張已經掉了一半。常氏從門裡出來，見了笑道：「你個老頭什麼時候學會裝門面了，買了對聯也捨不得買糨糊，你先別忙，我去借一下糨糊。」說著進了隔壁家。安春恰買了些年貨回來，見李福仁還站在凳子上，道：「你這是什麼黏的，還沒貼上就掉下來了？」李福仁道：「你娘去取糨糊了。這對聯是李長青寫的，一塊錢，還沒給他，你給送去。」安春道：「李長青這小子，跟他爹學著寫兩筆就敢拿來賣錢，冒充有文化人了，給他錢幹什麼，貼他的字是給他面子。」李福仁道：「胡話！」片刻常氏借來了糨糊，李福仁裡外貼了，看著頗為喜慶。

裡門一副，寫的是：

吉祥草發親仁里，富貴花開畫錦堂。

橫批：萬象更新。

外門一副，寫的是：

一門天賜平安福；四海人同福壽春。

橫批：吉星高照。

當下李福仁向常氏要了錢，還李長青去。常氏吩咐道：「你倒別忙這花活了，回家看看做年糕的米細春磨了沒有，還有做肉丸的芋頭、紅苕都先洗了，等我回去好做。」李福仁應諾而去，一家子籌備過個喜年，不在話下。

且說大年三十，連浪蕩子三春回來了，穿得一身光鮮，叼了一根過濾嘴，吞雲吐霧的，逢人便說那高調的話。常氏雖不見他掙了一分錢回來，卻也滿心歡喜。天色將暗之際，常氏早備了一桌飯菜，教細春在天井放了一串鞭炮，眾人便圍坐桌上，唯獨不見二春。常氏道：「等不及二春了，先吃了吧，我給他留了雞腿。」眾人便一頓嘰嘰嘖嘖，祥和之中吃了年夜飯。吃完，細春便出去和小孩在院子裡玩鞭炮，三春也剔了牙叼根菸出去招搖，李福仁坐在灶口烤火。常氏把那碗筷收拾了，桌子清理完畢，便把那做肉丸的材料抬出來：芋頭泥和紅苕泥是做皮的，下午早就和了；又將肉末、蔥花、薑絲、蝦末等餡料，用醬油、味精、鹽巴等調料攪拌均勻，擺上桌面，開始包肉丸。雷荷花把女娃哄睡了，也出來幫忙。包了一籠，先下鍋，李福仁燒火，一會兒便熟了，噴出香來。細春進來，便揭了鍋蓋，弄幾個上來吃了。常氏道：「叫你三哥進來吃吧！」細春道：「誰知道他去哪了，自己會懂得回來。」諸人都嚐了鮮，常氏又裝了一大碗，對細春道：「你大嫂坐月子，今年做不了肉丸，你送給他們吃去。」細春便踏著家家戶戶此起彼伏的鞭炮聲送了過來。安春一家早在巴巴地望著了，安春道：「我們四個人，加你嫂子肚子裡的有五個，你就送一碗來，還不夠解饞。」細春道：「娘做的多的是，你明天自己過來取吧。」又把常氏給珍珍、玉玉包的壓歲錢給了，便回來了。

到了那八、九點光景，二春還沒有回來，雷荷花頗為擔心，念叨起來。常氏安慰道：「這年終的帳都不好結，弄半夜去都說不定，他下午走的時候就吩咐了，不定會遲回來。」琢磨了一下，又道：「照理來說這鞭炮一響，所有的帳都要迄了，會不會是沒車回來？」一干人等著，但凡聽見腳步聲，都以為是二春回來。一會兒三春回來，吃了幾顆肉丸，常氏便叫他道：「你二哥還沒回來，你去村口看看？」三春道：「擔心什麼，這巴掌大的地方，不會別人拐走的，你等著就是。」常氏道：「你嫂子擔心呢！」三春道：「都別擔心，這方圓村落，都是我的地盤，有什麼事，只要我找人，就搞定。」李福仁在燒火，聽了忍不住道：「我去看看，你把這火給接著燒。」三春不耐煩道：「你老人去什麼呀，我去看吧，你說到村口看有什麼用，難道他到村口還不懂回來嗎！」說著嘴裡銜一顆肉丸出去了。常氏嘆道：「這賺點工錢也不容易，大年三十了還不能回家！」因女娃又被鞭炮聲驚醒睡不著，雷荷花又抱了出來，默默擔心著。

眾人邊等二春邊做肉丸，蒸了一屜又一屜，放在簸箕上涼，是春節期間必備的吃食。三春去村口看了兩趟，李福仁又去了一趟，還是沒有等到，眾人心裡都不免驚恐，害怕有個三長兩短。只聽得鞭炮聲又驟起，此起彼伏，恰似砸在家人心上，原來已經是半夜十二點，都到了新年的時光了。那肉丸早已經做完蒸好了，常氏焦躁起來，道：「不如叫輛車，三春和細春你們到橫坑去看看！」三春此時也不再說含糊話，道：「誰這時候肯出車呀！」常氏道：「我去叫車去，你們且等著。」去了開三輪摩托車阿坤那裡叫門。阿坤正要歇息呢，開了門，常氏說了來龍去脈，阿坤道：「阿姆你多心了，我知那磚廠的帳亂得跟麻似的，他們指不定弄整個晚上都弄不完，不會有其他事的。」常氏道：「託你的好話，我也願是平安的，只不過我媳婦擔驚得很，我心裡也七上八下的，你載三春細春去橫坑看了，好歹我們心裡有準了。」又道：「這點也算是新年了，你就當成開春的第一樁活，我也免不了給你車錢紅包！」阿坤見常氏這麼說了，便也依了，加了一件衣裳，去把那巷口的摩托車啟動了。對常氏道：「你叫三春、細春到村口找我。」自開了車沿大路往村口等去了。

常氏便從近巷回家，沒走幾步，便遇上細春走來，道：「二哥回來了！」常氏一顆心被燙了一下，登時就暖活歡喜了，急步到家。雷荷花早就燒湯給二春洗了手腳臉面，又吃了熱呼呼的物什，常氏便問究竟。二春道：「廠長去鎮上老念那裡拿錢，那老念躲著不給，廠長便在他家守候。老念等到天黑鞭炮都放完了回家，以為沒人討債了，卻被廠長候個正著，又磨蹭了半夜，才擠出一半磚款，回到廠裡，算了半天帳，給我們勻著過年，到這三更半夜才用拖拉機把我們一個個送回來！」二春說的老念，是開拖拉機的，是磚廠的老客戶，實際上就是二道販子。通常他收了買磚人的錢，卻又拖欠著磚廠的；若磚廠跟他急了，他又能將客戶拉別的磚廠去，磚廠也不能不買他的帳，因此要他付款，都跟擠牙膏一般，磚廠也沒有辦法。如此這般，磚廠的資金也緊張，每月裡都只給雇員發一半的工資，剩一半到年底了發。像如今二春這樣，即便等到大年三十這般黑夜了，那一半工資也拿不回來，只是勻了些回來過年而已。一家子一夜的擔驚消散，又能取了些錢回來，自然歡喜也勝過了不甘。

眾人正說著話，卻見阿坤闖了進來，見了二春，道：「這不是回來了嗎？」原來他在村口等得不耐煩了。常氏道：「哎喲，我這心頭一暖乎，就忘了去跟你說了，大概你剛開車，他就平安回來了。」又叫阿坤進來吃點肉丸，阿坤道：「不吃了，再吃就撐不住了。」說著走了，常氏送了出來，不免說著歉意的話，道：「大年夜又煩了你睡個好覺。」阿坤雖心裡不自在，但過年了也不計較，回道：「不礙事，人平安回來就好，合一家子過大年了。」去村口開車回去了，常氏也回來，一家人又聊長問短，烤火到下半夜才睡。

12

大年初四，日子好，天氣也好，二春備了禮物，與雷荷花及女娃兒上她娘家省親。那禮物也講究，第一道是草莓，也是這一兩年，鄉村時興種草莓，可以賣一整個春節，成為往來禮物首選；第二道是黃魚乾，新鮮的不好拿，而魚乾想吃多久就吃多久，山裡人也喜歡；第三道是蒸熟的螃蟹，因天氣冷，一兩天不會壞了；第四道是瓜子果糖，可以分予左鄰右舍。這一講究，就頗有些排場，也是合常氏的心意。

到了山裡，親家母一一把禮物收了，也知對方親家甚是鄭重，歡喜不已，放了鞭炮迎了女婿女兒。這山村人口不多，各家房子也不稠密，但是安靜，一家有了響動，那全村便都知了。就連那對面山頭的瞧見了這邊熱鬧，也會傳一嗓子過來，喊道：「是女兒回來了嗎？」這邊答道：「正是，過來坐坐。」山裡人熱情，喜歡湊熱鬧，於是不多時就有人過來，瞧瞧女婿，抱抱外甥女。主人又遞茶分糖，客人嘴裡邊嗑瓜子邊好話，問七問八，熱鬧不提。

且說晚間，二春哄著女兒睡覺去了，母女連夜談天，雷荷花就把那婚後的生活，婚前的境況，和盤托出。先是，把那二春去廣東做工，寄回的錢卻讓常氏或當家或借濟二春的兄弟姐妹，花了精光。這事呢，二春剛回來時是不知的，一心只記得娘給他存著老婆本，只不過天長日久，耳聞目濡，漸漸便知曉了。知曉了，二春也不計較，他是沒心思的人，那結婚的債又壓在常氏頭上，因此也不提前事。只不過夫妻床頭交心話說多了，雷荷花也就知曉了。雷荷花也是沒心眼的姑娘，就當傳聞知道而已，並無想法。如今傳到親家母耳朵裡，親家母便覺得常氏是不懂當家的，難免有說三道四的話就出來；又談到，如今這一大家子，就二春做工算是有穩定收入，成了頂梁柱了，不免又替女兒女婿擔心，怕一家的擔子都壓在女婿身上。當下雷荷花的娘道：「現如今你們也是一小家了，你也得學一學操持了。親家母能當家，當的是大家，自然都想著各個兒子都好，卻不會想著二春的累。」雷荷花聽了，似懂非懂，道：「二春不在家，我又要帶孩子，持家當是往後的事。」母親道：「你卻不知，如今孩子也快能走路了，又不釘在你身上，他爺爺奶奶也能帶著呀；你不懂持家也要懂得管錢，老公賺的錢該老婆管著，這是正理。」又道：「那雷紅鵑，比你都小兩歲，卻懂得操持得多，家裡外一應管理著，支使什麼錢都自己說了算。」雷荷花問道：「她可曾回來？」母親道：「大年初二就回了，大包小包的，風光得很，還把她娘治病的錢、弟弟讀書的錢，都當眾人面給了，算是最沒白嫁出的女兒。」原來雷紅鵑和雷荷花是這小山村最出色的女孩子，一般年紀，都被人拿來做比較。雷荷花道：「她小時候就比我強，什麼都精，又嫁得好，如今自然要高我一籌。」母親笑道：「才結婚，你就認輸啦，女人的本事都是磨練出來的，誰有天生就長兩個心眼的。況且你看二春雖然長得體面，卻是老實人，將來你要是再不學些手段，家裡就沒一個頂得住的了。」山村寂靜，母女嘮叨到半夜——女人管家的本事，便是如此這般繼承下去，一夜之言難以表述，只可意會而已。

這山村地勢高，也比下面要冷，二春穿著西裝太單薄，居然凍著了。次日起來，稍稍受了點涼，鼻子一吸一吸地難受。中午吃了中飯，便下山回家。那親家母也備了一些乾貨，回之以禮，依依道別。到了家，常氏回收了禮品，直叫親家客氣。因是過年，不宜去診所，常氏又悄悄熬了些風寒草藥給二春吃了，叫他睡覺休息去。

且正張羅著，高利貸李懷祖進了門來，嚷嚷道：「你們家添孫子了，要不要合併請奶娘神仙？」常氏道：「哎喲，你不說我還忘了這回事，我們家是第一個孫子，這一定得請呀！」又道：「你且去跟安春合計，讓他跟你張羅！」李懷祖道：「我就是從安春那邊過來的，我問他了，他說：『這個禮數的事情我不懂，問我娘去』，我想也是，他一個後生怎麼曉得家裡添男丁，都是託奶娘的福。」常氏道：「他呀，什麼事都要我跑前頭，我且幫他張羅。」

李福仁在一旁閒坐，甚感興趣，問道：「今年村裡添多少男丁？」李懷祖掰著指頭，道：「山頭四個，祠堂坪三個，坂尾兩個，大街三個，一共是十二個。若加上被結紮的，恐怕有二十個以上。」李福仁又問道：「今年怎麼是由你做頭？」李懷祖道：「我家是年頭添丁，最早的，當然是我做頭，這是有規矩的。」李福仁又問道：「什麼時候請？」李懷祖嘲笑道：「看來你活了一大把歲數，人間的事情知道不少，神仙的事情卻一竅不通，奶娘神仙是正月十四請，正月十五遊神，到時候添丁了當爹的都來抬槓。」李福仁憨憨得笑了，道：「我是人間的事情還摸不著頭腦呢。」

常氏問道：「怎麼個請法，幾家請一桌？」李懷祖道：「我合計過，其實三家請一桌就可以，一共四桌，擺起來也夠氣派了。那奶娘塑像在林公塑像邊上，你要是擺多了，人家都不知道是請奶娘還是請林公，把神仙搞糊塗了也不好。以前添丁多的年分，有的擺上十幾桌，我看太浪費，你想奶娘怎麼吃得過來，每道菜嚐一口都吃不過來，神仙雖然是神仙，法力是高，但說到吃東西，肯定就跟人一樣有個限度，所以以前的做法都不合適，這次我做頭改進改進。至於每三家的菜呢，自己去商量，一桌放十來盤菜，每人四道就夠，哪個是魚，哪個是肉，哪個是螃蟹，都約好了，可以精當點，不要重複，讓奶娘嚐不同的風味。至於香火元寶，隨自己心意燒，我就不規定了。只不過到十五晚上，要叫安春來抬槓，一共十二個添丁的，換著抬，才表示你誠心了，你做了什麼奶娘都能看見，所以要自覺，一點一滴做了，香火才會旺下去。」常氏笑讚道：「你這做頭做得簡單地道，莫不是算利息算出來的！」李懷祖道：「利息那好算，不費我這麼多功夫，我這是到宮廟裡看了，想了幾個晚上才想出來的，想必那奶娘也同意我的主意，想出來後我這頭腦清爽得很；奶娘要是不同意，恐怕我現在就要頭疼了！」常氏笑道：「奶娘也知你算帳算得好，就依你的辦了。」

十四日上午，常氏做好兩道菜，是鱧肉炒蛋、燒豬腳；也叫安春備了兩道菜，是紅燒帶魚和白灼二都蚶。安春原先還懶得弄，常氏勸說道：「請奶娘是保佑你的兒子，你也做兩道，讓奶娘見你的誠心！」這才動手做了。當下常氏用籃子挎了，又備好香燭元寶等往供廟裡來。因是善事，李福仁尾隨而來，頗為虔誠。正月裡宮廟香火是不斷的，要出去長年做工的、要搞養殖的、要開車的、要生子的、要擺攤的、要做扒手的、要讀書考大學的、要出去亂闖一把的，諸如此類，凡心中有神眼下有求的，都來燒一把平安香，拜一拜諸位大神，祈求一年有所收穫。恰逢十二到十五又都是遊神的日子，因此宮裡煙霧𤊧𤊧，鞭炮串時時響起，村裡請來的唱班也是全天奏樂，熱鬧非凡。也有小孩子在裡面耍，撿了沒有放完的鞭炮，點了火扔在跪拜者身邊，人神俱驚，不免一頓喝斥，叫道：「再來搗亂將你頭拎了踢出去！」小孩詭計得逞便哈哈跑開，其樂無窮。

那四張請奶娘的八仙桌已經擺開，各人把菜端上，齊了，各家便點起香燭，燒了元寶，口中念念有詞，將自己的祈願私話跟奶娘一一說了。做頭的李懷祖指揮有方，將各家添丁的花名冊記了，獻給奶娘，又是一番陳詞，保佑這些男丁平安成長，後嗣壯大。又有那嘴饞的小屁孩在祭桌邊鑽來鑽去，一不留神便取了一塊祭品扔嘴裡去。饒是眼疾手快，卻被李懷祖瞅個正著，一番頓腳臭罵趕跑，見李福仁在邊上閒看著，便指揮道：「你且看著酒菜，別讓毛孩給偷吃了，奶娘還沒吃，你們倒吃上，反了！」李福仁便憨笑著靠近祭桌守了。

那裡燒香的、聽唱班的閒人也圍過來看祭，多嘴的忍不住問道：「今年添幾個丁，怎麼就請這寥寥四桌，莫不是被結紮得差不多了？」李懷祖接話道：「丁也不少，有十二丁，只不過我做了改革，不講排場，大家節約點，奶娘也吃得精當點！」閒話的道：「什麼改革，不就是小氣嗎！往年都擺上十來桌，今年就這麼四桌，奶娘要是一生氣，不保佑子嗣，你這就好事變壞事了！」李懷祖急忙辯駁道：「你休得多嘴，我這樣做，奶娘是知道也是同意的，你想她也就一個人，吃十來桌幹什麼，人間的改革的事情她是會曉得的！」閒話的也掐上了，道：「你倒是道理多，你怎知道她是一個人吃的，她是大神仙，底下有小神仙，都是跟著她吃的，這你就不知了吧！」李懷祖道：「胡說胡說，奶娘要是生氣我肚子早就痛了，就你們多嘴。往後呢，桌數可以減少，元寶可以燒多多的，元寶是錢，揣在兜裡，什麼時候想買東西吃都可以。」起鬨的笑道：「李懷祖呀，你是吃利息吃習慣了吧，精明都算到神仙身上。」李福仁忠厚，幫著李懷祖解圍，道：「他說得有道理，多燒些元寶給奶娘使，更方便！」搞笑的又說道：「奶娘今後準不指望李懷祖做頭了。」眾人一陣哄笑。原來這李懷祖做事頗算計，是有名的，眾人都愛取笑。他雖年老，卻是個沒心眼的，誰說他也不計較，一心就記掛著他的帳，凡主持事情皆以節省為能，多被眾人看出底細。

正說著，李兆壽數著手裡的幾張鈔票，笑咪咪進來閒看，靠了李福仁邊上聊天。李福仁道：「賭贏啦？」李兆壽笑道：「說賭也不算賭，說沒賭卻也賭了，我這更像打游擊，瞅見莊家連贏三把了，就往下壓十塊，不管中不中，打一槍就走，游了一個上午，就贏了兩張綠油油的票子。」李福仁笑道：「誰想贏你錢還真不容易，你眼睛還精？」李兆壽道：「就是眼睛不精了，動作慢，人家也不愛跟老頭玩，挺討人嫌的。」原來門外宮坪熱鬧著十來個賭攤，李兆壽年輕時有賭癮，老了還戒不掉，大過年時不時去試兩手。又道：「倒是你那三春，賭博賭得凶，注注押，還敢押空注，輸了欠著，還道『我在縣裡就是開賭場的，難道還怕我逃賭債不成』，真是開賭場嗎？」李福仁聽了就頭疼，道：「你提他做甚，他能開什麼賭場，你一把年紀了還聽他的。」李兆壽道：「他也完全不是放空炮，去縣裡見過的人都說了，他是在賭場做事，自己也賭，也是能吆喝起來的角色。」那李兆壽一味好奇，李福仁卻不想提他，岔開話題道：「這都正月十四了，還這麼多人賭博，這年頭人越來越閒了！」李兆壽道：「過了正月十五，鎮上就會來人抓了，到時候都會轉移到家裡去。若是不抓，這賭博一年到頭都有人賭下去，便是像我這樣老眼昏花的，卻也忍不住呀！」

請奶娘的人家也結伴談論自家新添的男丁，或講如何逃了結紮，或講娃兒如何可人，自有一派歡喜樂趣。李兆祖見李兆壽也在，道：「聽說你大兒李懷合快要生娃了，明年你來做頭！」李兆壽苦笑道：「你別笑話我了，知道我兒是上門去，我來湊這熱鬧，可是臉往哪裡擱！」李兆祖反駁道：「你這還是老腦筋，如今上門只有賺的份沒有吃虧的份，你算算，懷合取了老婆，住了別人的房子，回頭生了孩子，照樣是你的孫子，誰也搶不了爺爺的名頭。你說像我三個兒子，要是都娶了親，那房子不夠住，到時候造新房還不是得從我口袋裡掏，所以我說你就光計較表面花樣，卻不知其實大賺一筆了！」李兆壽惱笑道：「就你那麼想，全村人可都不這麼想，再說我若老了病了，起不來了，兒子來床前遞一口粥吃都指望不來了喲，你就忙你的，別提我那惱人的話題了。」

言談之間，宴席早也涼去，據說那熱氣就是被神仙吃去了。於是鳴炮收席，歇了的唱班也再次吹響，歡送神仙吃飽歇息去了。眾人將吃食拿回家裡，熱了再由自己食用。也有人說那神仙吃過的飯菜味道確實不如之前，也有人喜歡吃神仙吃過的東西，以為能沾上仙氣。到了晚間，安春便如約去給奶娘抬槓。那奶娘木像，穿著紅袍，頭戴鳳冠，頭飾顫顫巍巍，栩栩如生，端坐轎子裡，四個人抬著，前面有人挑著燈籠，又鳴鑼開道，繞村子遊了過來，後面跟著鬧哄哄的人群。凡每隔五十來米經過巷口住家，便停下來，供人點香燒元寶。常氏不免又燒了一遍，特意把那娃兒包得緊緊的，抱出來讓奶娘看一眼，又怕被鞭炮驚了，又慌張抱進屋去。至此，這樁添丁的善事告一段落。

過了元宵節，聚集在家裡的人陸續散了。三春去了縣裡，二春也開始到磚廠上班。而農人也陸續做活去了，那院裡清淨許多，偶爾有漁民結伴來討肉丸年糕什麼的。漁民多是鎮上碼頭一帶的，或養魚為生，或者捕魚為生。近些年有政策，蓋了房子讓他們住到岸上來，有的住了，有的不習慣，覺得還是住船上舒服。因在正月十五以裡跟人討東西，據說那人就要觸霉頭的，因此漁民多在十五以外上門。這一日來了三個漁民母女，挎著三個籃子，李福仁在家，便取了三個肉丸一塊年糕給她們。她們會將這些吃食在漁船上晒乾，存起來，要吃的時候切成小片，燉了魚湯一起吃，風味與農人吃的自然不一般。那漁民雖跟農民隔得近，落戶的甚至都住在一起了，農人對漁民的生活卻不甚了解。李福仁順便問道：「政府如今也給你們分了土地了麼？」這三個母女聽了，一臉茫然，應不出來。原來漁民的言語跟農民是有不一樣的，話一往深裡說，便費解了。厝裡婦女笑道：「你說話她聽不懂呢！」李福仁道：「哎喲，我去海裡幹活，日日見著漁民，卻不知言語還有隔閡哩！」

此為閒事，可有可無。要說正事，卻一時也想不起來，你想那農人一年，不外乎種瓜得瓜種豆得豆；不外乎家長裡短，親戚鄰里芝麻大的口角屁事；無外乎柴米油鹽，糊口生計。何為正事，何為大事，何為值得一說的事，何為值得一聽的事？這一年到頭密密麻麻的雞毛蒜皮，往小裡寫便成為洋洋流水帳，你一頭紮進去，偏偏無趣得很，又會罵道如今這寫書的人這般無聊，無大起大落，無勵志人生，無奇異怪譚，無底層關注，無學識理論，無情場淚眼，無國家大事，無社會問題，無人生關懷，無良知拷問，無哲理妙趣，無夢想青春，無時代脈搏，誰願掏錢去買？三無產品，政府便可銷毀；而你如此多「無」，豈有存乎世上之理？我想往大事裡寫，讓讀者有趣驚奇，卻是望洋興嘆，無一處可著筆。在此奉勸看官，若已明瞭我是這般無聊，便可早早甩書而去，到了萬千繁華人間尋一熱鬧處耍去。若有一、二如我這般無聊者，厭倦了世間喧囂，鍾意我這痴言絮語，寂寞閒談，又不介意如老太婆般喋喋不休，且跟我來，我縱然挑燈也要從這千頭萬緒中找一塊尿布，循著騷臭味兒帶你進入這尋常日子裡。

單說這一塊尿布，並非尿布，是一件甚破的短袖圓領汗衫。那日雷荷花把一條腿架到天井的石架上，給女娃兒噓尿，噓了半天不見動靜，便收了。這一收不打緊，手掌一熱，便知尿來了，趕緊把搭在凳子上的破呢絨汗衫塞進娃兒胯下，以保新換的褲子不濕。

這做了尿布的汗衫有何稀奇？真不稀奇，既非天邊一朵雲彩所變，也非水中仙子所穿，乃是凡間俗物，若非事出有因，完全不值一提。卻說細春當日幹活回來，見自己的汗衫一大片黃斑，又頗騷臭，只當是給誰做了垃圾，不由生氣道：「誰是不是有病，我這衣裳好好的拿去擦屎擦尿，給我弄件新衣裳來！」恰常氏和雷荷花都在，常氏道：「你看錯了吧，誰會拿你衣裳擦尿去！」雷荷花是誠實人，忙接話道：「哎喲，是我下午給她漬了尿，以為是沒用的衣裳！」細春卻還在氣頭上，叫道：「你又不賺錢，這般大手大腳，往後我還能穿嗎！」氣咻咻走了。因是同住一家，細春也把嫂子當成姐妹一樣說氣話了。那雷荷花自嫁過來後未曾紅臉，如今被一頓搶白，好不自在，臉色甚是難看。常氏也知了，忙勸道：「細春他不懂規矩，你別放心上。」雷荷花不言語，自抱了娃兒回房間去了。

等那二春回來，晚間床頭知己話，雷荷花便說出心裡話，道：「如今娃兒也能走路，不如以前那麼多事，我思量著跟爹娘分家去！」二春奇道：「如何有這種想法，跟爹娘合一家，你也不用負擔什麼，豈不是比自己當家要舒服！」當下雷荷花將尿布之事說了，道：「合著一家，我覺得不方便，說是一家其實又不是一家，這裡面有尷尬處，是你體會不到的。」二春倒沒了主意，只是道：「細春他一小孩子脾氣，你放在心上做甚！」雷荷花道：「我說分家不單是細春這事，我原來就是有想法了的，況且我自己也要學著操持家庭，總不至於一輩子跟爹娘合一處！」二春道：「你若這麼想，自己跟爹娘商量去！」雷荷花撇嘴笑道：「嘿嘿，真不知道你怎麼想的，你是男人，這種事情當然由你說了，倘若由我提起，爹娘總以為我是那惹是生非的女人家！」又道：「你總以為跟爹娘住一起我能舒服，現在大嫂生了男娃，娘總往上跑，飯菜也多是我來做，分了家我還能更輕鬆！」二春道：「咳，你計較這些小事做甚！」說著，女娃兒居然醒了，睜著眼睛不哭，如在傾聽談話。雷荷花道：「也該給六斤取個名字了！」原來這女娃一周歲多了，還是沒名字，只因第一次稱體重是六斤，便叫六斤了。倒是安春的兒子一生出來，他夫妻都識字，便取了名叫軍軍。二春道：「改日不如去問三叔，取什麼名字好。」當下又閒聊一陣，哄了娃兒睡下。

二春抽了一日，便去問三叔，給六斤取個正名。三叔道：「女娃兒起名字，又不必拘那輩分，也不必循那五行，隨便取個花花草草，聽得漂亮就是了，何必單來問我！」二春笑道：「就是隨便好聽的，我也取不來，要問你哩！」恰逢此刻，一隻雀兒停在牆頭上啾啾叫了幾聲，引得三叔望去，牆頭之上毛茸茸的苔蘚之中，有幾叢野生瓦蓮花正怒放。三叔道：「你看那瓦蓮生得漂亮，此花又賤，十分好養，給女娃兒做名字不差；若也學安春的兒女，都取兩個重字，就叫『蓮蓮』可否！」二春歡喜道：「好聽好聽，好名字，我且用了，別將這名字再給別人！」三叔道：「名字這東西，你用了，別人若再用，也奈何不得，難道你跑人家家裡去鬧不成？咱們這村裡，重名的就多，有那剛出生的娃娃，卻用了他人爺爺的名字，十分不妥。你只記得莫取人家的重名就行，若人家取你的重名，那是沒有辦法的！」二春點頭稱是，記了名字歡喜而去。

回家將這名字公布了，眾人都說這名字可愛，常氏憐惜道：「三叔將這麼好的名字給了我的娃兒，娃兒有名字了，聽得就跟已經懂事了似的。」又道：「當初安春這個名字是你爺爺取的，後來生下你們兄弟，你爹卻不懂得取名字，也懶得再問別人，就二春三春地叫下來了。」眾人才知這名字的原委。二春看常氏興致頗高，便徵詢道：「娘，我跟荷花尋思了，如今我們三人也算一小家庭了，荷花也想學著主持，不如像大哥那樣分家來過，你看如何？」常氏聽了一怔，腦子轉了一圈才回過神來，道：「兒呀，你怎麼想到這一遭，咱們這一家和和睦睦的多好。你若分出去，又三天兩頭在外，就荷花母女在家，要找個幫手都沒有，怎麼放心呀！」又問李福仁道：「你說呢？你也給意見。」李福仁對這種家庭大事，心中本無主意，道：「我也拿不出意見，你們決定就是。」原來常氏與其他婦女不一樣，她最喜大家庭，主持大場面伺候著兒女，其樂融融。安春分了家去，她已覺得冷清了；二春結婚生子，她雖辛苦，卻有莫大歡喜。如今要是二春再分出去，那三春又在外邊浪蕩，家裡兒女就剩下細春，怎生一個寥落場面！雷荷花圓場道：「二春，要是娘不樂意，我們以後再說這事。」常氏心中鬱悶，也不言語，當下眾人將這事打住不提。

雖然不提，可分家已經出口，就成了各人的心事。那心事擱在心頭，要麼擱成心病，要麼想開了釋然。過了些時日，常氏悄悄問了二春道：「兒呀，那分家的事是你提出，還是荷花先提出？」二春實在，道：「是她。」常氏嘆口氣，道：「她是想當家作主了，平日裡要幾個藥錢都得跟我討，是不方便，為娘的也能理解。」二春卻不知此中的複雜，也不想知，道：「娘，她也就說說，若不分就算了，我倒賺個不愁事。」常氏道：「她有這心思了，那就不能不理會了。你別操心，只管做你的工去，為娘的思量思量！」又跟李福仁論了這事，問李福仁的主意。李福仁道：「我是真沒主意，也不曉得分家不分家有什麼區別，若我想，孩子要分，就由他了，自力更生去，豈不省事。」常氏嘆道：「哎，你是沒心腸的，當然不曉得我的心意，兒子一個個分了去，我這心也就一點點涼去了！」李福仁道：「分了家，他還是我們兒子，又變不成別人家的，我倒不知你有什麼可惜的。」常氏道：「兒大不由娘，我也知曉，如今一個個成家立業，形勢是這樣了，我也是心裡一時接受不過來，想來想去，還是要同意的。只不過二春若分了，你說分哪裡去，哪裡去弄個新厝給他住？」李福仁道：「若這樣，倒是要打聽打聽，誰家有閒厝。」老倆口計議已定，便跟二春、雷荷花通了氣，等閒厝找到，再論分家日程。

李福仁平日不想事，這回腦子倒蹦出一個主意，道：「李兆壽前年搬了新家，不知那舊厝能用不能。」常氏笑道：「這回你腦子倒好使，一輩子就這一回了。」又指使道：「李兆壽跟你那麼好，不如你去問問。」李福仁道：「好是好，我也不知怎麼張口，還是你去！」常氏得意笑道：「你們父子，凡事都要我跑前頭，若沒有我，恐怕拉屎都找不到茅坑！」因是下雨，便拿了把傘到坂尾，李兆壽家在坂尾坪邊上，甚是孤單，那造厝的地也不是通常的幾進幾出，而是一狹長地形，那新房也就是一條走廊連通了幾間屋子而已，雖是紅磚新厝，卻無別人家新厝的氣派了。常氏進了屋頭，見陳老姆在，卻拿了個盆，在屋角接了漏下的雨滴。常氏叫道：「哎喲，你這是平台的房子，怎麼會漏雨呢！」陳老姆讓了坐，叫道：「苦呀，當初父子為了造這巴掌大的新厝，使了過力的勁，聽人說頂上蓋水泥板便宜，便依了，誰想最不頂事，那板與板之間的縫隙不經雨水，補了這邊那邊又漏，這新厝住了跟舊厝似的——父子沒本事，老天都欺負。」常氏嘆道：「這做厝的材料確實要有經驗喲，不怨人，好歹新厝比老厝亮堂得多。」又搭訕道：「李懷合他媳婦都快生產了，可有去看看？」陳老姆又苦叫道：「哎喲，嫂子，這事我怎敢聲張。去倒是去看了一遍，就偷偷去，心跟貓抓了一樣，你說媳婦那肚子裡活生生的娃兒，說是自己的兒孫，又不能在我家生我家養；不是自己的兒孫嗎，卻又是，做娘的沒我這麼愁過。」常氏勸道：「你倒不必想那麼多，若是男丁，這裡的排場禮數，你照樣走，鄰里親戚，指定都認了是你家添孫子，有何不可的？這禮數可走得理直氣壯，沒人敢有什麼閒話。那懷合住在女方家，也有好處，你看我兒子一個個都跟家，又沒蓋新厝，麻煩事是一樁又一樁，我這老肩膀都擔不住了。」陳老姆苦笑道：「也不知你這是寬慰我還是消遣我，我羨慕你的福氣你卻來訴苦，我這張不開口的，你卻當了蜜餞吃。」常氏道：「哎喲，我怎敢消遣你，光眼前一樁焦心事就讓我喘不過氣了，苦的我是幾夜也沒睡好！」陳老姆笑道：「我只知你兒孫滿堂，每日都過年似的歡喜，卻那有苦，還要我知道，且說來！」當下常氏將二春要分家又無厝等等說了一遍，陳老姆道：「哎喲，兒孫繞膝也有麻煩事，卻是歡喜中的苦，嫂子，你這是吃橄欖的苦，還是在享福呀！」

談到此處，常氏方開門見山點明來意，道：「你搬新厝來了後，那舊厝是否還空著？」陳老姆已知常氏的意思，道：「空是空著，雖是破爛兩間，硬住也能住人；可如今要有人搬進去，卻是為難得很。嫂子，那厝不好住，要是能住，當初我們也不會蓋這兩間不像話的房子，急匆匆搬出來了！」常氏疑惑。陳老姆把房門掩了，悄聲道：「那惡霸李壞熊就是要趕我們出來，他四個兒子獨占了大厝的。」當下把原委一併講來。

李壞熊就是李安雄，因蠻橫，背地裡被人叫壞熊。先是，李兆壽和他住的是原來地主的大厝，也都不是誰家祖上的，是解放後分的。同一厝裡有五戶人家，偏偏李兆壽家和李安雄家不知何時結了梁子，從此就較上了勁。那李安雄以壓倒別人為能，他四個兒子也秉承他的脾性，凡有計較處皆不讓人，賺了便宜贏了氣勢為止。鬧了不少事，也就是跳蚤拿著柴刀以命相搏那一仗讓了一口氣，其他人又怎能如跳蚤般頑劣凶悍？都避著他。既如此，恨不得把李兆壽一家趕出大厝去，點點小事，處處找茬，如見到李兆壽家的鴨子在廳堂拉屎了，便一腳踢到天井裡去，訓斥一番，專等人接茬，把事鬧大；又見了李兆壽家來客人，便在廳堂大聲吆喝，罵罵咧咧，給人臉色，凡此種種。李兆壽是軟弱人，不敢接招的，平時嘴裡能說會道，骨子裡老實得很，蠻橫事幹不來的。其能耐，只有在說書時最逞能，口沫橫飛，英雄虎膽，不可一世。陳老姆最煩他說書時的鳥樣，見他說書都避開，以免想起被人欺負時他的慫樣，傷心上頭。先時，陳老姆還質問道：「你還是當過兵的，怎不見得一點當兵的威風！」李兆壽倒實誠，道：「兵是當過，可在國民黨部隊裡當的是逃兵，槍都沒摸過，聽說要打仗，淨想著哪裡躲。解放後參加共產黨的部隊，說是支援朝鮮，可連縣都沒出過，也是拿木頭當手榴彈使，明白著是沒飯吃了去討活路的。所以你也別當我是部隊出身的，那樣辱沒了解放軍，如今政府給一個月給我幾十塊，那是政策好我撞了運，看家狗撿了老骨頭。」父親如此，兒子李懷合比父親更老實，又長得矮個，平時就沒有言語，被人欺負更是忍氣吞聲往家裡躲的料。那李細懷合脾氣稍倔一點，雖然言語不多，凡事也懂得生氣，又近二十歲了，也能怒目以對，但多是被家人給拉回來，寧人息事。如此情況，李兆壽一家才憋著一股勁在自留地上造了小厝，從舊厝逃了出來。

陳老姆悄聲道：「那李壞熊就是要把人都趕出來，他們一家住得寬敞。如今舊厝我也是間著，雜物都不敢放，你敢放他就敢扔，也不能如何計較他。倘若二春要搬進去住，我看不得安生，弄得不好還會說我們家指使的如何如何。」常氏聽了，也覺得有道理，道：「既這樣，就不敢住了，也無事，我且慢慢張羅。」當下辭別回家，與家人說了如此這般。因一時找不到住處，分家的事暫且擱下。

13

單說這一日村口來了一人，長得甚是高大體面，穿著西裝西褲，又夾著公文包，一看便知是公家人。到了村頭榕樹下，向人打聽安春的住厝。因李福仁住得離村頭近，便有人將他引了過來，恰常氏在家洗衣，便道：「這是安春的娘，且讓她帶安春家去。」常氏忙接下讓坐。又因這人說普通話，跟常氏不太能溝通，常氏只聽人介紹他是安春的戰友，不敢怠慢，喝了茶，引到安春家來。安春正在家，忙熱情接待進去，用普通話聊天，常氏不太能聽得懂，只是有如此貴客來找安春，想必是好事，張羅了茶水招待。安春與客人對坐，邊聊邊抽菸，清河也頗能懂普通話，抱著軍軍，時不時也搭幾句。

安春道：「娘，你幫我去買些酒菜來，好好招待。」常氏應諾，便來到上邊街，轉悠一路，卻只見豆腐青菜什麼的，問那擺攤的生意精婦女老妹，道：「想買點魚肉招待客人，怎麼不見哪個攤上有？」老妹道：「早上敲鑼了你不知道？」常氏道：「敲鑼是聽見了，卻聽不清楚喊了些什麼？」老妹道：「敲鑼通知吃素三日，十五全村修族譜。今日批貨都不敢批海鮮，我就弄些海帶什麼的回來。」常氏道：「哦，這樣，偏來了貴客，真叫人頭疼。」上邊街下邊街全搜羅一遍，不外乎買了些青菜雞蛋之類的，拿回來，心裡是嫌素了，招待不周。

也該是這安春的戰友有口福，經過李懷風家門口，卻見李懷風在殺一隻鱟。常氏叫道：「你倒哪裡抓來這好東西？」李懷風道：「昨天去海，運氣好，被我在灘塗上撞見，今日鄰里幾個要分，便殺了。」常氏道：「今日全村吃素，叫他們少吃，我這家裡來了稀客，你如何也得給我一份。」李懷風笑道：「他們愛吃這玩意兒，哪管吃素不吃素，既然你有客人，把我那份讓給你！」常氏讚道：「阿彌陀佛，還是你能體諒阿姆，且先秤一份給我。」李懷風道：「我在海裡養池，經常能撞到這些愚蠢海貨，倒是不饞牠。」當下秤了一份鱟肉，常氏興沖沖回家，對安春道：「今日是吃素，全街都沒魚肉買，恰李懷風殺鱟讓了一份來，是給客人吃酒的，你們全家須得禁一下嘴。」當下將菜餚下廚做了，小酒備齊，收拾妥當。將要回去，又悄聲問清河道：「這客人來做甚的？」清河道：「是安春的戰友，在縣裡工作，安春前一兩年有借了他幾百塊錢，就沒跟他聯繫了，今日自己找上門來！」常氏一聽，咯噔一下，心都涼了，原來是把一債主引回家來，也不知安春如何應付。當下匆匆回來，頗為忐忑。

安春有借錢的習性，常氏也知曉。他借錢還有個毛病，借了就忘，等人提起，他卻想不起來，於是來討錢的就幫他回憶，何時何地，你借了我多少錢，拿去幹什麼用，都做了哪些承諾，在場的都有哪些人，此類細節，陳列許久。安春先是處於痴迷狀態，賴不過了，便突然醒悟似地，道：「哦，記起來記起來了，那點小事你居然還記得，說你小心眼就是小心眼，不急，既然我想起來就行了，手頭一寬馬上給你。」那討錢的一番陳述，已是疲倦，又反被他小氣精之類地羞辱一番，少有勇氣再來討了，親戚鄰居少不了被他這樣占了便宜。一般被借得少的，也就算了，等於買個教訓，再不借錢給他。等他還要借錢，卻還有法子，一般都是急匆匆跑你屋裡頭，如天已塌下來似地，道：「某某，現在我老婆女兒某某事，太著急了，快借我多少錢，遲了就要出人命了。」若沒經過教訓的，被他一催，急人所急，有錢就掏出來了。安春若拿了錢，便一年半載都不跟你見面，遠處瞧見了便躲開，撞上了便裝陌生冷淡，招呼都不打。恰有一句話，說的就是這種人：若沒借錢給你，還有朋友可做；若借錢給你，倒連朋友都做不得，弄不好都成仇人了。

諸如此類刁鑽伎倆，在農村中遊刃有餘，賺點小便宜，常氏便是知道也不以為然，倒覺得兒子比那普通後生要聰明一頭。可如今借的是這麼大數目，一時哪裡還得起？那戰友又是縣裡有來頭的公家人，若談不攏，生氣了，也不知會有怎樣結果。早要知道那人是來討債的，也許還能先打發掉；又是自己興沖沖帶了過去，以為是什麼稀罕人物送運氣來了，倒不知等下安春會不會怪自己的。想來想去，一時替兒子憂，一時替自己悔，一個下午都心神不安的。

正那傍晚時分，安春晃悠悠自己過來了，居然一臉無事的樣子。常氏正憂心著，問道：「客人走了？」安春道：「剛到村口，送上車去。」常氏嘆道：「兒呀，你欠那麼多錢，這一時怎麼還呀！」安春笑道：「這錢哪用得著還呀，我那戰友是銀行的，財神爺，哪裡在乎我這點錢！」常氏奇道：「他下來不就是為這錢嗎？」安春輕鬆道：「也是，也不是，就是這一兩年沒跟他聯絡了，他下來看看，我跟他說了家裡困難，他倒是安慰我來了，道：『這幾百塊錢還不還不要緊，你倒是要跟我保持聯繫，這世界上什麼情也比不上戰友情，就有困難也要多溝通，能幫的就幫了。』咳，早知有這番話，倒是不想跟他斷了來往！」常氏道：「哎喲，乖乖，有這種好人，難怪一看就面善，又比我們這邊的人高大壯實，想必來頭本事都不小吧？」安春道：「他是山東人，他爹是南下幹部，在縣裡做銀行的行長，他轉業後就直接分配到銀行去了，如今根本不缺錢，就是想起跟我的交情了，下來看看。」常氏嘆道：「哎喲，這外邊人是不是都比我們這邊的人要好心大方呀，這種好人你可抓緊，稀缺呀！」安春道：「正是，財神爺只會帶好事來，這回我倒不放過，他說了可以貸款給我做事業呢！」常氏喜道：「哎喲，好人，好人，福星高照。你可想好做什麼？」安春道：「我們這裡還能幹什麼，水產養殖呀，現在正火，凡是有本錢往大裡做，發財不難。我都跟他說了，他也有意思，我這幾日尋思去哪裡搞池，養對蝦還是養魚，想好了他再下來考察，這事業就有了。」常氏道：「阿彌陀佛，老天保佑！」又道：「養池你得問問李懷風他們，你也沒試手過，他們有經驗！」安春不屑道：「知道知道，有錢我都把他們雇來使。」安春因壞事成好事了，心中得意，又海聊一陣自己的門路廣戰友多之類的，回去不提。

常氏這一日可謂是憂喜兩重天，至晚間飯後歡喜還未散去。廚房裡就剩她收拾碗筷，李福仁在灶裡點了一把火，將水燒熱讓她洗碗。常氏閒叨道：「今日來了一客人，是安春的戰友，在那縣裡銀行工作，你道他來幹什麼，原來是安春欠了他幾百塊錢，下來要了！」李福仁一聽，驚道：「哎呀，這個畜生，多大的錢頭都敢借，兒女賣了也還不起！」正往愁苦裡去，常氏卻竊笑道：「看把你驚怕的，我們沒見過世面的就是沒見過世面。」李福仁道：「卻又怎得？借人這麼多錢難道還很風光？」常氏笑道：「聽著，這人下來原來不是來要錢，還要給安春貸款做事業！」李福仁疑道：「有這種事？你莫不是被安春嘴皮給糊弄了？」常氏道：「我兒糊弄我做甚，他這戰友是山東人，很重交情，知了安春家裡困難，便要幫助他，貸款做養殖，這都是事實，你別不信。我只是尋思，是不是山東人都是大方仗義的，我們這邊就出不了這種人？」李福仁還是疑惑，道：「天底下好人哪有那麼多，便是幫了安春，也未必能成事。」常氏道：「哎，你這老頭，盡說喪氣話，就不想著兒子的好，跟不是你生的似的。」又道：「以前呢，說福星高照，以為只是一句好話，想不到還真有這事，天底下還真有不惜錢的好人！老頭，你就不能想著兒子出息嗎！」說著，兀自把歡喜咂摸半天。李福仁也不甚思想，隨著常氏的心情將就信了，說了些運氣話敷衍。

且來說六月間一樁閒事。這六月是忙的時節，細春被李福仁跟小牛犢一般帶著，山上的地，田裡的活，海裡的活，都跟著幹，結果就厭倦了，道：「叫我整日跟你們一夥老農廝混，我一點派頭不起來，往後只會被人小看。」李福仁還是那句老話，道：「你哥哥們都不要地了，你得學著做呀，要不然咱們就不成農家了。」細春既厭煩，就拖拖拉拉了，李福仁拖他下地，他就推諉道：「不跟你去了，我跟阿三他們上山砍柴，一樣的幹活。」常氏最見不得拖累兒子，也就勸了，道：「他不去便算了，家裡也沒柴禾了，讓他砍幾天柴，更管用。」李福仁無法，也就依了。

村裡人家都是燒柴草的。山上有一片風水林，卻是禁山的，不能砍樹，因此多是砍土坡上的甘草，砍了直接攤在地上，兩天後晒乾了，再挑回家。每到夏季，正是甘草長勢正旺時，農人便會冒酷暑砍柴。若等到秋天，那山坡荒地，早已如鬍子渣兒一般乾淨。砍柴也是正活，多是婦女老人，或者家裡的十六七歲的小孩子幹的。阿三跟細春一般大，約了去，被同厝的小孩二郎神知道了，二郎神也要跟去。細春道：「你長得都沒草高，去個屁，兩把草就能把你壓扁了。」二郎神道：「我不去砍柴，就跟你們去玩，你們忙著，我找鳥窩去。」阿三也道：「這大熱天山上有什麼好玩的，你想找鳥窩，我可要警告你：開春時我在水庫岩壁上發現了鵪鴣洞，架了梯子去抓鳥仔，手剛掏進去，結果裡面鑽出一條蛇來，我要是膽子小一點，早從梯子上滾下摔死了。」二郎神不但沒被嚇著，反而更有興致，道：「我不去掏鳥洞，就找草叢裡的滴滴鳥的窩，包準不會有蛇。」細春道：「你要去就悄悄跟我們屁股後面，別跟你媽聲張，知道了回頭就說我使喚你。」二郎神道：「曉得曉得。」

阿三、細春拿了柴刀等傢伙上山，二郎神跟在後面。正午兩點頭，日頭足得很，從「鸚鵡籠」往上，到小嶺仔，三人都已經汗透，找了路邊陰涼的石板上歇了一晌。風從小嶺仔上吹下來，把汗吹乾，爽快無邊，越歇越不想動了。還是那阿三勤勞，道：「我們繞過彎，那兒有水井，喝了水就砍柴去。」三人便饒過山彎，只見一口水井，滿滿的水，都從井沿口上溢出來了。

三人撲上去喝了個飽，坐在井沿上喘氣。阿三道：「往日這水都只到井底的小坑。今日漫這麼高，肯定是水管堵塞了。」原來這是村裡自來水井的分井，幾個分井都流到後山頭的總井，再淨化流到各家各戶去。阿三和細春休息片刻，便拎著柴刀往那柴草茂密的岩坡上砍去了，獨留二郎神在井邊陰涼處玩耍。砍了一陣，細春口渴，又過來喝水，卻見二郎神早已脫了衣服，優哉游哉得浮在井面上。細春道：「你娘的，跳進去游泳了，這水還怎麼喝呀！」二郎神道：「別喝了，進來游泳，舒服得很。」細春不想思索，便脫了跳進去，果然是清爽無比。一會兒阿三也過來，禁不住慫恿，三人把水井當泳池在裡面泡開了。

三人舒服不說，卻說井下坡處有個五十來歲的農人在鋤草，叫老蟹，跟細春大厝裡的老蟹同名——村裡一共有三個人都叫老蟹，此老蟹是住在上邊街與下邊街的交接處，是三個老蟹裡名頭最響的，一般叫老蟹沒有指明是哪厝的，就是這個老蟹了。老蟹鋤草抬頭的間隙，窺見有人在自來水井裡洗澡，便叫道：「嘿，這水是喝的，你們怎麼跑去洗澡了！」三個人趕緊把頭潛下藏了起來，過了片刻，料是藏不過，細春便探出頭來，道：「這水堵塞了，遲早要排出去不要的水。」老蟹慢悠悠道：「叫了還不聽話，你洗了村裡誰還敢喝水！」說著，又低頭下去鋤草去了。三人見他不理會了，又在水裡玩耍了一陣，盡興才上去。

老蟹回了家，在自家門口慢悠悠對行人道：「如今這後生太不像話，居然跑自來水井裡去洗澡，這水怎麼喝呀！」行人問：「誰家孩子呀，在什麼井呀！」老蟹道：「小嶺仔水井裡，有李福仁小兒子等三人！」那老蟹家就在大街中心，傳消息又快，次日幾乎全村都知道了，村人痛罵不已。那細春次日還是結伴上山砍柴，待回家時，常氏、李福仁均板著臉，常氏問道：「你怎麼幹這樣的壞事，全村人都罵了！」細春還不明白，常氏道：「你是不是去自來水井洗澡啦？街上議論紛紛，都轟動了！」細春沒想到此事會鬧得這般厲害，只是道：「那水井是堵塞了的……」常氏道：「你多辯也沒用，老蟹說你們把水井弄髒就是弄髒了，沒有人會替你解釋的。這般傻，如今你都不要出去，出去了人都吐你唾沫的。」細春聽得如此嚴肅，身子都有點疲軟。常氏見他怕了，又怕他驚壞，便道：「你去洗澡吃飯，吃完了躲樓上去，千萬別上街了。」細春依言，後悔不已，又恨不得把二郎神拿來臭罵一頓。

晚上，大隊管自來水的安民等來調查，常氏說了孩子不懂事等等一類好話，又將細春叫下來。細春還爭辯道：「那水井本來堵塞的，本想這水肯定要放掉，才下去洗的。」安民道：「但凡你跳進水井洗澡，村人知道了肯定罵，誰也不再聽你詳細理由。你自己也想想，若聽說別人跳進去洗，你喝著水不噁心嗎！」常氏忙道「是」，細春也不再爭辯。問了完畢，那細春數日也不敢出門，最多只在家門口附近轉悠，還被人給指責了。大隊雇傭了兩個工人去把水管拆了，把一池水放了，排除了堵塞處，重新安裝完畢。大隊出了一半工錢，另一半處罰了細春等三人的錢來使，這一事才算了結。那細春一不小心鬧了個全村公憤的事，心悸不已，幾年之後都難以忘懷。

如細春這般惹事賠錢，或者常氏時不時又給安春買些魚肉菜餚，雷荷花耳聞目濡，都當是二春做工賺的錢，不免有些心疼。有回娘家去時，嘮叨了此中的煩惱，她娘見她日漸開竅了，便也說開了指教。這一日省親回來，說她娘那邊想吃蟛蟹漿，饞得很了。常氏不常下海，跟李福仁說了，李福仁道：「這個容易，抽個小水的天，我下海討一潮回來。」過幾日，出海一趟，討了一簍子小蟛蟹回來，洗乾淨了，放在石臼裡，用石棰將張牙舞爪的蟛蟹砸個稀巴爛，細細搗成漿末，又加了鹽巴和酒糟，醃在甕裡，只等親家母來取。雷荷花便捎了話上去，親家母便帶著些筍乾之類的山貨，興沖沖下山來做客。

親家母是極喜歡蟛蟹漿的，見有一甕子，眼睛都綠了，吃飯時早迫不及待舀了一小碗來。又見常氏忙裡忙外，家裡客人都上桌了，她兀自還在打理，便道：「荷花真不懂事，也不懂得幫你打理，將來要是分家了又如何自主。親家母你要擔待，都是我從小都不讓她做事慣的，往後可要多讓她操持。」她說的話雖然腔調與此地不同，常氏可全聽懂了，而且還聽出話外音。常氏回道：「早就想讓她自主，分了小家去打理，事也議論了，就是找不著住處，這才拖著。」親家母道：「一時讓她分出去恐怕還不懂管家哩，平時就要管點事，長些心眼，要不然就知道抱個孩子，沒愁沒惱的，全不像當家的女人。」又道：「哎喲，親家母，其實按我說來，這分家何必再找住處，你這廚房這麼大，分了兩家都寬敞有餘的，若分外邊去住倒是不能互相照應了！」原來廚房確實是這大厝裡最大的正間，不但做飯吃飯閒聊都在這裡，那農具籮筐糧食也都放在角落，若搬開，的確是空曠有餘的。常氏一聽，也覺得有道理，道：「哎喲，還是親家母眼光好，我住了半輩子都沒想到。」又問李福仁道：「你覺得親家母說得如何？」李福仁道：「也好，還看二春荷花自己的主意。」那二春去磚廠了，眾人又議論一下，都等二春回來了再做決定。親家母留個好主意，自回山村去了。

二春其實似乎聽雷荷花主意的。二春回了來，常氏又叫來安春一起議事，雷荷花與二春都同意了，眾人也不再有意見。若分成兩家，需得在廚房裡再起一座土灶，放一張飯桌，其他臥室房間照舊。又議到田地，因二春如今忙著做工，不能務農，那田地便由李福仁，只按照田租的量把穀子分給二春。一些事宜在七嘴八舌中商議完畢，看似熱鬧一片的喜事，平靜下來，常氏心也涼了一時，獨自傷感了一陣，暗暗流了一把老淚。又跑到三嬸處傾訴許久，三嬸勸慰道：「兒子終究是要聽媳婦的，還好都在身邊，能關照到，與那把父母趕出家門的不孝之子相比，算是幸運。」諸如此類，常氏的心情抹平靜了，又到風水先生那裡去討了起灶的日子時辰。

起灶是大事。常氏請了師傅李師水先來看方位，師傅道：「你這一間廚房卻要兩個灶神，須得定好了，不可讓他們打架。」定了東北角落，可把煙囪直接伸到牆外去。李福仁與細春去坂尾運了三板車灶土，備好。待初三開工的日子，師傅來了，常氏做好蛋麵，先讓他吃了，又將花彩紅包給了。聊了一會兒天，師傅看看錶，剛過了十一點，道：「午時到，起灶。」放了一串鞭炮，便開始築了，細春與二春做了小工，幫師傅忙。到了次日上午，灶已成型。又定了申時挖灶肚，到了下午四點，申時中，師傅來了，又放了鞭炮，將常氏早已備好的紅袋取來，裡面裝的有五穀、長短不等的鐵釘，寓意豐收、添丁、興旺的物事，放進挖好的灶洞，用磚蓋了。至此，新灶完成。待灶土乾實，起火日，也是討了時辰，雷荷花將穀物放在鍋裡，炒了爆米花，分與同厝眾人吃了，那灶往後便開始用了，至此塵埃落定。

分家之日，親家母將買好的新器物，備了一擔子送來，鞭炮齊響，算是小喜慶。那一擔有：鍋碗瓢盆、米籮筐、水桶、桿秤等等日常家用之物。此處有俗禮：女婿分家，老丈人就得花大錢，那大小器物都要由丈人這邊買的；若老丈人去世，壽木須得是女婿買，加上其他禮數，女婿不得不出一大筆。故有諺云：丈人怕女婿分家，女婿怕丈人翹腳。好在雷荷花既知禮數，已給她娘送了錢去，那一擔器物下來，門面裝得漂亮，不過是個儀式而已。人誇，娘家雖是山村的，禮數卻是很足。農人做親得到這般稱讚，算是做到體面，皆大歡喜了。中午辦了兩小桌酒，近親叔侄等來吃了，既道賀了，也知分家了，說些祝福鼓勵的話，儀式已畢。此後便是，雖住一處，兒子吃兒子的飯，老子喝老子的酒，鍋碗之聲相聞，卻是各當各的家了。

這分家放在別的人家，是平常的事。於常氏心裡，卻如割了一塊肉，須過了時日傷口才能慢慢癒合。恰又有一事，這一日，常氏娘家來了一人，算是常氏的堂弟，卻是來報喪的，道是常氏的大哥也就是二春的大舅剛剛去世。這門喪事倒不意外，因那大哥拖著病體有一兩年了，卻也無人照顧，不免平時拖累兄弟姐妹家的，遲早是要走的，走了，算是解脫。這是堂弟的第一件事。又提到第二件事，道：「大哥走前就念叨著，要將二春做他子嗣的事落實了，請求名字刻他墓碑上。」常氏聽了這話，臉色頓時暗了下來，想了片刻，道：「二春已經回來這麼多年了，他偏還記著，生前拖累人不說，死了還要拖個名份，我看這事沒那麼簡單，要等他爹回來商量。」堂弟一時也無趣，只得道：「那等姐夫中午回來問問。」

原來早年間，李福仁與常氏家裡兒女多，甚是艱難。那常氏的大哥一世未娶，成年孤獨，一日來常氏這裡走親，見二春可愛，又投緣，便想將二春帶回家跟他過日子，將來名份上也立他的子嗣。只因當時口糧甚緊，夫婦倆沒多想便答應了。二春從六歲開始，就到大舅家裡去生活，期間雖偶爾有回來，但都當了大舅的兒子一樣過了。一直生活到十四歲，李福仁家裡光景也好些，常氏也捨不得兒子，便跟他大舅道：「你也使喚他許多年了，還是讓他回來，將來好讓我給他娶親。」又將二春叫了回來。大舅也沒有辦法，便應承了，只是念念不忘。因有自己的一份感情，二春剛從廣州回來時，也帶了錢，去看了病榻上的大舅。二春結婚時，大舅也備了厚禮，當了兒子一樣地出錢，只因他心中一直有念想，要將二春做了自己名義的子嗣。如今走了，堂弟來報喪，自然這是最要緊的事——此事不決，墓碑難刻。

因又不是來做客，報了喪，得了信要回去的，那堂弟只焦躁地等候。常氏也心神不寧，又因家裡沒有其他人使喚，便道：「你且等著，我去田頭叫你姐夫回來。」常氏到了田頭，將此事跟李福仁說了，便道：「我看你須得拿個主意給他。」李福仁道：「這事也麻煩，我也不知應承還是不應承，且聽你的意見。」常氏傷心道：「那二春的名字，若立了他墓碑上，我們便少了一個兒子，你叫我如何應承！」原來二春分家後，她操持的家事冷清下來，心中已不爽；如今要將二春的兒子名份給別人，心中自然極不情願。李福仁道：「若這樣，那你便回覆了他。」常氏道：「若我能回覆，來田頭叫你做甚？若我說了，人只道我婦道人家，心眼窄小，必然不甘心，還要來說服你；這話須得從你口裡出來，才能讓他死心。」李福仁為難，道：「我說也是很難開口，二春也在他那裡寄養了些年，情分也是有的。」常氏道：「如今就別提那從前事，只一樣，這二春名字只須刻在你我的墓碑上。你若讓他刻了，後代麻煩就大，將來這些故人在陰間也要打架的。」

李福仁無奈，隨著常氏回家。那堂弟已等得心急，一進門打了招呼，便問意見，李福仁苦道：「我尋思，二春若立了他的子嗣，刻到他墓碑上，將來我的墓碑上也要刻四個兒子的，那樣後代的事糾結不清，已故的人又在陰間打架，是極麻煩的。」那堂弟先是見常氏的態度，知道此事希望極小，又聽得李福仁這般說了，當下不再勉強，匆匆告辭，抱怨而去。也因了此番因果，常氏也不奔他大哥的喪，決定讓這門親了斷。那二春因在磚廠，一時也不告訴二春此事，怕他去了，又出枝節。直到二春次日回來，倒是聽了雷荷花隱約說了此事，因與大舅是有感情的，怨常氏不告他此事，自己奔喪去了。

此事按理也就了斷了。但若干年後，因政府修高速公路，徵了大舅那裡的田地，有大幾千的一筆款項，卻落到大舅一個堂侄子的手裡。因當初二春不予他立嗣，眾親便讓一個堂侄子代了二春，刻他墓碑上去了，其後田產等物什都由他繼承，當仁不讓。但常氏聞之此事，卻不甘心，理由是，其一，二春曾被他大舅使喚過八年，雖無名份，卻實際上情同父子了；而那分了財產的侄子，平時也未曾孝順過大舅半分，也未曾拿過一分錢給他，只不過待他死後給了個名份，便撿了大便宜；倒是二春去看過幾次，也在病榻前拿錢孝順過，理當有所得。

於是常氏鬧了上去，也要替二春分這一筆財產。因那娘家的人惱她絕情，都幫了那個侄子，不得已，乃是惹出一起官司。後來判決的結果，也是將那財產分了部分給二春的。但凡了解前因後果的人，都暗暗說了常氏的不是，為了兒子，什麼蠻橫的事也做得出。正應了那話：就是千般萬般好的人，也有三分不講理的時候。這是後話，一筆提過，是非曲直，任人評說。

俗話說，會當家的看不會當家的，直氣死人。雷荷花初當家，不會精打細算，常氏不免要說幾句。那雷荷花買了紅魚回來煮了，常氏便要問道：「今日這紅魚新鮮倒是新鮮，貴不貴？」雷荷花便答：「一斤八角。」常氏便道：「這種魚要下午去買，說說價錢，只要六角便能買了。」雷荷花嘴裡應諾了，心中也不在意，便是下次再買什麼，也沒依照常氏的建議，選什麼時候買可便宜，或者討價的習慣，常氏又好問，不免心裡有不自由的想法。同一屋簷下，都能磨出些心事，諸如此類婆媳之間的雞毛蒜皮，各家皆有，不足為奇，知道的心領神會，不知道的你往那大家庭裡住個一二來月，也就心知肚明了。

八月中秋在即，荷花去買了一個豬後腿，足有十餘斤，拿回家來。常氏見了，道：「哎喲，買這麼大的豬腿，要分幾日才能吃完！」雷荷花道：「不是吃的，送給我娘去。」常氏道：

「哦，難怪，我想你們兩個也不至於買這麼大，親家母倒有口福。」又，雷荷花早為中秋送親，備了大包小包，即日一併收拾了，和二春、蓮蓮一道去了。常氏心中頗為不自在，恰美景也送了幾斤豬腿肉，中秋孝順父母來了。常氏備了中飯，吃了，母女且聊天。常氏便將心中不自在說了出來，道：「你看荷花，就一個中秋節，備了多少物品搬上去，跟搬家似的，我看得心裡都滴血了。」美景問道：「什麼物什那麼貴重，讓你心疼成這樣。」常氏道：「她買的我怎知道，就知道張羅了不少時間，估計她父母的吃穿都備齊了，買的那個豬腿，比象腿還大，保不齊都吃到過年去了。」美景勸道：「如今那山村裡嫁出來的女兒都是這樣，既然你跟她分了家，那就莫去操心了，要不然哪裡操心得完。」常氏道：「我就心疼二春做工賺的幾個錢，都讓她給搬山裡去了。」美景道：「咳，誰家都是這樣，老婆總比娘要親，二春他要願意，你倒來當壞人，吃力不討好，還是別計較了這些，落得輕鬆自在。」常氏道：「也是，我就是管家管慣了，什麼都往自己心裡去，只沒把二春當外人。」被美景一頓勸說，一時倒也釋然。

14

言談之間，又談到安春家的事，美景道：「軍軍那個紅屁股到了縣醫院，治好了吧？」常氏道：「也不知道好了沒有，正想上去問問。只知道安春那戰友極好，一聽說孩子有病，就說趕緊上來看，不要考慮花錢的事，安春這才敢抱去縣裡看。」美景道：「他要給安春貸款養殖這事，成了嗎？」常氏道：「都已經開始了，他是銀行的，說如今農業貸款容易，況且又是個大方的人，只要安春有要求的，他能做到就都成，一個好人。」美景笑道：「慶生如今要養殖也沒本錢，不如讓安春問問可有貸款！」常氏道：「也是，若都能弄得了貸款來做事業，倒好，待我回頭問問安春，慶生如今到底幹得如何？」美景道：「他前兩年養虧本了，沒本錢租塘，這兩年都在給別人養，也不知怎麼搞的，倒是給別人養都有得賺，賺的錢就是弄不回自己的口袋。」常氏又問：「還賭博嗎？」美景道：「有去玩，如今他沒什錢，也賭不成，多是傍著，過過癮。」常氏道：「賭不成最好，一賭人就爛了，全然不想做事業。」

美景要走，常氏看日頭還足，便勸她再坐會兒。美景又想起美葉，道：「前些日子美葉倒是來我那裡了。」常氏道：「老去你那裡做甚？」美景道：「不敢回娘家，就把我那裡當成娘家了，什麼都來我那裡哭訴，我跟她說：『當初你性子倔，天塌下來都不怕，人都說我不如你強，可如今你又把我當姐又把我當娘，全不見你當年的愣勁。』你猜她說什麼，她說：『從前我就是愣，才不懂得要爹娘，如今想認爹娘，爹娘卻都不理我了。』她是在家跟瘸子老公吵架了，沒人給她撐腰，傷心了只能跑我這裡說感情話。」常氏道：「如今也懂得要爹娘了，當初要了瘸子連爹娘都不要，不是說那瘸子對她千般萬般好嗎？」美景冷笑道：「那是結婚前，要她的人，便嘴裡跟塗了蜜似的，百依百順，倒讓她鬼迷心竅，覺得爹娘也是壞人了。後來那瘸子露了真面目，嘴巴又刻薄，吵架起來總是占上風的，才知道好人也沒那麼好，壞人也沒那麼壞。又說她如今為了孩子，也能忍氣吞聲過日子了。」常氏嘆道：「那瘸子娶了一個好好的女人，也不懂珍惜，你說這美葉是不是本來命就不好？」美景道：「其實也沒多大的事，只不過瘸子做衣服能賺些錢，美葉又沒給他生個兒子，就來脾氣了，我就想你一個瘸子，生了一個可愛女兒了還不知足。」常氏道：「那女兒長得可愛？」美葉道：「長得好，白白嫩嫩的，又能說會道，全不像是他爹生的。」常氏道：「哎喲，乖乖，逮著機會偷偷看一眼去。」說話間，日頭稍弱，美景便要走了。常氏取了幾塊月餅，讓帶回給船仔吃去。美景出門前又道：「我那裡有個小孩也是得紅屁股的，也是多次看不好，後來看了迷信，病居然好了，若是軍軍在醫院裡不見效，你也可做下迷信；另外貸款的事也讓安春問一下，若有眉目趕緊捎帶話來。」吩咐完畢，撐了傘，翻山頭回家去。

安春的兒子軍軍自生下來，胖乎乎倒也可人，只是有一樣不好，六個月大時發現屁股有一塊嬰兒巴掌大的紅斑，接壤肛門。初時不以為意，以為是皮疹，撲了痱子粉，沒有效果。後來又請了小兒草藥，均不見效，一直拖著。因了這毛病，小兒也時不時發燒。安春平時嘴上醫院來醫院去的，卻沒有本錢送孩子上醫院。自和他戰友接頭後，懂得賣乖了，訴說了苦處。那戰友豪爽道：「既然孩子有病，你且帶上去看去，錢的事情我來負責。」剛好軍軍又發燒，於是在戰友的資助下，把軍軍帶縣醫院去看了，住了幾天院，剛剛回來。常氏也不知道有沒有效果，送美景回去後，到了安春家來。

進了屋，那軍軍正開心著，常氏便問情況，安春道：「針也打了，藥也吃了，燒也退了，那紅屁股能不能褪，還不知道。」常氏擔心道：「如果連縣醫院也治不好，可比較麻煩！」安春道：「反正孩子才這麼小，就去了最高級的醫院，已是福氣，我做父親的盡了責任。」清河聽了倒不自在，道：「還好意思往自己臉上貼金，若不是你戰友，哪懂得醫院的大門往哪裡開！」安春便悻悻地，不說話了。常氏道：「美景今天過來，說她村裡也有一個娃兒，紅屁股，卻是迷信的病，所以我尋思也試試。」說了這裡，自己卻想起一件陳年之事，心中頗是一驚一顫，冷汗倒冒起來。

原來她想起：清河還懷著軍軍的時候，自己到哪吒那裡去許願了，那胎兒若是白花，則要來重謝的。後來果然生得男孩，自己喜得暈頭轉向，卻早把還願的事丟到腦後去了。這怪病若是因自己未還願而得來，豈不是要讓安春夫婦怪個狗血噴頭！當下這一閃念，只敢想卻不敢說出來。

安春卻道：「迷信的病我卻不信，如今科技這麼發達，電視上什麼東西都有，你就知道求神，神若有那麼靈驗那醫院就別開了！」常氏道：「快閉你的嘴，有的病醫院能治，有的病卻還得靠迷信，若沒有神仙菩薩，難道叫全村人都上醫院不成。我去問問神仙，總沒有個壞處。」當下又問道：「你那戰友給你貸款養殖的事到如何地步了？」安春道：「那個事鐵得很，池都看好了，我、李懷風、還有我戰友，做三股，那懷風的池和租來的池打通了，只等九、十月雇人做池。」常氏順勢道：「美景問你，能不能讓你戰友也給你姐夫貸款，他養的黃花魚被沖了後就再也沒有本錢了，現在都幫別人做，幫別人做卻都賺錢，只是那錢不能到他口袋。若是有了本，興許能發達。」安春撇嘴道：「我這八字還沒一撇呢，她倒想用我的關係來了。你老人不懂，貸款是非常複雜的，要有財產擔保的，他拿什麼擔保？他那個給乞丐住都嫌寒磣的屋子？他要是再養虧了，那我不是被連累進去了！」常氏恍然，笑道：「哦，還要財產擔保，要是他有財產也不用向銀行借了。我是不懂，就替你姐姐問問，若她問你了，你也別這麼一口回絕了，好好將道理說給她聽。好比如今我聽了，才知道不是每個人都可以向銀行借錢的。」安春道：「那是，若可以隨便借，我就借一大筆養老婆兒子，等兒子長大了賺錢再還，豈不舒服一輩子！」常氏抱了軍軍屁股看，那紅斑沒有一點褪去的意思，不是一般的皮疹，倒是從肉裡一起長出來似的，顯然去縣裡醫院也沒什麼效果。

當下常氏悄悄去了三嬸那裡，問了還願的禮物。三嬸道：「鞭炮香燭元寶，是不可少的，以前呢，都是送一個豬腳給神仙吃，如今有人簡化，直接包個二十塊的紅包給他便是。」常氏道：「也是，這天氣熱，直接送錢也省事。」次日便備齊禮品，來到扁頭家裡，說了給孫子軍軍還願之事。扁頭道：「直接在牌位前將香燭元寶化了，哪吒便知道是你的。」於是，常氏點了香燭，燒了元寶，同時念念有詞，說明了還願之意，又道：「因天熱，怕哪吒神仙吃的豬腳不鮮了，故將豬腳錢放在此處，待戶主買了供上。」便將紅包放在牌位前祭桌上，跟扁頭交代了。扁頭道：「無事，還有幾家的錢也在這裡，回頭一併買了禮品供上。」

常氏又悄悄對扁頭道：「如今願還了，若原先對不住神仙的地方，他可原諒？」扁頭笑道：「說哪裡話，哪吒是大仙，你便有對不住的地方，他也是不計較的。」常氏就將軍軍的紅屁股之病症說了，悄聲問道：「你說，這病症會不會是沒有還願，哪吒懲罰我的？」扁頭笑道：「怎麼可能，這是正神，不是邪門妖怪，怎麼會使壞，小娃那病，定有其他緣由！」常氏憂心道：「如今去縣裡醫院看了，也沒什麼效果，我女兒說她村裡有個小孩子，也是如此，卻是迷信病，不如在這裡問問哪吒大仙？」扁頭爽快道：「也好，問問他，哪吒向來也知些疑難病症。」

當下又點起香，扁頭坐在廳堂太師椅上，常氏給他點了棵菸，裊裊煙霧中，閉目等候。因是長駐的神，來得也快，菸燒了不到一半，扁頭身子一顫，哪吒便上身了。常氏手執三根香，拱手俯身道：「本村弟子常某某，去年某月拜託哪吒的幫忙，添了孫子，今日來還了願，哪吒可知道？」哪吒微笑點頭，細語嘶聲道：「是男丁，雲頭送子的。」常氏道：「如今有一事要請求哪吒神仙，我那孫子六個月大的時候發現屁股上有一塊紅斑，就是叫紅屁股的病，如今去縣裡治了，也沒見好。又因這病，以至經常發燒，因問神仙是不是孽障作怪，如何治療？」哪吒點頭，道：「待本神去看看來。」冥思神遊許久，回過神，道：「據本神察看，掐指算了，這是從娘胎裡帶來的沖：在懷胎之時，孕婦參加過紅白喜事，吃過紅酒白酒，才把沖帶到胎裡去的。」常氏略一回想，驚道：「哪吒神仙靈驗，我那媳婦在懷胎期間，我那親家走了，她做女兒的不免去處理了喪事。」又道：「求哪吒神仙施展法力，將這沖給解了！」哪吒道：「這沖很深，去醫院也沒用，待我畫符。」言畢，畫了二十一張符，分七天給小孩化了。又給了三副草藥，藥不稀奇，但有一味引子，卻是稀奇：要取戴孝之人家的麻衣，剪下一角，燒化成灰，將此灰與草藥一起煎熬，取藥湯讓小兒吃了。常氏當下一一記住，又給哪吒付了藥錢，回來一一照辦。

安春見常氏弄回的荒誕不經的藥方，信不過，怕給小兒吃了出意外，不依。那常氏軟說硬說，將病症的前因後果說了，其口才好，活靈活現，況清河去給她父親奔喪的事被說了正著，漸漸被她說服了。鄉村上古本有風俗，懷孕的女人是不能參加紅白喜事，只是如今後生不介意這些，也漸漸淡忘了。至於清河，倒是個樂天派的，只知道沒吃沒穿了就催促安春去討食，其他的事有別人主張她倒懶得管了。分了幾天，常氏將哪吒的藥一一讓小孩子吃了。兩個月後，軍軍屁股後的紅斑漸漸褪完，也不再時時發燒病痛。

這一樁病案，那信神的，譬如常氏等一干婦女，就道是被哪吒的藥治好的；那安春，根本就不信，只認定是託戰友的福，是去醫院給治好的。清河倒不計較，孩子病好了就好，才不追究是哪裡的功勞。

李福仁平時不管家事，此事卻也頗關心，見孫子怪病好了，也頗寬慰。原因在此：這生兒傳宗接代乃村人的頭等大事，倘若頭一個孫子有三長兩短，這爺爺也當得不踏實；一脈若傳不下去了，便跟風箏斷線一樣，前功盡棄，對不起千百年綿延的祖宗了。李福仁雖然沒甚文化，也無甚想法，但這傳宗接代這一結卻死打在腦裡頭的。這傳宗接代有何講究？須得是親身骨肉相傳，生前可盡天倫之情，死後可在墓碑上有名有姓，讓人曉得你的後代的。又須在祖譜之上樹發新枝，一層比一層茂盛，才是風光的。要知這些規矩有多重要，且毋怪我多嘴，來看一樁近事：那李福仁去過路亭聽人聊天，曉得李懷合的媳婦生了，且是個男娃，暗自替李兆壽高興了。回來跟常氏說了，常氏嘆道：「哎喲，好手段，想不到第一胎就是男娃，那李兆壽常感嘆自己命苦，卻不知是哪裡暗暗修來的福氣，不用他操心，孫子就來了。趕緊備了麵蛋賀喜去。」李福仁道：「我又聽說因那李懷合是上門的，陳老姆面子不好過，受氣不收賀喜的。」常氏道：「我還是拿去張望張望，若不收禮，也該道個喜，畢竟是天大的歡喜事。」

到了晚間，踅過來。陳老姆在廚房，亮著暗淡的二十五瓦的電燈，左右拾掇，李兆壽在走廊盡頭，搖了把扇子趕蚊子。陳老姆定了睛，才認出是常氏，用扁籃裝了細麵和四個貼紅紙的鴨蛋。陳老姆頓時知了來意，急道：「你來做甚，誰跟你說我要收禮的。」伸出手裡摁住扁籃，都要將她推出去了。常氏笑道：「你莫著急，讓我坐坐都不成麼！」陳老姆收了手，認真道：「你坐且坐，卻要收回。」搬了凳子讓常氏坐了。常氏問道：「兒媳婦生了個男娃，可去看過？」陳老姆道：「去看了，生了來就八斤，好大的胖娃喲！」常氏隨喜道：「這是天大的喜事，怎得也不聲張，倒似跟做賊似的，藏著掖著。」陳老姆無奈道：「你也不是不知道，我是不敢鬧出動靜的，到時候有了排場卻鬧了笑場，留閒話給人說。既然你開口說了，我就把實誠話倒給你，懷合他生兒子我能不歡喜嗎？這天大的歡喜也只能在心裡頭，抱著金磚不敢買菜，這全村人有哪個像我這樣把兒子往別人家裡推的。我認了是添孫子，可是人家不是那麼想的，是他們家添後，明擺著是名也空實也空的事情，我是躊躇著，堅決不張羅喜事的。」常氏道：「不是你添孫子，難道會是別人添孫子，將來叫爺爺奶奶的名頭，也只有你們倆。」李兆壽卻走廊那邊聽個清楚，苦笑著應道：「他又不會姓李，叫爺爺奶奶也不敢應聲！」陳老姆道：「你悄悄把禮拿回。若回頭要讓別人家看見了，也跟著來送，又給我添麻煩。如今這簡簡單單，跟沒事一樣，我心裡還有一樣歡喜，若是大家都來麻煩，倒添了愁，好心好意心都領了，你拿回去我就謝你了！」說了許久，硬是拒絕了，當下常氏也不敢勉強，心意已到，便回了家。

看官且要明瞭，那村人老輩做事雖無文化人般立下契約條款，卻是極要名正言順的。若名不正言不順，便如強扭的瓜，不合那自古道德風俗，以旁人的眼光看來也是枉然。似李兆壽和陳老姆這種自閉之人，自然不敢往臉上貼那假的金。

本以為此事已了，卻不料山重水複，柳暗花明：過了幾日，李兆壽居然自己送了十日麵來李福仁家，倒是明瞭要把這喜事張揚出來了。且道：「如今已過了十日，這十日麵算是補的，將就著。」李福仁奇道：「前些日子你們把喜事遮掩了，如今倒主動了，這是為何？」常氏也笑道：「奇了奇了，天似乎倒個了！」李兆壽笑道：「本是老姆來送的，正是她不好意思反覆，才叫我來送。如今敢聲張，都是那邊親家的主意，他們好心呀，曉得我們不敢做事，便傳話過來：還是按如常的禮節辦了。又叮囑道，那孫子，也是姓李的。」李福仁和常氏齊替他喜悅，笑道：「早跟你說不必拘束那些，大方辦了去，皆大歡喜！」李兆壽笑嘴張大了，腮邊深深地陷了下去，道：「誰想世上有那麼好的親家，只怕我這裡丟了臉面，哎喲，也算我自己心思窄，以為自己怎麼想別人就怎麼樣，哪知道千人千面千顆心，難說得很。我以往只認定那慷慨大方通情達理人家只是說書裡有的，現世是沒有的，若有，也是在那出英雄的地方，不是出在咱們這鄉村角落裡，卻沒想到我那親家就是這種人，說到孫子用我的姓，一樣的慷慨，沒有猶豫的，倒讓我看不起自己的小心腸了。」細春正回來，見李兆壽一口氣說了許多話，激動得很，便笑道：「你講得眼淚都流出來了，鼻涕也流出來了，若說書說成這樣，聽的人倒開心！」李兆壽笑道：「你莫說我，我這是歡喜出來的。說出來你莫笑話，老姆在家聽得親家的話，都哭了一天一夜了，做事也在流淚，睡覺也在流淚，說話沒說兩句也流淚，我道：『你這是怎麼啦？』猜她如何作答，她道：『這是你們父子窩囊，讓我憋了幾十年的淚水，如今它都要流出來，我有何法！』她也是歡喜了，不說自己眼窩子淺，卻曲裡拐彎怪罪我一通，我也不跟她計較。」常氏道：「你們也是六十開外的人了，老來拌嘴，日子要往開心裡過了！」李兆壽道：「她若開心，什麼事不罵我怪我，我也就是開心；只要她臉緊繃著，結了怨氣，我就得趕緊出來，躲開她的氣頭，她的喜怒也沒準頭呢！」當下眾人都替李兆壽與陳老姆歡喜了，次日常氏也回了禮過去，陳老姆見了，又把那掏心話說了半天，抽抽噎噎的。後來又依常規送了剃頭蛋，百日麵等儀式，不提。

原來只要親家肯認了孫子是隨這邊的姓，縱然他不論住在哪裡，也是名正言順的後代，祖譜上是有名了。若是他人的姓，又寫在祖譜上，若人問了，你孫子的姓怎麼跟兒子的姓不一樣呢，笑話將要流傳出去。聲譽之事，關乎細微。

且說常氏操心了裡外家事，卻管不得細春了。李福仁一心想讓細春務農，細春的反感卻越來越強，凡叫他下地的活兒，能推諉的就推諉。時不時偷偷從常氏那裡要幾塊錢，跟兩三個半大小夥去縣裡廝混，逛街，看錄像，交社會朋友，諸如此類，越來越跟李福仁格格不入了。又，一日，尋了兩個布袋子，裝了一袋沙子，吊在樓角梁上，時不時練沙袋來著，打得起勁。李福仁見了，笑道：「這麼用勁，不如用這力氣幫我幹活。」細春氣喘吁吁道：「那怎麼一樣，這是練武功，下地幹活是練土包子。」李福仁道：「那你爹一輩子都是土包子了？」細春道：「說得難聽點，就是。」李福仁道：「可你這練沙袋有什麼用，咱祖上恐怕沒出過一個靠拳腳能吃飯的。滿清時候你大爺爺倒是打死人，被押解到福州府，要判死刑的，後來碰到一個姓李的官，倒是同宗的，審問了，知曉是打死惡霸的，才免了一死，放了回來，村人都敲鑼打鼓迎接去呢！」細春聽了，笑道：「原來祖上還有這麼英雄的人物，難怪我手腳癢得很，到我這一代也該出個功夫好的了。」李福仁道：「你大爺爺功夫好有何用處？盡是惹了麻煩回來，家人都不安寧，你爺爺這才搬了出來，不再跟他有瓜葛。你練成功夫也無用，如今吃飯都是靠勤勞，蠻橫活兒沒飯吃。」細春道：「咳，誰想靠它吃飯，我有了武功，平時就不會被人欺負，有什麼不好。」孩子大了，由不得爹娘，又看不起爹娘保守的德行，你叫他東他就要西，李福仁也無奈，權且任他自在去。

單說有一日晚間，是秋老虎的天，誰人在家多待不住，細春便從上邊街往閒逛下邊街。那許多農民吃飽飯腆著肚子，心滿意足出來聚在店頭，秋後的蚊子也聞訊趕來，笑談渴飲閒人血。一時便有人邊聊天邊啪啪直打大腿，於無聲處一場肉搏戰展開，鮮血淋漓濺得滿手滿腳，又有人燈下細看那秋蚊子全屍，道：「若有二十個便可炒一盤做夜宵！」若有電視機的店頭，則人圍得更多，大多農民都聽不懂電視裡的普通話，會問那聽得懂普通話的，便有一兩人邊看邊講解意思，平添一份麻煩與熱鬧。住在街邊的人，有的則把小竹床搬了出來，光著膀子一臥，白晃晃如一口生豬，搖著蒲扇於人來人往中怡然自睡。碰到熟人過了，跟他打招呼，他便閉著眼睛應著，如說夢話一般。街上夜景，不外乎諸如此類，視若平常，細春逛過，甚覺無趣。

逛到下邊街三角井處，一群小孩子堵住細兵的店門口，裡面歌聲喧鬧一片。細兵是做買賣的，結婚不久，就依她老婆的主意，將家裡的電視機、影碟機搬出來，在下邊街搗騰了一間歌廳，平時由他老婆來打理。雖然只有十幾平米的地方，卻成為年輕後生最熱鬧的地方，有沒有錢的，會不會唱的，逮著機會都來吼一兩嗓子。細春湊近看了，見李秀盛跟四個女孩子在唱歌，四個女孩一看就知道不是本村的。原來那李秀盛是李壞熊的小兒子，也二十歲左右，去縣裡學做廚師，經常交些縣裡的朋友下來晃蕩，這四個女孩，便是今日從縣裡叫下來玩的。一個大臉盤姑娘正握住話筒，唱道：「千年等一回，等一回啊，是誰在耳邊，說，愛我永不變，只為這一句，啊哈斷腸也無怨，雨心碎風流淚噫，夢纏綿情悠遠噫，西湖的水我的淚，我情願和你化作一團火焰，啊～～啊～～啊～～。」前面唱得頗為深情，大家靜靜聽著，後來音唱破了，氣接不上，「啊」得不成樣子。門口聽著一個小孩噗哧笑了出來，幾個小孩都跟著笑了，起了鬨。李秀盛一頓腳，裝作要追出來的樣子，把起鬨的小孩子嚇得散了，道：「免費給你聽還笑，不准聽了。」音樂聲又響起，李秀盛叫道：「哪個點的歌，接著唱。」一個白嫩的薄嘴唇女孩接了話筒，開唱道：「虹彩妹妹嗯唉喲，長得好那麼嗯唉喲，櫻桃小口嗯唉喲，一點點那麼嗯唉喲……」聲音纖細，唱得無力，風雨飄搖的樣子，恰那間奏的音樂起，對李秀盛道：「你來你來，這是男孩子唱的歌。」另一個穿女式背心頗為豪爽的女孩叫：「不用不用，這個話筒給他，你們對唱。」把手上的另一個話筒遞給李秀盛。李秀盛笑道：「還要我來，唱得你們不要嚇跑了！」扯開嗓子，喊了起來：「三月裡來桃花兒，我與妹妹成恩愛，八月中秋月正圓，想起了妹妹淚漣漣。」早跑了調，喊得地動山搖，鬼神皆驚。四個女孩子給他鼓掌，湊在窗口和門口的小孩們早笑翻了天，又一個多嘴的小孩子喊道：「李秀盛和四個女孩在談戀愛！」喊完，邊咯咯笑著跑開了。

李秀盛不由分說抓了一把果皮朝小孩扔過去，叫道：「敢說我談戀愛，反了小毛孩！」果皮扔出窗口，散了，恰細春在窗口閒看著，本來就看不順眼，道：「扔東西長點眼睛！」李秀盛道：「誰讓你站在那邊，扔你也白扔！」細春道：「囂張什麼呀，以為帶幾個女孩子就派頭呀！」李秀盛道：「就是派頭怎麼啦，土包子，沒錢唱歌還來白看，扔你算是看得起你！」細春怒起，將扔到自己身上的果皮朝李秀盛擲去，正中那臉上。四個女孩都看著目瞪口呆。李秀盛哪容得如此，揮了拳腳從裡頭衝了出來，細春也不示弱，迎了上去，瞬間扭打在一起。小孩子都散開，讓出打架的地盤，圍起來觀看。三角井那邊乘涼的人聽了這些亂糟糟的聲音，馬上有大人過來，把扭打在地上的兩人架開，道：「都是同村人，有什麼好打，都回去回去。」細春臉上已被抓了幾道血絲，被勸架的架在一邊。李秀盛喘著氣叫道：「有種你站著不要走！」細春隔著勸架的人道：「有種你就過來！」李秀盛卻不過來，竄進旁邊饅頭店人家裡，片刻居然取了一把菜刀出來。那勸架的人一看架勢，推了一把細春道：「趕緊走！」細春一驚，順勢往邊上巷子裡溜了進去，落荒而逃。李秀盛攥刀追進去，也沒有人敢攔住，但細春逃命得緊，裡面又黑暗，哪裡追得上！片刻提刀出來，跟在歌廳門口張望的四個女孩道：「你們進去唱歌，等我幾分鐘，我去去就來。」

提了菜刀居然徑直來到李福仁家，那後廳正幾個人閒坐著，亮著一盞不甚亮的燈，光線暗淡，他卻認得裡面有常氏和李福仁，便洶洶地叫道：「細春那鬼仔回來未？告訴他，若再碰見我，一刀卸了他胳膊！」說著便走人！那常氏還未反應過來，只驚魂未定問道：「那人是誰，為何要砍我兒子？」旁人道：「是安雄的小仔秀盛，恐怕和細春打架了！」李福仁嘆道：「這小畜生，準是出去鬧事了！」常氏道：「哎喲，不會被他砍了吧，福仁你出去找他回來！」這時有跟進來看熱鬧的小孩，七嘴八舌爭著把打架的事說了，常氏又催促道：「福仁，你快去找他回來，要是被那壞仔撞見了，又要打起來。」李福仁應道：「這天黑黑的，哪裡去找，就是狗被人打了，也懂得自己回來的。」卻也不得不聽她的，出了門要街上尋去了。常氏待自己心跳平靜下來，擔心不過，因那二春也不在家，沒人使喚，便也出了門，徑直往安春家來。安春正在家逗著孩子們玩耍，其樂融融，聽了常氏說了此事，倒不以為意，道：「小孩子打架是經常的事，打完了自己會懂得回來，你倒緊張來緊張去做甚！」常氏急道：「那壞仔是帶著刀的，萬一凶起來，有個三長兩短的！」安春道：「他帶著刀就是嚇唬一下，哪裡敢真的砍人，細春又不是沒有腿，自己會跑的。天黑黑的，你支使我爹去找，哪裡找得到？又支使我找，也找不到的。你在家裡等著，等他回來了罵一頓，叫他別出去鬧事了！現在街上的青年哥，都是吃飽了撐著，成天耍威風，找人打架，你讓細春別跟他們混就成了！」

一頓說辭，倒讓常氏不那麼緊張，但卻嘆道：「你也是四個兄弟，人家也是四個兄弟，卻讓人家拿著刀找上門來！」安春勸道：「你跟李壞熊他們家比什麼呀，他們家生的種都是不怕死了，一家子沒文化，就窩裡橫，就是把全村人都欺負遍了就怎麼樣？他只要一出這村，到縣裡就分不清東南西北了。咱們家至少我是當過兵的，三春是讀過書的，二春又老實，跟人比橫幹什麼！他這麼成天提刀砍人，監獄的門都開著等他呢，你若不信，遲早等著瞧吧。」清河在旁聽了，也道：「娘，安春說得沒錯，他們一家子都是土匪種，橫不過他的，也只有跳蚤那種比他更不要命的，才治他一下！」常氏被後輩說教得無言，只是道：「那跳蚤倒也是個英雄！」安春道：「是個更不要命的英雄，他說了，用他一條命換李壞雄家的五條命，才把一家子嚇住的。」清河也道：「娘，你別叫安春摻乎這個事了，我們帶家帶口的，哪惹得起那種人，只叫細春少惹事便罷了。若他再上門來，你報到大隊幹部那裡去，會有人做主的。」原來安春夫婦都以有文化自居，既懶得務農，又懶得理會村人的野蠻事，從來就不爭那口氣。諸如此類的爭執，倒是比常氏看得更開：那李壞雄由是人人皆知的刺頭，自然少招惹落個清淨。常氏常以兒子為傲，有點屁大的成就便掛在嘴上，又以兒子眾多為鄰舍羨慕，如今四個兄弟卻被別人四個兄弟壓住，自然有口氣吞不下。但聽了兒子、媳婦如此這般說了，也無法，只好悻悻回來。

晚間，細春自回來了，臉上有幾道血絲，隱約到脖子處，原來是被李秀盛指甲抓的。細春以為家裡不知，想洗把臉，偷偷溜到房裡睡了。不想李福仁出去找了一圈，無果，跟常氏一起候著他回來，一進門，就將他狗血噴頭訓了一頓。常氏平時是不罵兒子的，疼都來不及，此次被秀盛的菜刀嚇得，又被安春夫婦勸教一通，堵了些悶氣在心，不免嚴詞警告，讓他近日不要出去晃悠，省得被壞仔碰見又出事。細春平時不聽話，也沒怎麼被爹娘教訓，即便有也是一個唱紅臉一個唱白臉，此次見老倆口合力罵了一頓，頗為沮喪。也不敢還口，罵完了，憋著一肚子氣，歪著頭自上樓睡去了。

次日，李福仁先早起，去「鷓鴣籠」澆了一遍茄子，淋了一褲腳露水回來，洗了臉。常氏上街買了幾尾紅魚回來，刮著鱗片，煎了，又將昨晚的剩菜熱了，盛了一碗乾飯，讓李福仁吃。李福仁道：「把細春叫醒了，跟我一起下海去，省得在家招惹是非。」常氏到天井下，仰著頭對著樓上叫道：「細春，起來，跟你爹下海去！」叫了幾聲，才聽得一聲嘟嘟喃喃的不滿回應，道：「不去，我要睡覺！」常氏也不勉強，進來道：「他不去，算了，昨晚犯了錯誤，今天讓他在家歇息，明日再叫他去。」李福仁也依了，自己將魚肉將著醬油，吃了兩碗乾飯，下海勞作不提。

到了中午，常氏出去忙碌一番回來，見細春還沒起床，又叫了一遍。不見應聲，上去看了，早已起床了，卻不知哪裡去了。常氏自語道：「這孩子，越來越難管了！」一直等到李福仁回家，卻還不見細春的蹤影，常氏又著急。李福仁不以為然，道：「他如今大了，脾氣又大，天寬地闊的，你總不能栓著他，有他自去自回，你著急做甚！」常氏自己悶嘆不已，雖不再提他，一顆心卻也暗暗懸著。

15

卻說細春一夜睡了，也不踏實。少年氣盛，卻被李秀盛一把菜刀滅住了威風，待驚恐散了，一心窩火卻冒了出來，無處散發，回來又被爹娘一頓臭罵，打心裡不服，只是想出氣。次日睡了懶覺起來，李福仁、常氏都出去了，自己掀開桌蓋，胡亂嚼了兩隻紅魚，因想到昨晚阿三的話，便將掛在牆上的衣服口袋一一搜過，掏了幾毛錢，又加自己口袋裡也有一兩塊錢，往村口去了。

原來昨夜被秀盛的菜刀嚇得逃竄，脫身之後溜到阿三家裡，跟阿三說了此事，要借把柴刀出去再滅秀盛的威風，被止住了。阿三道：「這樣跟他對幹，他四兄弟一起出動，恐怕你今晚要沒命的；況且要是知道從我這裡拿了刀去，連我都要連累。你也別怨我不朋友，我是怕惹麻煩。我知你被他這樣滅了氣焰不好受，你要出氣，只有一條法子，你三哥和跳蚤都在縣裡做事，找他們來，要秀盛還一個公道，可以討回面子。」細春聽了，也知單槍匹馬去討不了什麼便宜，去不去找三春和跳蚤，也頗躊躇。只不過睡了一夜醒來之後，一肚子鬱悶居然沒有消掉，反而更覺得丟臉慪氣，當下便往村口坐車去縣裡了。

在車站下了車，走進了崇文巷口，兩邊一溜洗頭房，盡是打扮得豔俗的婦女，端了塑料凳子坐在玻璃門口，叫道：「小弟，進來洗頭。」又有搶生意急的，屁股離了凳子，俯來來拉，道：「小弟，進來玩玩，不要錢的。」大概排了有上百米，拉客的從十幾歲到四十來歲不等，清一色嗓子粗獷嘶啞。細春左躲右閃，閉著嘴踅進了巷子裡，又左拐進一條更幽深狹小的巷子，兩邊的樓房都高高的兩三層，門口卻窄窄的，多有老婦女坐著打毛線什麼的，見路人過了便眼睛盯著，隨時準備回答暗號，好似有特務在身。也有見男人從房屋裡鬼鬼祟祟出來。細春在一處有「老人會」紅漆字樣牆角拐了進去，不幾步便到門口，進了去，甚是寬闊，別有洞天。靠近門口是老人在打麻將或者下棋，有八桌，裡面還有一大間，更大，用三合板隔開，留一小門進去，卻是一個大棚子，原來是放電影或者錄像用的，又有好幾十桌子，或麻將，或撲克，或色子，最多的是竹牌。多有抽菸的，煙霧繚繞而上，從兩邊高而小的窗戶裡悠悠飄出去。細春在裡面轉來轉去，又四處張望，便引得一個瘦高個注意，靠近過來，摟住細春的肩膀，將他架到牆角，問道：「幹啥呀！」細春道：「沒幹啥，找來找人的！」瘦高個狐疑道：「找人？誰呀？」細春道：「李三春，原來他有在這裡看場子！」瘦高個道：「你是他什麼人？」細春道：「他是我哥，我找他有事！」瘦高個將摟住細春肩膀的手鬆開，道：「他看場子，自己都紮到場子去出不來了呢，我幫你看看在哪？」他跨到旁邊凳子上，四處眺望了一會兒，指著一處玩竹牌的攤子道：「在那兒呢，過去叫他，別驚了其他人。」

細春走了過去，悄悄拉了正在埋頭看牌的三春的衣服，三春回頭看了一眼，道：「哦，又來啦。」又將眼睛盯著牌上。細春道：「出了點事，找你。」三春不理會，一局牌弄完了，將這一腳的位子讓給別人，出來，走到角落的凳子上，順手點了棵菸抽起來，問道：「什麼事？」三春便將被秀盛拿刀砍人的事說了，三春道：「被砍了嗎？」細春道：「沒有。」三春笑道：「這小仔，我不在了就敢耍橫，山中無老虎，猴子稱大王。回頭跟跳蚤說一下，讓跳蚤教訓他。」於是對著瘦高個問道：「老高，跳蚤呢？」瘦高個道：「是被頭兒叫走了吧！」三春菸抽完了，又在賭桌旁磨蹭半日，細春跟隨旁邊看著。跳蚤來了，將軍般眼光四周巡視一遍，早已看見三春和細春都在賭桌邊，過來道：「哥倆都上陣了，有贏吧！」三春道：「贏個屎，整日拿爛牌！」跳蚤道：「別來了別來了，頭兒叫你看場子，你倒是自己賭上，出了事也不知道！」又道：「走，帶你弟出去吃牛肉粉，哈哈，咱們有硬仗要打，你精神點。」三春道：「什麼硬仗？細春這邊也有硬仗要打呀！」跳蚤道：「出去再說，這裡太雜了。」跟著瘦高個打了招呼，三人便出來了。

往車站走，又經過洗頭房一條街，洗頭妹又衝三人叫道：「老闆，進來坐坐呀！」又有道：「老闆，來這裡休息一下，很舒服的。」三春笑道：「你那裡又沒吃的，待我們吃完再來舒服！」洗頭妹道：「有吃的呀，要什麼吃的都有！」三春笑道：「除了有奶吃，別的都沒有，我們是你們的鄰居，別騙我們進去餓肚子！」跳蚤也笑了，對一個四十來歲的洗頭妹道：「你都這麼老了，還在招搖，叫你女兒出來接班！」四十來歲的洗頭妹道：「老闆，我也是很厲害，進來就知道了。」見跳蚤毫不理會，又急道：「進來呀，我女兒在裡面等你。」跳蚤道：「你女兒還沒生出來吧，趕緊找個人生去。」兩人調侃了做生意的婦女，細春跟著後面，出了巷口，到車站對面的鋪子裡坐定，跳蚤道：「老闆，要了三碗牛肉粉，牛肉多給！」老闆應諾下粉去。跳蚤道：「細春你來什麼事？」細春不好意思苦笑道：「跟李壞熊小兒子打架，被拿了刀追，氣不過，上來找你們想想辦法！」跳蚤笑道：「這個短命鬼還橫，當初是我手下留情活過來的！」細春問道：「可幫我出口氣？」跳蚤道：「幫你出氣容易，我一出馬，他就做死螃蜞，眼睛都不會眨。不過目前走不了，我這邊有大任務，比你那邊重要的多。」又道：「不信問你哥，這邊工作真的很要緊。不過你既然來一趟，我等會送一樣東西給你，你只要說是跳蚤的，諒人家都不敢欺負你！」

老闆把牛肉粉端了上來，三人呼啦啦地吃了一氣，三春邊咀嚼邊道：「你說吧！」跳蚤道：「是少年宮溜冰場的爛仔，跟我們作對。」三春道：「什麼背景？」跳蚤道：「南門兜的，混了好多年了，有些勢力的。」三春道：「搞得過嗎？」跳蚤道：「這得問我們自己，有決心，比他們狠，就能搞過！」又道：「頭又拉了一批人，是藍田的。」三春道：「能打的嗎？」跳蚤道：「不知道，看樣子還行，得打了才知道。」細春聽得一知半解，也不插嘴，片刻三人就吃完了。三春撕了衛生紙擦擦嘴，對跳蚤道：「你付下錢，我剛才輸得差不多了。」細春卻去口袋裡掏出毛票，道：「我有錢，我的一碗自己付。」跳蚤將他手攔住，道：「開玩笑，有我在，你付什麼錢。」從工裝褲的夾袋裡掏出一把匕首，是有套子的，取了出來，釘在桌上，對細春道：「這把刀借你使，但凡李秀盛再敢怎樣，你就用這把刀，說是跳蚤的，用它殺了人，全算我頭上。」又叫：「老闆，過來！」老闆拿著勺子過來，見了閃閃亮的刀，面帶疑惑。跳蚤和顏悅色道：「老闆，我是隔壁老人會賭場的，先走，回頭叫人送錢過來給你！」老闆一臉無奈，欲言又止，跳蚤拔了刀，套上套子，遞給細春，三人揚長而去。老闆看著遠了，一番惡毒臭罵才噴出嘴——上天若有靈，只怕這三人沒走多遠就被咒死了。

三春問細春道：「你上來沒跟爹娘說吧！」細春道：「沒有！」三春道：「那你先回去，我們要忙大事。」當下細春告辭，又在街邊流連了個把小時，到了傍晚坐車回來。自此常帶著匕首在身玩耍，攜刀帶劍，有了膽識，那怨氣居然也不那般熾熱，倒也數月無事，暫且不提。

卻說這日，因村中和觀井洋會宗，道是增坂村的李姓是從那裡而來，以上再無可考，於是做了儀式，將祖宗請了過來，請了村中六十歲之上的老人在大廳聚餐，吃了一頓。又每家跟錢，請了霞浦的戲班，做了三天戲。戲班的伙食，又都是輪流分到各個隊裡，又由隊裡分到各戶去吃的。那戲在村中大廳裡演，下午一場，晚上一場，幾天來煞是熱鬧。李福仁種了兩畦甘蔗，去地裡收了兩捆回來，與細春道：「大廳裡做戲熱鬧，你將甘蔗拿去賣給小孩，能賺幾個錢給你娘當家。」因那大廳就在隔壁，細春便提了六七根甘蔗，來到大廳門口靠牆擺了，用那匕首削皮，來往的小孩子要一毛兩毛的，便削長短不一的一截給他們。

也應了一句古話叫不是冤家不聚頭，已經幾個月不見的李秀盛又帶了兩個朋友去大廳裡戲台下湊熱鬧，經過門口，與細春互相瞧見了，都有敵意。因上次已經打了一架，也頗忌憚，只是李秀盛嘴巴閒不住，對兩個朋友道：「那個賣甘蔗的上次被我追得屁滾尿流的。」那兩個朋友笑著朝細春看了。也就隔個兩三米，早被細春聽見了，道：「囂張個屁，還不是被跳蚤追到池塘去灌水！」秀盛道：「你說誰？」細春道：「誰被跳蚤差點弄死就說誰！」秀盛不由分說就一腳踢了過來，細春躲了一腳，秀盛諒他害怕，又拳腳逼過來，細春氣血早已上湧，也不示弱，揮了手上的匕首就衝上去，只聽「哎呀」一聲慘叫，見血了。秀盛的兩個朋友叫道：「要出人命了！」要上來幫李秀盛。一片慌亂之中，細春見已得手，丟了幾根甘蔗，奪路逃去。

且不說細春倉皇退去，卻說常氏在家中，聽得一陣鼎沸人聲，從廚房裡出來，早見後廳裡湧進了一群人，道：「細春鬼仔在哪裡，快出來！」常氏先是見到血淋淋的秀盛，被兩個後生扶著，扯開嗓子大喊的他哥哥秀強，後面還有李安雄以及一干看熱鬧的人。常氏見那血就心驚了，道：「哎喲，何事，我家細春沒回來呢！」李安雄大聲道：「把秀盛快砍死了，還何事！不出來，先把你家鍋戳了！」秀強有他爹的提醒，早在天井架上拿了一塊磨刀石，搶身進廚房，一聲碎響前鍋已被砸破。雷荷花嚇得抱著蓮蓮逃了出來。常氏跟進廚房，厲聲道：「你這壞人，怎麼砸我鍋！」想去阻止，卻已無力，癱倒在灶前。同厝的老蟹等人也趕進來，勸了秀強出去，道：「何事等她男人回來再說，先扶秀盛去敷藥要緊！」那秀盛憤憤而去，道：「先去敷藥，跟細春說了，先備好錢，再備好命！」同厝人扶了常氏坐定，卻已氣驚交加，喘息不已，道：「他爹在看戲，你們幫我去叫他回！」便有十來歲的同厝小孩應聲去了。

那大廳看戲的人，有凳子坐的多是在後排與邊上的高處，沒凳子的都擠在戲台的大天井裡，最前一排則站在攀著戲台，腳掂在台階上，剛好露出個頭在戲台之上，如一排鼈著吃水泡的鯽魚。那小孩曉得李福仁是沒凳子的，只在天井裡溜兩下就找到了，順帶還瞧見了安春也帶著珍珍在瞧熱鬧。小孩道：「快回，你們家鍋被人砸了！」當下父子匆忙趕回。常氏見男人回來，心稍稍定下，將事情細聲短氣說了。李福仁道：「這秀強也太蠻橫，怎麼就能把鍋砸了！」又道：「細春這畜生，也不知跑哪裡去了！」常氏道：「如今且不讓他回來更好。」當下商議怎麼應付李安雄這一家子。常氏道：「他是被細春打了，可也把咱家鍋砸了，算是平的，若再來算帳，你們兄弟呀要合力起來。」安春道：「合力做甚，跟他家打不成！」常氏道：「你們兄弟也都叫一起來，看他敢打不成，適才把鍋砸了，把我氣壞，若鬧大了，也把他們鍋砸了！」安春道：「砸來砸去能有什麼花樣，我看沒那麼簡單，叫村民主任來解決算了，畢竟你細春拿刀在先，如今還不知道傷得怎麼樣呢！」李福仁道：「你去叫村民主任來調解吧。」當下安春便去找李安民，將來龍去脈說了，要求他接管了調解。

那秀盛右手中指外節被細春切了，入口有一半多，幾欲斷下。去診所阿吉處包紮了，吃了消炎藥。因傷口深，阿吉拿不準能不能癒合了原樣，又叫他去縣裡醫院再看了。李安民來調解，李安雄開口要對方賠五百，若治療不好，則要負責任。不然也有一個辦法，就是把細春的指頭給砍一下。常氏哪裡拿得出這麼多錢，李安民兩邊說頭不成，調解便僵持著。那李安雄又上門來吆喝一通，又說那手指要潰爛廢了之類的話，攪得不得安寧。常氏對安春道：「那李安雄明擺著是要訛一筆的，若不了結了，只怕又要對付細春來著。李懷數跟李安雄說得來，又跟你一道去參軍的，不如叫他說說去！」那李懷數是村裡一能人，轉業後在鎮上糧站工作，因他豪爽，曾救過李安雄一命，故說話是有威力的。當下安春便委託他做和頭，又讓安春二叔一起去說軟話，最後定下賠兩百。常氏也拿不出這筆錢來，在二叔那裡支了一百，又左右張羅了一百，把這一樁孽事暫且了結。

此事前後由二叔插手，出了一百塊錢，半借半用，到後來也沒有還他，這裡邊是有說頭的。原來二叔是單身，細春的爺爺奶奶沒過世之前，爺爺在李福仁和三叔兩家輪灶，奶奶由二叔撫養。後爺爺過世，既而奶奶又過世，二叔便單獨過了，又做了村裡的收電費的活，比那有家室的手上還多點閒錢。按鄉村凡例，細春將來名義上是過嗣給他的。雖然細春在李福仁家裡撫養做事，但凡以後結婚生子，二叔也要出份力的；若二叔將來做不動了，老了病了，細春是有床頭端藥送水的義務的，百年之後，還得在他墓碑上有個名字。正因為有這個講究，凡細春的事，二叔也當盡長輩的責任。此中究竟，不能不提。

卻說細春刺了秀盛一刀後，倒是洩了心頭之恨。也不曉得是刺了哪個部位，聽得人喊「要出人命」後，心慌慌地跑了自家，躲到樓上自己房間去。那孩子闖了禍的，一種父母是給孩子撐腰，凡事擋在前面，護犢要緊，即便是有幾句叫罵，也是有口無心；又一種父母是把孩子自己擋去，死活不管。細春料得父母雖不是後一種，卻也不是前一種，便如困獸一般，坐立不是，知道這次闖了禍，若待在家難以圓場，定下神來，便決定遠走高飛去也。當下溜下樓來，神不知鬼不覺，去了縣裡。因一時找不到三春，便閒逛了，又找了個通宵錄像場看了一夜，次日將見了三春，說了一番，又在三春那裡住了幾日。那三春自顧不暇，因賭錢常常囊裡空空，多湊在別人那裡蹭吃的，哪顧得上細春，待了兩日便趕他回來。

細春不敢回，便又到大姐美景家去。那美景早知道細春惹的禍事，先責怪了一頓，見他可憐，怕他不敢回家流落到他處，才送了他回家，不免又在爹娘面前給他求情。李福仁痛心道：「你三哥已經不成材了，你又要做壞仔，難道一爛就一窩嗎！」常氏又氣又憐，又不要李福仁說這喪氣的話，又喝又斥，自此令他在家少出門去。

也合該是細春要得機會出去做事。這日常氏吃完晚飯，恰見同厝前廳的李安伍從塘裡回來，捉了隻大紅蟳，有七八兩重，且是硬殼的，嘖嘖稱讚。眾好奇者圍過來看了，道：「這是隔年蟳，很有補的，一斤能賣五六十吧！」李安伍道：「不賣的，自己吃多爽，要那幾個錢幹嗎！」當下就洗了放在高壓鍋裡蒸去，片刻已經熟紅，噴噴香。他一家已然吃過飯了，他老婆給他溫了一斤米酒，當下把紅的兩個大鉗子給了小孩，自己就著酒，有滋有味得啃起來。農人勞作一天，也就圖個此刻吃得爽快，晚上睡得香甜。常氏閒著無事，一直在他這邊聊了，問了塘裡的狀況，李安伍道：「今年形勢好，蝦雖沒甚麼賺，蟶養得成功了，我哥明年要擴大五百畝養的。」

常氏道：「哎喲，你哥做得恁大，想是你祖宗保佑了，這麼大的池塘，你也養不過來的！」李安伍道：「嫂子，不是我一個人養，我只不過是沾我哥的光，在那裡湊一份子。怪我沒讀書，複雜一點的事情讓我做，我也做不來，我哥都是招人手養的，本來我也有權力管理些人手，可是沒那本事，只能幹粗活，最多也就幫他招攬些人。」常氏聽了，心裡一動，道：「若要招攬人手，不如把我細春招攬去，看能幹麼！」李安伍道：「那是可以，養池是要有經驗的，但凡不懂，只要去了慢慢學，慢慢琢磨，就知了，要的是人比較踏實。我哥養了這麼多年，也還是有很多東西不懂，都專程開車去請那廈門大學的教授來著呢！」常氏道：「哎喲，這倒好，細春老在家給我惹事，都賠了不少錢，若能到池塘去，倒免了不少麻煩，我也放心。你跟你哥哥說說。」李安伍道：「這個問題不大，那新池養了，要招攬的人不只一個兩個，到時我記住細春便是。」當下常氏歡喜不已，卸下一塊心病。回來說了，李福仁道：「若不跟我去做農，學學養殖也是可以，總比跟人計較惹事要強！」細春聽了，也沒什麼意見，在那海闊天空的塘裡，似乎比跟在李福仁後面做農活要長氣些。

那李安伍是在塘裡給他哥李安正養池的，放了塘水之後在灘塗上經常能撈點稀奇海味回來，引得同厝人觀看。而他哥哥李安正，卻是不能不提的一個能人。原來乃一復員軍人，當過村支部書記，卸任之後，卻看出增坂村的真正活路不在田裡，不在土裡，卻在海裡，灘塗之上。於是靠門路拿了貸款，在灘塗上圍塘養殖對蝦。那蝦是難養之物，比祖宗還難伺候，養了個一年半載，一朝水勢不好，發了瘟，便前功盡棄。如此磕磕絆絆，時成時敗，貸款一批又一批卷過來。李安正好琢磨，一日發現一個門道：那蝦塘的出水之處，農民養的海蟶則比別處的蟶子要肥大，便尋思，定是那海蟶吃了蝦塘裡肥水的緣故了。當下生起了另一新奇主意：蓄水養蟶。新奇之處在於，通常蟶田上都是自然潮水，潮起則淹沒，潮落則露出，這樣的水則無法人工增加肥料。而蓄水養殖，則把海蟶養在塘裡，可以投以養料。但這樣卻產生一個新的問題：蓄水養殖，蟶田全天候淹沒，海蟶會不會被淹死？

第一年做了試驗，把蟶子養在塘裡，用豆漿做營養餌料潑在淺水上，直接給蟶吸收，不但沒有淹死，養出的蟶比天然的要肥大許多，吃起來口感甚好，獲得成功。有了經驗，其後擴大面積，用尿素等代替豆漿，收益又提高。原來尿素不是直接給海蟶吃的，只是用來在水中培植海藻，海藻才是蟶子真正的食物。但那培植海藻卻又有竅門，若尿素多了，海藻太盛，則過多消耗了水裡的氧氣，也可能使蟶子憋死。李安正琢磨了這些經驗，又嘗試讓海蟶與黃瓜魚等混養等等，後來成為頭一把企業家養殖戶，研發了多種養殖創新技術，開創當地水產養殖的新場面，治富一方，名揚各地，此是後話，不表。單說細春，不多久便跟著李安伍到塘下養池去，常氏雖覺得家中又空蕩不少，卻也了了一樁心事，心想不再惹出是非了。

細春頭一糟去池塘，去了兩天便回來了。常氏甚是驚奇，道：「不習慣？」細春道：「習慣倒是習慣，只是睡不習慣，那被子發餿，差點熏死，還是自己拿行李去。」先前，他摸不清塘裡什麼狀況，要帶了行李棉被，被李安伍止住了，道：「又不是走親戚，也不用帶衣裳，那裡床鋪輪流睡的，一應俱全。」細春便提了個小塑料袋就跟著去了。哪知道下面宿舍裡，不論誰家的床被，誰在值班，只要看見有床鋪空了都可以睡的，褥子被子都發潮發酸。一般的農民，多髒多亂可以不顧，晚上喝了酒，鑽進被窩，被子裡什麼氣味也敵不過酒味，倒頭就睡了。常氏卻是愛乾淨的，都乾淨噴香的被子給細春睡，一到池下倒不適應。常氏便備了乾淨的被子褥子給他，又問塘下晚間冷不冷，細春道：「冷，晚間海風大。」常氏又搜羅了一干衣物。又問：「那吃得可好？」細春道：「吃的倒是有，叫了個阿姨在那裡煮飯，不過盡是池裡撈的魚蝦螃蟹，老吃發膩，倒是喜歡吃白菜了！」常氏道：「那你也得忍著，靠海吃海，倒也正常！」又備了些袋裝的榨菜給他。又道：「有一樣倒要注意，那風大的地方最容易著涼感冒，一不小心就頭疼發燒的，我去三嬸那裡給你要些草藥，凡是一有些鼻塞頭疼的症狀，馬上熬湯喝了，將它止住！」

細春道：「麻煩，又不是去北京，帶那麼多做甚，凡是有病，我懂得去就近村落買藥吃。」常氏道：「你現在是嫌麻煩，要是一著涼，到時候哭著喊娘，娘也倒不了你身邊——有預防著比什麼都強！」細春道：「熬藥是多麻煩的事，誰去會做，拿去只會是添麻煩。」常氏道：「既然有做飯的，熬藥又有何難？若病了，叫阿姨熬一下，必然不會不肯，睡一覺出一身汗，比吃什麼藥片都強！」細春道：「咳，說得活靈活現，跟我真的熬不住似的，即便帶了，我決計不會吃那草藥！」常氏道：「無病的時候嘴硬，到時候便知曉了。」

常氏把細春的所需物什，備齊了，裝在一個老木箱裡，道：「這木箱有鎖，拿到那邊去，有要緊的東西，可以鎖在裡面。」細春見了，急道：「你拿出來，這是什麼年代的木箱，土裡吧唧的，我怎好意思帶它出去！」常氏道：「哎喲，看你怎說的，這是我和你爹結婚時唯一可以見人的家私，用了幾十年，這木頭還結實著，這鎖眼周邊原來鑲的是只銅蝴蝶，早年間有一次你爺爺生病了，挖著銅蝴蝶去換了藥吃，如今就剩個蝴蝶的印兒，可是這把銅鎖，還是古董，頗值錢呢！」細春看那箱子，暗紅的油漆也頗暗淡，但可見一個很大的蝴蝶印痕，顏色要淡一層，卻看得清楚，道：「既這麼值錢，你且別讓我拿走，那地方人雜，什麼時候敲去換糖吃都不知道！」常氏道：「可這箱子多合適，不要的話，卻找不到合適的有鎖的箱子？倘若你身上有幾個零錢，也可以擱裡邊。我倒聽安伍說了，塘裡的人發了工資，有的壓在褥子下，以為多隱蔽，卻是最經常丟的，你千萬不可放在褥子下面。」細春道：「你去嫂子那裡借個皮箱給我，那箱子有密碼，根本不用鎖，又方便得很。」常氏道：「咳，什麼方便，我就知道你是愛體面。」

常氏便下了樓，到了廚房，雷荷花正讓蓮蓮坐在兒童椅上，自己在灶間拾掇。常氏道：「我正給細春拾掇去塘裡的家什，給他木箱又嫌老土，說借你皮箱一個使使！」雷荷花聽了，猶豫道：「不合適吧，他是去塘裡幹活，又不是去城裡走親戚，那麼高級的皮箱子拿去，不是被糟踐壞，便是被潮壞霉壞的——況且我那箱子裡還裝了衣物，一時也騰不出來！」常氏討了個沒趣，悻悻走了上樓，對細春道：「如今跟你跟嫂嫂是兩家人，要借一樣東西出來都難，你還是別打那個念頭，就用我這破老箱子。」細春便知怎麼回事了，道：「我手上一有點東西，就想著給蓮蓮吃，她倒小氣到這個地步，罷了罷了，就拿魚鱗袋子給我裝了，待我賺了錢，自己買去！」常氏道：「你知道就好，如今一家人說兩家話，她跟她娘家親，跟我們倒隔，你就別想她的物事了！」當下常氏便找了一個乾淨的魚鱗袋子，將被子、褥子、衣物、毛巾、草藥、榨菜包等等，做了鼓囔囔一包，次日讓細春背了下塘去。

細春去了五日，又回來一個晚上透氣。原來那池裡，每日忙的是餵料、開閘換水、查看堤壩有無滲漏塌方跡象，但忙完這些活兒，卻是寂寞得很，在一起養池的年輕人，只是靠打牌、喝酒消遣時光。細春初去，確實有些耐不住，便回一趟家。又，每次開閘放水的時候，便在閘口下游布了張網，有那些暈頭轉向的魚蝦自投羅網，做了看池人的美味。細春便跟炒菜的阿姨打了招呼，在桶裡摸了兩隻硬殼紅蟳，帶回家來。晚上吃飯，將兩隻紅蟳斬了四截，蒸熟了擱桌子上。這一家子吃飯說起來好笑，兩張桌子相隔不到一米，卻是兩家人吃飯，互相都聽得嘖嘖有聲音。那蓮蓮已經兩歲，曉得哪個好吃了，看著細春這邊桌子有紅蟳，鬧著要吃，就要過來爬上這邊的桌子，卻被雷荷花死死拽住，哄道：「等你爸回來了，上街上買了吃不成？」蓮蓮話聽得似懂非懂，哪裡肯依，一味強行要來。常氏看在眼裡，拿了一截過去，道：「來，就懂得揀好吃的，這麼饞嘴恐怕將來嫁不出來！」蓮蓮接了，埋頭苦吃，細春半真半假道：「就懂得吃，也不問是誰的，回來叫你爸掏錢來買！」那雷荷花便想是細春對她有氣，拿話激她，便去奪蓮蓮手上的蟳塊，且道：「叫你別吃了，快還給叔叔，等你爸爸回來買去。」蓮蓮便要哭，常氏怪道：「你這是做甚，讓她吃去，跟小孩這麼認真！」雷荷花道：「不能這麼慣她，要不然將來真變成饞嘴婆，走到哪家吃到哪家！」常氏道：「這是爺爺婆婆這邊的東西，又不是去別人家吃去，你快別跟她計較。」便將蟳塊按回蓮蓮手裡，道：「只准在爺爺婆婆這裡吃的，不能要別人家吃的。」那細春又多嘴道：「給你吃還折騰，倒似跟沒人吃的似的，若是那塘裡，這麼硬的蟳早被人搶到嘴裡去了！」

雷荷花聽了，知道話裡有話，也不好意思再有動作，只是將一絲不爽擱在心頭。正所謂家家有本難念的經，雷荷花心中那本經是她娘循循教的，自然與常氏這邊的經不同，如今這兩本經擱在一個經堂裡念，自然會有異常滋味衝撞之處，只有身在其中的人自得清楚。但也只是家常便飯，無甚大礙。

常氏便將話叉開，道：「你在塘裡倒是有吃，若是喝酒，你可不要喝，誤了養池的事不說，若是酒醉了紮下塘去，可不得了！」細春道：「我也就吃一點，那酒又不花錢，不吃多可惜，好歹也得練點酒量！」常氏又道：「若是賭錢，你也別賭，你沒錢賭。」細春道：「沒賭，我也就打打牌，若不打牌，那都沒什麼可玩的，寡淡得很！」常氏道：「也是，你哪裡也沒人來，就是海鳥螃蟹跟你們做伴，又不能跟你們說話！」細春笑道：「人倒是也有人來玩，還惹出一樁笑話，笑倒我了！」常氏問道：「何人會來你們那邊？」細春道：「近村下坂有兩三個姑娘跟李阿扁混得熟，聽說以前常來玩，又喜歡捎帶些閘門海貨回去。李阿扁是看池裡最流氓的，跟一個姑娘私下有來往，經常招她單獨來玩，後來那姑娘不來了，她爹來，說哪個是李阿扁，把他姑娘肚子弄大了，要阿扁負責，每次阿扁見他就往池塘裡躲去！」常氏嘆道：「哎喲，這阿扁他爹娘好福氣喲，躲什麼，娶過來呀！」細春道：「阿扁是想娶，可哪有錢娶，那姑娘他爹來就是要阿扁拿聘禮的，阿扁道，聘禮沒有，你要是願意就讓姑娘來塘裡跟我過，不願意呢，就拉倒。就因為這口氣，每日裡撞見她爹來了，阿扁就跟他捉迷藏！」常氏道：「哎喲，天見可憐，他爹也不管，後娘還是沒當他是親生兒呀！」原來這阿扁，她的親生母親早早離開他爹，也不知道是哪裡做保姆了，他爹去屏南做生意，又娶了後媽，後媽也帶了一個兒子，夫婦對阿扁並不放心上。阿扁名義上是有爹媽，實際上跟孤兒沒兩樣，如今給人養池，也是天馬行空，自作自受，自然不會有人幫他張羅什麼婚事。當下細春把阿扁的事當了笑料，不免讓常氏惋惜一番，此乃閒話逸事，打住不提。

俗話說得好，兒女多了，你想享他們的福，倒不見得有多少；若想為他們操心，那可是要一件有一件，沒完沒了，直到你操心不動為止。雖說多子多福乃是古訓，實際上卻跟那福如東海壽比南山一樣，只是一廂情願子虛烏有的虛話。想想，倘若你有子嗣之福，只要生下一個兒子培養得有出息即可；若無福，十個八個也不成。因此，但凡農人想多生子，只是心裡慰藉而已，跟那摸獎票一樣，摸多幾張中獎的機率更高些。卻不知，為父母的，多子多煩乃是真理，現實得讓你觸手可摸的真理。多數有生有幾個兒女的人，一輩子莫不是在操心中度過的。做父母的要是不信，就在你不信的瞬間，說時遲，那時快，你定神一想，那煩惱要來便來，揮之不去。這一日，街上議論紛紛，說是那三春和跳蚤，在縣裡跟爛仔火拼，把人殺了。這第一道傳聞出來後，便有仔細問究竟的，那知道一二的便裝作知曉原委，牽強附會，各種說法都有，有的說跳蚤被打死了，有的說兩個人都被抓了，自相矛盾之說，只贏得街上人更加好奇。那開摩托車的細清，卻是最懂得縣裡事情的，待他開車回來，才把來龍去脈跟說書般細述一遍，才解了眾人的好奇。

三春與跳蚤，替老人會賭場的老闆看場子，這是眾人曉得的。眾人不曉而細清曉得的是，那賭場老闆又在東湖開了溜冰場，為了吸引生意，派了打手去少年宮溜冰場鬧事攪局，要把客人給趕過來。跳蚤不怕死，凡事衝在前頭，是老闆的得力打手，當了頭目的，常常率人惹事。那少年宮溜冰場也是被人承包的，那個人也有些勢力，招攬一撥看場子的，不甘示弱，不但讓跳蚤一干人占不了便宜，而且也以其人之道還治其人之身，到東湖溜冰場來攪局，因而衝突不斷。這次鬧出殺人的衝突，是有預謀的，在體育場，雙方都想治住對方，動了刀子，死了一人，公安局都出動了。雖然短暫，那見了場面的人，說是鮮血橫飛，生平沒見過這麼殘酷的一幕，體育場的草地都被染紅了。

這消息，很快地傳到李福仁家裡，常氏聽了憂心不已，道：「若真的鬥毆殺人，如何是好？」李福仁只是不停嘆道：「這畜生，又惹事，搞得全村都知了！」常氏責怪道：「你別只是一味罵，想個辦法。」李福仁道：「他天寬地闊做一套去，我們守在家能有什麼辦法。」恰二春在家，常氏又在二春前著急，道：「要不你去縣裡打聽一趟消息？」二春倒是聽話，把哄在懷裡的蓮蓮推給常氏，就準備要走，卻又道：「他們在縣裡打了人，該逃跑了，我卻去哪裡打探消息。」李福仁看不過去，道：「別去了，他若跑了，你也不知道去哪裡找他，若被公安局抓了，也就抓了，你也拉不回來的。」二春道：「娘，如今也只是聽說，不如再打聽清楚了再說，他三春腦子那麼靈，不會吃什麼虧的。」常氏也無奈，道：「罷了罷了，我去跳蚤家裡看看情況！」

常氏悄無聲息地溜到坂尾，那小門半掩著，頭先探進去看了，並無外人，只李細蟹夫婦並女兒在廳堂桌上吃飯，便推開門。那李細蟹夫婦均四十來歲，生有一子一女，夫婦倆甚是勤勞，起早貪黑幹活。李細蟹媳婦道：「阿姆，你來了。」常氏道：「一家子在吃飯呢！」又壓低了聲音道：「那街上議論跳蚤和三春出事了，有聽說嗎？」李細蟹輕描淡寫道：「剛好他叔叔來說的，又是跟人打架的事。」常氏問道：「可有去探聽探聽是怎麼回事？」李細蟹道：「阿姆，他長年累月在外面跟人家打架，打聽他做甚，去管他，倒惹一身麻煩，不理他，倒圖個清淨！」常氏道：「哎喲，這一次可不一樣，聽說打死人！」李細蟹道：「那也管不到呀，他有能力打死人，就有能力去償命，我也無可奈何！」本來是想跟李細蟹商討了計策，沒料到他卻是不顧不管，逍遙得很，常氏一顆焦心在這裡碰了涼水，冷了下來。細蟹媳婦道：「阿姆，你別笑話，本來是兒子的事情父母都揪心，但我這兒子不一樣，從小到大，不知惹了多少事，我們心操得都麻了，全由他自己去。」原來這跳蚤，頑劣在全村是有名的，只怕排在第二沒人敢排第一，自小打架惹事，也不知細蟹賠了多少錢賠了多少禮。後來長大，禍也惹得大，細蟹發現，若他不管，凡有什麼事由他自己收拾去，倒是省事不少，自此，漸漸麻木了。又，那跳蚤在外邊壞，在家裡也壞，若跟爹娘有口矛盾，也能要起狠勁，細蟹也不能不屈服，心也寒了，表面是是細蟹當他的爹，實際上是細蟹當他是爹。這一年去縣裡混，細蟹也圖了省心。故而，跳蚤出了什麼事情，細蟹便能當他是別人家的孩子一樣，不顧不管，一是怕麻煩上身，二是實在無能為力，不如不去操這份心。常氏聽得他這樣，雖然失望，卻也冷靜下來，當下稍稍安心，靜等消息。

過了些時日，又聽人説，那些打架出事的爛仔都在老闆資助上，逃福州躲去了，一時倒也無事。那家中，除了常氏時時記掛起，別人倒也懶得理會。如此過了月餘，有一日下午時分，來了兩個警察，問了是三春的家，道要請一個家屬去縣裡問訊。常氏一見那穿制服的，一顆心早已經要跳出來，兩腳發軟，只是問：「我家三春怎麼啦？」那制服的倒和悦，道：「不必驚慌，只是叫一家人去問些事則可，你老人家不要動，家裡還有男人在嗎？」李福仁和二春、細春都不在家，常氏便叫雷荷花道：「你上去看安春在不？」雷荷花便上去叫了，安春剛從塘裡回來，黏了泥巴的衣服也沒有換，便急急來了。警察也不説是幹什麼，這邊叫了安春，那邊叫了跳蚤的叔叔，一併帶進警察車往縣裡去了。

左鄰右舍見了警察來，都好奇，又不敢直接來問常氏，只在門口問了同厝的人，也問不出究竟，猜測議論，疑雲不散。常氏又驚又愧，都不敢出門上街，一出去就怕人問，只是鎖眉坐定廚房，愁苦不已。同厝便有婦人來說寬心知己話，把驚懼聊開。好事不出門，壞事人人盯著，而這不知原委的事，更引得上下街人都議論了。

李福仁從地頭回來，常氏將下午的事說了，有男人在家，心下又稍定一些。常氏細語揣測道：「莫不是三春已經被抓了？」又道：「莫不是抓不到三春，要連累家裡抵罪？」

只是滿腦子亂走，李福仁倒不吭氣，只是道：「你莫猜了，等安春回來便知曉。」

不久，便聽見安春的腳步聲從後廳來了，常氏站了起來，安春已然進來，忙問究竟。安春道：「是去指認三春的。」常氏驚道：「三春被抓了？」安春道：「你莫慌，他們是回來自首的。在福州沒錢了，待不下去，老闆也不給錢，倒勸他們回來投案了。也是，在外邊餓死還擔驚受怕，不如到公安局還有飯吃。」常氏道：「公安有說會坐牢嗎？」安春道：「現在還不知道，公安說要法院判了才知道。三春跟我說，殺人他根本沒動手，只是怕了跟隨一夥人逃走而已，公安了解清楚了應該會放他出來！」常氏舒緩了一口氣，道：「我就曉得他不會殺人，佛祖保佑，願公安能了解清楚了，早放他出來。」又問安春道：「叫你去做甚？」安春道：「就是去認一認，是不是真的三春。」常氏又問：「關在哪裡？可有飯吃？」安春道：「拘留所呀，飯倒是有得吃，要舒服就沒那麼舒服了，光溜溜的屋子，鐵門鎖著，能舒服到那裡去。」常氏又問了拘留所的狀態，一陣唏噓。安春道：「還沒吃一粒米呢，快弄點填肚子來。」常氏當下緩過來，煮了麵條與他吃了。又有同厝的婦人忍不住好奇，進廚房來打聽，常氏做了寬心狀，道：「無事，三春不曾打架殺人，公安問清楚了便會讓他回來了。」此話如長了耳朵，片刻便傳出去了。

此後，常氏便在家中等待訊息，忐忑不安，時而又覺得希望在前，夜裡好夢，直道三春明日就可回來；只是又心驚不已，只怕出了什麼意外。若有人問了，倒是會鎮定道：「不幾日就要回來了吧！」如此過了半個月，也沒個消息，心下扛不住了，當下央求安春抽了時間，一道去拘留所探望去。安春是不想去的，李福仁也勸她莫急，讓三春自己了斷，怎奈常氏嘮叨了數日，眼淚都嘮叨出來了，安春也無法，便帶著她去了一趟。那三春被關了數日，精氣神全沒了，見了常氏和安春，都蔫了。常氏握了他的手道：「兒呀，什麼時候能回家！」三春萎靡道：「也不知道，比先前麻煩了。」安春道：「上次你不是說自己沒動手，也有證人。」三春道：「是呀，都證明過了，可是對方是有勢力的，凶手抓不到，也饒不過我們。」常氏驚道：「兒呀，那該怎麼辦呀，你沒殺人卻被關在這裡，該怎麼辦才能出來呀？」三春道：「娘，若要我早出來，恐怕要使錢託人，你去想想辦法吧！」安春道：「誰有這錢來使！」常氏見他沒有神氣的樣子，心疼不已，自己雖是束手無策，也勸道：「你且放心，娘就是拼了老命，也要將你弄出來。」三春此時倒像隻乖貓，伶俐的嘴不見了，神氣活現不見了，那探視時間到了，便乖乖回裡邊去了。

那常氏出來，與車水馬龍鬧市中，心神不定，對安春道：「你且先回去，我到你姨家去商量此事。」便徑直到她妹妹常金玉家中來。那常氏，是要面子的人，若有家醜，要麼封個嚴實，要麼包裝體面了才告訴他人，即便是她妹妹，也斷不肯傾心傾訴的。只是如今此事棘手，又不知從何入手，無奈之下，只得前後都跟她妹妹說了透底。那常金玉先是跟著一陣噓唏，想不出什麼法子，其後也勸慰她道：「如今你老了，兒子闖的禍，一樁樁你都要跟到底，一輩子就給兒子做牛做馬，何時能個了結呀。上次在葉華家做保姆，就是三春搗鼓了才幹不了，聽說還欠了人家一筆錢，便是不要還，我這裡也是欠人家一筆人情。現在又是三春惹禍，我是心疼你的身子骨要被他磨碎了！」常氏道：「你現如今說這話我不愛聽，誰家兒子被關在裡面不發愁，哪個做母親的不會去想辦法？他要是真殺人了，我倒也不管，讓他頂罪去；可是他乖乖的，又清白，如今只是對方有勢力才牽累他，不是我親生骨肉我還也得想法子呢！」姐妹倆親過頭，連疼帶罵都在話裡頭了，互相計較一番，因那常金玉也沒有公檢法方面的關係，對此事一是不通，二是無能為力，只能說歸說，卻出不了力。

畢竟是當局者迷，旁觀者清，常金玉提醒道：「你不是有個外甥在法院嗎，怎不去那裡打聽打聽。」常氏當場才想起那個外甥，是三春大姑的兒子，因平時少來往，倒是忘了，便道：「正是，不說倒忘了有這號親戚，若請求他，必定有主意。」便立即要往他家去。常金玉道：「現在是吃飯的點，你著急，也不在乎這一時，吃了飯再去。」常氏道：「我還哪能吃得下去，你便是做龍肝鳳膽，我也吃不下一塊的。」徑直要走，常金玉見她火急火燎，丟了魂似的，又不放心，道：「你若要走，我還是送你到那邊樓下，這失魂落魄樣，街上車來車往，叫人擔心。」常金玉陪著他下樓，坐了個老鼠車，到了法院宿舍樓下，看她上去，自己才回來。

當下循著記憶，敲對了屋門，進了門來。那一家子正要吃晚飯，常氏要找的外甥，叫劉家勁，是在縣法院林業庭庭長；他寡母周氏，也就是李福仁的大姐，原住在鄉下，被劉家勁勸了幾年，才勸到縣裡一起住；並劉家勁的妻子以及兒子，一家正吃飯，見常氏來了，忙叫一起吃飯。常氏忙推辭道：「不吃不吃，我說完了事情便走。」一家人也不勉強，常氏便坐在茶几邊的靠椅上，對劉家勁道：「我今天來是為你表弟三春的事，他在縣裡做事，跟一夥爛仔有交往，如今那夥爛子殺了人，把他也牽累了，警察叫去調查，也調查清楚了，他不曾動手過，卻因對方有勢力的，不放他出來，也不知道會怎麼處置他，我來找你幫忙，好歹把他弄出來了。」劉家勁聽了，邊吃飯邊從容道：「是體育場那椿殺人案吧，我只聽說疑犯有增坂村，卻不曾想到是三春。」常氏道：「增坂村的還有其他人，也不只是三春一個，只是三春跟他們一起玩，捲了進去。」劉家勁問道：「三春口供是這麼說的嗎？」常氏道：「正是，他不曾殺人，自然只能這麼說了。」劉家勁道：「知道了，我明天上班問問。」又道：「你們鄉下亂七八糟，總有這樣那樣的事，大家都安分守己一點不好麼。」他母親周氏在一旁聽了，也知曉得來龍去脈了，對常氏道：「你也一大把年紀了，還在為兒子惹禍跑來跑去，沒有哪個兒子給你們老倆口操心；我弟福仁年紀也大了，聽說還在給兒子插秧，你要叫兒子們勤勞樸實點了，別落得老來不得安寧。」原來周氏中年守寡，帶了三個兒女長大成人，性格剛強，說話也直爽俐落，見了誰，都不免要直話數落一番。常氏嘆道：「你說的正是，老是惹麻煩給我，我這當娘也不能不管，也不知要操心到何年何月。」當下交代了情況下，又道過兩天來打聽消息，便告辭回去。

直到天色暗黑，常氏才回到家中，疲憊之極，洗了把臉，也吃不下什麼東西，上床倒頭便睡。睡了一覺，居然被肚子一陣咕咕聲響醒了。見李福仁在側，便搖醒了，將下午去縣裡見三春並請外甥幫忙的事說了，又道：「不知外甥能否真心幫忙，如今你姐姐倒是舒服，兒女都出事業了，又在兒子家裡養老，辛苦了半輩子也有回報。」李福仁打著哈欠，聽了，道：「她是剛強人，守了半輩子寡，拉扯兒女長大，也該有這份福享。」常氏道：「說也奇怪，都是鄉下的，她養的兒女倒都是在縣裡有官當的，不知是祖上造了福還是哪壇墓修得好！」李福仁道：「那只是她管教嚴格，兒女都懂得娘的不易，跟那小雞一樣懂得自己去地裡刨食；你這樣慣著兒女這，吃喝都你供著，自然不懂得去刨食。除了找麻煩與你，其他卻沒孝敬得上。」常氏聽了，不悅道：「休得胡說，自古哪有不疼孩子的娘，咱們孩子暫時不如人家，且會有出頭的日子，只要那祖先是做了好事的，兒孫自然會滿門幸福！」李福仁被她斥了一下，便也不說話了。

常氏肚子咕咕叫，自言自語道：「若是不填些東西，恐怕這一夜熬不過去。」當下起身下樓，到廚房裡吃了些涼飯剩下，正是靜夜時分，吧唧吧唧恰似老鼠偷食一般，吃得寂靜，三春在看守所的樣子又歷歷在目了，不免一頓淒涼。填了肚子，折騰了許久才睡去。

16

隔了一日，也就選那下班的點兒，又上外甥劉家勁家打探消息。周氏接了進去，坐了，道：「家勁來電話說要加班，你先吃飯。」便吃了飯。外甥媳婦督促兒子去做作業了，常氏又和周氏嘮叨了些家常，不大一會，家勁便回來了。開門見了常氏，愣了一下，常氏忙問究竟，家勁磨磨唧唧換著鞋子，片刻才道：「託一個朋友問情況，還沒有消息，待回話了，再告訴你。」常氏急道：「何時會有消息？」家勁道：「明日上班我問問吧。」又道：「這事也不是我能說了算，只是打聽一下什麼狀況而已，該怎麼判還是怎麼判，我也是沒有能力更改的，你也別一門心思就寄託在我這裡了。」常氏道：「三春說需要找門路費些錢的，若需要走後門，你就開口，我也能湊了錢來的。」家勁道：「快別說這個，你要是讓我幹這個，把柄被抓了，我這位子很快就被人撬掉。」常氏道：「那該怎麼辦才好？」家勁道：「待打聽清楚了，該有事就是有事，該無事就是無事，你也不必老往上邊跑。年輕人犯了事，倒不慌張，卻把你老人家慌張死了。」常氏道：「哎，可不是，他在看守所也被驚嚇得，只剩一張小臉了，讓我怎不擔心呀！」周氏也勸慰道：「你也別太放心上，待家勁打聽了，再做計較，總是有法子的。」又道：「家勁，這飯菜剛熱的，你快來吃。」當下常氏吩咐了些事，告辭出門。

劉家勁邊吃飯邊道：「這鄉下親戚多了，也忒麻煩，今日這事，明日那事，我若只管這些，都不用工作了。再說，讓我再幹託關係走後門的事，遲早把自己飯碗砸了。」周氏曉得兒子的難處，安慰道：「咱們從鄉下來，這鄉下親戚是不能丟的，但凡你能幫得了手的，幫一下，幫不了手的，太為難的，沒有了辦法，也無愧的，你也不必去嫌棄他們。」又道：「這鄉下人碰到這等事情，有她的難處，睜眼瞎，什麼也不懂得，不來求你還來求誰？你就說清楚了就成。」家勁道：「怪只怪他們自己不爭氣，不爭氣了老實點也成，還不老實，什麼事都敢幹，真是沒有辦法。」吃了飯，看了電視，到那十來點光景，一家人便洗簌了，準備歇息。卻聽見敲門聲，家勁開門，卻見是住在樓下的同事，道：「剛才我進樓道，卻見一樓放自行車的小拐角裡有人聲音，我以為是賊仔藏裡面呢，叫了門衛來，勸見裡面蜷著一個阿姆，說是跟你家有親戚的，門衛將她帶門房去了，你去看看。」劉家勁道：「見鬼了都，這時候還來親戚。」謝了同事。那周氏聽了，主動道：「你去休息，明天還上班，我去門房看看。」披了件外套褂子，下樓來，進了亮堂的門房，赫然卻見常氏在裡面，門衛還在問話呢。周氏驚道：「哎喲，你怎麼沒有回去還在這裡！」門衛老頭道：「是你家親戚？」周氏道：「是我弟媳婦的。」常氏見了她，眼淚倒先流了出來，道：「大姐，我是想在門道裡將就一夜，等明日和外甥去一起上班問了消息回去的，卻不料被當成賊仔，看我這丟人呀。」門衛老頭道：「也不是當賊仔，就是不明身分的人，我都得問清楚，這是照章辦事的。既然是你親戚了，可以帶回去了，不過別再待樓道裡，凡進去的人發現了，都會被驚嚇的。」周氏道：「也無事，既這麼遲了，就跟我那裡去歇一宿。」將常氏帶了上樓。

原來常氏下得樓來，無個確切消息，又看出那劉家勁也不肯真心幫忙、應付了事的架勢，但離了他，也無其他門路可走。當下心神不安，手腳飄忽，只想若回去了也是睡不安穩，不如隨便找個地方囫圇一夜，明日逮住劉家勁，緊著他一道打聽消息，又看那樓道拐角甚是避風，便坐進去迷糊了。但凡只要上樓的人聽出動靜，莫不以為是躲個賊仔的。

周氏帶常氏上去，劉家勁等甚是疑惑。周氏道：「你舅媽不放心，想明日跟你一起去打聽情況，就想隨便在樓下找個地方將就一個晚上，早知有這想法，不如就叫上來睡了。」劉家勁聽了，如天方夜譚一般，嘆道：「哎呀，這麼麻煩，我答應幫你打聽就是，你這樣做，讓我同事都知道了，多不好，人以為我一門心思都在幹私事。」常氏聽了，眼淚又暗暗垂了下來。周氏曉得常氏的處境，又能體會為娘的酸楚，當下責備家勁道：「她兒子關在裡面，能不牽腸掛肚嗎？你做了官，也別想把麻煩活兒全推卸乾淨，既是親戚，指望你幫助，你能做到便做，也不要嫌棄。她若不想著疼著兒子，能在那門旮旯裡待得住嗎？將來你們自己兒女長大，操心了，才曉得這份情的。」家勁被母親說得，也無法辯駁，自去睡覺了。常氏聽得周氏為她做主，說了知心的話兒，眼眶一熱，眼淚又無聲無息流了一大把。周氏給她倒了一盆湯水，道：「你且別傷心，洗了先睡去，有話明日再說。」當晚在周氏房裡過了一夜。

劉家勁在法院裡當了官，卻自有一番苦處，周氏也頗曉得。那苦處便是，同村的、妻子老家、姨舅老家，凡是諸如此類的熟人親戚有了半分半毫的糾紛麻煩，全都找上門來，教你沒有閒的時候。那農家人，也不論你是哪個部門的官，反正當你是全能的，認為縣長能管的事你都能管，讓劉家勁苦不堪言。而人有千種，做官的也有百樣，有活絡圓滑手能通天，也有正直上進有板有眼的，劉家勁屬於後者，抱個鐵飯碗追求進步不敢違規的，拉關係也不拿手。因此，對於鄉下親戚的麻煩事，能推的就推，能敷衍的就敷衍，周氏耳聞目染，也知道兒子的難處，曉得兒子沒有背景，空手往上爬的，要抱定這個飯碗著實不易，平日裡也就不管兒子的推諉之舉了。此次卻被常氏的舉動弄得心軟，知道那為娘的不易，不免說了兒子一番，也是人之常情，不必細究。

次日，劉家勁上班去，找了朋友打聽了消息，便打電話回來，對常氏道：「三春的口供與證詞並無參與殺人，應該無大礙，你也不必擔心，先回去，我這裡幫你盯著就是。」常氏這才稍稍放心，辭別周氏，回來不提。

當夜回家睡下無事，第二日清晨想起來，卻是腦子昏沉，渾身痠軟。便對李福仁道：「許是兩日太困乏了，起不來身，你自己去街上買就個包子當早飯吃了去。」李福仁也無話，便自己起來，買了五個包子，自己吃了三個，把兩個擱在常氏床邊凳子上，又端了一碗開水，自己便下地去了。常氏也吃不下包子，只喝了水，便昏沉沉又睡去。雷荷花知道常氏不舒服，便帶了蓮上來看望，把常氏驚醒了，道：「娘，你怎得不舒服，要找醫生來看看嗎?」常氏道：「一點點疲乏，不礙事，只要睡睡便好。」蓮蓮已有兩歲多，能說會道了，稚氣道：「阿婆你怎麼不起床？」常氏抓了她小手道：「阿婆一會兒就要起床了，這小手這麼冰涼，到我背窩裡捂一下。」把她小手拉了進去。那蓮蓮見了兩個包子，掙脫了手，支吾叫著要吃。雷荷花道：「這是阿婆吃的，你方才剛吃飽早飯，肚子不餓的，就眼饞。」又問常氏道：「想要吃點什麼？」常氏道：「這包子涼了，不如你將它熱一熱，我吃一個，蓮蓮吃一個。」蓮蓮聽了，興高采烈要拿包子，雷荷花道：「你別動手，我拿去熱了，你在這裡陪著阿婆說話。」拿下樓去，燒了兩把柴禾，熱了，端了上去。常氏就著開水，那包子一口一口硬吞下去。蓮蓮也拿了一個，將它掰開，只咬了兩口肉餡，便拋下跟狗咬了似的不吃了。雷荷花便責罵道：「跟你說就是肚子飽了眼睛饞，把包子糟蹋了。」常氏嚼進去一個，便道：「你莫罵她，將那剩下的我吃，小孩子嘴，又不髒。」又吃了一個，似乎多了點精神，只不過身子還是乏力，起不了床。雷荷花又待了一會兒，便帶著蓮蓮下去，讓她休息了。

中午，雷荷花又上來看，問能否吃飯。常氏道：「上午吃的兩個包子還在我肚子裡，這會兒嘴裡什麼也不想吃。」李福仁中午回家，也只用開水燙了鹹線麵，配了豬油，囫圇吞了一大碗。下午，常氏自覺得不再那頭暈，便恍惚起身，扶著牆壁下樓，在廚房裡找了幾個鹹橄欖，斬了兩截，又加了四個蔥頭，煎了一碗蔥頭橄欖茶喝進去，略好些。想去街上買點什麼剩魚剩菜給李福仁做晚飯吃，卻還是覺得無力。恰同厝的老蟹媳婦要上街，便給了她錢，道：「隨便給我帶些便宜貨回來。」老蟹媳婦上街，碰到兩斤賣剩的冰帶魚，雖殘破不堪的，卻是減價收尾的貨，當下分了一斤給常氏。常氏將帶魚拾掇乾淨，炸了香噴噴的一盤，李福仁才像樣地吃了晚飯。

常氏以為身子將好了，豈料次日，還是起不來身，且腦袋比昨天裡更沉了。同厝的老蟹媳婦聽說又起不來了，上樓來探望，問道：「昨天看已經好了，今日又重了，要緊不？」常氏道：「不要緊，只是身子無力，我估摸著是疲乏，休息了便好，昨日吃了蔥頭橄欖茶，好了些，今日歇息便無事。」老蟹媳婦道：「若是加重了，扛不過去，該去診所看看也還是要去。」常氏道：「不礙事，這點小病，怎麻煩得了醫生。」老蟹媳婦道：「我估摸也跟你太過焦慮有關，三春那邊還有麻煩麼？」常氏道：「我在法院當官的外甥說問題不大，本來也是清白的，只是對方有勢力，非要他當替罪羊。」老蟹媳婦道：「既然法院的人說了無事便不會有什麼事了，你也寬心，心一寬身子自然就好了。」又道：「若有要上街買什麼，且叫我。」常氏道：「無事，不勞擔心。」

老蟹媳婦便下了樓，在天井見了安伍媳婦正在石槽上洗菜，道：「阿姆生病了，兒子也沒在身邊，就自個在床上躺著，沒個人使喚。」安伍媳婦問道：「哦，昨日不是說好了嗎？」老蟹媳婦道：「昨日自個兒去煎了蔥頭橄欖茶吃了，見好些，今日又起不來，她自覺是疲乏，也不願看醫生。」安伍媳婦道：「她是一世沒吃過藥片的人，怎肯掏錢給醫生的，都是扛著扛著就過去了。只不過如今六十多了，身子也不如前了，扛未必能扛過去。」將一把紅頭莧菜根上的土都洗淨了，又用清水再淋一遍，擱在石槽上，往圍裙上擦了手，上樓去看望常氏，在常氏額頭上摸了，問道：「阿姆呀，你莫不是受了風寒？」常氏道：「許是吧，大前天夜裡是吹了些風，昨日想著是受了寒，才吃的橄欖蔥頭茶。」安伍媳婦道：「那是極輕微的症狀吃了有效；若你這樣風寒厲害的，須得吃寒茶，我倒曉得那方子：得用黃橄欖、南門藤、六角仙煎了吃。」常氏道：「哎喲，之前倒聽過這個方子，死不記得，只記得蔥頭橄欖茶了。」安伍媳婦道：「我那裡倒晒有一把黃橄欖，就是沒有其他兩樣，不知誰家裡有晒草藥的。」常氏道：「我叫荷花到三嬸那裡去問問。」安伍媳婦道：「你不須下來，我下去轉告便是。」常氏謝道：「哎喲，我這一點小病，叫你們多勞心了。」

安伍媳婦下來，到了廚房找了雷荷花，道：「阿姆受的是風寒，該吃一副寒藥，我那裡有黃橄欖，卻少了南門藤、六角仙兩樣，阿姆說是你三嬸那邊或許有，你可去看看？」雷荷花道：「哦，那我就去。」蓮蓮跟在後面，道：「我也要去。」雷荷花道：「你跟在後面慢騰騰的，去做甚，我去了三嬸家就回，還要給你做好吃的。」蓮蓮不依，拉著雷荷花的衣角不放，安伍媳婦笑道：「成天就跟鼻涕一樣黏住你媽，不如到我那水桶裡去看魚。」雷荷花哄道：「你去伯母那裡看魚，回頭抓一隻回來做了你吃。」蓮蓮才猶豫著放了手，被安伍媳婦拉了過去。

雷荷花到了三嬸家，跟三嬸說了此事，三嬸道：「這兩種藥應該有。」到後屋扁筐的乾草藥裡揀了兩樣，給了雷荷花。原來那些農村婦人，稍懂得些藥理的，在田間地頭幹活時見了草藥，便會拔回去，晒乾了藏著，以備不時之需。那雷荷花拿了藥前腳剛走，臥躺病床的三叔便張嘴罵起三嬸道：「你若是醫生，去開診所賺錢也罷；這樣子胡亂給人草藥，吃出問題來你負責去？我說你這個女人，除了正事不幹，什麼事都愛插一手。」原來三嬸頗懂得藥性，也有拔草藥在家藏著的習慣，但凡鄰里小孩老人有哪裡不舒服的，都先來這裡問些方子，取些草藥回去。三叔成日在家臥床，卻想得遠，思量：你這無償給人家提供草藥，吃得好了，最多念你一回；要是吃出個三長兩短，豈不是好事成壞事，幫人幫出禍出來。這番想法並非沒有道理，只不過鄰里這樣習慣了，三嬸又好幫助人家，屢次被三叔說，屢次也不改。因三嬸是被罵習慣了，倒也當成耳邊風，當下道：「她是點名要這兩種藥的，我這裡有，又怎麼能不給她。」三叔道：「你這麼做下去，哪天阿吉診所沒生意了，只怕來找你算帳，世上女人沒你這麼愛多管閒事的，既然懂得看那麼多病，也不把我這病給治好了！」三嬸回嘴道：「你就是鴨子一張嘴，光懂得躺床上罵，若能把你病罵好了，你且罵吧！」當下夫婦與平日那樣吵嘴，三叔逞些口才解氣，不提。

雷荷花回來，將三味草藥熬了茶，與常氏吃了，睡了一覺，稍好，又能起來。但那病症是還拖著，時而精神好點時而又昏沉去睡。次日，細春卻從塘裡回來，還帶了五尾黃花魚，晃悠悠從前廳進來。安伍媳婦見了道：「嘿，我從沒見過安伍帶黃花魚回來，莫非你們塘裡養黃花魚了？」細春笑道：「沒養就不能有黃花魚吃嗎？是偷的，人家來我們塘裡偷螃蟹，我們也要偷別人的黃花魚呀！」安伍媳婦道：「哎喲，你們下面真亂呀，偷來偷去可不要偷出麻煩出來呀！」細春笑道：「沒事，其實大家都知道，互相換點口味而已。我們偷點算什麼，那些漁民收捕黃花魚的時候，附近村裡的爛仔過來，要幾頭就得給幾頭，吭點聲就被打，人家是明著搶奪，凶得很。」安伍媳婦嘆道：「哎呀，真亂，你們可不要跟人打架鬧事呀！」細春道：「我娘生病了？」安伍媳婦道：「正是，你倒懂得回來看看！」細春道：「是安伍哥告訴我的。」把黃花魚擱在後廳洗衣槽上，上樓見了常氏。

常氏見了，訝道：「哎喲，兒呀，你怎麼回來了，出了什麼事麼？」細春道：「無事，我那塘裡清淨得很，能有什麼事。是聽安伍哥說你病了，回來看看，我特意偷了黃花魚給你吃。」常氏道：「哎喲，你怎麼能去偷東西呀，我這一點不舒服，吃點草藥便好了，用不著你回來的，耽誤了那邊的事可不好。」細春笑道：「哎，你別擔心，這個偷跟那個偷不一樣，這個偷都是互相知道的，相當於交換，無事。」又道：「我那塘裡又不光我一個人，有事回來活兒有別人替著，安伍哥都比我要更經常回來呢！」常氏道：「他是老婆孩子在家，常常回來，你是去那裡學本事的，跟他不同，須得用心。」當下細春問了病的情況，便出去了。一會兒，居然叫了阿吉，背了藥箱來了。那安伍媳婦、雷荷花、老蟹媳婦等見了醫生來，都停下手中活兒，一起上來看醫生診斷究竟。

常氏起身坐床上，道：「兒呀，這點小病何必叫醫生來，昨日吃了寒茶，今日好了不少，正要起來了呢！」細春道：「不管如何，讓醫生看確定，老給自己當什麼醫生呀。」阿吉邊切脈邊微笑道：「兒子疼你呢，你就受用吧！」常氏聽了，眼眶一熱，淚水瞬間就在裡面打轉了。安伍媳婦道：「這細春出門幹幾個月，就懂得疼娘了！」常氏哽咽道：「是呀，在家就會惹事，出門了才懂得疼娘。可哪個娘又甘心讓兒子不在身邊，做人原來這般矛盾的。」眾人都附和，又舉例道某某家孩子出門一兩年倒就學乖了等等佐證。細春倒不自在，道：「我出去了，家裡就剩下爹娘兩個，我爹什麼也不懂，自然沒人關照你。」又問道：「爹呢？」常氏道：「他去地頭了吧，你爹除了與土疙瘩做伴，又能體諒什麼東西！」阿吉切了脈，看了舌苔，問了病情，便道：「不用打針了，還是開點藥餅吃吧。」從藥箱裡配了三包藥餅。常氏道：「我那寒荼還能吃否？昨日吃了覺得好些。」阿吉道：「那土方能吃，能不能吃好不確定，你先吃藥，到明日看看，藥餅來得快，注意休息不要再吹風。」細春道：「無大礙？」阿吉道：「無大礙。人老了抵抗力差了，平日不要用冷水不要著涼就好些。」

恰安春也知道常氏病了，噔噔噔上樓來看，叫囂著既然病了又怎不早點請醫生。常氏道：「一點毛病都要找醫生，怎麼找得過來的。你爺爺一輩子都沒看過醫生，你奶奶僅是叫醫生拔過一次牙的，不信你問你爹。」安春道：「那是什麼年代的事了，那時候都沒醫生，現在時代進步了，什麼都要講究科學治療，不能那草藥混事的，是吧阿吉哥。」阿吉無聲微笑。當下常氏要起來，取錢給阿吉。細春道：「你不要起了，我這裡有錢。」給了阿吉花彩和藥錢。原來細春在塘裡雖是學徒，每個也能拿幾十來塊飯錢，已經跟隨時向娘要零錢的狀況迥然不同了。安伍媳婦又讚道：「哎喲，細春賺錢了，掏起錢來真爽快呀！」安春道：「就得這樣呀，懂得給家裡用錢！」細春倒不想受他的教育，道：「誰跟你似的，就一張嘴，什麼時候見過你給家裡掏錢。」安春解嘲道：「我跟你怎麼一樣，我有家有口，自己都應付不過來呢！」常氏道：「是呀，你哥家裡那麼多人，比誰都不容易。」又吩咐細春道：「兒呀，你有錢也不要亂花，自己攢起來，將來娶媳婦了用得著。」眾人都笑了，細春笑道：「娘，就你想到那麼遠去了，有錢把眼前的日子過爽快就得了。」

看官請仔細辨識：常氏說這個話，顯得她是個吝惜勤儉之輩，其實不然，但凡她自己手上有錢，只要兒女們有需要，也花得跟流水似的；只不過現如今見細春能賺錢了，怕他跟三春一樣花錢比賺錢更拿手百倍。這兒子要是花錢比賺錢厲害，雖嘴巴能說得天花亂墜，如何如何能賺錢，卻時不時還要娘口袋的錢來倒貼，便是做娘的心病。常氏已經有了這塊心病，自然不想再添一塊，自是常理。又，這農村婦人一旦見了兒子能自力更生了，下一件事情便想到娶媳婦了，乃是條件反射。故兒常氏在病榻前說的此話，不是一般婦人的勤儉話，乃是另一有番苦衷的。這苦在心裡，她自己未必能曉得，卻常常是隨著言語冒出來，而自己渾然不覺。

阿吉醫生看完病便辭別下樓。同厝鄰里也都嘮叨安慰了常氏，下去忙自己的活了。雷荷花倒了開水給常氏吃藥，睡下。安春下了樓，在後廳卻見了細春帶回來的黃花魚，道：「這黃花魚養得不錯，我帶兩隻給小孩子嚐嚐腥去。」細春看不慣他占便宜，道：「就喜歡順手捎帶，我這是帶回來娘吃的，你要吃你去自己池子裡帶呀！」安春不在乎道：「我池裡黃花魚要是能有這麼大，我也能發財搬縣裡去住了，我那魚還沒這一半大呢。平時帶了些碎魚碎蝦回來，孩子們總是吃得不過癮，我拿兩頭去，回頭有帶好東西也送兩個下來。你這三隻做了給娘吃，足夠了，記住，加點料酒去蒸，有補的。你自己就不用吃了，在塘裡整日都有海鮮吃，回家來還吃牠做甚。」細春回道：「就你能說，何曾看到你帶東西回來給娘吃了！」安春被他說了，也不在乎，自個兒用一跟稻桿穿了兩尾的腮，提起來，端詳了一下，心滿意足走了。

常氏吃了藥，當晚病就退了，待幾日後美景聞訊來看她，已經完好如初。恰是週末假日，美景帶了船仔來，提了幾根香蕉來。常氏見了船仔，道：「哎喲，仔仔，你又長高了，明年就高過你娘了。」美景道：「你還誇他呢，整日裡不想上學，還說明年小學畢業了就不念書了，這麼小，不念書又能幹嗎！」常氏掰了一根香蕉給了他，道：「仔仔，怎麼就不想念書了。」船仔道：「念書好苦呀外婆，苦得不得了。」美景道：「就坐在教室裡聽老師講，也不是叫你去挑擔幹活，怎麼苦呀！」船仔道：「就是苦嘛，坐不住，老師講的也聽不懂，就想著出來玩，寧可讓我去挑擔幹活。」常氏道：「既然孩子這麼叫苦，就別逼他了。」又道：「若不上學了，倒可以常常來外婆這裡，外婆可以給你做吃的喝的。」船仔喜道：「好呀，好呀，外婆病了，我也可以幹活的。」常氏道：「哎喲，乖乖懂得體貼外婆了，好有福氣。」婆孫一唱一和，倒把美景聽得直搖頭。美景叫船仔道：「你去前廳找小孩玩去，我跟外婆說說話。」船仔便聽話走了。美景道：「美葉又懷上了，那瘸子一直想有個男孩子，不知這回懷得上不。」常氏道：「哎喲，一懷就齊齊地懷了，還沒告訴你，荷花也懷上了，若齊齊是男孩，哎喲，那該多好的事。等閒了，我得去許個願來。」美景勸道：「娘，如今你年歲也大了，別什麼事老跑在前頭；還有呀，爹也快要做不動呀，讓他別再管安春的幾分地了，老人家累壞了，他大塊頭卻晃來晃去，還認為理應這樣，沒有哪個爹伺候兒子伺候到這個地步的。」母女兩閒談家事，將那裡外遠近的親戚有信息的都聊了一通，不必細提。

三春在年底被釋放回家。他從後廳偏門進來，提個小包，穿一件七成新的毛綠色休閒裝，黑西褲，看上去頗為素樸，卻還乾淨。頭也是剛剛理的，耳邊腦後閃著青皮。提了一個小包，從偏門進了後廳。倘若是平時回來，必然在此招搖晃悠一番，引得同厝的人好奇，便說些外面時髦新奇見聞，且又不全說透，吊人胃口。今次卻不一樣，很低調地，見同厝人也只稍稍點頭，嘴角囁嚅一下，算是招呼了，徑直入廚房去。常氏剛出去買了一塊五花肉，一包豆醬，備做豆醬肉末盒飯給李福仁明日下海帶去。她從廚房的另一個偏門進來，三春道：「娘，我回來了。」廚房比外頭黑，常氏猛然見了三春，倒跟不認識似地道：「哎呀，兒呀，是你呀，是你嗎？你回來啦！」把肉塊和豆醬包放在桌上，抓了三春的手問道：「在裡面沒吃苦吧？哎呀，能平安回來就好！」三春道：「哎，不提裡面了。」常氏道：「正是正是，不提了，我擔了多少天的心呀，總算放下來。我正尋思，這快過年了，你還沒回來，每年過年你可都在家，要是今年不在，我也過不了好年，祖上保佑，可以一起過年了。兒呀，以後不要再出去，就在娘身邊，這年頭到處亂糟糟，不小心就惹禍了。你坐著，我煮兩個鴨蛋你吃，吃了可以把霉氣都趕走了。」當即煮了兩個紅棗白糖鴨蛋，端在桌上，邊看著三春呼嚕呼嚕吃，邊端詳著，又嘮叨道：「兒呀，你這出了一點事，娘就操碎了心，去你家勁表哥那裡就好幾趟，腿都跑斷了，你可知曉。」三春道：「我知道，除了娘這世上不會有誰這麼揪心我，就連我那老闆，原來說得好好的，什麼事他都能罩著，結果出事後，他使了一點錢，自己沒事了，就害得手下的自己承擔責任去，太不可靠！」常氏道：「往後你再不可信任他，老老實實在家過日子。家裡有個三長兩短，都有娘看著，外邊多好的人也不是親人，不會管你的，你說是不？」三春諾諾點頭，倒確實改頭換面了一般。當下同厝的人家得知三春回來了，也有送了紅紙蛋過來壓驚的，說了寬慰的好話，鄰里情意，頗為濃厚。

李福仁從地裡回來，三春平日是懶得叫他的，今日也低低地叫了「爹」。李福仁道：「哦，回了。」把竹框扁擔撂在牆角，父子便不再有話：兒子回來雖是喜事，但素跟三春沒什麼言語的，故而也說不出什麼親熱話。常氏便忙著從後鍋給李福仁舀熱湯洗臉面手腳，道：「三春回來，不出去了，就在家裡做事，老頭你可有什麼叫他幫忙？」李福仁道：「活怎麼會沒有？若肯幹活，明日跟我一起去洗蟶苗，我早就力不從心了。」常氏從水缸舀了冷水兑了熱湯，試了試水溫，遞給李福仁，並對三春道：「兒呀，明日你便跟你爹去，他如今無力了，你幫他一把。」三春此時若綿羊似的，只道：「好吧！」常氏做了父子的和頭，又見三春經歷了這一遭，卻浪子回頭了，頗為欣喜，又有團圓，心中也升起一陣暖意。

次日便跟李福仁去海裡幹活，這父子二人不親，也沒話說，偶爾搭訕一句，全不似細春與李福仁幹活時問七問八，有老牛舔犢之樂。李福仁平日見他說不著邊際的話跟聞著狗屎一般，只想避開，如今見他脾性似乎變了，因此教他做活語氣也頗緩和。有心的看官便能明白：李福仁這一世只懂得在土裡刨食，跟那土疙瘩是最親的，不論兒子還是外人，凡是愛勞作的，他便能有幾分喜歡，引為同道；懶於耕作之人，光懂得嘴上起泡沫的，他就不由自主厭惡的，渾不似常氏不論勤勞懶惰，懂事不懂事，都以寵溺之心待之——這也是老倆口迴異之處。三春去了兩日，那小腿便受不了，白皮膚上一塊塊泛紅，三春便道：「這腿過敏得不行了，我歇兩日。」李福仁道：「這是因你從沒勞作過，不適應海裡的鹹水，多去幾次便沒事了。」雖這麼說，也讓三春歇息了。三春便做一日歇一日，斷續幫李福仁洗完蟶苗。連李兆壽見了都稱讚道：「三春都肯幫你幹活，你有福了。」李福仁微笑道：「他若肯務農，那是再好不過，只是不知道能否堅持了。」李兆壽笑道：「恰如孬脾性的牛被管教了一下，懂事了，合該來接你的班，我那細懷合死叫他去，就是不去，紮在打牌堆裡出不來，也不知何時能懂事。」李福仁道：「他還好些，只在家裡玩，不惹事，三春盡是惹大禍事。」兩個老頭互相聊叨兒子，且不提。

17

憂喜交替，歲月穿梭，一年又盡了。大年三十，三春、細春都在家，二春一家便併了過來，一起吃年夜飯。二春每年除夕都要去磚廠裡等錢，等到鞭炮放了，萬家燈火才回。他性子好，說話不響放屁無聲，日復一日默默地做工，一年到頭如鐘擺一般規矩，能讓外人覺得這人是不存在的。唯有到除夕這一日，全家會記掛等他，也自然想到他操持一年的不易，方知道他是主心骨。細春從塘裡回來，口袋裡攢了幾個錢，這是他頭一年自己能賺錢的，頗為興奮張揚，給珍珍、玉玉、軍軍、蓮蓮分別弄了紅包當壓歲錢。常氏見那紅包做得鼓囊囊的，勸道：「兒呀，他們是小孩，給一點意思就行了，不必要那麼多。」細春笑道：「你以為有多少，我只不過把紅包做大了哄他們高興而已。」原來裡面盡是一塊面值硬邦邦的錢，每個包了五張，做得很大，先給了蓮蓮，然後到安春那邊發了。珍珍等興奮得不得了，把收到的紅包一張一張錢數了，跟小財奴似得藏起來。清河道：「叔叔能給你壓歲錢了，也不謝謝，就自個兒忙起來。」細春道：「有了錢就忘記叔叔了，這個小妖精。」那珍珍只顧自己忙著，又急著穿自己的新衣裳，兀自不理。細春也不計較，自個兒覺得成人了，也買了菸叼著，見了熟人遞了一根過去，人家便道：「嘿，細春你不一樣了，趕上你哥的派頭啦。」細春便微笑著，享受那一份長大了被人承認的得意。至於三春，這個年過得很落魄的，口袋裡根本沒錢，只是偷偷向常氏要了幾十塊，常氏吩咐道：「今年就老實點，莫去賭博惹你爹生氣了。如今你肯跟做活，他對你也和氣了，明年便順著他和睦點。」三春嘴裡也答應了。只不過在春節，哪個後生能在家坐得住，不時到宮坪賭場那邊溜達，看準了，把口袋裡幾塊錢狠狠押下去，沒押兩把口袋空了。又去常氏那裡討幾個菸錢，又去細春那裡勉強借幾塊用用，那賭癮一時半刻哪去得了，只是不如往年賭得囂張而已。

有吃有喝，整個春節把三春精氣神給養起來。又因無錢，過得甚是寡淡，早就待不住。待過了元宵，迎神請戲等熱鬧事兒紛紛收場，村中靜下來，一日，向常氏要了些錢，說要去縣裡監獄看看跳蚤。常氏驚道：「兒呀，你又要出門？不能跟從前那些人廝混了。」猶豫著不給他錢，又道：「大過節了，不要去跳蚤那裡，晦氣！」三春道：「不要看也罷，我去縣裡走走，看看有沒有什麼事做！」常氏道：「要不然買點東西去表哥家勁那裡看看，你出來了還都沒去道謝一下呢。」三春道：「也好，那個傢伙把他的小舅子弄到法院去開車了，我也去問問能不能給我弄個差使。」常氏喜道：「這才好，買幾斤大鯉當手禮？」三春不耐煩道：「不用不用，他是當官的，大過年人家送的禮只怕吃不完，我們費那事幹嗎。你就錢給我，到時候我買幾個水果意思意思即可。」當下常氏給了他三十塊錢，又囑咐道：「不要再跟從前那些人聯繫了，也不要去看跳蚤，惹出是非再擔當不起了。」

三春拿了錢，便如乘黃鶴般飄走了。李福仁因要挑幾擔垃圾肥土去孵紅苕母，想要三春一起挑了，卻再也尋不著。常氏道：「他去縣裡他表哥家看看了，你若吃不消，等明日他回來一起來。」等了兩日卻不見回來，心知他不知跑到什麼爪哇國去了，李福仁對著常氏恨嘆道：「這畜生，知他不肯死心塌地在家好好做人。」常氏道：「若你嫌吃力，今年不種紅苕也可。」李福仁道：「倒也不是吃力，我就想他能幫我的話，我心裡也踏實些。如今雖然都吃米了，可時時還是想摻點紅苕米吃。」原來攔海造田之前，村中只有幾片窄窄的山田，種的稻米僅夠塞牙縫，大多數人吃的是紅苕米：即將紅苕推切成絲，晒乾後當米來吃。後來有了海田，都吃稻米了，紅苕多用來餵豬了，老輩人的肚子卻還念舊，喜歡在稻米裡摻點紅苕米吃。

李福仁便分了兩日，將堆在臭水溝邊的肥土挑到地裡，堆了厚厚的一壟，將紅苕母孵了進去。那肥土熱量甚多，堆在一起遇到早春的暖意，便發酵了，紅苕母一進去變軟三五日就噴出芽藤了。過了數日再看，已經是藤蔓交錯，那早出的葉是深綠的，晚出的葉是黃綠的，蓬鬆鬆又繁茂，如一床厚的綠被子。李福仁見了，心中自生出幾分暖意，跟瞧見自己養出的兒女很茁壯一般。大概過了二十來日，那藤長得有力了，李福仁便拿了剪子，剪那壯實有勁的，做了苗，在小嶺仔自留地上種了。

本來在此山野之間勞作，清淨得很，不外是農人與莊稼之間彼此默默交心，農人也懂得莊稼的習性，莊稼也頗知農人的勤勉；或者是同在山頭的農人互相打了招呼，近的説幾句話，以解山間的寂寥。除此之外，不會有何人間煩惱在此發生。合該有事，那李福仁正埋頭種藤秧，聽到一聲咳嗽，如一隻布穀鳥聽了另一處山坳裡的布穀鳥鳴叫一般，已知是誰。抬頭等待片刻，見李兆壽扛著老鋤頭，從岩下的曲曲小道上冒了出來。李福仁招呼道：「哪裡鋤地去？今天來得遲呀！」李兆壽邊喘氣邊自嘲笑道：「懶人上山，日上三竿。去把上頭蘿蔔地給鋤了，尋思種的什麼菜，街上呀魚呀、肉呀日比一日貴了，老姆每日裡掛嘴上叫喚，這女人嘴上一嘮叨，我就心嘈嘈地不耐煩，不種點菜搭配了吃，只怕上不起街了。」李福仁笑道：「正是，凡女人鬧嘴，我就當聽不見，落個清靜。」李兆壽上了土坎，放下鋤頭斜拄地上，轉了話題壓低聲，道：「適才經過鷓鴣籠轉頭處，聽得有女人小泣聲，初以為是鬼，大著膽子湊過去瞅了，你道是誰？原來是李兆會的老婆，躲在李兆會墳前哭得都快沒聲了，好不傷心吶！」李福仁道：「哎呀，這剛過了大節，她來哭甚？」李兆壽道：「我尋思跟李兆會是至交，也該去問問，這一問，我的心腸都快也斷了。原來是她兒媳婦不許她吃飯，整個春節都不讓她上桌，就弄點剩菜剩飯在破了口的碗裡，擱在凳子上跟給畜生一般的。她這一晚上傷心，天明了就來墳前哭了，叫李兆會靈魂若能知曉，快帶她一起陰間過去。又說去年夏天曾來墳前哭了一宿，只求死了，自己也昏沉沉以為往陰間去了，天明了卻又醒來，方曉得沒死成，只哭李兆會為何不早拖她過去！」李兆壽邊說邊把自己的眼眶都說濕了。李福仁沉聲驚道：「哎喲，我只知道她兒媳婦是不孝，卻不知到了這個地步。」李兆壽緩了緩口氣，道：「有一事我也忘了，一直未告訴你，如今被她這老太婆一哭，倒想起來。那李兆會臨走時候，病得不像話了，我到供銷社買了一個罐頭去看他，他拉我的手乾嚎道：『我這一走，倒也一了百了，只是我那老太婆肯定是沒飯吃了，她苦呀！你我一生交好，若你見了她快餓死了，能把給乞丐的飯分她一口，我在陰間也念著你的好。』當初我還沒在意，想你兒子新房子都起了，生活比我們要好了不知幾倍，怎輪到我做這事，如今恰被他說得準準的！」李福仁嘆道：「是呀，你、我、李兆會都是一起吃苦過來，六〇年一起被掛在大廳上鬥爭，如今他到陰間了，我們在還在陽世，若知了這個情況，倒也能怪我們呀。」

原來這李兆會、李兆壽、李福仁都在一個生產隊，因三人性格投緣，甚是交好。六〇年，困難時期，大食堂口糧奇缺，李福仁的娘在家裡只快餓死，李福仁便跑去問李兆會怎麼辦。李兆會年長幾歲，頗有主意，因自己家裡情況差不多，也有等著餓死的爹娘，便又拉上無牽無掛的李兆壽，想出去前堂灘塗上抓螃蟹充飢。白天堤壩上都有民兵看守，三人便等夜裡潮退時分，互相壯著膽子，借著一點月色溜下堤岸，弄了一個時辰，抓了一簍子螃蟹和蟳，從下阪堤岸上來，繞了山路躲開民兵，至下半夜，李福仁回家，李兆會帶李兆壽回家。因鐵鍋都交公煉鐵去了，李福仁的娘早準備了一個殘甕擱在破灶上，將大小螃蟹全倒甕裡，加了水，又取了幾塊破朽不堪的牆木板燒了，趁著天黑見不到煙起，把螃蟹活活蒸熟。李福仁與娘並弟弟一起咀嚼，把一破甕螃蟹活生生嚼了進去，嘴巴麻木得說話跟中風似的，本來空如也的肚子裡更是嘈雜雜的，跟吃了無數螞蟻卻還在裡邊嘶咬。李福仁的娘道：「兒，這光吃螃蟹沒有紅苕米，難受呀，肚子都要爛掉一半。」此話李福仁記得牢牢的，導致日後厭吃螃蟹等殼類，而沒有紅苕米吃卻受不了。誰又能想到日後有人靠養螃蟹發家致富，螃蟹成了海鮮中的搶手貨，而紅苕米最終多用來給豬吃呢！

天亮後，因李福仁家有一堆新吃的螃蟹殼而被民兵發現。無獨有偶，李兆會也因相同原因被抓，可見農人拉屎最是不懂得擦屁股的。兩人犯了同樣的漏洞，也長了同一個心眼，被幹部審訊，都不招李兆壽，因而李兆壽雖為同謀，卻逃過此劫的。李兆壽也不閒著，到處借棉襖。次日，批鬥會後，李福仁與李兆會被吊起來棍打，李福仁穿了四條棉襖，三條棉褲，李兆會穿了五條棉襖，三條棉褲。這不是被批鬥的人裡穿得最多的，最多的穿了九條棉襖三條棉褲。雖然李兆壽沒有為他們借到最多的棉襖，但是此三人的狡猾作奸卻為人讚嘆。

且從那三十多年前的往事裡回來。當下李兆壽道：「直到我想起李兆會臨走的囑託，方知道我犯了粗心，按常說應該當場掏幾個錢接濟了她，可穿的這粗衫，連半分都不曾有……」他兩隻手拍了拍身上本是藍色卻磨損成淺藍泛白的褂子，口袋、肘部、肩胛、衣角都有窟窿或者磨損痕跡，但因這窟窿是長年累月磨成的，該大則大，該小則小，倒不顯得突兀，破得舒服，因此也不覺得是破衣裳，就如對天上的星星熟視便無睹了。接著道：「但若是穿平常衣服，也未必有錢，我們兩個的錢都歸女人家管去了。我尋思不如這次去鎮上領補貼時，便跟老姆說留五塊菸錢，卻不買菸了，偷偷給她去，也對李兆會有個交代，不然這心裡都有疙瘩……」咳嗽了一下，從嗓子眼裡引出一口痰，吐了，接著道：「這菸要是不抽也能過得去，實在想了，撿個菸頭套在菸斗裡也能過癮——如今後生仔抽菸剩一大截就扔了，扔得越長越派頭，好像跟不是錢買的一般。」說著，兩個腮幫凹下去，乾笑了。李福仁道：「那我也要跟點錢給她去。」李兆壽笑道：「你也沒我這政府補貼，恐怕不容易要哩！」又聊了幾句，歇了一歇，李兆壽便往他的園裡鋤地去了。

李福仁記掛著此事，到了晚間吃了飯，常氏在洗碗，李福仁也坐在灶前，閒著無事，拿了火鉗把灶口的未燒盡的柴禾殘渣夾進灶坑，做了閒聊的口氣，道：「李兆會死得早，他老婆倒是沒飯吃了，我思量拿兩塊錢去給她。」常氏平白無故聽了這話，急道：「你這是哪一門想法，她有兒子養著，住新厝，比我們住老厝的強不知多少倍，怎麼又想到拿錢給她，你哪裡冒出菩薩心腸了？這些年還會錢，能拖就拖，我們自己都七零八落，哪有能力周濟別人來著！」李福仁被一頓搶白，更是解釋不出其中緣由，只是道：「你莫急呀，不給便不給，我只是說說而已。他兒子雖然住新厝，卻是對她不孝順的。」常氏道：「不孝順的人家也不只一家，幫不過來，況我們這家境，哪有資格去幫人家，自找人笑話了。若你去幫人家，那會錢還欠著的，豈不是都找不上來，也沒有哪個兒子能替我們頂著。」雷荷花在廚房那廂邊餵蓮蓮吃飯，聽了這話，臉就有些暗了下來。原來常氏那場會錢陸續還了四年，雖說每一會都還了，實際大多沒有還乾淨，這個拖欠了三塊，那個還留了五塊的尾，馬馬虎虎應付過去。常氏的性格，外面能不還的錢，能拖的錢，她是會在手裡攥得緊緊的；更何況大多確實是手上無錢，她自有一套言辭把討錢的推回去。又，雖她心甘情願把會錢壓在自己身上，但看了雷荷花一點都不幫承，只顧花錢跟她娘做親去，不免嘴裡會指東說西地說幾句抱怨話，天長日久，雷荷花自曉得那一點意思。但雷荷花又想著二春原來賺的錢都在常氏手上跟水一樣流走，覺得自己是有理的，自然不願為會錢提一句話。聽了諸如此類有所指的話，並不應承，常氏是好面子的，也不會做跟兒媳婦翻臉罵街的事，所以婆媳還算和睦，外人看來頗為圓滿。那村中舌尖的婦女，常常會說人家：你別看他們家好得似一朵花，其實也是有矛盾的。這是通理，說的也就是常氏這般景況。

看常氏這般態度，休得從她那裡支取一分錢來，李福仁無奈，只得將這心事暫且擱下。但凡婦女人家，眼界能顧得上自己一家幾口，婆媳妯娌能有幫有助、和睦融洽，已屬不易；見了別人的落魄，能不當冷眼看客，又能嘴上和慰幾句，已經是寬宏。想要她從自己口袋裡掏錢資助，那屬少見。李福仁、李兆壽與李兆會的一生交情，常氏又何能想到？況且李福仁嘴拙，又說不清楚陰間陽世的至交囑託！噫嘻哀哉，這人間至情只該屬於那少數有心的人！

過了數日，常氏上街回來，卻主動對李福仁道：「李兆會嫂子還真是命苦，被她兒媳婦跟小雞一樣追得打，都不忍看，世上做兒媳婦的居然有這般蠻橫的！」李福仁道：「你哪裡看見？」常氏道：「方才經過上邊街包子店，兆會嫂子先是買了兩個包子，正當街吃了回去，卻被她兒媳婦剛好撞見，迎頭就從她身上搜出一把零錢，只道是從家裡偷的，要她承認；兆會嫂子只說是路上撿的，兒媳婦哪裡肯相信，一邊打一邊拖回家裡去，只怕少不了一頓折磨。那街上有人勸的，都道，老人家了，別這麼待她；那兒媳婦怎麼答應，說是若你家裡養著一個老賊精，你能受得了嗎！我看了也不敢勸，只是一味心酸了。」李福仁道：「前幾日我跟你說了她是沒飯吃的，你不相信。」常氏道：「這若不是在街上鬧了，誰能相信，她兒子也是有手有腳的，也是從娘胎裡爬出來的，誰能料到卻遭到兒媳婦這般痛打！」

她那兒媳婦，原來是個二婚的，帶了一子一女，嫁了李兆會的兒子。李兆會兒子老實拙笨，長得如一頭黑牛，只懂日出而做日落而息地蠻幹，人情世故也不懂，結婚後就被她二媳婦管教起來。這兒媳婦倒有幾樣本事，第一，節儉吝嗇，又懂操持，驅使丈夫幹活到天黑，賺的錢一個子兒也休想逃掉，不幾年造了新厝，自然也不肯浪費一顆糧食給公公婆婆；第二，頗懂得門面，好巴結有頭面的人，凡家裡有客人，均要把公婆趕出去，不讓礙手礙腳的。老婆如此，李兆會的兒子也不把爹娘當爹娘了。懂得內裡的鄰里，有的嘆道：「這麼不孝順的人，佛祖卻保佑她建了新厝，攢了一疊一疊的錢，莫不是佛祖也保佑壞人？」

當下李福仁又將她沒有飯吃跑到李兆會墳前尋死哭訴、李兆會死前對李兆壽叮囑之事等等說了，常氏倒生了惻隱之心，嘆道：「誰想她成這樣的苦命人！」又想到上次責怪李福仁頗不近人情，又自我辯解道：「若依你話，送她幾塊錢，只怕被她兒媳婦發現了，說是偷的，倒招惹禍事；若可憐她，不如她餓的時候塞點吃的給她，躲起來吃了，乾淨俐落又盡了人情。」李福仁道：「也是！」此時老倆口對此事方有一致意見，不再詳提。

晚間，李兆壽過來坐了，李福仁問道：「兆會嫂子那裡可是你給的錢？」李兆壽笑著無言點頭。李福仁道：「卻被她兒媳婦當是偷的，吃了苦頭，可知道？」李兆壽苦笑著點頭，道：「誰曾想做點好事也做不成，反倒連累了她。虧她說是撿的，若說是我送的，老姆也饒不了我。」李福仁道：「不曾想做好事難，做壞事倒理直氣壯。」便將中午與常氏的意見跟李兆壽說了，李兆壽道：「也對，只要有一口飯吃，不餓死，她便是福了。兆會若有靈，當能知道我們做人的難處。」李福仁道：「正是，給她點吃的也要躲躲閃閃，否則讓她兒媳婦知道也不知道要生什麼事。」

正因李福仁有此心，那一日瞧見她，偎在牆角晒太陽，衣裳髒亂，雙眼渾濁的，便湊近道：「嫂子，還可曾餓著肚子。」她茫然地看了一眼，啞著嗓子輕聲道：「成日餓著的。」李福仁道：「你悄悄到到我家吃點東西？」她怔了一下，眼裡閃了點光，站起來跟著便走。李福仁引她到家，廚房裡並無他人，李福仁便掀開桌蓋，桌上有餘剩的飯菜。她卻道：「不上桌的，拿飯團我吃。」李福仁依了，用濕毛巾捏了飯團，她抓住，坐在小板凳上便吃。李福仁把盤裡的魚也遞過來，她也抓了一隻，左右開弓地咀嚼，吃完了便要走。李福仁道：「嫂子，你要是餓了，就進來吃一口。」她卻不做理會，也不懂得道謝，只是吃飽了便離開，似乎怕跟她要錢似的。

看官或者不知，這老婦人如何到這般不知好歹，與瘋子乞丐無異；那李福仁見了情景，心中卻能感覺到緣由：原來這老婦人在家裡被作踐慣了，一味低三下四討口飯吃，根本忘了什麼禮節往來，不識人家對她是好是壞。李福仁說與常氏聽了，不勝唏噓。此乃一樁老人家之間的麻亂事，雖然有一些麻煩留在後頭，此刻也無閒提它了，每一條命有自己的運數，且讓自個兒活去吧！

卻說這一日，消失許久的三春不知從哪裡冒出，一瘸一拐，腳脖子腫得如饅頭，到這地步，虧他還能回得家來。常氏去討了青草藥，和酒搗爛了，敷上腫處，又憂心問道：「兒呀，這是哪裡摔的，扭這麼重，莫不是又跟人打架了！」三春只道：「打架怎麼傷到這裡？自己摔的。」因腳疼出不了門，每日只在厝裡廳堂跟人磨嘴皮，又胡亂吹牛，就把緣由給說出來了。拋去浮誇的噱頭，又經那曉得內情的說了，事情經過是：三春揣了三千塊錢去七都賭博，財大氣粗，又屢屢押空，裝派頭又氣焰囂張。本地的賭徒不知從是哪裡冒出的財神爺，有心打擊他的氣焰，教訓這個外地人，便將相熟的派出所的人喊出抓賭，當場沒收了他的賭資，又關到所裡。三春見關他的小屋有窗口，二層樓高，便趁黑從窗口跳下，被窗外的電線攔了一把，掉到底下的一堆肥土上，雖腳脖子崴了，卻還是連夜逃了出來。

常氏漸漸知曉了，只是嘆道：「孩子呀，真不懂事，有那錢娶一門媳婦多好。」李福仁只是道：「這畜生，有錢了就不會想回家，等到落難，才知道回家了。」旁人也有這樣那樣感嘆，或者說三春賭癮太大，或者說他不懂事，只是誰也不知他那一大筆錢是怎麼來了。那三春也故做神祕，旁人問了，只是道：「嘿，錢算什麼，只要腦子靈，不愁沒有錢的。」

三春待了幾日，待那腳傷稍好，便又叫囂著出門去了。家中少了一個吃白食的，李福仁心中只叫阿彌陀佛，對他浪子回頭踏實務農早已不存幻想了。他前腳剛走，後腳便來了麻煩：一個二十來歲姑娘，長得甚是清秀白淨，落落大方，看一身考究的薄呢子絨綠上衣，挎著黃色的時

娘你家是哪裡的？父母在做甚？看你樣子該是工作的人，又在哪裡工作？」陳紅倒也實誠，道：「我父親是在縣裡銀行上班的，我母親是醫院的，我高中畢業就沒上學了，玩了幾年，如今給我表姐店裡站櫃檯，她是開五交化的。」常氏嘆道：「哎喲，家庭條件多好呀，你跟三春一樣，也都是讀過書有文化的，將來一起做事也能談得來的。」常氏說得高興，倒是把陳紅說得有些不自在了。

當下常氏留陳紅吃了早晚飯。陳紅要走，又送到村口坐車，說了不盡的貼心話。待回來，心中卻有五分甜蜜五分憂愁。回到厝裡，那好奇許久的婦人們早來打聽了，安伍媳婦問道：「方才那姑娘長得甚是清楚，是三春交的朋友？」常氏又驕傲又憂愁，淡然嘆道：「正是她的女朋友。這麼好的姑娘打著燈籠去哪裡找？偏偏他把人家晾著不理，還得人家找上門來。」安伍媳婦道：「你還別說三春，他讀過幾年書，眼光就是不一樣。」常氏道：「是呀，讀過書的就是不一樣，這姑娘可通情達理了，說的話理也通透話也好聽，好人家呀好人家。」

當下一心尋思要將這姑娘與三春撮合了，又喜孜孜地跟李福仁說了這事。李福仁可沒那麼樂觀，清醒得很，道：「人家這是來討錢的，你倒是當成會親的，那欠人家的錢該怎麼收拾？這倒該是火燒眉毛的問題。」常氏不悅，道：「錢的事慢慢解決先應付過來，將來要是一家人了，那還不是自家的錢？你說三春這般浪蕩，也許娶了媳婦就能變好，男人都是有老婆後才會正經做事的。」李福仁道：「看他本性，很難，賭癮沒戒，只怕會害了人家的。」常氏惱怒道：「你這老頭好不懂人情，誰有跟你這樣只說兒子壞的，方才那姑娘在的時候幸好你不在，不然好事全給你破壞了。三春這樣的人，就得需要一個媳婦來管教，管教好了，他是會成人的，你別滿腦子老成見。」李福仁見她生氣了，便不再搭話，隨常氏一頭熱情去了。

常氏在村口停車場，託付那些上縣裡的司機，見了三春便吩咐回來一趟。不幾日話便捎到，三春又晃蕩回家。常氏見了只迫不及待地問道：「兒呀，那個叫陳紅的姑娘多好，你怎麼就不理會了呢？」三春笑道：「那個傻姑娘，我借了她錢，結果全給警察沒收了，又還不起，再找她豈不是自討苦吃？」常氏道：「她說借你錢去學開車的，許是不著急還，你若去學開車，便無事了——你定要跟她處好才是。」三春笑道：「學開車做甚？只不過哄她的藉口。」常氏道：「你不是說學了開車，你表哥會介紹你去法院當司機嗎？」三春又笑道：「娘，你怎麼那麼傻，家勁那傢伙忙著升官，哪會顧得上我的，介紹我去開車，我倒是願意這麼想呢！」常氏道：「哎喲，原來你沒跟他說呀，不如去說說，既然他能幫他小舅子討了這個差使，興許也能幫你呢，那法院又不止一輛車。」三春道：「哎呀，不成的，我找個藉口你倒當真了。即便有車開，如今也沒錢學車去了。」常氏道：「兒呀，原先既然有三千了，怎麼不去做點正事，又跑賭場裡去，你這樣不爭氣總是讓為娘擔心！」三春不屑道：「三千塊能做什麼正事！本來是想翻它幾番，去外地做生意的；只怪時運不到，才不成了，都是天註定的，怪人也怪不得。」常氏道：「如今也不說那倒霉事，倘若你能跟那姑娘成了，我便去做一常會，湊了三千給你也成。」三春道：「哎呀，娘，我若找姑娘，要找一個能養我的；她都靠他爹養著，我娶了過來，倒要養她，找那麻煩做甚！」常氏心疼道：「你要找那麼好的姑娘，又去哪裡找呢，這個姑娘已經夠好了，她在開店，你也跟著開店，豈不好？何況你又到年齡了，娶個媳婦做事業就能成功，這也是常理呀！」三春不耐煩道：「娘，不莫擔心，姑娘滿大街都是，隨便一哄就能拉進來，我要找就找有錢的，不會找個來吃我飯的！」常氏聽得半信半疑，只是心疼那陳紅姑娘丟了可惜，一味嘮叨嗟嘆，又千般懇求，最後倒是三春做了老大，道：「你若能幫我弄三千塊錢來，我倒願意再會一會她——如今她見面只要跟我要錢，其他事也是說不成的。」常氏也應承了，道：「你若帶著她來，定了關係，我便是拼了老命也弄三千塊錢來。」

但凡在農村，兒子拿刀逼著老娘給弄一門媳婦的有，像老娘這樣逼著兒子的，少有。常氏如此皇帝不急太監急，自有一番如意算盤。第一，這個陳紅又是在縣裡的，有文化，有工作，那相貌見識只比農村的姑娘要高了不只一個層次，若能做了兒媳婦，自然長臉不少，自己也不得不成了招搖婆婆了。其次，姑娘門戶很高，能攀上了，說不準連三春的前途都有了，這是農村子弟做夢的親事。常氏見多識廣，怎能不想到這般好處，自然比三春更著急不少，想將那八字沒一撇的緣分牽了起來。

18

卻說常氏一心指望三春帶了陳紅，將這門親事風光地撮合起來，不料三春一走又不見人影，等呀等，又把陳紅又等了來。原來陳紅四方打聽，早已了解了三春的無賴真相，也知那錢被糟蹋了，對愛情已經不抱指望，只苦了那筆錢無處找尋，找不到和尚只好找廟，又跑到常氏這裡。

今次來，單刀直入道：「阿姨，這次來我無其他話說，只是要他還我錢的，我也知道跑你老人家這裡索要沒有道理，因他是你兒子，只求你教我一法子。」常氏心中酸甜苦辣，五味雜陳，給姑娘泡了茶，又思量著挨近道：「哎喲，我上次苦心勸了他，正等著你們和好，若有緣分便續了，叫他改掉毛病就是，三春這樣的不乖兒子，這需要一個媳婦來管教，才能成事。若能這樣，那筆錢他怎麼花了，我想法子也要替他承擔的。」姑娘這次心腸倒是堅決，道：「阿姨，這次我只被他騙了錢，沒被騙了人，已是幸運；若人被他騙了，這輩子許是完蛋了。你莫再指望我跟他撮合的事了。我並非無情的人，也不是沒有真心實意喜歡過他，只是他太過分了，把我當了猴子耍，我是流了許多淚才下定這個決心的！」邊說著，眼眶早已通紅，淚水止不住從眼角滲了出來。同是女人心，常氏聽得也不由一陣心酸，勸道：「姑娘你莫傷心，只怪我不肖兒沒這福分，哎喲，我要早知道你對他有這般情意，必然不讓他幹蠢事的。」姑娘又泣道：「那錢是我父親的，雖然不至於要逼我如何，可是全家都說我蠢到極點，感情被騙了，還連家裡的錢也被騙。三春這麼做，指定是叫我不能在家待下去了。」傷心之處，肩頭聳動。常氏也無法，只是好言勸住眼淚，又張羅給她做吃的。這次姑娘卻死也不吃，哭訴完畢，也無法討個什麼結果，便紅著眼睛匆匆離去。常氏百般應承要替她做主，蠢貨都知道這是應景的空話：她一介老婦人，如何有能力去承載這樣大一筆錢呢？

常氏內心惋惜不已，卻還對姻緣抱著一絲希望：那希望如水泡停在細枝上，只要風一吹便破，常氏不願讓它破的，寧可閉著眼睛將圓滿的幻象在腦中停留得久些。這使得她心神不寧，便轉悠到宮裡，去林公像前抽的抽了一籤，問的是三春的喜辰到不到來。又去問三叔解籤，三叔看了解籤本，眉頭上鎖，一副不得其解的神情，道：「你抽的籤有沒有看錯？按這籤解他卻是和尚命，姻緣都是不成的。」常氏道：「哎喲，那許是我看錯籤數！」三叔也沉吟勸慰道：「你老眼模糊的，倒有可能，那三春雖是不成事，但能說會道，討個媳婦當是不成問題的。」常氏道：「說的就是，有姑娘喜歡他，就是他自己不爭氣的。」當然又把與陳紅姑娘的事說了一遍，將心中的遺憾傾訴出來，釋然些許。

三叔聽了這一齣，倒想起另一齣來，責怪道：「那三春訛錢還在外面訛，安春卻還來我頭上賺便宜做面子，也不知這幫兄弟怎麼都這德性！」常氏忙問究竟，三叔便將憋在心裡的恨事說出來，道：「安春前三年是跟我借了三十塊錢的，那時候錢比現在大得多……」三嬸正在石檯上搓衣服，忍不住插話道：「那還是我挑了一個月的鴨蛋去縣裡賣，賣了五十塊錢，前腳剛回家，後腳安春便趕進來，風風火火道：『三叔，孩子發燒得厲害，趕緊得去縣裡醫院，無論如何得借我三十塊拿去救命。』那錢我剛從口袋裡掏出來，就被他搶了去……」三叔忍不住打斷三嬸的話，道：「你莫說那麼難聽，他確實是來借的，但一借走就沒了回信，一年拖一年，我也知道沒有還的指望，也斷了念想，只要你今後不再來我這裡借就是。卻不料前些日子，我到上邊街診所打針，他居然當眾塞給我十塊錢，我不要，他卻硬要塞來，還大氣道：『拿去治病吧！』那街上的人都道：『哎喲連你侄兒都這麼孝敬你，就拿下吧。』也有道：『你長年臥床卻有生計，原來連你侄子都支持你的。』聽這話你說我生氣不生氣？外人還以為我這日子都是靠你們兄弟支持著過的。你錢不還我倒還不怪，還我十塊錢卻換了這麼大面子回去，你說安春地道不地道！」原來三叔因長年哮喘病，不能做活，田地都扔了，前幾年是養著一群田鴨，和女兒輪流在田裡做放鴨官，再由三嬸將鴨蛋批發到縣裡，維持生計。又有那縣裡妹妹、外甥女等親戚，知他是病號，隨時會資助一些。他卻在村人面前卻是極硬氣的，斷不肯讓人以為他是病號了靠別人接濟過日子的，因此雖窮，倒也不肯欠外人一分錢的。又倒是靠自己擠出一些錢，以及靠縣裡親戚的幫助，得以讓兒子上大學。那安春靠十塊錢來拿他的彩頭，煞是氣人。

三叔說了，也就將一口氣吐了。常氏也只能輕言婉轉責備了安春，也無話說。那農村人，看中面子的，則要的是那一口氣，即便是窮，也要將一口氣贏回來，人活張皮，如此而已。

卻說陳紅下來哭訴一番，也僅是哭訴而已，那錢既已到三春手裡去，就如包子餵了狗，想拿回來卻是比登天還難。後，又來一次，心想能撞上三春，當面要回一點是一點，卻還是撲了空，此事便不了了之。但凡多情女人遇上無情男，自是要受一番傷害，也是人間常事。常氏漸漸覺得這份姻緣無望，心中不免又頹了好些時日。那婆婆媽媽的人，若是要愁苦兒女，自然有不盡的煩惱滾滾而來，又綿綿不盡。若要一一道來，我便是著述百萬文字，也不能盡敘。看官若讀了泱泱百萬文字，盡是些無用之事，既不能勵志啟迪，又沒有傳奇異見，只是小得不能再小的人情世故，普通得不能再普通的平凡賤人，倒不知會做何感想？於我自己來說，倒是想靜坐書齋，不在人群中說喧囂嘩眾之語，專寫這無用之書來著，窮一生寫一生，旁人看不看喜歡不喜歡無關我事。但有心卻是無力的：如今心中卻也想快快寫完，去幹些有用的事好養家糊口。這「無用」與「有用」間之猶疑，還是修煉不夠。明知那「有用」的即無用，「無用」的即有用，卻還是扛不過世俗標準的有用與無用。既修煉不夠，那就只能寫修煉不夠的書，從無用中撿些至少還能嘩眾的東西來說。那真正的無用之書，就等我真正有一顆無用之心的時候再說吧。先如今再怎麼裝、怎麼學、怎麼嚮往，那舉家食粥、批閱十載、增刪五次的古人境界依然是海市蜃樓，可望不可及也。

既如此，那就不再重述寒來暑往、春耕秋收，單撿要緊的說。雷荷花肚子隆起，又成了常氏的指望。天假其變，果然生了個男娃兒，一家歡喜不盡，親戚鄰里又做了禮節，祖嗣宗廟又做了祭拜，俱不詳述。恰這一年李福仁年至七十，喜上加喜，紮到老頭堆裡晒太陽，眾人皆賀喜道：「又添了一個孫子，今年要擺酒做壽吧！」李福仁心裡美，嘴上卻嘆道：「是添喜了，做壽是不做的，窮人家哪做得起！」眾人又道：「幾個兒子湊一下錢，保證你做得熱鬧，如今我們幾個誰也沒有你兒孫滿堂這麼全的！」李福仁道：「不做不做，有那麼多兒子，可是連新厝都沒得住，臉上無光，哪裡敢做壽。」原來在農村，娶媳婦、造新厝、修墳墓，乃是三大喜事，若這三宗全了，便是風光完滿的。李福仁雖娶了兩房兒媳婦，後兩宗卻是沒影子的，不能不是老輩人心裡的疙瘩。

對於做不做壽，家裡也議論開來。常氏是愛做喜事，又好場面的，有一樣不好，便是做壽這樁喜事是賠錢不賺錢的，不比結婚或造厝，來了一人便隨一個紅包。做壽筵不光不能要紅包，請人來白吃了，還要給人桌面錢，完全是場面活兒，若無錢人家根本是不敢做的。常氏先去聽安春的意思，安春道：「我爹的意思呢，他若想做便做吧！」常氏道：「死人，問他能有什麼意見，他決意是不想做的，這等事，我們兩個老人就不說話，全憑你們子女的孝心。」安春不在乎道：「你問問二春他們吧，若有意思，便一起給他做了，也不是什麼大不了的事情！」常氏道：「你是老大，先給個主意，若是要做，也是由你們兄弟一起出錢來做的。」安春道：「錢是小事，要問我意見，我倒沒什麼意見，反正他活了七十了，也不容易，做就做吧！」常氏又問了二春，說了四兄弟一起出錢的事，二春也不大吱聲，問了大致要多少，兩日便把錢交到常氏手裡，落個簡單。待細春回來，常氏又吩咐道：「你爹今年做壽，你要出錢的，手裡有幾個伙食錢要省著花的。」細春也應允了。只有那三春浪蕩在外，渾不知老爹是七十還是八十了。

那美葉得知爹要做壽的，便早早託了美景送了紅包來，說是給爹娘買衣裳的錢。常氏收了錢，自然對女兒有了一份念想，便試探李福仁道：「美葉給你送了買衣裳的錢，估計也想來幫你做壽哩！」李福仁怔了一下，悶聲道：「我是不做壽的，也不要什麼新衣裳。」換作前幾年，若提到美葉，他反應要激烈得多，如今倒緩和了不少。常氏責道：「是兒女們要孝心給你做壽的，你不要不識好歹，別人家要有這個福分，高興還來不及呢！」李福仁便不做聲了。因他知家裡大小事情由常氏做主，他的意見只是當擺設的，也懶得去理會了。同宗鄰里知李福仁的壽辰，也送來壽麵壽蛋賀喜，常氏一一婉拒了。若收了禮，便一傳十，排場太大，又要做糈回人家，好不麻煩，便省了瑣碎禮節，一心只做壽宴。

壽宴定在大年初三，前後廳排了六桌，兩個灶起火。親朋賓客有李福仁與常氏這邊的至親，又有細春四個養池的朋友，送了鏡框壽匾，是「福如東海　壽比南山」的松濤仙鶴圖，掛在後廳去。再加上自家兒女婿侄孫輩，六桌已是滿當當了。廚師倒有現成的，是細春一朋友的哥哥，也是在縣裡學來的，剛剛出師，自告奮勇來這裡試手，不過事後眾人都說廚藝平平——因在壽宴上怕煞了風景，當時沒有人說。那三春，正事不幹，該出的份錢也沒有出，卻喜歡在場面上做足文章，銜著菸端著酒四處乾杯，吆喝猜拳，倒似跟他做壽似的。又有那同厝婦女來幫廚端菜的，小屁孩在天井邊時不時點個小鞭炮，剛剛上菜，已是一派熱鬧喜慶。

正在此時，三嬸卻急匆匆過來——因三叔臥病從不喝酒吃席的，故而三嬸三叔均沒參席——那常氏正忙著應酬婆婆媽媽的至親人家，被三嬸叫來輕問道：「美葉帶了壽禮卻來我家，要我送過來，沒有這個道理的，你做壽有沒有放帖與她？」常氏道：「哎喲，既是來了該叫她進來的。」轉頭道：「福仁呀，美葉來給你拜壽的，今日你不要發什麼脾性，若不樂意，也只能當沒看見！」那李福仁穿了新做的藏青色棉襖，傻呵呵地坐著，聽了這話，只是道：「來便來了，我又能做甚！」常氏道：「那就好，免得怪我不跟你通氣的。」便喚了美景道：「你跟了三嬸去叫美葉來。」又對三嬸道：「你叫三叔來，不吃酒來坐一坐談談天也好！」三嬸道：「你也不是不知道，他是怕熱鬧的，不停咳嗽，一時一時吐濃痰，怕噁心別人的。」當下常氏不再勉強。

片刻，美葉提著大籃子壽禮，跟在美景後面扭捏來了。因經年沒有來往，連常氏這等心疼兒女的人也覺得生疏，一時也無法親熱起來，只是淡淡道：「你來了！」美葉也惶恐道：「娘！」只是還怕爹娘還不認自己。在廚房的同厝婦人曉得原委，附和道：「女兒回來就好，剛好拜壽團圓了！」常氏道：「既來了，見見你爹！」領了她到席間見了李福仁，又怯生生道：「爹！」李福仁道：「哦！」一時也說不出什麼話，那眾人看來，算是父女的恩怨了了。那同桌的親戚叫道：「美葉，坐你父親邊上，這麼多年沒見著了，趁著這機會，好好孝順一下。」美葉輕道：「你們吃吧，我到廚房幫我娘去！」便無聲無息退下了。眾人道：「當年美葉無拘無束，頗不懂事，如今也變得好了，懂得孝敬你來了，也是你福分！」那李福仁也無話說，只這一遭後，那美葉才又與娘家有了往來。後來親戚們都嘆她有腦子的，拜壽續親，這一齣使得好。

那美葉只在廚房裡幫著忙活，常氏叫她去席上吃飯，她只是不去，一味賣乖做事。後來三春進來，紅著臉噴著酒氣責怪道：「既然來了，也不去跟親戚們吃個酒打個招呼，也是不懂得禮貌的！」才被勸著去跟親友們都見了，吃了一圈酒，又進來。常氏道：「今日怎麼不帶外甥女來？」美葉道：「來得慌張，沒帶上，下次帶來。」常氏道：「下次帶來我看看，聽說長得甚是乖巧漂亮。」又問道：「上次美景說你又懷了！」美葉驕傲道：「娘，已經生了，是個男娃！」常氏嘖嘖嘆道：「哎喲，好事好事，下次一起帶來看看！」當下又有兩個後生進來叫道：「阿姆，你趕緊出去，兒女婿侄要給你倆磕頭拜壽，你磕頭錢要準備好了！」常氏道：「哎喲，真的要磕頭，紅包倒是都有了！」當下老倆口被擁著端坐廳前，兒女一一拜了，發了紅包。眾人只熱鬧起鬨，那李福仁只叫：「夠了夠了，莫再磕了！」磕頭一陣，又入席繼續吃了，猜拳之聲此起彼伏，也有老人家在席間嘮家常的，嘈雜歡慶不說！

過了正月十五，養池的老連來家，問常氏道：「阿姆，年間安春在我那裡要的草魚，說是給你們做壽席的，當時錢沒給，叫我過了十五跟你要的。」常氏奇道：「安春說由他負責的，怎麼會由我給了？」老連賠笑道：「這我也不知，反正他是來賒的，說那壽席的錢統一向你拿的。」常氏一派狐疑，只好道：「做壽時亂糟糟的，待我問了安春便給你送去。」老連道：「也好，你問清楚了再給我，許是你們母子原來沒有說好的。」便走了。

先是年關，常氏向安春要做壽席的份錢，安春道：「要錢做甚，我年關錢也緊得很，你只說要什麼貨，我去弄了便是，錢來錢去的，又不是做生意。」常氏便道：「那不如壽席的海鮮你來負責？」安春道：「那還不容易，我去我那池裡弄一批黃花魚來，省得花錢！」常氏喜道：「那樣甚好，如今黃花魚好貴，上了席也有面子。」喜孜孜便答應了。到了要做宴席的時日，卻沒有弄黃花魚來，倒是弄了草魚來，道：「我那池裡黃花魚不夠大，股東不同意撈出來用了，一時著急，也沒有辦法，只好買了老連池裡草魚來代替，做了魚凍上席也不差。」須知那黃花魚與草魚，一個天上一個地下，差得很多，常氏也不想為難兒子，便依著將就了，卻想不到那一筐草魚還是賒帳的。當下常氏便上來問安春，安春道：「你不說我倒忘了，當時是手頭緊沒給他的，但也沒叫他去你那裡拿的。這個老連真不像話，年剛過便來要錢，簡直要人觸霉頭！」倒那氣撒到老連頭上去了。常氏道：「你莫怪他，人家過了十五才來收錢，也是對的。」安春道：「現如今過了年，手上都是空空的，爹做壽我看姐夫姑姑他們有送些錢的，應該有贏餘，老連若老討，先還了便是。」安春這種推諉的招數使得慣了，常氏見怪不怪，當著他媳婦的面也不說他，便把老連的帳擱自己身上了。那壽席的帳目，本是預算八百塊錢，兄弟四人平攤的，結果是安春和三春沒出一個子兒，全靠一張嘴；二春老老實實出了兩百；倒是細春熱心，先拿了兩百，後來見娘埋怨手頭緊，又出了一百五，是他跟朋友借的，也沒跟家裡說。其餘的錢，有美景、美葉的，還有縣裡的至親多多少少塞給兩個老人家五十、一百的，做了壽也有贏餘，卻早被安春算在心裡了，故而知道娘是不會讓他出錢的。所謂同是一個娘胎生出，卻如孫悟空有七十二樣的，個個性情不一，也是人間常態。

這一年似乎是多事之秋。先是，入夏，前塘國道上軍車往來，載滿扛著槍的解放軍，又有此地少見的戰馬也滴滴達達，在柏油路上逡巡，引得村民常駐足觀看，回來議論。晚間，過路亭，老人後生各自說自己的見聞，有親戚在三都的，說是三都澳的海軍備好槍炮，就要跟台灣打起來了。有那看了電視的，也懂得說些台海關係緊張的話。老人們最關心的是，若打起來，炮彈會不會落到村裡來。說起戰爭，那老輩人均有記憶：當年日本人打進來，打到國道邊的廉坑，增坂人都跑到平艮山頭眺望，觀察日本人會不會繼續過來。那日本兵倒是懶得再進來，只是在廉坑山頭架起炮仗，要往平艮山頭人群發炮。這邊人見了，全都跑進元帥廟裡，那廟甚是窄小，擠得滿當當的。那日本兵第一炮打過來，卻打在廟邊上，眾人聽得轟鳴，全都驚慌逃散出去。片刻，日本兵第二炮又打過來，正好把元帥廟炸得爛碎。眾人心有餘悸，紛紛跪道元帥有靈。解放後，又在原地元帥廟重修起來，只比原先的更大，又塑了木身彩像，而元帥庇護村人的往事也隨之流傳。眾老人提起這往事，都說不如明日請降元帥，看看村中是否有危險。

李福仁在人群中聽得有味，但他不會說。而李兆壽卻是喜歡聽些外邊消息，又喜歡談論的，道：「那台灣的頭頭叫李登輝，也是姓李的，不如我們去請了祖譜，把他的源頭也找出來，跟他說是同宗的，不必打了；若要打，也小心點，炮彈不要打到我們村裡。」眾人聽了都笑，有的道：「祖譜倒是可以找到，只要是姓李的，都逃不過這一宗，只不過叫誰送去的好。」高利貸李懷祖道：「送去倒不用擔心，我曉得，你把它往鎮上送，鎮上會送到縣裡，一層層送到中央，讓中央交給他，保證丟不了，誰弄丟了誰拿去砍頭！」一個後生不屑道：「中央現在正準備跟他打仗的，哪有心思送這個給他，即便送了李登輝也是不敢要的。」老八道：「倒是有一人，許是你們都沒有想到？」眾人忙問是誰，老八賣著關子道：「李木生呀，他不是在台灣嗎，叫他交給李登輝呀！」原來這李木生解放前被抓了壯丁，後來跟國民黨兵到台灣的，這幾年跟村裡宗親聯繫上了，大家都曉得。眾人也覺得有道理，但也有人不信李木生能聯繫得上李登輝。那也有人道：「聽說我們這裡的錢是比台灣的錢要大的，他們的錢那麼不頂用，怎麼日子過得比我們好呢？」又有人說：「是呀，聽說生活比我們這邊好許多，若李木生有回來，問問他便知道怎麼回事。」這村人談論時事也只是一味胡談，談到最後也只是茫然，又頗有點擔心，能做的也就是去元帥廟問問形勢如何了。

李福仁聽了議論，順便拐到安春家來，說道：「聽說跟台灣要打仗了，你那塘前都有解放軍來來往往，若打過來，池塘會不會受影響！」安春道：「誰知道呢，縣裡是挺緊張的，很多單位都有準備，我問我戰友才知道的。」又道：「台灣部隊要打過來應該不太可能，我們人比他們要多，他們過不來的；只是如果有炮彈過來，倒是躲不開哩，那池塘肯定要決口的！」李福仁道：

「街上有人說，可以請神畫符保護池塘哩！」安春道：「不信那個，要信就信解放軍，上次好似聽我戰友說，打起來，原來復員的軍人也有機會再當兵的，若這次能再當上，回頭轉業定要弄個工作做。」這些話李福仁是不懂了，當下心存疑惑，轉回家去，每路過一個店頭，都有人在議論打仗的事。接著幾天，又有人成群結隊，專去馬路上看戰馬和解放軍，一是看新鮮，二是打聽打仗的跡象。又有村裡老人們去降了神，問了形勢，有的說這村裡有諸多神仙保護，不會有事；也有的說有危險，要防備，若打起來了，則要躲到後山風水林去，莫衷一是。但日拖一日，只是沒有開打，氣氛也就漸漸淡了。

又，李福仁已經多日不見了李兆壽，卻一日李兆壽卻踱進屋來，本來他臉上就嶙峋的，此時更加不堪，眼珠子只是更加渾濁了，恰跟被抓壯丁逃回來似的。李福仁見了道：「哦，你人壞了好多！」李兆壽苦笑一聲，顴骨更把雞皮給撐起來，道：「人壞了倒不打緊，倒是國民黨被打到台灣似的，分家了，在家自顧忙了幾日！」李福仁奇道：「真的假的？你們三口人分什麼？」李兆壽道：「我倒不願意是真的哩，可老姆早就想分了，如今是找一個由頭罷了。我本來尋思自小是孤苦伶仃的，如今怎麼也該吃團圓飯吃到老死，卻想不到還是不能如意，我估摸著人是有命的：我就是伶仃的命，也怨不得人的！」當下把原委一一道來。原來，李兆壽給了李兆會老婆五塊錢，這事本來是天地鬼神都不知的，卻還是洩了，跟風一般飛出來的。吹到了陳老姆耳朵裡，陳先前還是不信的，問李兆壽究竟。李兆壽本極不願意說的，卻更不敢說假話的，只好交代了。陳老姆自然不依，心中又痛又急，哪聽得進李兆壽百般解釋，當下便提出要分家。早先，陳老姆前夫去世，孤身寡兒，有媒人牽線是要重嫁到鎮上一戶人家，後來同厝攔住，說李兆壽孤苦又勤勞，與他一起過了不會吃虧，經不住人勸，便跟李兆壽一起過了。後來看李兆壽為人忍讓，心中甚是不甘，每每負氣道：「當初我要是嫁到鎮裡去，也不至於跟你這裡受窩囊氣的，那裡有錢人家也是要我的。」李兆壽也知她心有不甘，也只能忍氣回道：「如今兒子都這麼大了，你就莫提這一遭了。」因有了這一心結，心中對他有鄙夷，如今再出了這事，便順理成章要分開。

怎麼分？她跟小兒子李細懷合一起過；李兆壽跟分給大兒子李懷合，又因那李懷合已經上門去了，李兆壽只在走廊上又支了一個煤灶，一個人開伙，故而實際上孤家寡人地過了。當下常氏也知道李兆壽分家了，也不禁感嘆道：「都這把年紀了還分開過。」李兆壽雖然平時一開口便臉上堆裡，內心也有一番苦楚，只淡淡過去罷了。此為第二樁大事。

又，六月收割早稻期間，李福仁挑擔子擰了腰，把一擔穀子丟在半道。後用草藥浸酒敷了半個月，才有所好轉。常氏只好請了稻客把剩餘的稻子割完。康復之後，再也不敢使大勁挑擔，就連腿腳也覺得無力了，於農人來說，等於失去一半的勞力了。李福仁嘆道：「我爹是到七十五歲不能做活的，如今我剛過七十就不能挑擔，還不如我爹呀！」他的心頗有悲涼的氣息，身子骨不行了，山上海裡的田地，跟也要完結了生命似的，心疼且慌著！

美景聽了爹腿腳乏力，便買了羊肉過來與他吃，吃羊肉是長腳力的。她心疼安春老是利用了爹的勞力，這回鐵心要他的地分出去，不讓爹幫襯了。安春倒是叫委屈，道：「我早就想把田地給租出去，只是爹叫了可惜才留的，我還巴不得我做主呢！」李福仁道：「你那一小片田地，自己忙得三五天就可以了，何必租出去，若租出去，自己還要買米吃，哪有聽過農家人還買米吃的？」美景道：「爹，你莫管了，反正已經分家，他買米吃也不花你的錢，今天開始，就是他的田地種草，你也莫管一絲一毫。」

美景下了決心的，安春順勢把田地租給老八。安春呢，把田租了又快活又實惠：先是稻穀還沒收割就去人家糧倉裡收租，把冬下的租先秤了去，吃完裡米，又來秤。老八道：「公糧也替你交了，租也取走了，還來做甚？」安春理直氣壯道：「那點租哪裡夠吃，明年一年也是給你種的，把租先給我了再說。」稻穀還沒種出來，一兩年的租都已經收了。老八到街上說了出去，被傳為笑話，道安春是天生做地主的，這是後話，暫不提它。

那美景也要爹將自己的地也租了，李福仁死活不肯，道：「我只是身體不如前了，又不是不能做了，田地若租出去，我去做甚。」美景道：「你不要不信，如今你是老了，該休息了，若再閃了腰崴了腳的，倒是要花大錢。」李福仁執拗道：「什麼話，村裡八、九十歲還下地的也有，怎麼單我就老了。別人不說，那李兆壽也是比我大的，人瘦得跟一把人乾似的，一家的地都是他在做。做農的哪有那麼嬌貴！」美景道：「人跟人是不一樣的，你要先歇一陣子。你若不歇，這樣幹下去，只怕兒子們非但不懂得養你，反都得依賴你。」李福仁道：「我靠他們養我？那是別指望了，沒有一個能頂替農活的。說是養池做事業，也沒有一個成的，不提也罷！」父女掰了半天，李福仁硬是不依，常氏也勸美景道：「他不服老，你莫管他，要做讓他做，將來有一天做不動了，自然懂得消停。」美葉也無法，只好不時送一兩斤羊肉來，獨讓他吃，卻是有效的，李福仁的腿腳乏力有所好轉！此為第三樁事。

此三樁事：第一樁，仗最終沒有打成，只不過一場虛驚。第二樁，李兆壽自從過上孤家寡人的日子，又添了新的煩惱。第三樁，李福仁閃了腰，乃是一道坎，雖然田地還在做，但體力一年不如一年，從此走向暮年了。此三件，為李福仁過了七十大壽這一年記憶猶存的三件大事。

卻說雷荷花生了第二胎男娃後，一邊要帶兩個孩子一邊要從早到晚忙家務，自覺繁重，因二春多在外面的，幫不了手，才曉得當家有當家的難處。有回娘家，便說了這般苦楚。她娘道：「你婆婆不會幫你一把？」雷荷花道：「婆婆她整日洗刷忙著，如今年歲大了，有了時間也喜歡去左鄰右舍閒叨，怎能指望她的。」她娘是何許人？乃是閒坐草屋中，卻能運籌千里外的，說她是女諸葛便是女諸葛，說她是老精鬼便是老精鬼。當下便給雷荷花一個錦囊妙計，只回去依計而行。那雷荷花回了來，便跟常氏說了男人不在家自己拖帶兩個子女的麻煩，又道：「娘，如今我看就你和爹兩個人吃，不如我們合在一起吃了，柴火也省。」常氏一怔，道：「哎喲，你今日才說，其實我老早就這麼想過了，都是小家庭，分開了是浪費得緊，我也幫不上你忙的。」原來兩方嘴上沒說，心裡都十分清楚，分家之後，柴米油鹽中本不要雙倍的都成了雙倍的了，農家人都是盤算著過日子，都知道合起來吃能省了不少的。

當下待二春回來，合家商議了之後，便商定每月交一百元到常氏這裡做了伙食費，合起來吃了，其他的錢各自管各自的。這比起原先一股腦把錢交到常氏手裡操持，要讓雷荷花放心得多了。在農村，要麼就是婆婆當家，要麼就是媳婦當家，這種合家的，卻比較少見，鄰里都將它做了奇聞傳開。後來又有人打聽到是親家母的主意，都道這個親家母是精明的。又，因李福仁體力是退了，在美景等勸阻下，終於把一半的田地租了出去，若穀子是不夠吃，則要一起去買的。不論這家是媳婦還是爹娘主持，二春沒有分毫意見，只是一如既往幹他的活。

年復一年，無事則過，有事則提。卻說安春把田租都預支了，到了農曆六月時節，家家戶戶都吃早米，噴香可人的，倒讓清河饞了嘴，便使喚珍珍道：「到阿婆那裡去要袋新米吃。」那珍珍已有九歲，頗懂事了，安春常支使她去常氏那裡借米借錢的，熟絡得很。當下便找袋子去，清河道：「不要找袋子，阿婆那裡有，要偷偷跟阿婆去說。」珍珍聽話，便蹦著小腳一路來了。常氏剛摘了茉莉花回來，正在後廳石檯上洗臉擦汗，珍珍便道：「阿婆你低下頭來，我有話跟你說。」常氏便側低了頭，道：「乖兒，有什麼話對阿婆說的。」珍珍攀住常氏的頭，附著耳朵道：「媽媽說想要吃早米，叫你偷偷取一袋。」常氏嘴裡不由抱怨道：「你爹自己不種田，這時候倒懂得吃早米。」嘴裡便是這麼說著，心中是答應的，這一點珍珍心裡也知，當下便等著常氏。常氏道：「阿婆一身臭汗，讓我擦洗完了再給你取。」又問道：「你是不是放假了？若是放假了明日跟阿婆採茉莉花去。」珍珍老實答道：「放假了，媽媽要我抱弟弟呢。」又找話題給奶奶聽，道：「阿婆，老師說香港收回來了！」常氏邊用濕毛巾擦背邊應聲道：「哦，收回來啦，放在哪裡，莫不是放在縣裡？」珍珍茫然道：「老師沒說。」常氏道：「若放在縣裡，叫你爸爸帶你去看，長長見識。」當下擦洗完了，便領了珍珍去樓上穀倉裡取米——因老鼠猖獗，碾過的米放了一甕在廚房，剩下的須藏在糧倉——常氏在糧倉找了個魚鱗袋子，裝下一二十斤新米，讓珍珍試著背了，問道：「能背得動嗎？」珍珍道：「背得動。」常氏還在一塊一塊地疊糧倉的門板，珍珍興沖沖自顧背下樓去了。恰在樓梯口被雷荷花看見了，一眼就曉得是怎麼回事，頗為不悅道：「珍珍，往後別來阿婆這裡要米了，我們自己都不夠吃的。」珍珍已到了領悟人情世故的年齡，只怯生生停了一下，便做賊似地一溜煙跑了，隱約聽得雷荷花在後面不滿道：「吃白食的一家子……」

清河見珍珍收穫而歸，還頗開心，就是多嘴問了一下誰取的米，又誰說什麼了沒有，珍珍便將雷荷花的話照實說了。她是怕雷荷花的，便說得雷荷花的態度口氣都栩栩如生地傳達了。清河聽了，新氣舊怨從丹田升起——原先雷荷花跟常氏又合家了，清河與安春暗暗鄙夷過，說她只是要搜刮老倆口的便宜，又怨老倆口對自家不夠好，只因與二春合住，什麼好處便都是二春一家的，這是長久的積怨——當下清河哪忍得這口氣，若是安春在，便只是安春去鬧了，偏安春不在，便親自出馬，拉著珍珍闖了下來，恰雷荷花在後廳，只是面對面叫道：「你若有什麼話就管當我面說，當孩子面罵什麼沒良心的話？我家孩子想吃早米，下來拿一點有錯的，那米是爹去種的，也不是你去種的，有什麼資格可說的……」只一陣高聲吆喝，把後廳乘涼的人引來了。那雷荷花手裡正抱著娃娃，見清河氣勢洶洶，怕她撲過來，早已膽怯了，口才又不好，只是細聲分辯道：「我也沒說什麼呀，你們都來評評理！」同厝的婦女怕出事了，趕緊攔住清河道：「同一家人，都是婦女人家，有什麼事好好說。」又找常氏道：「阿姆哪裡去了？」有人道：「好似拿茉莉花去收購了！」清河只是不饒，道：「你趁著跟兩個老的合一家子，吃他的，喝他的，使喚他，我不提意見已是對得起你，倒輪到你來提我意見。若不是安春沒本事，又不得爹娘疼，我也能過上張口就來飯的日子！」越被眾人推搡，越想朝雷荷花撲去。雷荷花只是朝著眾人道：「你們評評理，她怎能這麼說！」其實只指望眾人來幫，不至於打起來的。

常氏慌張地趕了進來——還沒到厝，早有人告訴她兩個兒媳婦吵成一團了——厲聲叫道：「哎喲，你們莫吵，有何事關門再說。」她的聲音是柔軟的，一提高嗓門便成聲嘶力竭的細聲，又是平常不曾有的嚴肅，倒是讓兩個兒媳婦肅靜下來。清河轉頭道：「娘，你回來了也好，平時偏心她，我也不曾說什麼，如今就珍珍要吃點早米，她倒挑鼻子豎眼，沒見過這麼不識趣的婊子……」常氏用變了調的聲音道：「都莫說，都先回去，這麼多人瞧著，你們不羞我也羞！」眾婦女幫她一起把清河擁出去，那清河一頓臭罵，氣消了些，又贏了勢，拉著珍珍罵罵咧咧且回。轉身過來，那雷荷花已是淚眼汪汪，被人欺負了的樣子，只道：「不曾見過這麼壞的女人！」常氏道：「你也莫說了，快把孩子抱進去，別嚇了他。」眾婦女也勸慰，又有竊語打聽事情緣由的，交頭接耳中各自散去。

待靜了下來，常氏便問雷荷花原委，雷荷花也說不出究竟，只道她無緣無故劈頭蓋臉就來了。待晚間，常氏又上安春家去，若不了卻這個心結，心也難平。恰安春也在，清河便將平日怨氣一五一十道了出來。常氏道：「自打你們兩個進門，我也不曾偏心向誰，凡兒子要的，我能給的都給，對孫兒也是一樣的，都是心頭肉。如今你要是看出一碗水端不平，我心裡也決意不是這麼想的，做事手腳總有偏差，況且跟二春一起合住著，什麼事你也莫計較了。她山裡人，有一兩句閒話，聽聽就過了，鬧了出來只會不好看，也是讓娘為難的。」清河聽了，只是氣嘟嘟不吭聲，心中的陳見一時哪能去掉。倒是安春不計較這些，道：「莫說了莫說了，你們婦女人家就愛耍嘴皮子。不如叫爹把早稻穀賣我幾擔，反正我要去買米吃，你那裡一時也吃不完的。」常氏道：「也是可以的，回頭你跟你爹說。」常氏說畢，訕訕回去。雖一時再無衝突，但妯娌不和自此結下，也是常氏一段不爽之心結。

19

雨瓢潑地下，天地間只剩下一片濕漉漉的蒼茫。細春打開窗戶往外看，成片的池塘全被雨遮住，近處的還能看見一點水光，遠處的就和雨渾然一體了。一陣劇烈的海風帶來雨箭橫掃過來，差點把探出的腦袋給擰了，細春趕忙縮回來，對阿扁道：「沒法出去，等雨過了再看。」阿扁道：「無事無事，繼續喝酒。」兩人又繼續喝，每喝完一瓶，就把瓶子摞在堆成一個小山的空瓶子堆上。先是邊喝酒邊玩二十一點，後來玩不動了，兩人靠著床就睡了。這下雨天頗為涼爽，兩人都喝得紅到脖子了，扯著小床單蓋了肚皮，睡到天昏地暗去了。

這一年養池的人不是遭到魚蝦瘟病，而是遭到嚴重的連天暴雨，池塘決口。全村統計大概有十來家的塘堤崩潰，最大損失到顆粒無收。那海水養池，雖然一養就是上百上千畝，但為了防止疫病交叉感染、善於管理，基本上都以十五畝為一個池子。但築堤壩的是軟土，一年一築，極不結實，碰到這種連續數天暴雨，堤壩已經多處癱軟，加上水位上漲，隨便轟然決口了。待第二日細春和阿扁醒來，數個池塘都有一段段的塌方，海浪拋進池塘，轟然澎湃，引得塘裡的青魚興奮異常，躍起數米，與浪頭逐高。酒醒處，兩人魂飛魄散，腳下是陷腳軟泥，眼前茫茫一片海塘，便是千手觀音，也無回旋挽救的餘地。此刻，人在大自然面前，只覺得渺小得很，當下跑到主樓打了電話，把險情告知上面，便沒了魂似地往馬路上跑，攔了一輛三輪摩托車往家裡跑。

常氏猛得見細春跟落湯雞似得跑進來，嘴巴發白，哆嗦不堪，忙問究竟。細春牙齒哆嗦著，一時也說不上來，倒是眼淚滾滾而下了——原來是怕堤壩塌了自己負不起責任。倒是李福仁冷靜，道：「你莫問了，燒湯讓他洗了，再泡薑湯給他吃要緊。」當下細春擦洗乾淨，暖了身子，邊把來龍去脈說了，躲到樓上蒙頭睡去。

待常氏煮了兩個紅棗雞蛋送上去與他吃，吃了兩口又吃不下，內心惶恐不已。常氏勸道：「你莫怕，老天要池塌了你有什麼辦法，再說有人要怪你，有為娘的頂著，也犯不著拿你怎樣。」因連天下雨，李福仁也沒去幹活，成天在家悠閒著倒是無聊，也上來聽事，插嘴道：「當年我給地主放牛，有一頭牛摔下岩壁，快要摔死的，我也是這麼慌慌張張地跑回來，這時候都想要爹娘庇護哩！」細春道：「後來呢？」李福仁道：「後來能怎麼樣？窮人家怎麼能賠得起牛，也是爹娘去求了，那地主也是好心人，也不為難，只要我繼續給他放牛就是。」又道：「上次我去你們池裡看了，到處是酒瓶子，看得我心疼，那一年得喝多少酒，喝得太凶，難保不會出事的。」細春道：「那塘裡什麼都沒有，不喝酒打牌，過不了日子的。」常氏嗔道：「你莫說兒子了，讓他安心歇息就是。」又道：「待我去打聽了，有甚麻煩你爹和我來處置。」細春在爹娘寬慰下，心神安定下來，吃了東西。又因淋了雨，嗓子也啞了，有些感冒的症狀，被常氏察覺，常氏又去診所給他拿了藥片，取了開水，要他立即服下，不提。

晚間，踅到前廳安伍家來，見安伍媳婦正在洗碗，便問道：「安伍沒有回來？」安伍媳婦道：「去塘裡了，說是池爆了，趕下去看了。」又問：「好似看見細春倒回來了？」常氏道：「他在下面淋了雨，都病了，正打發他臥床睡去。那池爆了，要緊麼？」安伍媳婦道：「不知爆到什麼程度，待他回來便知！」常氏道：「正是，老天不長眼。細春他雖病了，卻還掛念著塘裡，我倒是跟他說你一個人急也無用的，塘是大家的，該如何補救大家去補救。」安伍媳婦道：「他們人都趕下去了，你便讓細春休息哩，也不差他一個人！」當下常氏也沒探聽個消息出來。晚間李福仁在街邊逛了一圈，在店頭聽的好多家魚塘都爆了，成了村裡的頭條新聞，又都感嘆這經年不遇的大暴雨。

次日，三春卻幽靈一般地回了——向來都是在外邊混得不好，或者有求於家的時候，他跟狗似地搖著尾巴回來。這一條規律靈驗至極，以至一到家，常氏便憂心，李福仁便惱怒。雖如此，卻還是一副神氣活現的樣子，見細春也在家，便跟細春要了菸抽，又問了究竟，道：「塘爆了算什麼呀，若有人來找你算帳，你便讓他來找我，誰看池沒有失誤的。」李福仁卻怕他瘋狗亂咬人，道：「你莫管細春的事，自己屁股擦乾淨，別再麻煩家人便是。」

這話是有緣故的。三春這些年，唯一能為家裡做的事就是找麻煩。前事不計，單說一樁與他姨夫的事情說起。因他姨夫在縣裡接些手工牌匾的活兒，有時候活多了要找人手，又知三春在縣裡浪蕩無所事事，且學過一點木工，許是能用得上，便叫他來幫忙。三春去了，先是打了幾天下手，不亦樂乎，挺有工作熱情，給姨夫遞菸遞茶，還主動去送貨。那姨夫正自慶幸找了個好幫手，思量叫到身邊長期合作的。說時遲，那時快，卻不知三春卻已經在背地裡幹了壞事——把貨給顧客送去，卻也把錢給支取了，有錢到手，便一去不返，這是他一貫的作風。姨夫誇他還算勤勞，手腳靈活，還能說會道，是個用得著的角色——卻只是三分鐘熱度，也是他一向的風格。若不這樣，他早就成材了。姨夫賠了夫人又折兵，不免把抱怨的話捎帶下來，李福仁和常氏只能將話吞了，誰叫是你生的兒子。這只是一樁。又到處借錢，凡能夠借的親戚都借了，那親戚們也互相傳話，都曉得是個借錢不還的主，借了一次二次，門便關上。這些話自然會傳回家裡，常氏只當是沒聽見，那親戚們也知道三春是不肖的，自然不會上門向老倆口討。因此，只要三春不在家，便是清淨了。

李福仁本是不理會三春的，因有這些事，便責問道：「從前你吃喝拐騙只是騙外人的，如今卻向所有親戚都借了錢不還，叫我跟你娘哪還有臉面擱在世上。人說養兒防老，我對你沒有指望，只求你不麻煩我們也罷，卻還是糟踐我面子，哪一日你才能夠消停！」三春倒是毫不在乎，道：「說那麼嚴重做甚，又不是殺人放火的事，也不至於找到你頭上來。親戚朋友比我們有錢，借一點錢給我使也是天經地義的，富人接濟窮人，老天也知道不過分的，你操那麼多心！」李福仁聽了，幾欲氣絕。他早知道若跟三春講道理，幾乎是找氣受的，三春那一套理論誰也吃不消的；只不過有時候忍不住氣盛嘴閒，便不由自主說的。李福仁道：「你若是做事業，做生意，做好的事，人家接濟你，那是應該，你借的錢是喝酒賭博，完全不想還的，世上沒見過比你更沒良心的兒子。」他雖是不大會言語的，但動了氣，也會罵得損些。常氏聽了便不高興，道：「你也莫把兒子說得那麼不堪，興許要過幾年能成事哩，人時運不到，到成事也難的。」三春有了娘的支撐，倒神氣起來，道：「還是我娘了解我，我也想做生意想成事的，可是沒有大本錢呀，先填飽肚子再說呀，民以食為天沒有聽說過吧！你老農民就躲在家裡懂得什麼道理。」李福仁見娘兒倆聯合起來，也就不再理會，自顧找清淨去了。

待安伍回來，常氏便又去打聽塘裡的狀況。安伍道：「雇了人在補堤。爆了十幾個，魚蝦都流走了，鯉還能留得住一些，今年肯定是要虧本的。」原來那池塘是立體養殖的，土裡種鯉子，水上養對蝦或者魚。又道：「細春病好了麼，好了讓他快下去幫忙。」常氏道：「這孩子，那麼多池爆了，他可能沒見這架勢，都嚇壞了，沒有人怪他吧？」安伍道：「怪他小孩幹嗎！今年形勢是這樣，天氣不好沒有辦法。」原來這池塘養殖，管理還不是很科學，雖然在養殖技術上都請專家了，管理上還是農民式管理。倘若誰經驗不足，料放多了引起水瘟，酒喝多了忘了放閘，觀察不細而沒看出疫病徵兆，諸如此類的失誤，都被認為是天時不好，水勢不好，乃是農民靠天吃飯遺留下來的陳見。

常氏忙回來說了情況，恰三春聽了，道：「我就知道沒事。」又自告奮勇地跑到樓上告訴細春——細春從塘裡回來後一直躲樓上吃了睡睡了吃，道：「阿細，無事了無事，跟你說有什麼問題只包在我身上，我替你解決就是——對了，借幾塊錢買包七匹狼，這鄉下的牡丹什麼的抽不慣！」細春聽說無事便振奮起來，給了三春五塊錢。三春笑道：「如今你賺錢了倒這麼小氣，我告訴你小氣的人是賺不了大錢的，能賺錢的人都是大手大腳！」又從細春手裡拔了五塊。細春道：「就你會說，也沒見你賺大錢！」三春道：「你懂得什麼，錢到該來的時候就會來，你看我這手相，絕對是有錢的。」把手掌伸了過來。細春道：「不看不看，等有錢了拿錢我看。」

當下細春便下樓，跟安伍一起去魚塘——經過這一遭，吃了虧長了智，日後用心成熟不少。

三春在家待了數日，只是跟閒人般街頭竄到巷尾，嘴裡吐著不著邊際的話混日子。若是平時，混個兩三日也該出去了，如今卻沒有走的跡象，常氏便問道：「兒呀，你這次回來是做甚？沒見你要出去的樣子。」三春道：「能做甚，就是在家待著——外邊無事可做，不好混。」他既肯在家，常氏也不追究，也並不圖他去做什麼事，對兒子越來越寬容了。恰逢日午時分，天氣躁熱，李兆壽過老厝來吹穿堂風的，在後廳見了三春，便想起跳蚤之事，道：「跳蚤跟你一起做事的，緣何你卻無事，他卻判了九年，我倒想知個究竟。」三春道：「跳蚤性子強，凡事喜歡衝在前面出風頭，他出刀刺了人家的；我在外邊做事一向乖巧，即便是打架，能不動手便不動手的。在外邊混有混的法則，他還是嫩了點，若跟我一樣做個乖仔，一樣不會有事。」李兆壽嘆道：「其實我覺得他倒是個不錯的後生，我說書時還給我張羅收錢，有模有樣的，這一點倒也記住了他。若能走正道，也許能成事的。」三春不服道：「走什麼正道，他天生就是砍人的料子，怪只怪我們那老闆勢力不夠大，罩不住他。」原來李兆壽聽得跳蚤判了九年刑，一直耿耿於懷——因他覺得跳蚤雖是個壞仔，卻有俠義心腸的，年輕後生替老人家做過一點事的，老人家便掛心上，實在於心不忍，道：「他這九年時間費在牢房，出來後一輩子都耽誤了，難不成他天生就是煞星的命！」三春道：「你倒操心起他來，不必愁他，他那麼狠，便是在監牢裡，他也能活出威風來！」李兆壽道：「監牢裡威風有何用，成家立業全給耽誤了！」

恰那李福仁在樓上睡了一小覺下來，見了李兆壽，道：「你跟他聊什麼，白費嘴！」李兆壽笑道：「我就是看見三春想起跳蚤，心中憐憫，養兒養到監獄裡去，替他爹愁起來了。」這時，進來一個乞丐，年歲頗老，衣裳破爛，不似其他乞丐一般無神，精神頭卻頗足，笑咪咪地給眾人鞠躬，用北方口音叫道：「發財發財。」李兆壽用生硬的普通話跟他道：「我們都沒有發財的，也是沒錢的辛苦人哩！」老乞丐掏出一個碗，道：「不要錢，討口剩飯吃。」李福仁聽不懂，三春便翻譯成方言，道：「他不要錢想弄點剩飯吃呢！」李福仁道：「要錢我口袋裡倒沒有，飯倒是有。」去廚房裡取了一碗稀飯，倒給他，指著一個小板凳，道：「那裡涼快，坐在那裡吃吧！」老乞丐倒不客氣，坐著津津有味地吃了。李兆壽見他年齡相仿，便與他閒聊，問道：「你打從哪來？」乞丐邊吃邊道：「山東的。」李兆壽問道：「看你跟我一般老，家中可有兒女？」老乞丐來了精神，道：「有，兒女都成家了，我們做完了農活，就出來討討飯吃，農忙時再回去。」李兆壽聽了，大感神奇；轉述與李福仁聽了，也嘖嘖稱奇。三春見多識廣道：「這有什麼希奇的，他們出來討飯是當做做生意去，窮人向富人要點東西是天經地義的，就你們大驚小怪。」李福仁用方言語道：「你說他也這把年紀了，晚上睡在哪裡，卻也不怕受凍？現在天還熱，若天涼了，也不知如何受苦了！」李兆壽便轉問乞丐，乞丐笑道：「你們這一帶地氣暖，睡的地方好多，到處都是小廟，相當舒服的！」當下乞丐吃完了，就在槽台上洗了碗，心滿意足，微笑著道謝而去。三春早已到前廳與婦人小孩去胡說八道去了。

李兆壽嘆道：「我只以為做乞丐就是命中註定的，做皇帝也是命中註定的，卻想不到他卻是農時做農，閒時做乞丐，也不是命定的？」李福仁道：「我看他雖做乞丐，倒是自由舒適，不似想像得那般霉氣。許是這人命是好的，即便做乞丐也是舒服；若是乞丐的命，即便務工務農也是乞丐相的。你看我那三春，長得一副工作人的樣子，誰倒卻是這般胡吃賴喝，跟乞丐有何差別！」李兆壽微笑嘆道：「正是，其實這乞丐還能出來討碗飯吃，既免受兒子媳婦的氣，又當遊歷天下一般，只怕比你我都自在。更是比李兆會嫂子那般要如意得多——她是連乞丐都不如！」又道：「她來你這裡吃過幾次飯吧！」李福仁道：「有幾次，也是偷偷叫她進來吃的，人都是傻的，問她什麼話也不懂了回答了。」李兆壽道：「也是，除了懂得訴苦，其他事都是糊塗的，這幾日聽說快要病死了，就臥躺在家裡的牆角。」李福仁道：「難怪有日子沒見著，她是早死早舒服，不死呢，看著又可憐，又幫不上忙——你如今孤身一人吃可好？」李兆壽笑道：「一個人過日子就是那樣，肚子餓了總是能弄點東西吃的，只是如今有一樣不好，晚上須早睡，若遲睡了，肚子犯餓可沒得東西吃——合家吃的時候總是能在桌子上摸索點食物填肚子的，如今卻不敢。」李福仁道：「那可以買些糕點放床頭上。」李兆壽笑道：「咱們又不是地主又不是幹部，還弄糕點伺候，可沒這個命的。」兩個老人借著午後的涼風，信口閒說家常之事，談笑風生，不在話下。

李福仁原先也以為三春稍做停留，便又出去混的，他已習慣了三春把家當成客棧。卻不料，日復一日不見他走，便開始催促。三春便道：「這麼熱的天，狗都不去尋屎吃，要人去哪裡！」常氏也勸道：「你就讓兒子在家住一段，待天涼了出去做活。」只是從這一年開始，天氣由夏轉秋，由秋轉冬，卻見三春始終是在村裡浪蕩。李福仁對吃白食的一向不客氣，把壞話都罵遍了，那三春卻如一條忠心耿耿的狗，不肯離家的。有時為了應付李福仁的驅逐，他也動了游擊戰術，或去美景、美葉家裡混吃混幾天的，或者去細春的池塘喝酒喝幾天的，或是常氏派他去走個親戚送門頭的，所到之處，能借能騙能哄到錢的，一概不放過——那常氏後來去問了神仙，問的是：我那第三個兒子也不是傻瓜，也不是本事不如人，為何不思成家立業，只是一味浪蕩胡過？那神仙掐指算了，回的是：祖上墳墓風水如此，必定有一人是不成事打光棍的。這是後事。說得常氏一味嘆息，向親戚鄰居四處訴苦，眾人都表同情之外，也有眼光不同的親戚暗暗道：若問神仙，不如問你自己，那三春好吃好騙好賭，便是神仙都會責備，你卻處處都容得了，精心呵護。此為暗話，不能說與常氏聽的。這些後事，且不細提——三春便是這樣與李福仁鬥志鬥勇，在常氏庇護下，將年歲虛度。

時不待人，年關又至。這一日，街頭店的細清抱著帳本進來走進廚房，道：「阿姆，大過年，來要帳了。」常氏正在擦洗木門板，準備過年，道：「何時欠你的帳，我倒不記得。」細清看了帳本，垂首凝神道：「都不是你賒的，是三春，賒三次菸，一次白酒，一共是十八塊六角。」李福仁正抱著火籠進來，早聽見了，道：「他欠的錢合該他自己還，不該跟我們還的。」細清道：「是哩，我正是來跟他討哩，他不在只好跟你們老倆口說了，你們還是合家吃住吧！」李福仁道：「他是賴在家裡吃老人的，可是我們並不與他還債的。」常氏道：「細清侄，他這會是不在，待他回了，我叫他自己跟你打理帳來。不怕你笑話，一說到三春的麻煩事，老頭就急！」細清道：「那就你轉告了。」悻悻走了。李福仁已是泱泱不樂。

細清只是頭一個來討帳的，一連兩三天，討帳的比走親的還勤快，只一個接一個來，多是三春賒菸酒的，其他的有各種吃食用物，從上邊街到下邊街店頭一應遍布。又有那前日來了尋三春不得，今日又來的，常氏應接不暇。能應付過去的則應付了，只道三春不在家，待他回了自己清帳去。卻並非每個都能這樣應付過來，也有的糾纏不休，錢數少的，人家也不願意來第二次，兀自要算清，常氏也只好替他還了。更甚者，如李懷溫的兒子來討帳，並沒有那麼好對付，只是道：「你兒子和你是一家，他不在，就該你出的，這是常理。若你叫你兒子到處賒帳，人來討了便躲開，你只用嘴皮打發了，那豈不是騙子吃白食！」說得有理有勢的，只叫常氏說不出個緣由，只是道：「哎喲，大侄子你莫這樣說哩，若有錢我也會替他還的。」李福仁卻氣已在胸口堵了幾天，胡亂氣道：「你莫來討了，我沒生這個兒子！」那李懷溫兒子卻不依，道：「全村人都知道他是你兒子，就你不承認，這不是明擺著賴帳嗎！」李福仁氣得就要粗口，那李懷溫兒子也不示弱，決意要幹上了，害得常氏嘶聲叫人過來攔開兩人，急得眼淚都流出來了。同厝人來勸，七嘴八舌好不容易打發了這一遭，常氏再也不讓李福仁在家裡待了，只叫他出去與老頭耍嘴去。大過年的，種種尷尬戲，全是三春惹出來的，筆者若是一一描摹出來那老倆口的為難處，兀自酸楚，自不細言。倒是那三春也知曉這幾日是討帳的日子，也不知躲到什麼角落裡龜縮不出了。

待到那大年三十，鞭炮響了，討帳的再無理由來了，三春便冒了出來，無事般回家吃團圓飯。連常氏都不得不嘆道：「兒呀，你去哪裡，家裡門檻都被人踏平了。」李福仁倒是氣得都不再生氣了，只是冷言道：「你不要再回這個家來了——嫌惹的麻煩還不夠多？家裡無力為你擦屎了！」三春早知道李福仁話裡的意思，道：「有什麼了不起的，我欠人家的錢合起來也不過是兩三百塊，弄得跟天大的事一般！」李福仁道：「我不想理會你是多大的事，只要你不要再踏進來這個家來，脫了干係！」父子倆一言一語，雖不火爆，卻把一家人都弄得尷尬，全無過年的祥和氣氛了。常氏做和頭道：「大過年的，你們莫再吵了，有事過了年再說。」停了半晌，李福仁道：「過了年你就另謀出路，別在這個家白吃白喝了。」三春理虧，也不言語，當下眾人說了別的話題，常氏招呼一家吃團圓飯，不提。

安春的池夏天也爆了，損失不少，一直喊叫無錢過年。凡到街上，遇見也有養池的人家，必訴苦一回。那養池的，沒聽他訴苦完，倒是自己就叫苦連天。原來今年爆了十幾處池塘，殃及上百戶人家，合計損失不少。又傳今年正月的賭場，賭資也不如往年大了，往年賭場裡呼風喚雨的角色，少了許多——這村裡凡有錢的，大多是靠養殖的。不單養池的虧了，做工的也虧了，因那蟶子收成的時候，要雇村民去土裡一個一個地掏，一天能賺三十塊，因此今年做工的也少了收成，正所謂一損俱損。無錢，一個個都頽了，正月裡過年也少了些氣氛，此為全村形勢，一筆帶過。但說過了初五，李福仁惦記著把三春逐出家去，一吃飯就催促他走，那三春能賴便賴，像個太極高手，騰挪躲閃，能吃一天是一天，一頓是一頓，倒把李福仁惹急了。這一日中午，李福仁見他湊在人堆裡吃飯，便鐵了決心，從牆角操了扁擔，直要砸過去。二春也在吃飯，見了，趕緊叫道：「你快走，別讓爹打你！」其實兄弟都是煩三春在家吃白食的。三春見爹動真格的，趁著二春把爹攔著，趕緊丟了筷子，落荒而逃。常氏是女人家，對父子矛盾毫無辦法，一邊覺得李福仁的倔脾氣是有道理的，一邊又心疼兒子，不知幫誰，只是喊叫道：「你莫使傢伙，嚇壞了孩子！」那李福仁見三春逃了，這才放下扁擔落座——平日裡跟三春一同落座便窩火。常氏道：「大正月的，你連飯都不給孩子吃，叫他怎麼辦呀！」李福仁甕聲甕氣道：「你若還讓他吃下去住下去，後面你不曉得要給他承擔多少債務，他不剝你兩層皮是不干休，這一點你還不明白！」常氏也只能無奈輕嘆！

三春跑出去片刻，沒等大家吃完飯，又進來。想來是思量出決策了，叫嚷道：「老頭，要趕我出去可以，今天就在這裡算清楚，你要把房子分我，把該我的財產分我。你不能生了我下來，現在就這樣赤條條趕我走，要不然當初就不要生我！」李福仁回道：「要財產，家裡有什麼財產，你給家裡掙過一分錢嗎？我是當養狗一般白養你這麼大，供你讀那麼多年書，如今你有手有腳，沒給家裡一分錢還要財產，虧說得出口！」三春煞有介事地指著李福仁，像個村幹部一樣，嚴肅道：「我不跟你囉嗦，第一，你要給我找住處，第二，分我家產，我便跟你脫離干係，否則，便是打死也不離開。」李福仁生氣，又要起身起拿扁擔，被二春摁住，二春對三春道：「哎呀，你莫要囉嗦惹爹生氣，先出去，回頭分家的事跟娘商量，爹也不管家裡錢財的。」三春朗聲道：「好，我先出去，等你回覆。不給我回覆，休怪我不認父子情分，按江湖的規矩來解決。」二春不耐煩道：「好了好了，在家裡也要派頭了！你快走吧。」三春便點了根菸，轉身瀟灑而去，李福仁方把這一頓飯完整吃了。

常氏知道這對冤家父子勢必是要分開了，一家人商討後，便去幫三春找住處。如今村裡老舊大厝，都有些空的廂房——有些人是建了新厝搬出去了，也有些人是去縣裡做買賣租房住了，也有的是兒女外出成家立業了，就留老倆口守厝。常氏打聽了，曉得高利貸李懷祖的兒子在縣裡建了新厝搬走了，空了房子——且是前幾年剛建的紅磚水泥新房，如今就獨剩李懷祖一人看著。常氏便去問能否給三春勻一間居住，李懷祖道：「住倒是可以，只不過，我兒子建這新厝花了五六萬，住的要花一點租金的。」只說到此處，常氏便打了退堂鼓——她是絕不想讓三春住有租金的房子的。又問了兩三處，皆是有空房，但都是主人要常回來落腳，不想租給別人的。又打聽到扁嘴鴨夫婦——原來扁嘴鴨是做走街竄巷做各種買賣，後來到縣裡賣水果，卻是最有賺頭的，當下便專心做這一營生，夫婦便租到縣裡去了——過了十五便要回縣裡住了，房子也怕空了沒人氣，卻願意拿出來給人住的。常氏喜不自勝，當下要了一間廚房一間廂房，與三春看了，三春道：「無所謂，你生活用具、吃的喝的給我拾掇清楚便是。」當下常氏又備了米，生活用具扁嘴鴨那邊有的便先用著，沒有的自己又拿了過去，準備妥當，十五之後便讓三春過來住了。

三春雖過來，過了孤家寡人的日子，可是他既不務農，又不務工，哪來吃食。沒得吃沒得用了，便溜到常氏跟前通知道：「娘，又沒米沒錢了。」常氏便背著李福仁，跟老鼠搬家一樣，什麼沒有了便搬什麼過來，資助他過一天是一天。那親朋好友，誰都想不通三春為何年紀輕輕就這樣混下去。全都指望他有一日能清醒過來出去幹一番事業的。前無古人，後無來者，全然找不到一個後生如他這樣：他像一個謎，只在親戚嘴裡被談論著，被捉摸著，被期待著，眾人若有問他的情況，都是問：「噢，他人還沒有變呀？」

一日細春從塘裡回來，閒談中與常氏道：「以後叫三春莫去我塘裡，又不做工，去那裡白吃白喝的，胡說海吹，人家看我面子不說，暗地裡是很討厭的，搞得我也不好做人。」又道：「他若肯去做工，來我塘裡討蟶倒也可以。」常氏暗暗記住這話。三春是神龍見首不見尾的，偶然來家裡一閃，若見李福仁在，便裝做無事樣溜走。恰這一日來，李福仁下地去了，見只有常氏在家，便探頭探腦進來，將身子往躺椅上一放，嘆道：「娘，都兩日沒吃飯了！」常氏已知其來意，便道：「你莫說了，我去取米給你。」又道：「每次你來取米，也不把袋子帶來，我這裡袋子你一個個拿去不回，我沒得袋子裝了。」三春道：「我敢拿袋子來？若是爹在家，豈不是被一扁擔砸死。」常氏道：「也不怪你，現今家裡有紅苕，你也取些回去，和米煮了，煞是香甜。」找了一個塑料袋，從甕裡淘米裝了一袋，又裝了一袋紅薯，擱在三春身邊，道：「一會你從偏門出去，也莫讓你二嫂看見。」三春道：「這些東西，我怎好意思拎著過街，還是你抽空幫我送過去。」常氏也依了，道：「細春叫你莫去他塘裡吃喝了，要去倒是可以去他塘裡討蟶做工，一天也有三十塊可賺的。」三春笑道：「什麼吃喝？我去他塘裡是看看他有無受人欺負。叫我去做工，虧他想得出來，你沒瞧見討蟶做工的都是誰，都是婦女老人，做下腳料活的。」常氏道：「哎喲，兒呀，你莫輕視這個，也有壯年後生去的，賺的都是現靈靈的鈔票的。」三春道：「不去做也餓不死，何苦幹那麼累的活！」

此為三春在鄉村生活之一景，豹之一斑，混得久了，居然因另類而出名，成了村中三個出名人之一。何以出名？且先看另兩個人物，一個叫獨龍，一個叫章魚。獨龍原來叫獨眼龍，倒不是瞎了一隻，而是他賭博看牌時喜歡睜一隻眼閉一隻眼，因而混名獨眼龍。這人極是被人看輕的，人家都懶得花力氣叫他全名的，獨眼龍又演化成獨龍。他爹就是個賭徒，把老婆都輸掉了的，獨龍子承父業，從小就愛賭。饒是童子功練出的賭術，卻不太精到，輸到家裡只剩下一張床板，身上一件破衣褲而已，完全不事稼穡，窮到做乞丐都沒人跟他合夥的。每日裡除了在各色賭場出沒，便是偷雞摸狗，閒來踩點。鷺鷥嫂養了隻公雞，被人偷了，雞頭卻被扔在雞窩邊的糞坑。循了血跡一路嚷嚷，到獨龍家裡來，又見厝邊有雞毛，垃圾堆裡有雞骨頭，旁人便猜是獨龍偷的：因怕雞叫，當場便擰斷了雞頭，卻不料留了一路血跡。

依了這些個憑據，鷺鷥嫂便跟獨龍計較。獨龍卻辯道：「我是吃雞了，難不成非要從你家裡偷，我自己就不能有！」鷺鷥嫂道：「你沒養雞，何來雞吃？分明是偷我的！」獨龍理直氣壯道：「你又不是我，如何曉得我不曾養雞？我把雞蛋放在被窩裡孵，孵出小雞放在被窩裡養，養大了自己殺了吃，你又不曾來我被窩觀察過，怎麼就斷言我不曾養雞！」一番話說得鷺鷥嫂差點背過氣去，只想要打他，他卻敞開胸懷道：「你打，打殘了最好，我正要找個主家來伺候我下半輩子！」眾人被獨龍的無賴弄得好笑，把鷺鷥嫂勸開，道：「若是被另一個人偷的，都有理由要他賠的；被獨龍偷了，就嚥下這口氣，當被狼狗吃了——他身上是爭不出一個屁出來的。」倒是鷺鷥看得開，道：「我們老倆口自當是可憐人了，可偏遇見獨龍，他是比我們更可憐的角色，不期老天要我們養了雞孝敬了他。」一口氣自嚥下去，省得丟了雞又多一層煩惱。因種種苟且，哪戶人若發現獨龍白天來家裡溜達過，晚上便都多了份戒心，把家禽物事都看緊了些。

再說章魚，若是要在村裡找個儀表堂堂撐門面的人，非他莫屬。長得天庭飽滿，地額寬闊，頗有威嚴，看相的見了第一面，都説此人是非富即貴的。早年也當兵過，退伍後在村裡當了民兵隊長，風光過一陣，娶了老婆生了兒女，日子甚是和美。不料後來撤了民兵隊，也沒有吃工分了，村民開始在自留地上自食其力。對其他人來說，這是喜訊；對章魚來說，這是末日，他是不去地頭勞動的，只街上閒逛，説東道西——懶人的嘴巴比平常人要勤快的。漸漸地，老婆看出他根本不能養家糊口的，無奈之下便帶著女兒出走了，也不知是改嫁還是去哪裡做工。章魚倒是不在意，樂得獨身一人，這裡混一天，那裡蹭一口。天長日久，成了街上最出名的閒人懶漢。他舅舅瞧得他雖是懶，放在合適的地方也許還有用途，便叫他去山上果園裡看果樹。從夏天到秋天，那果樹也不曾打過藥，也不管被小孩摘得七零八落，他兀自在果樓裡如佛祖般安睡不動，一張竹床被他睡斷了十八根竹條。他舅舅服了，嘆道：「想不到世間有人懶到這般境界，若不是親眼看見，打死也不會相信的。」便對他道：「今年果樹就看到這裡，明年你不用來了。」他跟剛剛睡醒一般，慢悠悠道：「你把今年工資給我，我好回去過冬！」至此，看官仔細看清他的性格：若是誰要扶他一把，他便跟章魚一般吸附其上，不給他大口吃食是脱落不下來的，該知道這名字的來歷了？

三春只在鄉村待了一年半載，便與這兩人齊名，可想而知無賴的招數、懶惰的習性在村裡發揮得如何淋漓盡致、婦孺皆知，但獨獨常氏是不知的——她自己在寵溺嬌縱他，外人又不會把兒子的壞話往她耳朵裡吹，自然是當局者迷了。

20

若是沒有三春，老倆口的晚年不能說如何有福，卻是能過平淡日子，享受兒孫繞膝的樂趣。有了三春，李福仁就如養了個仇人。如今雖不住在一起了，但摩擦還是有的，逢著那三春來蹭錢蹭米的時候，被李福仁瞧見了，不免一頓臭罵。兒子自然也不甘示弱，說是老子將他趕出去，卻沒有分他財產什麼的——是人生尷尬一景。

大塘裡鯉池要擴張，便把李福仁這些私人鯉田包圍進去，一千多畝。大隊發了通知，又令人員到各家各戶做工作，戶主有兩種選擇，一種是可以把鯉田賣給大塘，得到一次性的賠償金；另一種是租給大塘，每年按照面積和收成狀況，分得租金。這種圈地，農民的工作的最難做的，也有人不願意把鯉田賣掉或者租掉，想自己種，成了釘子戶。但那大塘的股東是有辦法的，先給村中幾個有勢力的人家做了工作，塞了紅包，然後開會，讓這些人帶頭鼓動村民把鯉田賣給大塘。將刺頭先軟化了，碰到還有不願賣的人家，直接拿象徵性的賠償金給你，你若不要，也休想去種——他早已把你的地圈進去了，又配了多名打手在下面，你若有不滿之處，便是自討苦吃。那剩下的老實農民人家，哪敢不依的？

李福仁年紀大了，到海裡做活甚是辛苦，卻是不想賣掉：這是老祖宗留下來的，自己幹了十幾年，賣了就永遠不是自己的了。常氏倒樂得順水推舟，勸說李福仁將蟶田賣了，道出眼前困難：四個兒子沒有一個肯去做海的，李福仁去海裡做活體力已然不支，即便沒人賣，過幾年也是要荒廢的。現實如此，無奈之下，李福仁只得賣了，分得兩千多元。其他村人或者賣了或者租了，又有脾氣倔的，死不賣，與大塘衝突，被打手打傷鬧了糾紛的，種種狀況，成了村中一大喧囂事件。

三春早聽得有這筆錢，便做了算計，理直氣壯回家裡，道：「老頭，這筆錢你不能獨吞，我也要分一份的，明日我就要去上海做工，你快分一半給我。」他原先來家討吃的，還是有些怕李福仁的，如今手無分文，跟餓狼似的眼睛都綠的，但凡有碴兒，總是敢厚著臉皮找的。那常氏、雷荷花等正在吃飯，李福仁道：「這海田當年是分給我的，後來我又去墾荒，才添了幾分，幾年來都是我去做的才不至於荒廢，賣成如今這個價錢，哪裡有一絲半毫是你的份？」三春吐了口煙，道：「我不管誰做的，反正是這個家的，是這個家的財產，便要分我一份，法律上都有這麼講的。本來安春、二春、細春都要分這個錢的，他們或者分了家產出去，或者還跟你們合吃，不跟你計較，我也不管，但我是空手被驅趕出去的，定要跟你平分才行。如果你死了，這些玩意兒便全部是我的，叫做繼承，你懂不！」說得天花亂墜，李福仁哪聽得進去，道：「我不管你胡說什麼，只知道這是我一世的血汗錢，老來的棺材本，你休想動他一分。」

常氏勸道：「兒呀，你莫跟你爹計較，動了他的氣頭，回頭跟娘細說了再解決。」三春盛氣凌人道：「不用回頭了，我明天就要去上海，今天就該把這錢給了，沒時間跟他囉嗦！」常氏又道：「兒呀，你莫說傻話，上桌來吃了飯。」三春吐了一口煙，道：「不吃，我一口也不吃老頭的飯，只要他跟我帳結清了，從此後各走各的路，兩不相欠！」李福仁氣得又使老招，便要起身去牆角拿扁擔趕他，被常氏死死摁住。吃飯的蓮蓮嚇得都要哭了，被雷荷花摟了哄住。三春道：「你讓他取扁擔，你讓他來打我，以前我都是讓他的，今天就要把恩怨算清，斷了父子關係。」雷荷花看不過去了，道：「他叔，你先走開一步，莫讓爹再生氣，有什麼話回頭娘跟你商量，這樣把小孩都嚇壞了！」三春一副明理的樣子，道：「行，把小孩嚇壞了我倒過意不去，今天就不在這裡處理。但是老頭我通牒你，須在明日九點之前把該我的錢交我手上，不然我會在村頭大廳坪上等你決鬥，明天九點，你要記住！」又對蓮蓮道：「你小孩莫怕，叔叔不是對你的，叔叔要對的是壞人！」然後斜批著西裝，吐著菸絲，瀟灑出門自去。

眾人吃飯也被他弄得不安，吃的斷斷續續。雷荷花道：「要麼你回頭去勸勸他，不讓惹出什麼大事。」李福仁道：「莫去理會，他是一口痰，理了他只會黏你身上，不訛你錢財便甩不掉，他要如何作踐便由他去！」常氏盤桓不下，若真要去理會，如他所說的送他一千塊錢了事，非但要被李福仁罵個狗血噴頭，於理也不該這樣做；若不去，也不知這個逆子會使出什麼招數——回村以後又賤了不少，從前誇他是四兄弟裡最聰明的，卻不想他把這聰明都做了無賴的招數，別人想不出的他都能想出。常氏便只是輕嘆，為妻為母的難處，她一應嘗盡了。

閒話休提，單說次日，三春見爹娘並不把錢奉上，估計不得不發飆了，便早早起來，吃了酒，把臉到脖子都吃紅了，又壯了膽氣，說出來的渾話也能高一聲了，便提了柴刀——柴刀有兩種，一種是砍柴草勾形刀，薄且輕；一種是稍鈍而重的馬刀型，劈柴的，三春拿的是後一種——往大廳坪來，叫囂道：「李福仁，九點鐘，你務實要出來跟我決鬥，斷了父子關係，不然休怪我進去！」引得路上停下來觀看。此地是往前塘幹活、出村口坐車的要道，觀眾自然是不愁沒有的。這大廳坪離李福仁住處不過百來步，早有鄰里進去傳信了，道：「三春在大廳坪喝醉了酒，喊著九點鐘要跟福仁伯決鬥的，千萬不要去，他手裡有明晃晃的柴刀。」常氏驚道：「福仁要不你躲到誰家厝裡去，不讓他瞧見？」李福仁端坐家中，道：「我躲他做甚，天底下還有兒子殺老子的？就看他進來砍我，看他敢不敢！」同厝的婦女道：「福仁伯你還是躲一躲好，他說九點鐘你要是不出去，他便要進來的。」李福仁氣道：「我便是不出，他要進來，我這條老命就跟他拼了！」常氏慌著無措，只是抓住福仁不讓他出去，急嘆道：「何苦呢，跟兒子較勁做甚！」

其時二春、細春都不在家，情急了常氏只好吩咐同厝人道：「麻煩你幫我去叫下安春來，這兩父子我是應付不下了。」有人便應聲去了。還好安春還沒有出工，片刻便被叫了進來，道：「爹無事吧！」常氏道：「現在是無事，但三春在大廳坪鬧，不但不好看，回頭還要找你爹麻煩，你去勸勸他！」安春道：「怎得使這一招來了？」便出門去看。那三春似醉非醉，渾然不怕出洋相了，揮舞著柴刀，又見閒看的人更多了，更興奮起來，道：「李福仁這個老東西，有飯給乞丐吃，給不相干的老太婆吃，我是他兒子，卻不讓我吃，將我赤條條趕出家門，你們評評理，有這麼當爹的嗎！如今蟶田賣了錢，也不分一個給我，天理難容，我要一個說法，一刀兩斷，從此後我就是個沒爹的人了。九點鐘決鬥，你們在這裡等著看，九點鐘就見分曉了……」旁人聽著，只是竊笑不已——這是村裡百年來未曾發生過的一幕。安春在人群裡看了三春揮著柴刀，一副要殺人的樣子，不敢近前，窺了片刻，便又偷偷回來。常氏急問道：「如何了？」安春道：「他拿個馬刀，又喝醉了，我若去勸阻什麼的，被他砍了也是白砍——他連爹都不認了，如何認我這個哥。我看還是叫三叔二叔來勸他，或許還有點威信！」常氏急道：「那你快去叫你三叔二叔來勸！」安春便去了，臨走道：「我叫了便要下塘去了，剛換了衣服正要走呢。」因三叔家近，便先來了。三叔聽了來意，道：「我若能管住你們這些蠻橫事，何曾會臥床在家街上都不曾踏過？我是無力管的，叫你二叔去吧，你倒好管事！」安春便轉頭去叫二叔，幸好也在家，聽了道：「你都阻不了他，我還能怎樣？」安春道：「如今叫你去不是跟他蠻橫，是勸三春的，平日裡他也來你那邊要些錢零用，估計會聽你的。」二叔道：「那我去試試看——你們兄弟，從來沒有好事叫我插手的。」安春道：「你先去我娘那裡，聽聽他主意，我也無閒，要下塘幹活去了。」說著，徑直回家去。

二叔便先到常氏這裡，常氏已經急得不行，道：「他二叔，你就出去勸勸他，要什麼條件便先答應了，只求他回家作罷！」二叔道：「這個不乖仔，怎落到這個地步！」來到大廳坪，見三春已喊得累了，聲音細了，只是跟賣藝一樣朝路人叫道：「九點鐘，九點鐘不來我就殺進去了，你們做證明，是他逼我的。」眾人道：「他二叔來了，勸勸他吧，哪有要殺自己父親的，我們村就沒出個這樣的人。」

二叔見他手裡提刀，心中也緊，還是走近了他，口氣儘量便柔了，道：「三兒，你這提刀做甚？咱村只有殺豬的才提刀，人家是幹吃飯的營生。你提刀殺爹，嘿，沒這麼不乖的兒子，我也不會有這麼不乖的侄兒。聽二叔的話，什麼話跟二叔說，我替你做主，總是能解決的，這在這麼多人面前出洋相的……」便說邊要將他的柴刀拿過來。三春佯醉道：「二叔你先別過來，說清楚了再拿刀，今天你是代表李福仁來嗎？」二叔道：「什麼李福仁？那是你的親爹，我的親哥，要說代表，我自然可以代表他了。」三春後退一步，左手提刀，右手伸出兩個指頭道：「今天他有兩條路可走，第一，將鯉田的錢分一半給我，我馬上去上海，從此兩不相欠，不然，就選擇第二條，跟我決鬥，拼個死活，斷了父子關係！」二叔道：「提什麼決鬥不決鬥呀，傻孩子，那是電影的把戲，搬到這裡來做甚！你不就是要分錢吧，跟我來，我給你，回頭再去你爹那裡拿，總可以吧，把刀給我，跟我回去！」三春對眾人道：「我二叔的話你們都聽清楚啦？好，刀給你，我是文明人，只要守信用，可以不用武力！」便把刀遞給二叔，二叔道：「跟我走，要錢到我那裡去取，別為了錢把老爹都要殺了。」三春跟著二叔後面走，又回頭對眾人道：「不好意思，和平解決了，讓你們看不成決鬥，都是我二叔做攛掇的。你們記住了，今後我只跟李福仁是不相干的兩個人！」眾人哄笑，二叔笑罵道：「沒出息的東西，就出洋相拿手。」

到了二叔樓上房間，坐定，二叔分析道：「你要錢的話，也是按道理拿錢的，你爹辛苦墾荒的地，就賣了兩千，合著他一分錢都不留，就給你們四兄弟，一人也就五百，如何要你爹分一半給你？好生沒道理。若是五百肯拿了，二叔這裡先掏給你，也好去你爹那裡要回來，若多給了，你爹怎肯將錢還我，倒不定還來怪我！」三春道：「我能跟安春二春比嗎？家裡給他們娶了老婆，我是單身出來，如今又要去上海，用不著給我娶媳婦的，老頭還想把錢攥在手裡！」又力爭，磨了半天嘴，二叔敲板道：「你若真去上海做事，二叔便貼你一百，總共拿六百給你，將來發達了能還二叔也罷，不還也罷，從此後就別去擾亂你爹——他如今老了，走路磕一跤也許就起不來的人了，你還跟他計較做甚！」給了他六百塊，三春如餓的狗接到骨頭一般，偃旗息鼓，自顧去了。

當下二叔便到李福仁處，說了如何打發了三春。李福仁只是一味可惜，又可恨，道：「把錢給這畜生，不如買了肉餵狗去。」二叔道：「不給他錢，讓他拿著刀丟人現眼，如何能打發他？只要他能出去便是最好，若不出去，把你這條老命折騰完了，看你拿錢做甚！」常氏驚魂未定，一味長吁短嘆，謝了二叔，又弄了五百塊還給二叔，暫且了卻一樁孽障。

此一遭，常氏看出三春不肖到如何程度，初是擔驚李福仁受到傷害的。過了幾日，驚魂已定，去看了三春的住處，衣服行李已經捲去，確實是出遠門去了，不由心中又念想他。回家，感嘆道：「早知三春是真的出門幹正事，合該將錢分一半給他做本，也省得鬧出洋相！」李福仁聽了這話，不高興了，道：「這畜生只差沒砍死我，你還這麼為他著想，莫非我還做錯了？非得改日刀架到你脖子上，你才曉得他是沒心肝的兒子？」常氏道：「莫這麼說，興許他也是出去想做事業，沒得法子才想出這麼一齣，我料他是要要樣子罷了，保不成真的會拿刀砍你？我看不會的，但凡是人都不會！」李福仁無奈，嘆道：「你是傷疤沒好就忘了疼，他是心肝爛到底了你也看不出！」常氏道：「管他多壞，畢竟是我兒子，如今走了，還不讓我念想？」對丈夫與兒子，常氏之偏頗可見一斑。不管如何，三春出去了無蹤影，常氏的心雖然有所牽掛，但再也不用夾在丈夫和兒子中間左右為難了。

村中今年也有好事，政府撥款，將村中的大街用水泥澆灌了，平平整整。原來是街上是石子路，村裡住得久的人，對哪個地段有哪樣的石頭，哪塊像磨刀石，哪塊像五花肉，記得一清二楚。眼神不好的老人家，晚上在店頭閒聊完回去，通常是循著對石頭的記憶走路的，又有那腳力差的，在哪裡被哪塊石頭絆一跤，都能說出來——那有特點的石頭都是有名字的。後來有平整過一次，將街上實在坎坷不平的地方，用石板條鋪了，好走了些，如今算是第三次修街，又把街道兩邊的臭水溝做了暗溝，走在街上哪個位置也不用擔心跌跤。好走是十分好走，但又有人說不像是增坂村的街，倒像是走在縣裡的街上。

水泥澆灌的路面，除上邊街、下邊街外，另有兩條南北縱向的大巷子，都是公家出錢的。除此之外，若有誰想從這些路面接一段水泥路到自己家門口，須要自己出資，按照面積交了錢，公家自也給修過去；若是有哪條小巷子也想修的，則是小巷子人家一起出錢。這番已引得一些人不滿意。又那村民主任李安民的家乃是在上邊街的延長線上，按照那番理論是不能修到家門口的，可偏偏不出一分錢，水泥路直修到家門口，更是引來不平之聲——修路本是一樁好事，卻引得怨聲載道，特別是那些出錢將路引到家門口的人，怨得直罵娘。李福仁的廚房側門出去便是下邊街，不費一個子兒便登堂入室了，一厝人跟撿了便宜似的樂著。李兆壽家可不那麼幸運，離家還有一百多米的土石裡，下雨天頗難走。李兆壽卻已相當滿足，因他常是街頭閒坐，街道那麼平坦他已經相當滿意，道：「許是再過兩三年，新街建了，將新街與上邊街連起來，水泥路便能從我家門口過了。」過了幾年，果然如此，這是後話。

李福仁自覺得體力消退，活也少幹了，只剩下一半的田地仍捨不得扔掉，收的穀子夠一家的口糧；山上就剩下種些紅苕菜豆的地，又有幾處茉莉花，不外乎夏天鋤草施肥打蟲，有時也幫常氏摘些花兒，自比往年要閒一些。無事便坐在後廳板壁凳上，也不思想，也不做甚，就呆呆坐著，然後睡意襲來，腦袋靠著牆上漸漸往一邊歪去，地心引力將他的頭緩緩地拉下來，拉下來，然後身子猛然一抖，便把自己驚醒，驚醒的瞬間還能聽見自己的響鼻。同厝的人便跟他道：「阿伯，你老了。」他愕然道：「哦?!」

這一日，厝裡來了一個化緣的和尚，穿著半舊長袍皂衣，平底布鞋，卻留著頭髮茬兒，腰板寬闊，甚有精神，初看像五十來歲，細看像六十來歲，若再觀察他言語修行，銀白髮茬，也可看成是古稀之人。小孩子見著和尚，甚至稀奇，便有兩三個尾隨他後面，唧唧喳喳。恰李福仁在廳凳上閒坐，那和尚見到，定定得看了片刻，道：「莫不是福仁哥？」李福仁張開嘴，道：「哦？我是喲，你是哪位呀？」和尚道：「我是長生，原來和你一起放牛的，你不記得了？」李福仁回想了一下，道：「哦，是你，都多少年不見了。有聽說你是在做和尚，卻沒想到今日到這裡來。」當下讓長生坐長凳上，握了他的手，聊了起來。長生道：「原是在縣裡龍溪山的天王寺吃素的，住了五六年，那個寺裡香火極旺，只是人員眾多，大為複雜。去年想找個清靜的小寺修行，尋到小嶺仔上的慈聖寺，那廟不大，分上下堂，在上堂住下，倒是過得悠閒清淨，如今要給大雄寶殿的諸佛重塑金身，便下來化緣了。村裡經濟好，做佛事的錢拿得甚是慷慨，化緣化得也好舒心！」李福仁道：「慈聖寺也算是增坂的村寺，你也算回了家了。」長生和尚道：「正是。你如今有幾兒幾女，晚景如何？」李福仁道：「我生有兩女四男，兩個女兒都出嫁了，大兒、二兒也都娶了媳婦，生了兒女，三兒不孝，出外浪蕩去了，又有細兒在塘裡給人看池，甚是孝順，我們老倆口跟二兒家合吃，生活平平淡淡的。只是有一樣甚是愁人：沒有一個兒子肯接了我地頭的活兒。」長生和尚道：「甚好甚好，老來如此，已經不易了。」當下李福仁要留長生吃飯，長生道：「吃飯可以，我是吃百家飯的，倒也不客氣。只是現在沒到吃飯的點，我繼續挨家化緣去，把正事做了，再回頭上你這兒吃了，咱們還要多多說話！」李福仁道：「也好，我只備你的飯等你。」當下長生和尚便到前廳，向各戶人家化去，完畢，又從前廳出門外去。

同厝的婦人小孩見李福仁與一個陌生和尚如此相熟，頗為好奇，都問了起來。那李福仁嘴拙，說起故事緣由不太擅長，只斷斷續續，眾人問一個他便答一個，能說多長便是多長，竟然也把二人的淵源也說了個七八分。原來那李福仁和長生和尚自小都是給地主放牛的，相交甚好。只是那時節極窮，兩人常是半餓著肚子山上的，小孩子家，喜歡邊放牛邊在山上挖東掘西地弄些野果野根吃，凡覺得上口的，都必拿嘴上嚐去。一日，兩人發現一種小果子甚是好吃，果兒比蝨卵只大一倍，紫色，密密麻麻跟葡萄一樣，一串串的，酸澀可人，只吃得舌頭發麻，嘴唇嘴角的紫色跟塗了彩似的擦不掉。日暮，兩人下了山，將牛歸了牛圈，回到家來。那長生，只是過了晚飯功夫便渾身無力，昏然躺下，再也不省人事。家人便知是吃野果中毒了，卻也無法，眼睜睜看著他沒了氣息，只痛哭一場後，便將家裡板壁上七倒八歪的幾塊木板取來，胡亂釘了薄薄的棺材，將他小身子放進去，連夜送到後山的墳堆坑裡埋了。

那李福仁，情況也如出一轍，只是藥性發作得慢些，也隨其後漸漸得沒了氣息。李福仁他爹也要連夜將他處理了——依習俗，若是小孩子夭折，連夜埋了，也不至於有餓鬼來吵的；又因窮人家死了人，做不起排場，簡單迅速處理了為好——只是李福仁他娘甚是悲傷，邊哭邊道：「即便要埋，你讓我再看他一夜，天明了再埋不遲。你個沒出息的，也該去哪裡尋塊好板子來！」李福仁他爹便去尋找好木板，他娘就哭了一夜，以至於挨到天亮——天不該絕，李福仁居然悠悠醒來，恍如睡了一覺。他娘抱著他哭叫道：「兒呀，你去陰間走一趟又回來了，是知道娘捨不得你吧！」又衝著他爹喊道：「快把那破板子扔了，我兒命撿回來了便再不死去！」可窺當時世道淒涼，人窮命賤，只有情深。又，長生的父母聽得李福仁復活了，聽眾人分析道：「那野果只是把人醉倒，並非把人藥死！」便急急去後山，把長生挖了出來——那長生，也將將從那七空八竅的破棺材裡醒來。

後，長生的爹死了，長生的娘帶了他改嫁到別村去了，家境不詳。長生長大成人，到六都一戶人家家裡上門，婚後，卻住家不下，心亂如麻，便跑到附近寺廟裡住，才得心靜。後來被家人叫回家一次，還是住不下，又回到廟裡——人說他身上是佛骨，吃素的命，勉強不來的。從此便做和尚，流蕩於大寺小廟。後來的情形，李福仁只是偶爾聽得人說，所知甚少，有些情況還是李兆壽去六都說書時聽說的。

眾人聽罷，唏噓不已，均想不到這平凡老頭身上有如此驚心動魄的經歷——若不是這和尚，倒是永遠不可知的。

長生和尚言出必踐，到了中飯的點，準時轉回來了。常氏已經備好飯菜，特意做了幾個素的，李福仁便拉他入座。因有稀客來，雷荷花並兒女均不上桌，等客人吃完。長生和尚道：「莫客氣，莫客氣，一起來吃。」又將蓮蓮拉了過來，道：「坐和尚爺爺旁邊。」蓮蓮咯咯笑了——她已然懂得些世情，不知哪裡冒出個和尚又叫稱爺爺的，頗感詼諧。常氏道：「既是如此，便不用客氣，都上去吃吧。」雷荷花他們便也上桌了。常氏把新做的菜端上來，道：「因知你是吃素的，特意做了煎豆腐，那油也是菜油，將就著吃。」長生笑道：「不必拘泥素菜的，我是什麼都吃，酒肉穿腸過，佛祖心中留，這一世都是佛祖收留了，便不用計較小節了。」果然吃起來十分大方，葷菜素菜全然不分，盡往嘴裡放。又對李福仁道：「我早知這一遭下山準會遇見你，你我的命是相連相通，有淵源的。如今你身體可好？」李福仁道：「亦無大礙，體力稍差些，大力活幹不動，又如今眼睛也模糊起來了——你進來不說名字我還認不得你。」長生道：「也是多年不見的緣故，許是有三、四十年了。若是眼睛不好，我倒有一味偏方草藥，改日帶了給你，將它燉了豬肝吃，大有明目作用。我如今倒好，每日清早起來在山澗呼吸吐納，倒是耳清目明，慈聖寺那風水也是很好的。」常氏道：「如今寺廟裡生活水平倒也不錯，那進香的人送的東西也多，倒也是養老的好去處吧？」長生道：「說得有理，卻也有齷齪，我如今接管了上堂，那下堂的尼姑們都是不滿意，有人尋我解籤，給我些錢，下堂尼姑都吹鼻子瞪眼的。又明令我，那元寶紙錢灰就歸她們搜集……」常氏問道：「元寶紙錢灰何用？」長生道：「元寶灰裡有金箔，專有人來買了拿去沉澱出來，又能用來制元寶的。說白了，那寺廟也是個複雜世界，只是我自己心放開了，不憂不愁，不怒不恨，一心只為佛做事，才落個清淨逍遙，無病無憂的。」說到這般境界，李福仁和常氏均只是一知半解，當下又閒聊些故人舊事，臨了，李福仁道：「李兆壽家是在坂尾，一個三間小平台，你若過去化緣，可見見他。他說書走的地方也多，你的信息還是前些年他告訴我的。」長生和尚將一碗飯吃得乾乾淨淨，一留半粒，飯飽，不做歇息便去化緣——確實是佛在心中，道：「我腿腳只怕比你好了許多。若有上山，可到我那裡看看，清淨的好去處。」李福仁答應了。長生和尚道別而去。

且說細春這一日回來，說了一件大事，引得眾人躊躇不決。原來，他在塘下跟安潘、秀文、安兵、華棟等商議，年底由大家出資，去鄰縣連江養鰻——因那裡塘租便宜，有賺頭。幾人中，又以安潘為大股，他前幾年就開始私自養鰻了，自有本錢。其他的人參股，按出資多少給予股份。這一番生意經，常氏一時也拿不定主意：那細春手裡就幾個工資錢，平時有回家又慷慨地貼了些做家用，哪有大錢做資本？必須得籌的。若籌了錢去，誰知道是賠是賺？村裡養池的人，年年有虧得叫苦連天的，也有賺得笑咪咪的，沒個準。遠去外地養殖，常氏一個婦道人家，沒做過大事的，又怎能曉得其中風險，所以不知該不該聽細春的主意。問李福仁，李福仁更是連個態度也沒有，道：「養個塘，砸那麼多的錢進去，是贏是輸，我想起來就頭疼，你莫問我——我一輩子只曉得老老實實幹地頭的活，其他的一概不知。」常氏道：「這老頭，活這麼大歲數卻越來越沒主意。」又對細春道：「要不然問問你哥哥，興許他們能給你穩妥意見。」抽空上去問安春，安春回道：「我看沒成數，你看我養池的錢是銀行的，還沒有賺頭，若是自己有錢砸下去，運氣不好的話泡沫都不起一個——更何況你到外縣去養，跟那些嘴上無毛的小孩子去，哪有個準。」

常氏便將安春的意見傳了回來，細春不服道：「他哪養池算什麼養，人家都說他只曉得在塘下吃飯睡覺，管自己吃飽卻不管魚吃飽，每年的魚都比他自己瘦。他養了幾年，還是外行，暗地裡被人笑話的，我可不像他。」又問二春，二春因事不關己，不置可否，道：「若有錢，便試試？」細春自己哪裡有錢，說跟沒說一樣。只是細春幹勁很足，一味要求籌錢做的，道：「當初三哥胡亂做什麼，你都能支持，給他百般籌錢，如今我做正事，卻這般猶豫?!」——年輕後生，到了想做事業的年齡，血氣很旺，能做到不顧不管的；到了將來，閱歷了人世，做事沉穩了，卻沒這個幹勁了。

常氏也漸漸被細春說得心軟，躊躇之際，靈機一閃，又去林公像前抽了一籤，說了緣由，叫三叔解了。那籤解已了然於胸，三叔吟道：「彎彎曲曲水流沙，可買他山作自家；莫道眼前難得力，眼前依舊發奇花。這是好籤，說的是李世民給隋煬帝開運河去揚州看瓊花，等隋煬帝到了，瓊花已然謝了；李世民卻是借他人之力，先一步看了瓊花盛景——雖然他還沒坐江山，這個福分卻是他的。這一籤有力，做事業該有贏的！」常氏聽了，喜不自勝，隨即回家說與李福仁、細春等聽了，做了決定。

常氏尋思做一場會來資助細春，便來前廳問婦女們可有意做會腳。有的道：「你不知道，村裡的會多半都倒了，剩下的人都心驚驚的，只想早日標回去。如今要拉會腳，太難了。」常氏道：「我只聽說會有倒的，卻不曾想倒得這麼厲害。」那安慶嫂提了桶——她養了五六頭豬，來搜集泔水的——從外頭進了前廳，聽了道：「會倒得厲害是因為如今人變得厲害了，一個個爛了心肝的膽子大胃口，恨不得把天咬下來吃——祠堂坪的阿法媳婦，平日裡細聲細氣，極像好女人家，你猜她參了多少場會？六場會，怕露餡，假借她姐妹姨媽的名字參與的，這個月這裡標了一場，下個月那裡標一場。人們都奇怪，那阿法也只是剛結婚的後生人家，沒什麼大門路賺錢的，她媳婦卻每日上街置辦雞鴨魚肉，去過她家的人見她一桌子滿當當的，每日都在過年。結果，六場會都標到手，帶了老公孩子逃外邊去了。猜她捲了多少錢，有人幫她數了，是十幾萬，想都不敢想的數目，她卻細手細腳地吃了。我參的一場會就被她吃了的——你道如今的婦女壞不壞！」

常氏聽了，哎喲哎喲地咋舌。阿法媳婦這事很多人都知道，唯常氏少出來閒叨，是不知的，不由驚道：「哎喲，那沒有人去抓她回來呀！」安慶嫂把天井下泔水缸表面的稀水舀掉，底下有料的舀到桶裡，回道：「誰能抓呀，誰又知道她躲哪裡去？自認倒霉吧，便是把她抓回來，錢讓她吃了，也沒處賠！」安伍媳婦在石槽上洗衣，道：「說到抓，確實沒法，說出來倒也可笑。山頭大細兵也是捲了會款逃的，還是會頭呢，逃到縣裡單石碑市場擺攤，以為神不知鬼不覺，卻被開車的阿坤抓住，叫他賠錢也無錢，抓他回來也抓不得，兩人僵持在市場裡，只不讓大細兵走。僵得久了，阿坤尿急，只去廁所片刻，大細兵便溜了，哪裡有什麼法子能討回錢的。」當下各婦人將自己的稀奇見聞都閒聊了，才曉得倒會是今年的形勢：從鄰縣福安傳染過來，縣裡的「日日會」資金大得可怕，多是流到賭場裡，捲走幾十萬上百萬的大有人在，自然鄉村裡數萬的不足為奇。看官且聽：做會完全是靠熟人的誠信支撐，除此之外別無約束，到了這年頭人心浮動，有了錢財什麼都可以放在腦後，又怎麼會不倒呢！

當下常氏放棄了做會籌錢的念頭。又想借利錢給細春做本，去問高利貸李懷祖。恰李懷祖不在家，倒是李安秋的媳婦在門前水龍頭洗菜，便問道：「妹子，你緣何住在這裡？」李安秋媳婦道：「我公公老喝醉酒，罵人甚是難聽，我們跟他合不來，便借住李懷祖家了。」常氏道：「可要租？」李安秋媳婦道：「這倒沒有，要租，我們哪付得起！」常氏道：「李懷祖倒對你們好，原來向他要一間給三春住，硬是要我租金。」李安秋媳婦道：「說是沒有租金，其實也有的，這厝裡水電費全是我家來付——李懷祖他煮什麼全用電鍋，一個月恐怕要給他墊一二十塊電費。我們已經墊不起了，安秋正在尋住處，要搬走的。」常氏道：「難怪，他算得精不會讓人白占便宜的。可知道向他借錢利息是多少？」李安秋媳婦道：「這我倒是曉得一二，來這裡找他的莫不是來借利錢的：五百以下的五厘，五百以上的一律三厘。」常氏道：「哎喲，這麼高，可確定？」李安秋媳婦道：「我是看來借的人多了，才知道的。凡不是急著用錢的人，都不會用這麼高的利錢。」當下常氏被利息嚇倒，回家後將此事暫且擱下，緩做打聽。

功夫不負有心人，又知道細春姑父的單位裡老師有利錢借，兩厘的利，需要擔保。原來這年頭，都是手頭上有些錢的人犯愁，吃銀行的利息頂不上貶值，做會又風險太大，只能做了利錢保值。常氏便做前頭去借了，姑父倒是明理，道：「借錢倒也容易，卻不是由你老人家來借，你有什麼償還能力？須得叫細春來，寫了字據，說了規矩，我才敢擔保。」常氏道：「正是，我倒不知縣裡借錢是這規矩。」姑父道：「這樣做有法律依據的，將來有個長短可以讓法律解決，鄉下人那種胡來借的不成體統。」常氏便讓細春自己來借。借了五千塊錢，要把利頭、擔保、償還細則一一寫清楚，細春只讀過小學的，學的幾個字早忘到爪哇島去了，寫了半天，只一張一張地將那紙撕去重寫。姑父道：「不成不成，若是這樣，便是寫到天黑也寫不完，我代你寫了，一句一句你可要認清。」便替著寫了，讓細春簽名，細春歪歪扭扭簽上，拿了五千塊錢興沖沖回來，不提。

後又從美葉那裡借了兩千，不要利息的，也不說是哪裡借的。她跟父母續親之後，一心想要討好——後來才知，利錢是她自己付的。細春道：「若能湊圓一萬塊，才像做事業的。」常氏也想再替細春湊些，聽到一個消息，道是慈富媳婦回來了，大家已去她家討錢幾日了，常氏也想去碰碰運氣。原來，兩年前，常氏曾想加一場會，想給三春做老婆本，讓他安分去養家。那會頭是慈富媳婦，卻不料這個女人會賭博，也是自己做了手腳，既做會頭又暗做會腳，只標了七、八次會，便露出馬腳，會就倒了。眾人知這個會頭是軟頭，齊來要錢。慈富媳婦趕緊跑縣裡去，躲了一兩個月，又待不住，又跑回家去——家裡被人踏破了門檻。常氏去討了幾次錢，均無果，那慈富媳婦跟神一般被人求著，又跟畜生一般被人罵著，只是一味可憐巴巴，要也不成，打也不成，逼死她也不成——大多數人能要一點的是一點，要不來錢的也都死了心。

近日卻聽說一事：她這幾天去外地，將她女兒給賣了，得來數千塊錢回來，那消息靈通的人，早已到她家索要去了。常氏便在晚間，到了慈富媳婦家，她也禮貌，開了門，一盞燈十五瓦的燈亮著，靜靜將常氏迎了進去，又泡茶飲了。常氏道：「妹子，聽說近日你手裡有錢了，如今我那細兒要養池，可還我些做本？」慈富媳婦道：「阿姆，若有錢，一進門都不須你問了，這幾日人都問的人都多了。」常氏道：「聽說你將女兒賣了，可有這事？」慈富媳婦道：「阿姆，這是無奈何的事，我自養不活那女兒，慈富也不管了，又有好人家要養女兒的，便送了去，指望將來有個好生路。那人家念我養了八年了，不忍心，送了三千塊錢給我，到家屁股沒坐熱，就被人要光了！」常氏道：「哎喲，可憐的女娃，可同意走？」常氏道：「牽著我的衣角不肯走，我跟她說去買包子與她吃，一狠心走了，一路流乾了淚回家的。阿姆，此刻真的是無錢了。」常氏拭了拭眼角，道：「若有這樣的錢給我，我也是不會要的，誰做娘的忍心呀？也是可憐的妹子，你就下次有些其他來頭的錢，可記得先想我的些。」慈富媳婦動情道：「阿姆，這麼多人討錢，都是逼我數落我的，沒見過你這麼好心的人，倒來安慰我，若有錢再不先想著你，我便是狼狗也不如了。」見無錢，常氏也不多糾纏，便告辭回家，慈富媳婦送了許遠——她家在村邊，出門有一段路邊墳墓的，不常走的人甚覺得陰森。

這錢是沒指望了，慈富媳婦自到縣裡去做了保姆，誰也不承望她還能拿錢回來。只是後來有幾遭回家，聽得李福仁身體欠佳，買了水果來看望——那討錢的憐憫之情終究讓她掛心，念念不忘。常氏也嘆道：「這個女人是懂感情的，若不賭博，該是多好的媳婦，讓弄得家散了，可惜可惜。」這是後話，略不細提。

21

細春湊了不足一萬塊錢，做了本錢遠走他鄉養池了，一個月也不曾回來一次。加上三春杳無蹤影，常氏心中只是空落落的，自己會不由感嘆：「在家即便是給我惹禍，為他憂為他愁，心中還是踏實，如今卻跟丟了一肉似的。」李福仁聽了，不服，道：「未曾見過你這麼賤的婦人，難道嫌惹的麻煩不夠多，如今清淨點不好麼！」常氏道：「兒子都不是你的心頭肉，你又不疼他，如何曉得滋味。誰家不圖個熱鬧團圓？就你求清淨，若要清淨，不如跟那長生一般當和尚去！」李福仁爭辯道：「我疼兒子，自有不同的疼法，若跟你樣一味寵溺，只怕都養出一窩白眼狼出來。」話不投機半句多，李福仁只是輕嘆，自投一邊去了。當初一家多口人，常氏忙裡忙外，倒是歡喜；如今人少了，倒會跟李福仁說些計較的話。婦人之仁，倒如愛的陷阱，讓人莫測了。

二春的境況改變了些，原來幾日才回家一次，如今可天天回家。原來他在橫坑磚廠，離家遠了些，後來增坂村附近的廉坑、前塘都建了磚廠，也曉得二春的技術，邀他過來，給予入股。二春權衡之下，到前塘磚廠做了，離家近，又買了一輛二手的二輪摩托車，沒有牌照的，從磚廠騎回家，片刻即到，自是每日裡都回家，倒是讓常氏有了些慰籍。

那李兆壽有幾日沒過來閒嘮了，江水冷暖鴨先知，李福仁想他家裡定然有什麼事了，便對常氏嘀咕了。常氏只在厝裡一打聽，才曉得原委：老姆把腿摔斷了。當下提了四個易拉罐的牛奶花生漿——原是前幾日美葉來探望，提來了的，常氏當了寶貝，也沒吃掉——前來看望。老姆病倒在床，面無血色，膝上早已敷了草藥，打了竹條綳帶，臥床動彈不得，連屎尿都要專人扶持，叫苦連天。常氏坐在床前，握了她的手道：「如何摔成這樣？」老姆頭也不能動，望著天花板道：「苦呀，若是上天入地，摔了骨頭，倒也值得；就是圖清潔，擦門窗摔成這樣，好不冤枉！」常氏道：「哎喲，是人老了骨頭脆了，容易摔斷腿腳的。我那福仁也是這樣，腳筋無力了。」老姆低沉哭訴道：「這一摔恐怕要走了——只愁我細兒還沒個媳婦！」常氏勸道：「莫想那麼多，誰沒有個三長兩短。傷筋動骨一百天，雖然不至於一時會好，也莫想那麼多，還要活很長呢！」老姆苦道：「活很長是無用的，也幫不了兒子一絲一毫。」因那骨頭折了，甚是痛苦，老姆一味悲觀，說死道活的，常氏不免心有戚戚，又好言相勸。

李兆壽恰買了鹹線麵回來——老姆躺在床上，只有吃麵條比較簡單，又不能吃湯，拉一次尿比起爬山都不易。見了常氏，指著易拉罐牛奶道：「你這麼高級的東西，可是卻不能吃的，裡面是稀的物事，一吃就費事，快拿回去。」常氏走出老姆的房間，道：「莫這麼說，等她能上下床了吃也是可以的。如今你們不能再分家吃了吧？」李兆壽道：「她如今不能走動了，就合起來吃；若是我不能走動了，不知是不是就該餓死了——她是不會主動跟我合起來吃的。」常氏道：

「莫這麼説，老來相伴，誰都離不開誰，決不會一人好好的看另一人餓死。你們兩個都好好的，便要賭氣分家吃；有一人不行了，倒會好起來的，老來的冤家。」李兆壽道：「哪敢當她是冤家，我在這家裡，就是舊社會的長工，地主要我便要我，不要我便踢開，沒有商量的餘地。」老姆在裡面，隱約聽了李兆壽的牢騷，有氣無力卻大著嗓門道：「你若不管我便別管我，自有細兒服侍我，別趁我沒能耐時做大。」常氏道：「拌嘴過日子，老了也不改。且做麵條與她吃了。」李兆壽笑著小聲牢騷道：「她是鴨子的嘴殼，硬得很，到棺材裡想罵我了，這嘴還是能張開的。我是被罵了，還要乖乖替她做著，一輩子的窩囊命。」常氏道：「老來能伺候媳婦，那是福分，若要別人來伺候你，那倒不是福分哩。」當下見李兆壽笨手笨腳，便替他做了麵條：只把鹹線麵往沸水裡一過，撈將上來，和了豬油，便是香噴油滑的一碗，又進去餵與老姆吃了。老姆道：「莫這樣，腿是斷了，手還是能動的。」常氏道：「全身都別動，好得快！」將麵條與她吃乾淨了，才回。

這一躺，就躺了三四個月，方能勉強起來。床都躺爛了，躺臭了，原來屎尿也都有屙漏床上的，後來連李兆壽都嫌棄了，只是不敢説的，也不敢流露出來，只是對李福仁説了種種不堪——老來病，確實是惹人嫌的。陳老姆躲過一劫，以為能康健起來，卻發覺，腿骨頭雖無大恙了，人卻憔悴不堪，一張臉瘦長而蒼白，被褶皺包圍著，只比鬼更像鬼。又有一樣異處：別人一天吃三餐，她偷偷吃了四五餐，能吃卻不見氣色好了，只是越來越虛弱了。還有一樣病症：是自早就有的，若手指腳趾輕碰了哪裡，皮膚裡頭便起了烏腫，自在裡面發作腫脹、起膿，直到破皮而出，塗了不少藥膏，渾身盡是膏藥味。這一樁樁病症，皆有出處，只是此時不知：那農家老人得病，只是在家中揣測，土醫草藥能治則治，不能治則硬撐著，直到死了為止。如這般複雜的病症，只能靠身體硬扛了。

其間恰長生和尚下山來，拿了一味藥給李福仁，醫治他的目視不明，要以豬肝為藥引。李福仁笑道：「藥吃得起，藥引卻吃不起，吃豬肝治病，哪有這個福分。倒是陳老姆骨頭摔斷後，病症不斷，倒可看看她有無得救！」那長生也懂些許醫藥土方，又以渡人為本，自是不敢怠慢，連飯也不吃，當下來到李兆壽家。見她能吃卻形銷骨立，手指頭處處有潰爛之跡，也看不出是何症狀，只是瞧得出有虛症，便又想了幾味草藥，答應次日送來。

閒事休提，單來關注細春。他去連江養池養了半年多，一日回到家來，道：「娘，我悔呀！」常氏驚道：「悔何？莫非池子又塌了？」細春道：「倒不是，乃是因為這池賺了，悔當初借錢借得太少，股份也小呀。」常氏喜道：「阿彌陀佛，能賺就是大喜了，人心哪能知足。」又道：「林公果然有靈，那籤說你會賺的。」當下歡喜不盡，將細春要換洗的衣服取下來，又道：「兒呀，後鍋有熱水，快去洗了，來吃飯。」又緊著給細春去買酒——原來那細春在塘下，已經練得天天離不開酒了，一回來就一筐筐地往家裡搬。凡父母見了兒女事業初有小成，均跟懷孩子時一般高興，那常氏自比普通人更心疼兒女，自是加倍欣喜，恨不得把心肝掏出來疼他。

原來那連江的池塘是新池，土質倍好，那鯉子養得壯，又無病，活生生半年就長成了一茬。又因那裡的塘租不到本地的一半，自然獲利匪淺。雖如此，細春卻高興不起來，原來七個股東裡，就他的股份最小，賺了錢，還沮喪不已——思量如何再加大成本。當下常氏又四處籌錢。不過這次籌錢有譜，因有了好的形勢，常氏面帶喜色，將細春池塘的狀況說得天花亂墜，讓人覺得是養了下金蛋的母雞——又從親友處借了三萬帶利或者不帶利的錢來 連自己賺的一起押下去了。

賺錢事小，且不細提——那人間的錢財，要麼是不夠花，要麼是花不完。不夠花的，不外乎讓一副臭皮囊受些苦累；花不完的，不外乎讓一副臭皮囊舒服一些，均乃心外之事，不值細說。單說這一日，二春中午去燒爐，兒子平平卻要跟他去——頑劣任性得很，得說一不二地依他——便坐在二春的摩托車後到磚廠來。平平下了車，也不顧他爸爸，到廠區壘起的一摞摞磚頭之間玩去了。二春在燒爐間裡待到傍晚，出了來，到處尋平平，卻不見了。那平平極是頑皮，此地又離家近，都能看見村落，二春想，許是他自己回家了。便騎車回來，問雷荷花道：「平平呢？」雷荷花道：「不是跟你去工廠了，一直不見回來呀！」全家都慌了。常氏驚道：「兒呀，你如何這般粗心，那小孩子才六歲，你得看緊的！」雷荷花抓了二春又哭又捶，道：「你這死人，把孩子弄丟了自己跑回來了！」李福仁道：「莫怪了，還不快回頭去找，這麼遠他不至於自己跑回來的。」二春慌張又騎車去廠區，雷荷花哭啼著坐在後面，四下裡問人家，都沒看見這樣的小孩。二春倒冷靜下來，想起一處，心中一凜，忙驅車往一片空曠處水池裡一看：偌大的一片水中，平平在漂在上面，只像一隻落水的小狗。

原來這是挖土燒磚留下的大坑，四處雨水往這裡聚集，形成一個兩三米深的大池塘——曾聽說有小孩在這裡被淹的。那二春閃念一想，焉能不驚，當下見平平果然浮在水面，未知生死，便把摩托車一摔，已然滾到水中去，托起平平往岸邊爬來。在水中卻聽到平平「咯咯」地笑著，似在玩耍，心中稍安，好在離岸不遠，游兩臂就上岸了。雷荷花趕過來，眼淚汪汪，只抱著不住地後怕，想若遲到一步，兒子就沒了。平平卻很興奮道：「方才有一個人在水底托我，太好玩了！」死裡逃生，回到家裡，還不住跟常氏重複這句話，眾人皆以為奇，又眾說紛紜，有道：那磚廠原是建在野墳之上，常有鬼魂在此處耍小孩的；也有說二春一家必有劫數的，莫衷一是。

單為這一樁事，二春每次見了那水池，頭皮都要發麻，亦覺得前塘磚廠是不祥之地。做到了年底滿了，便辭了工，往廉坑磚廠做了。廉坑比前塘要遠一些，須得從橫線馬路過去，多費幾分鐘，此為一事，間做交代。

卻說那錢財聚散，最是無常。細春在連江做了兩年，最是風光，背回八萬塊錢，一時間眾人皆知。常氏把錢藏起，喜笑顏開，出手也頗闊綽，家裡伙食辦得像樣，引得同厝婦女嘖嘖讚嘆——在農人家境的好壞，飯桌上看得最是清楚。那村中，若有錢傳了出去，借債的人自然蜂擁而來。外人且不說，美景來借了一萬塊給慶生做本，安春也來借來八千，常氏對兒女自是一視同仁，當自己是開銀行的，有求必應的。因家中各個兄弟皆無建樹，細春也頗有志氣，叫常氏去找新厝地，準備造新宅，一時間放出風聲，進屋頭都來指指點點。有人說山頭的風水好，前堂開闊，也有人不以為然，說是山頭的地底下多有墳墓，不小心建在骸骨之上，只怕麻煩多多，不如建在前塘新街，那也是村中首選之地——一時推薦者眾，也未決定下來，均是嘴上的忙活。且說連江的池養了兩年之後，土質變差，決定轉場養池，到本縣的蛇頭開了新池，厝地終究沒買，細春將在常氏手裡的餘錢也全投了進去，只待來年大發。世事難料，蛇頭的鯉子養了半年之後，在池底卻神祕消失，挖到土的深處，能見到一些黑黑鯉屍——也有說是這裡土質不好，不合適養鯉；也有說是這一帶齷齪，鬼神眾多，不宜做事業！細春在短暫的輝煌之後全線崩潰。

李福仁這輩子不曾想過發財的事，故而對細春的事業不聞不問，置之度外，如今卻成了旁觀者清，對常氏道：「你這算盤打得忒不俐落，有錢的時候不替細春娶門媳婦，如今卻賠個精光，不留下分毫，倒是如何當的家！」常氏拍著腦門叫道：「老頭，如何不早說，看我失策了如今才說風涼話！」李福仁道：「你服自己能幹，一手遮天，誰敢跟你贈言何事！」常氏道：「放你娘的馬後炮，直叫我腸子悔青了！」當下便思量給細春說門親——幸好還有借給美景和安春等人的兩萬餘元做底子。經李福仁提醒，常氏便是再沒腦袋，也曉得一個道理：那錢財號稱有來有去，有它自己的腳，不聽你使喚的；只有用來做了自家的喜事，才是真正的實惠。

有個媒人叫細流的，兜裡揣了個一疊紅紙，記滿了各村男女生庚八字，四處物色搭配，被常氏叫了來問訊。細流掏出一張紅紙，道：「三嶼有個女子，十九歲，是老大，父親病臥在床，急需嫁出去的，若有合，則能快快娶過來。」常氏此時只一心多一門兒媳婦，自然行動起來更簡單利索，當下合了帖，有合。又寫了細春的生庚帖子，讓細流拿與對方合了，也是有合，便讓細春過去看女子。細春心思根本不在這裡，又害羞這事，只道：「不看不看，要看你自己看去。」

常氏便真的自己去看了——她亦覺得此事是可以由做父母的包辦，叫了同厝的老蟹媳婦一道，也沒有說是幹什麼，只往三嶼去。到了人家裡，匆匆見了姑娘一面，便出來。回家路上，常氏問老蟹媳婦道：「適才這姑娘你覺得如何？」老蟹媳婦道：「雖是嬌小了些，但脖根長，背不駝，還能長開，也是不錯的——若是脖子縮的，那便不行。」常氏原來也一直揪心這姑娘嬌小，現在聽老蟹媳婦這麼一說，心下也豁然，當即中了意。那姑娘家又來人看了細春，也無不甚滿意，隨即選了日子訂了親，禮節往來，不必細表。女方提出禮金一萬八，這是行情，常氏也無異議，只不過她這平時只花錢不算帳的人，如今卻懂得掐指一算，嘆道：「距二春結婚正十年，禮金恰比當時的十倍還多。」

常氏原打算訂親半年後，便將她娶來。卻不料送了日子過去，那邊居然回說，姑娘家還不想嫁，再等等。又問緣由，只是一味迴避推諉，那前後態度迴異不同，引得常氏警覺，自問道：「莫「緣何這般就變心了？」又將推遲了三個月的日子送過去，只回說還要再等，不免起疑道：「莫不是只貪這禮金?!」原來早有耳聞，那禮金送過去，姑娘家早已先給父親治病了。細春聽得這般麻煩，只道：「不願意便算了，將禮金要回來，我先做本錢養池去。」他事業受挫，對婚姻心不在焉，如今又沒有本錢，只能替人家養池，自是希望有本來東山再起。那常氏早就悔當初錢正多的時候沒娶一門媳婦進門，如今一心一意地經營此事，並不把細春的話放在心上，自有主意。

常氏又到林公像前抽了一籤，送與三叔解，道：「這一籤要問的是，訂親之前，那姑娘家對這門婚姻沒有意見的，態度也好，對我有禮貌，對細春也不無滿意；只訂親後兩個月，再提結婚，態度卻冷淡也許多，心也變了，這是何緣故？若不同意這門親事，為何當初又願意訂親；若同意這門親事，為何現在又一推再推？叫人毫不疑惑，如今請了林公判斷。」三叔看了籤數，隨口吟思道：「一樹花開紅更飛，卻逢野鳥上枝棲；雖然不怕花心落，亦有閒人說是非。此籤說的是武則天篡位，有人從中作梗——這姑娘若心意改變，並非她自己的主意，只怕有人指使的。這作梗的人，要麼就想代了細春娶她，要麼另有所圖。」常氏恍然道：「怪不得如此，你所解的與我想的甚是一樣。又再問：有沒有避開壞人，讓她回心轉意的法子？」三叔道：「神仙只推算緣由，占卜凶吉，想法子得自己去想，這籤沒有說事不成了，也沒有說事成了，只你去做了才有分曉！」常氏道：「也是，待我去查了什麼壞人仔作梗，必然要勝他的，破人婚姻，天誅地滅，神仙只會幫助我也不會幫助這樣的人。」常氏便布下千里眼順風耳——那婦女人家打聽事情，消息忒細碎：誰家細下的老鼠生了幾胎；誰家的雞生了鴨蛋，苟且何在；又東家的狗如何吃了西家的屎，均能打聽得頭頭是道。功夫不負有心人，那常氏打聽得線索，又使人誘探，竟把其中緣由，打聽得一清二楚。

與細春訂親的這姑娘，名喚幼青，因在家中為長，自比一般姑娘要思想得多。這一日，到縣裡她親姐姐愛霞家來。看官定要奇怪了，那幼青既是家中為長，底下有一弟弟，又何來親姐姐？說來話長，原來這愛霞、幼青確實為一母所生，那母親生了幼青之後，不幸去世，那生父乃是縣裡水產公司做幹部的，因妻子走了，無力撫養嬰兒，便將幼青送了三嶼一戶人家。後漸漸長大了，生父家裡也認了她，也有往來——此番情緣，一言不足以覆之。閒話休提，單說愛霞攜了幼青去天王寺燒香，那寺外路邊有一算命先生，見了姐妹二人，連呼好面相。當下愛霞便讓先生給妹妹算命，先生問了生辰八字，又細看面相，推算一番嘆道：此女子有夫人之相。何謂夫人之相，就是丈夫至少是國家幹部，吃公家飯的，不做那農家婆娘。其時幼青剛剛和細春訂婚不久。愛霞道：「妹妹，原來母親早逝，你被送了農家，要不然，也是跟我一樣有書讀有好工作做的。如今既然說你有夫人相，不如不嫁與這戶人家，等待時機，嫁個縣裡有工作的人？」因姐姐是文化人，幼青便將這一番記在心裡。算命先生這一番推算，將要破了一樁姻緣，天造奇孽。

癥結在愛霞這裡，常氏知曉了，也是無法。常氏縱然神通廣大，也只會在鄉村間論理是非，擺弄力量，那愛霞是縣裡土地局的幹部，想見一面也難，又如何有辦法？若然去求幼青，她只是避到愛霞處去，也不說結婚，也不說退婚，恰如那風中蛛絲，欲斷還連。到了這般境界，常氏也只是苦惱，時而又垂淚——自覺得給兒子辦了尷尬事，焉能不氣惱。無奈委屈，晝潛夜伏，揮之不去。又說與李福仁聽，如此奧妙之事，李福仁哪懂得此種無奈，只道：「若不同意，徑直去把禮金討回來，再尋一家便是。」常氏想得比李福仁細膩得多，道：「若能如你這般簡單，我還要來問你。此事，女方不先提出退親，若我們這邊先挑明了要退，禮金決計要不回來；況姑娘對這樁婚姻並無不願，只是他姐姐作梗而已，三叔說了，若能將作梗的人繞開，姻緣還是能成的。又，倘若此事不成，傳了出去，又有風言風語加我細春頭上，只怕對他日頭再說親也是有礙——我這思量的事，那能如你想的那般單調！」李福仁聽得頭都暈了，道：「我是不懂，又怕說了不懂你又怪我，故而胡亂出主意的。既然這麼複雜，我就不去想它了。」常氏只把愁事壓在心頭，無奈中等那日破雲開，暫且不提。

回說陳老姆斷腿好了之後，也就百病纏身，恰如風中殘燭，忽暗忽明，不期哪陣風來得緊些，將被吹滅了去。又一日，出門買油鹽，右腳趾頭被路上石子磕了一下，登時又瘀青了。兩日後，瘀青潰爛，蔓延至腿部，又臥床不起，那尋常膏藥，塗了全不見效。李兆壽端茶送飯，只是搖頭，暗暗嘆道：「她若跟李兆會嫂子那般安寧走了，倒也舒服！」——原來那李兆會婆娘前兩年已死，只是在牆角晒太陽時順便歸西了，因她死活都一個樣，路人都不知，倒是家裡那條狗曉得，搖了尾巴去將她兒子引來。她兒子探了探鼻息，回家與媳婦喜道：「老太婆終於走了！」隨即大做喪事，排場頗大：生前飢寒，死後榮華，叫人好不嘆息道：「有些人還是死了舒服！」——那只是活人的意見，誰也不知死後是不是感覺到很舒服。

陳老姆風聞了李兆壽此話，大為震怒。她是怕死的，又怕人在病時談生論死，便將李兆壽咒罵了一天一夜不停，甚是刻薄。李兆壽只能出來與他人道：「她不知老人得病是極討人厭的，早死做皇帝，這是道理，她不懂，只道我要早咒她死。須知，她一死，三人都舒服，她不死，三人遭罪！」此話怎講？看官也許知其一，卻不知其二。她小兒子李細懷合，如今也二十大幾快三十的人了，到處託人撮合婚事，卻百般無果，最大障礙只有一個：若有那女方來看家，見了兩個七老八十的老人，一個還常病不斷，只會躲開：誰家姑娘願意和兩個老不死的累贅一起生活？這番玄機，老姆不知，李兆壽心知肚明，因此常言：我們兩個不死，只怕我細兒娶不到媳婦的。

又，陳老姆病臥在床，家中沒有女人伺候，偶爾有大兒李漁民媳婦來給她處理屎尿，極是不便。便有鄰家婦女幫忙，替她在池塘邊倒了木馬桶，洗了，靠在牆角晒乾。下午時分，那醫生阿吉的媳婦秀清經過牆角，見老姆的馬桶底部圍了一圈螞蟻，密密麻麻如趕集一般，便道：「哎喲，老姆許是得了糖尿病，馬桶裡招了這麼多螞蟻。」眾人得知，也都附和道：「怪不得，人瘦跟柴禾似的，飯量卻大。」原來村裡小學裡一個老師是得了糖尿病的，眾人知曉一些症狀。便有人贈言李兆壽，不讓她多吃，李兆壽道：「她沒吃的便罵，說要餓死她，倒怕她變了鬼都來找我算帳，不如讓她吃一口爽一口吧！」眾人又提議道：「若有錢，倒可以送她去哪裡治療。」李兆壽笑道：「俗話說：無錢治病，有錢買棺材。生死有命，哪裡還提治療！」此話怎講？那窮人家哪有錢去醫院，但凡死了，親友總能湊出棺材錢的，是故有此諺云。

倒是有偏方：若吃南瓜，能專治糖尿病的。原舊厝裡懷參媳婦送了兩個；李福仁厝裡安懷送了一個，他是聽常氏說了老姆病情，讓常氏轉送去的；後鄰居懷恩媳婦去橫坑走親，也從娘家帶回一個送來。陳老姆也不知為何每日都吃南瓜，只是肚子餓了，什麼都能吃進去。若問：「有沒有其他東西可吃？」李兆壽便道：「這南瓜是治療潰爛的，你多吃便是。」越吃，那腿腳越是潰爛，連神志都不清了，又死不了，一日挨著一日。如此兩個月餘，把這家連累得不成家了，只道一人得病，雞犬遭殃。又一日，有婦女來看望陳老姆，帶了一個金閃閃的戒指，陳老姆見了，卻記在心上，回首對李兆壽道：「這輩子不曾戴過金首飾，你去給我買了戒指來戴！」李兆壽啞然失笑，心道：命都活不成了，還計較這個！不以為意。哪知道老姆整日掛在嘴上，嚷著要金戒指戴，卻從不曾嚷著要吃藥。李兆壽卻犯了愁，出來對他人道：「這輩子我只聽說過金戒指，卻沒有見過，她要這東西，我哪裡去找？若有這錢，還不送她救命去！」李福仁知了，告訴李兆壽道：「我知李懷祖那裡有個金戒指，前幾日拿出來到處炫耀，看看能否借來一用，讓老姆過癮。」原來村中李懷愛借了李懷祖的利錢，日期到了卻無力償還本金，只好將她老婆的金戒指拿去做了抵押。李懷祖拿了金戒指，到處叫人辨認真假，一條街上的人都知了這個戒指。李兆壽無奈，心懷僥倖去借，李懷祖道：「這個使不得，我這戒指即是錢，要借都得有利的，否則壞了規矩，誰都來我這裡討便宜，自討麻煩！」——李懷祖極是吝嗇，跟他借物什乃是火中取物，燙手得很。李兆壽慚愧而歸，嘆道：「老太婆，要什麼門面活計，害我丟臉！」

恰三叔是那李懷祖的鄰居，從來對李懷祖說話是不客氣的，從頭到尾看了這事，對李懷祖道：「你這守財鬼，不知好歹，那陳老姆是快要死的了，發了痴心要穿金帶銀的，你戒指只借她幾日，讓她瞑目，也是做修行好事替子孫造福，又不損你一分一毫，居然就不幹。那李兆壽是心腸筆直的人，決計不會貪你圖你的，我若有金銀首飾，只會二話不說借與他：替人超度的好事不幹，只怕將來有報應的！」李懷祖聽了，佛心將那得利之心驅走，倒回心轉意——誰不想替子孫多行善事，卻又嘴硬，道：「我只是跟他開個玩笑，他便當真了。他個老頭，都快做不動了，我又如何圖他幾個利錢，真是不懂得玩笑！」三叔道：「快快與她送去，若等她咽氣了，這善事也做不成！」李懷祖道：「正是，這回是好事親自送上門去，這般殷勤，若還不算是給子孫積德，老天都說不過去了。」三叔道：「老天曉得你吃利息的習性，做一點善事一時三刻就想著回報了，放心，有好事老天會儘先分與你的。」李懷祖道：「那是，我做好事多，當然儘先想我了。」當下興沖沖將金戒指送到李兆壽家，笑道：「你這老實人，跟你開個玩笑，就以為我真不借你了，儘管拿去，給老姆戴個爽快，決不要你一分一毫利息。」李兆壽愣了片刻，才曉得李懷祖發了善心了，當下道謝接過，進去對老姆道：「給你拿金戒指來了，到了陰間也夠闊氣。」老姆神志已經半昏不明，懂得把手指伸過來，道：「不去陰間，還要再活下去。」李懷祖倚著門框看了，嘿嘿直樂，道：「活多長我就借你多長，不必著急死的。」

老姆把戒指戴了，又喃喃道：「戒指有了，還沒有手鐲，你再去買一個我戴。」李兆壽道：「你這是哪來那麼多的心思為難我，那手鐲我哪裡去拿。」老姆道：「老頭，手鐲也買不起，你個窩囊廢，棺材生白蟻我也饒不過你。」李懷祖探頭探腦觀看動靜，見了李兆壽的無奈，熱情道：「送佛送西天，這個我倒可以再幫你一忙，不過有些計較，你過來我說與你聽。」李兆壽走出來，李懷祖湊著他的耳朵輕道：「我手裡倒有手鐲，不過是假的，你若不跟她說，許是可以哄住她。」李兆壽笑道：「但有，管它是真是假，她如何能辨認的。」李懷祖道：「你莫急，我回來取了來。」原來去年曾有一外地人到了村中，說要廉價賣金的，被李懷祖撞見了，財氣相投，說到一處了。那人神祕地指著自己包裡一干金銀器具金元寶，悄悄道：「這是工地裡挖牆基時，從地下掏出的上古文物，都是值錢貨，千萬休與人說！我家中老母生了重病，急需要錢的，看你面善，若有意，賤賣你些？」李懷祖聽了有便宜可賺，早昏了頭，選了些可意的，把價錢壓得低低的，買了回來，自有做財主一般的感覺。又將部分當了藏家寶送與兒女媳婦，卻被他兒子破口大罵一番，說你一生如此吝嗇，都騙到兒女身上——才曉得是上了騙子的當，大呼苦也。後，聽得騙子有在鄰村出沒，他便去守侯，生生把騙子逮住，取回了錢，那假器也不曾還與騙子，故而家裡有假手鐲。

當即取了，給老姆戴上，老姆心滿意足地摩挲，也不思病痛，似乎那一輩子的心願全在真假飾物上了。李懷祖回來，與三叔自誇道：「這回好事做絕了，連戒指帶手鐲都借與她，老姆滿足得不得了，只怕到天堂都舒坦著呢！」三叔讚許道：「這才是正道，比你到處討利息要有意義，只怕你有萬貫家財傳家去，還不如做這些給子孫的好處多。」李懷祖笑道：「有道理有道理，做善事自己心裡也舒坦，必有善報——我孫子明年就考大學了，我行善到這份上，他若考不上就沒天理了。」

如此捱著，這場病直拖了三個月計一百日，把家人拖累得快死，老姆才嚥了氣。眾鄰里都替她鬆了口氣，道：「解脫了解脫，上天堂去！」那人死了，不管多窮，喪事儀式俱不能免，兄弟親戚使出吃奶的力氣聚了錢，該做的排場也做了，俱不細表。老姆一死，金戒指假手鐲還給李懷祖，李懷祖吩咐道：「你若是燒紙錢，得跟老姆說那首飾是跟我借的，好讓她在陰間天堂給我說好話。」李兆壽笑謝著，替死人應承了。

再說細春被常氏逼著，往岳父岳母家送中秋節禮——婚暫時雖結不成，禮節卻是不可免的。常氏也想把這禮節送殷勤了，將幼青感化。那禮節，也是送了兩份，一份是到三嶼的養父家，一份是到縣裡的生父家。細春提了一截豬前腿，又一疊紅印中秋肉餅，送往縣裡幼青生父家去。做為前途未卜的女婿，甚是尷尬無趣，喝了茶，細春便要走。生父倒是不嫌棄這個鄉下的女婿，邊挽留邊起身相送。正打開門，迎面卻進來一個人，與細春一打照面，雙方都說出對方的名字來——該人乃是叫金漢鼎，是水產局的技術員，因公兼私，也在塘下承包了股份養池，跟細春是熟識的。金漢鼎提著節禮進來，問細春來做甚，細春愧聲道：「給丈人送節禮的。」金漢鼎道：「不問不知，我也是給丈人送禮的，莫走莫走，一起吃了酒飯再走不遲。」當下被金漢鼎拉住，因有熟識人，細春便也留了下來——原來金漢鼎是愛霞的丈夫。當下那丈人便叫保姆準備酒飯，吃了，席間，金漢鼎問：「你們何時完婚？」細春不由暗暗叫苦，趁著酒勁，當著丈人和金漢鼎的面，將那苦處原委道了出來。那丈人倒不甚關心其中奧妙，畢竟這女兒已算是別人家的了；但金漢鼎得知是愛霞在其中搞的鬼，卻不能不管，當下道：「待我回去問問，若是問題在她這邊，我必然要做她的工作。這年頭哪裡還能輕視鄉下人，賺錢致富的都是你們，我們在單位吃死工資，若不因公兼私做點股份，哪有好日子過！」當下酒足飯飽散去不提。

金漢鼎記著細春的婚事，回家便質問愛霞此事，愛霞承認是她的主意，道：「我是為妹妹的前途著想，倘若嫁到鄉下去，永遠都不能出頭的。她有好命，為何不爭取呢！」金漢鼎道：「那路邊算命騙錢的一句話，你也當真，真不知道是怎麼受的教育。細春有什麼不好，我跟他處過，雖然沒什麼文化，卻是很用心做事業，如何知道嫁給他就不好。你這樣破了一樁婚姻，將來指定能給幼青找到好夫婿？若找不到，豈不是害了她？這種事，便是做父母的都不能這麼大包大攬，更何況你是做姐姐的！」愛霞道：「是不是那細春給你什麼好處，說了什麼好話，你這般幫他？有著心思，卻不幫我妹妹，替她找個縣裡的好主顧！」金漢鼎道：「這般勢利，虧這麼多年沒看得出來。」為此事，夫妻倆鬧了矛盾。這一家子，有家庭政治的，原是愛霞說了算，金漢鼎只是悶頭不響工作。後，金漢鼎參與養池賺了些大錢，在家裡地位高了起來，說的話也算話了；金漢鼎又經常打麻將，輸贏的錢都大，愛霞也屢屢婉言相勸，若一發生矛盾，金漢鼎便紮到麻將堆去，愛霞顧及家庭又不得不忍讓些。

金漢鼎跟細春又是談得來的，氣愛霞多管閒事，屢屢拿話打擊她，又趁兩人關係僵了，自顧跑麻將堆去。這一著，使得愛霞固執之心漸漸鬆動。那幼青只聽愛霞的，愛霞回心轉意，她也回心轉意，終於鬆了口風，應承了細春的婚事。這一樁婚姻，種種坎坷，因緣際會，被那村中婦人做了談資，講得波瀾起伏峰迴路轉，只怕真實的都沒那麼精彩。常氏見幼青回心轉意，馬上討了日期，年底將幼青娶了過來。她耐心的持久戰得到了回報，其中甘苦絕望，轉機喜悅，不必細說——那做的娘的，一世為兒操心人，都體會得到。

22

長生和尚下山來買了米麵豆腐，順便看了李福仁。那李福仁正在犯愁，因實在幹不動了，在美景的堅持下，把田地全給租了出去，李福仁心中空落落的——一世跟田地打交道，如今做不了活，整日待在家，恰比沒了爹娘還要失魂落魄。長生和尚知了原委，勸道：「四個兒子娶了三門媳婦，子孫滿堂，你也該休息，享享天倫之樂了。沒日沒夜地幹下去，哪是個頭？」李福仁道：「兒孫繞膝的樂趣，那倒是真。只不過鋤頭把兒握了一輩子，這一扔開，手空空的，心也空空的，實在沒在滋味，也不知道日復一日做甚去！」常氏在邊上插嘴道：「你說這老頭賤不賤，叫他享福，卻不知享，做夢還在鋤地，沒把人笑死！」長生和尚道：「阿彌陀佛，我福仁哥真是有情人。」常氏道：「說他有情？那也是笑話，我三春不知跑何方去，是生是死也不知，他卻不心疼，也不念想，還說什麼有情，最無情是他了。」長生和尚道：「我說他有情，是大情，對天地有情。」——長生和尚是有宿慧的，這番悟性的話，常氏是聽不懂的，只怨道：「他除了對兒子無情，對誰都是有情的！」李福仁道：「我不曉得什麼有情無情，我只愛那勤快的人，三春那懶散浪蕩勁頭，我倒真是無從親近起來，還不如一根鋤頭把兒！」閒聊之間，留長生和尚吃了飯，那長生和尚又將飯碗吃得一粒不剩，自回山上去了。

卻說這一日，二春吃了晚飯，要去磚廠上工——晚上要站爐的，剛推了摩托車出門，又返回廚房。雷荷花問道：「何事又回來？」二春道：「剛出門想起有什麼忘了，回來了卻又想不起來。」兒子平平從桌子上滑下來，要二春抱。雷荷花道：「你莫纏著阿爸，阿爸要去上工。」平平道：「阿爸不要去，在家跟我玩。」平平往常少跟二春親近，今日纏著卻是異常，二春便將他架在脖子上，在廚房和後廳之間走來走去，惹得平平哈哈大笑。常氏見了，也笑道：「你只圖將阿爸當馬騎了高興，卻耽誤你阿爸上工了。」雷荷花也對二春道：「你莫理會他，讓他自己玩去，別耽誤了上工。」二春卻道：「今日不知為何，有點心神不寧的，真不想去上工。」雷荷花便不再理會他，自個兒幹家務活去。二春陪著平平玩了一陣，待心思稍微平靜，又覺得待家無趣，這才推了摩托車，從後廳出門而去。

過了一頓飯工夫，聽得門外摩托車轟鳴，卻見李細懷合進來喊道：「二春在橫線馬路口被車撞了，村裡人已經把那車攔下來了，你們快去現場！」——李細懷合等四人去廉坑看戲，戲卻不好看，便早早回來，坐車到了橫線馬路口，見一輛摩托車被一輛大巴客車撞在路邊，騎摩托車的人早被撞到十幾米處，定睛一看，卻是本村人二春，當下幾人將大巴看住，李細懷合坐了摩托車回來報信——從村中到有公交車的橫線馬路有一里遠，由一條土石路通了去，有二輪摩托車在此往來載客，李細懷合便是坐這摩托車回來的。當下常氏驚詫慌張不已，同厝的人也七嘴八舌來出主意，一面讓雷荷花自坐了摩托車去路口現場，一面讓幼青去叫安春也到現場去，同厝的人又幫她打電話通知細春回來。那李福仁也只是喃喃不安，無計可施。

雷荷花、幼青、安春先後趕到路口，交警已到，正在勘察現場，那二春已被救護車送往醫院搶救去了。當下與警察交涉完畢，三人便坐車趕往縣醫院，在搶救室外等候。安春抽空又出來打了電話給美景、美葉，那雷荷花頭一遭遇到此等大事，心臟本來就不好使，此刻更是要癱軟一團，被幼青扶著，只後悔哭道：「不該叫他今天出工呀！」半小時後，細春、美景、美葉陸續趕到，女人們有的焦急，有的愁苦，有的問原委，有的垂淚祈禱，只有安春和細春稍鎮定些。後來，有醫生出來道：「已經盡力了，沒有辦法。」要家屬簽字。雷荷花哪裡能簽字，只一味號哭起來，眾姐妹妯娌邊哭邊勸慰。安春替著簽字，又連夜將二春運回家來。常氏、李福仁在家等待消息，已心力交瘁，仍看到二春是死著回來的，常氏要悲痛得已經沒力氣，哭也無聲，只是伏在其上，眼淚滾滾。當夜後廳布置起靈堂，泣號一片，白髮人送黑髮人，何等沉痛。常氏只哭得欲死過去，轉醒處，只見風吹幡布，簌簌有聲，便指著幡布哭道：「我兒二春，是你有靈在此嗎？是惦著娘捨不得走嗎？你活過來吧，跟娘再說說話呀……」渾渾噩噩，若瘋若顛，只聽得一旁撫慰的婦人都垂淚不止。李福仁看著兒子，直愣愣著悲傷，無聲無息，恰跟傻了似的。肝腸欲斷之痛，筆者自不忍細述。

人既已死，自當料理後事，又十分有講究。次日，細春來問三叔道：「我爹娘都在，墳墓都沒做，如今二哥死了，該不該做墓？」三叔道：「依習俗常例，父母的墓沒做，他是不該做的，只需用幾擔石灰將棺材埋了，立個碑就算了。若是做墓，只怕對後代不好！」細春將三叔的意見帶回，李福仁與常氏卻不依，道：「他是有家室的，有老婆又有兒女的，墓卻如何做不得！」又去降神問了，那神是大聖，大聖也婉言勸道：「若是做墓，會有礙後世。」李福仁固執，硬是不聽，要將墓做了。安春也堅持要做，道：「既有錢賠，若是不做，也說不過去。」原來這一起車禍，還未最後判決，只是先支付了一部分撫恤金給料理後事，一應掌控在安春手裡。當下尋了風水先生找地，因二春只有一個兒子，只需尋找旺一房後代的處所，先生尋了一日，便找到老虎頭一處旺地——屬於同村二隊李細嫩的自留地，原來是種茉莉花樹的，後來茉莉花不值錢，也無人料理荒蕪了，花了四百元買到。花了幾日，自家宗親來幫忙幹活，把墓建了下葬，自不待言。

又，原先雷荷花有心慌慌的病，一直沒有治好，曾到縣裡南門城隍廟去求神問卜，那求解的結果道是：此病有鬼神之礙，乃是住的大厝有問題。原來，此厝並非現在所住的各戶人家祖上所有，而乃是一地主叫李兆楚的厝，解放後李兆楚被打倒槍斃了，才分到如今各戶人家的祖上。又地主李兆楚原先有個兒子在縣裡求學，後在龍溪游水溺斃，遊魂回到這大厝，不甘大厝被別人家瓜分了去，一直在吵鬧，是故住在這大厝的人家經常會這樣那樣的病。若遇到凶煞的年分，則要損失人口的。雷荷花原是不信的，並不放在心上，如今有人死了，被說得準準的，大家又想起這一齣，不由全厝都狐疑了。又請了本村的神來問了，如出一轍：道是這厝有鬼鬧著，恰那一日厝被震動了，故要出人禍。

眾人回想起那日，確實厝被震動了：出事那日李懷成跟他媳婦打鬥了一番，打得板壁咚咚作響——李懷成因賭博，經常不顧家裡兩手空空回來，媳婦原對他不滿。那媳婦的表弟的老婆落水而亡，她去奔喪，卻一去不回，就和表弟一起過了。原來婚前早是有些情意的了。李懷成屢叫她卻不回，那日讓了女兒去哀求，回來了一次，結果被李懷成大打出手，震動了大厝，故必有一人死難。此一言語論斷傳出，滿厝驚慌。

雷荷花自丈夫死去，又深信大厝裡有不祥之物，夜裡心驚膽戰，想到三叔三嬸家是獨院，又有兩間餘房，便去問三嬸能否搬過來住一陣，待那賠償金到了便搬縣裡去住。三嬸道：「你三叔脾氣是很臭的，天底下就我一個人能跟他合得來，你那兩個孩子那麼頑劣，只怕是住不攏的。你遲早去縣裡租房住，不如忍耐幾日直接搬走，省得麻煩。」雷荷花原是想若能在三叔這裡住下，便可從容從長計議，如今未能，便加緊聯繫縣裡的住處。

當下人心惶惶，只怕這厝裡一有動靜，便要死人。細春託了二叔，來問訊可否搬到三叔這裡來暫住。因細春是在二叔名下立嗣，故而二叔是要出面的。當下二叔過來說明了來意，又因細春媳婦上有身孕的，三叔三嬸推託不住，只是三嬸提醒，要忍住三叔的脾氣和骯髒的習慣：他因病臥床，病人的脾氣比常人要孤僻的；又時常咳嗽吐濃痰，不習慣的人自會噁心的。求得答應，細春便匆忙搬了過來，那結婚的電視、沙發、立櫃等家私還全是嶄新的，擺了一個房間，另有一間做廚房。常氏與李福仁，也多方打聽，尋了李懷志的兩間房——李懷志在舊厝邊上新建兩間房，原是用做糕點的，後搬到縣裡去做了。當下大厝裡的其他人也都紛紛尋了其他的房子搬走，就怕走遲了厄運降自己頭上了，一年後，只留下兩三戶老人家住著。因人丁稀少，自有賊仔進來，將那雕花窗櫺、龍纏柱等偷了去，那厝便寂靜又破敗了，此乃後話，自不細說。

話分兩頭，原來發生車禍的大巴被交警扣留，眾人一心只等賠償完畢才放人放車。事情只過了幾日，又聽得把大巴和司機放走了，這裡大驚，當下叫了眾人，有安春、細春、慶生、美景，連三叔、二叔，一行到交警辦公室去論理。三叔道：「這賠償還沒完畢，你們便把人和車都放了，這叫怎麼回事？」那檢查科的隊長道：「跟車跟司機都沒關係，我們有了他的帳號，能隨時取賠償金，才敢放他們回去的。我們科裡有十一個人，你可以叫任何一個處理此事，你若有什麼不滿意，可以隨意去檢舉我們的，不必叫這麼多人來這裡鬧事。」然後把判決的條件一一列出：二春騎車闖十字路口，又沒戴頭盔，自己要負半責的。又考慮到其有一子一女，算是一女由他妻子撫養，一子由他撫養，則算其兒子到十八歲的撫養費，再加上其對老父母的贍養費，安葬費，並扣除管理費，一共合計了六萬元。眾人聽了，當場也難有意見，只不過此賠償是斷不能滿意的。

當下眾人又回來商議，只能從這個科長去使勁：四處打聽這個科長，叫陳加金的，有一些淵源，他本家確是和常氏是一個地方，雖沒有來往或者宗親，若是託了中間人，也能會上拐彎抹角的親；更巧的是，他的妻子，是三嬸的娘家人，若論輩分，是三嬸的侄女輩，且如今他家屬還在農村的。此事本應由常氏出手，怎奈她受此大慟，已心力交瘁，又不能坐車，眾人便商議託三嬸去會親。三嬸又推託不得，不過倒是有主張，道：「若說會了親，那也只是會了親而已，如今託什麼人辦事，關鍵都是要送禮才會做事，我看少不得要送錢的。」這規矩自然都是曉得的，眾人都覺得有理。安春道：「送錢要送多少，倘若送了錢又不辦事，那錢也拿不回來，又怎麼辦？」三嬸道：「這個得由你們兄弟決定，送錢的事也須你親自跟我去，不然若出意外，我有兩個嘴巴也說不清楚的。」安春手裡纂著第一筆賠償金的，聽說要出錢，又躊躇了。那安伍是有些經驗，贈言道：「如今這世道，道理硬得很，錢送得越多，幫你的忙越大，白叫人能做事的，太稀少了。不過人家要是幫不了你的忙，大概也不敢收你錢——我幫我哥去送禮，基本上是這規矩。」躊躇了兩日，又得眾人贈言商議，那安春才決定拿了三千來使後門。

三嬸、安春帶了手頭禮，先到了三嬸的弟弟家，又叫弟媳婦帶了過去。那陳加金媳婦是在當地小學當老師的，倒也有禮貌。三嬸叫她侄女，當下把遠親會了，又將那二春的車禍說了一遍，道：「如今聽說只賠償六萬，她們母子三人是沒有活路的，他媳婦常年心臟有病，不能自保的，若二春活著，一家四口全是他養著，如今判決只說是兒子由他養，女兒由媳婦養，媳婦又怎有撫養能力，所以希望要考慮他全家的情況，多賠償些。」陳加金媳婦道：「所說情況我都知了，待加金回來便轉告他，且放心。」當下要了家裡的電話號碼，告辭而去，出門之前，捅了捅安春，安春便將用報紙包的三千塊掏出來，放桌子上，道：「這幫我交給加金隊長。」加金媳婦已知其意，趕緊取了回塞給安春，道：「你莫這樣，他能幫得到便幫得到，幫不到便幫不到，我們親戚之間不用這個。」安春見她這樣說，也猶豫了，心存僥倖也許不花錢能辦到事，早被三嬸一把搶過來，放回到桌子，用桌蓋壓住，道：「這是應該的，一點謝意你若不收下，我們算是白來了。」拉了安春邊說邊逃。加金媳婦追不上，在後面無奈，道：「你放這裡，回頭也要教人送回去的，更麻煩！」

此後，安春便緊追三嬸打探消息——他只怕那錢是白花了。過了兩日，三嬸便打電話到陳加金家，陳加金的媳婦接了，三嬸道：「家屬這邊想知道情況，我要不要當面跟加金說？」加金媳婦道：「不必了，我們是親戚，能做到的都會盡力，加金知曉了情況，也只是要幫你們的，如今其他方面都已有定論，很難改變。若說他媳婦有病，只有一樣有法子，你若能做了媳婦的殘疾證，那麼他媳婦和女兒都有賠償。若做不到，就沒有辦法。」於是，又將這消息散開，託了縣裡的親戚四處打聽如何做殘疾症。又安春表姐，也就是劉家勁的姐姐是在縣政府工作的，曉得做殘疾證的門路，去問了，人家道：「若要做，得儘快，今年的名額只剩下一個了。」做殘疾證，又得有一樣醫院就醫證明，便託了本村一個在縣裡當醫生的人家，使了錢，讓院長給開了經常就醫以及心臟病的證明。種種細節，全仗著親友出力，一一辦理妥當，兩個月後，判了十二萬賠償金。三嬸有話與安春道：「如今人家已經盡力幫了我們，多判這麼多下來，你送了三千走後門是不夠的，錢下來了須得自己登門再謝一次。」安春嘴上應允，實際毫無行動，不知陳加金夫婦有沒有怨言，倒是三嬸有怨言道：安春是個白眼狼，拉屎從不要擦屁股，把她娘家的人情又得罪了。

卻說雷荷花帶了一對兒女，在二春的喪事辦完之後，即搬到縣裡去住。租住縣裡，又無工作，花銷也大，用的錢，乃是二春出事那天剛標到的一場會七千元，加上二春磚廠義贈的四千元，一心等待那賠償款下來。屢屢問安春，安春道：「那賠償金哪有那麼快下來，這麼多親戚都在為你奔走，你倒只懂得一心討錢！」轉眼到了年底，大年三十，雷荷花又到安春家去問——其時安春也搬到縣裡去住了。到他家，只見清河翹著腳，正在躺椅子上邊磕瓜子邊看電視，追問安春到哪裡去了，清河淡淡道：「他到塘裡還沒回來吧！」雷荷花道：「可知那賠償金下來沒有？」清河道：「沒聽說下來——若是沒來，該到過年後吧！」那雷荷花無奈，悻悻而回，雖覺得其中有蹊蹺，卻也無法，她一無文化，二沒門路，哪裡懂得如何去問究竟。

待過了春節，元宵節還沒過，就聞得安春夫婦出外做工了。到他家裡一看，果然只剩下清河的母親，照顧兩個孩子，只知父母去外地了，其他一問三不知。這下雷荷花慌了手腳，一心指望的錢沒有盼頭，她哪有活路。無奈，只好跑到村裡，到常氏和李福仁這裡哭訴，李福仁就不必說了，對付諸如此類的糾紛大事，他是沒主張的，責怪了幾句安春不長心眼，便一心指望常氏主持公道。常氏只道：「哎喲，他們出去了？也沒給個消息，若錢到帳，等他回來應該會還你。」絲毫沒有指責安春的意思，雷荷花欲哭無淚。此間奧妙，有心的看官能體會：二春已死，常氏在安春與雷荷花的態度上，又分出裡外，胳膊是不會往外拐的。她一個做娘的，有了私情，便忽略了公理，自會讓人議論。

常氏又道：「你倒去把分二叔的錢要回來——那是我兒子命換來的錢，他怎麼敢用，這老不死的！他不愁吃不愁穿，卻來這裡要死命錢，只怕不得好死。」罵得非常難聽，倒讓各位看官糊塗了，這錢關二叔何事？原來當初交通隊和議賠償款時，詢問了二春的贍養狀況，問二春有無兄弟等。縣裡的親戚知道原委，便教家屬這邊宣稱：二春沒有兄弟，家中父母本是由他獨立贍養，且單身的二叔都是由他贍養的，這樣，父母、二叔的贍養費便有賠償。事不湊巧，最後一次交通隊詢問二春有幾兄弟的時候，安春的舅舅在場，不知原委，便如實說了：「二春一共是四個兄弟。」這一答案，使得他父母的贍養由四個兄弟分擔，登時減到原來的四分之一，而二叔的贍養費還是有的，賠償金裡有一萬二是這筆贍養費。這筆錢二叔原是不要的，只不過借他一個幌而已，但親戚們建議，既然又有二叔這一份，就該給他錢的，商議將一半給他，也就是六千塊錢。對於商議的這一結果，常氏心中不服，耿耿於懷，是故有此罵聲。後，安春雖然把六千塊錢交付到二叔手裡，二叔也只是說：「那就暫先在我這裡保管，等平平長大讀書，也交還的。」後被常氏罵得受不住，便將六千塊錢交付於細春，常氏才住了嘴——人常言，她越老，疼兒子便疼得越極端，斷不肯讓兒子的錢流落到他人口袋裡一分一毫！

常氏是不能幫兒媳婦做主的，雷荷花便哭訴到三嬸這裡來。三嬸幫她打了電話到縣裡，請求劉家勁詢問賠償事宜，那裡答覆道：「賠償金早在年前就兑現了，存摺是安春領的，簽的字壓的身分證都是他的。」雷荷花哭道：「三嬸，你評評理，明明到帳卻騙我，他是存心想吞了我這筆錢的。」三嬸心有戚戚，道：「安春是隻狼，只有吞進去的肉沒有吐出來的骨頭，這我都知道，你也不必在這裡說了，到街上去說，讓街上的人去評評理。」雷荷花便垂著淚，哭訴到街上來，但逢著店頭有人，便哭訴道：「你們評評公理，我老公死去的賠償金，卻被安春吞了去，他們夫婦外地享福去了，卻留我們母子在這裡挨餓，連孩子學費都交不起。世上做兄弟的是這樣沒良心，你們都與我評評道理，與我做主呀。」越說越傷心，從上邊街頭到街中，已成了淚人。街上的老人家，好評理的，都稱安春做兄弟的不是；不好說的，也都暗暗同情孤兒寡母。世道人心，自有公理同情在的，只是愛莫能助！後，每每無助時，雷荷花又下來，到街上哭訴一番，群情共憤，都說安春夫婦的無情無理，就連清河娘家兄弟，也都搖頭自嘆，深以為恥。

李福仁腿腳漸漸無力，上身依然龐大沉重，是故走路來有些搖晃。待在家中深為無聊，也常常上街去聽人議事閒談。有人道：「昨日你媳婦又來哭訴，道是安春把她的錢捲走了，母子在縣裡甚是無助！」李福仁道：「這畜生，全被村人議論遍了，我是老了，也拿他無法。什麼錢他不敢吃，莫說我是二媳婦的錢，就連我做墓的錢，也是被他捲走了！」人又好奇，都問緣故，李福仁直性子，也不把家醜藏著掖著，直說了出來。原來二春車禍事件之後，縣裡的親戚，劉家勁兄妹等幾人，憐憫李福仁夫婦喪子，自己卻沒有做墓，每人出兩三千，湊了近一萬塊錢給李福仁做墓的。其時安春還是指揮處理二春的後事，道：「這裡錢還不夠花，你還湊熱鬧來做墓？你若死後，自然有女兒替你買棺材做墓的。」把那錢先挪用了，後來再也不提。看官須明白，那做墓是與結婚生子、造厝同等的大事，人年紀一老，對世事不能插手，便一心想能見到自己的陰宅，然後安心老去。那安春活活不做李福仁的墓，李福仁徒然無奈，自然也憋著一口氣，對安春的怨恨自不比雷荷花要少。眾人聽得這事情，都嘆安春不肖之子、狼子野心。除了常氏不怨，那雷荷花、李福仁、眾親友以及知情的村人，都對安春不滿。那安春自顧帶了錢和老婆在外逍遙，哪管他人輿論是非，且按住不表。

卻說幼青十月懷胎，生了個女娃，因是住在三叔家，又細春在塘裡幹活，常氏不免要來回為她做月子。因安春、二春、細春頭胎都是女娃娃，常氏便懷疑是祖墓風水有問題，雖然時有感嘆：「若是老頭自己的墳墓能做，子孫便能享用自家的風水了。」卻又不怪安春把做墳墓的錢吞了進去。但凡李福仁一提這茬，她便道：「是你自己做窮了，何必怪兒子，人家做得好的，還給兒子造厝。你又沒死，何必著急見那墳墓！」李福仁道：「我是沒死，卻離死差不多了，倘若做了墓，眼睛一閉心一寬就進去了！」常氏道：「你就一心想你自己，兒子死活不管，盡跟兒子計較做甚。」二春死後，常氏疼兒之心更加偏執，李福仁無語。

過了滿月，細春養池的老闆陳建武來賀喜，禮物一干全免，就送了個紅包，當眾砸在桌上，道：「不說客氣話了，意思全在這裡，看得起我就收下。」當下細春掏錢，叫常氏治了一桌酒菜，也叫三叔一起吃。三叔拒絕道：「我不喝酒，怕你們醉醺醺的人！」細春便陪陳建武入席吃了，酒酣之際，建武道：「聽我的話，一定要生個男孩——像我沒有只有個女兒，老婆卻讓結紮了，這輩子賺來的錢也不知道給誰去，悔得我都懶得賺錢了！」常氏道：「正是，若沒有兒子，萬貫家財有何用！」又小聲道：「也有窮人家養不起，如今去買一個來養也是可以的。」建武笑道：「也想過，但你想，那畢竟不是自己的孩子，賺一輩子的錢給他，也不是滋味。哎，只能往後再說了。」常氏道：「去年有人送了一個男娃過來，是山裡一戶農民生的，已經有兒子了，自己養不起，剛剛兩個月，說是一萬五，煞是可愛。李懷山本來是要的，跟他壓價，壓到一萬，壓著壓著，倒被下坂的人要去了，真是可惜。我思量你若有心要那娃兒，就不要這麼計較了，如今斷了後，損失更大。」三嬸接茬道：「李懷山是小氣，失了機會，若是女娃，至少也要八千，男娃一萬五完全不貴的。現在聽說那男娃給下坂人養的，已經會說話了，阿爸阿媽叫得比誰都親。」陳建武笑道：「你們莫說這話題，是我的短處，說了傷心，都來喝酒！」常氏道：「你也莫傷心，該買的還是要買，什麼能缺也不能缺了兒子。」陳建武道：「正是呀，所以我上來跟細春吩咐，便是窮到砸鍋賣鐵了，被計生隊追到山窮水盡，也要生出一個兒子出來！」當天陳建武喝得大醉，電話叫了一個司機開車來拉走，不在話下。

山重水複，世事流轉。這一日三嬸家裡電話響起，三嬸接過，只聽得那一頭問：「細春可在？」三嬸道：「細春在塘下，幼青也抱孩子出去玩了。」對方正要放下電話，三嬸聽出聲音，追問道：「你可是安春？」安春道：「三嬸，正是我。」三嬸道：「既是你，我倒要問一句閒話：如今荷花母子住在縣裡沒錢，整日在街頭哭訴，那錢到底如何了，你應該要給她一個交代！」安春道：「莫急，我正要回來還她錢的。」三嬸強調道：「她們母子在縣裡住著無錢，如今伙食都是跟人借的，不急不行，你既答應回來，就趕緊回來處理。」安春道：「知道知道，我就要去買車票了。」便放下電話。三叔在旁聽了，預言道：「若是安春懂得回來，肯定是在外面遇到難題了，否則這麼多錢落在他手上，能過得逍遙是斷不肯露面的。」三嬸擔憂道：「這麼說來，莫非這錢被他使光了？」三叔笑道：「那也說不準，誰知道這天打雷劈都不怕的夫婦，能幹出什麼出格的事來！」當下三嬸要打電話，將消息告知雷荷花，三叔道：「別多此一舉，安春講的話從來不可信，若是敷衍的話，雷荷花倒以為安春給你什麼好處替他說話了。這個忙幫不得，回不回來過幾日便知道。」三嬸覺得有理，放下電話作罷。

又過了四五日，聽得安春夫婦回來的消息，離他們出走，恰是半年。眾親友都曉得此事棘手，均不插足，是非都在心了，也不發表意見，在外聽風看雨打聽結果便可，只由一家當事人自己處理去。待常氏有事趸過三嬸這裡，三嬸才問道：「聽說安春回來了？」常氏道：「是回來了，說是去哪裡，經過北京回來的，天安門都看過了，毛主席也見了。」三叔道：「毛主席早死到哪裡去了。」常氏笑道：「就是呀，所以也不知道他見了毛主席的什麼，反正是見到了。」連常氏都不知道安春的一身壞名譽，倒來炫耀去過北京什麼的，倒令三叔三嬸在內心嘆息了。三嬸道：「那荷花一直在要賠償金，這回安春回來該還她了？」常氏道：「安春回來正是要還這筆錢的，原先幫她存著，是怕她在縣裡碰到什麼野漢子，人財都騙了去，二春都白死了；如今她既然逼得緊，安春便還她了，由她自去處理。」三叔嘴裡不說，心裡卻想，你這做母親的，連安春這番鬼話也信，且不論她會不會找野漢子，那一雙兒女總是她來養不是你老倆口來養的。世上替兒子護短的，沒見過常氏這麼無理的，三叔心中有氣，便不理會常氏論理，自顧在天井裡望天去了。

常氏壓低聲音與三嬸道：「有一事須得問你個明白，那清河從前陣子開始，心裡不自在，恐慌胸悶，夜裡都睡不好，她自道怕是二春鬧的鬼，如今回來把錢交割了，該如何做法事除去她的病？」聲音雖是竊竊，三叔在旁聽得明白，不由冷笑一下，果然不出他的意料之外：安春必是遇見難處才回來的。天佑二春有靈，在陰間還懂得為妻兒討公道！三叔道：「那安春不是天不怕地不怕，還怕一個死人？他平時也不信鬼神的，如今怎麼迷信了，曉得有報應？」常氏低聲道：「那清河夢見二春跟她討債的，心裡難受得徹夜不能眠，那還不相信！」三嬸怨道：「平時不思量後路，臨了才抱佛腳，如何做法事，倒也沒有所知的規矩。若我看，這法也可一試，用黃紙寫了帳目，賠償金多少，做喪事發了多少，如今剩多少還與人家，一一算清楚，在二春靈牌前點香燒了，讓他知道這些錢都在，不關清河的什麼事，如此這般，那二春泉下有靈，許能放過。」常氏道：「那帳要算清楚了估計也難，被安春花了一些。」三嬸道：「還了荷花多少？」常氏道：「聽說是七萬五。」這些錢平時大家議論得都心中有數了，三嬸胸有成竹便算邊道：「賠償金是十二萬，加上給你們老倆口做墓的錢差不多一萬，交到安春手裡的有十三萬塊，二春的喪事辦了一萬多，給他二叔六千，至多支出兩萬，應該還剩下十萬，如今你還剩兩萬五的缺口，如何把帳補圓？」常氏道：「那安春去北京地界做事業，還沒掙錢就碰到清河這檔子病，事業不成，錢投進去了卻無法賺回來，只怪時運未到。」三叔冷言道：「這還時運還好，若是等他錢花光了再回來，那才叫時運未到，到時候鑽到閻王爺褲襠裡去二春也饒不了的。」常氏附和道：「也是呀，千不該萬不該，他不該用這筆錢的。有沒有什麼法子，多寫點什麼花銷，把帳寫圓了，讓二春放過她？」三叔道：「嫂子，諒我不敬也該說你，我剛聽了你一句中聽的話，接著你又說不像話的話：你做糊塗帳，出入比天還大，連人都騙不過去，還想騙鬼。如今二春既然顯靈了，就不要當他是死人，他到了陰間都還牽掛著妻兒呢，容不得安春這麼無法無天的！」此話是替二春的妻兒鳴不平，說得慷慨激昂，三人都動容了。

三嬸婉言道：「既是安春做了這樣不該的事，我也出不得什麼主意，若有主意，那也是對不起二春的。你該去請神來問問，才知道如何解決的。」常氏聽得此話，只能無奈而去。三嬸道：「想不到如此靈驗，善有善報，惡有惡報，原只聽說沒見過，如今倒見了親眼見一回了。」三叔道：「有無靈驗另當別論，只是他所作所為，被全村人咒罵，若沒有一點反應，那才奇怪！」

後常氏又尋人去陰，即尋了那通靈巫師與二春魂魄對話，求他原諒等等，諸如此類的法事做了一片，有靈無靈，信則其有，不信則無，不在話下。

日後，蓮蓮和平平都知曉安春是貪了阿爸的死人錢，小小心靈也懷了恨，見面都怒目而視，從不打招呼叫伯伯，此一段孽緣，遺留後世，甚為可悲。

23

經此一劫，李福仁又老了一層。因不能下地幹活了，整日閒著，倒更頹了。老人覺少，通常只四五點便起來，早早吃了飯，在牆邊閒坐，呆呆望天等著太陽出來——那言語不多的人，苦是藏在心裡的。常氏因不忍看李福仁無聊，便勸李福仁去老人會看電視，道：「那電視白天晚上都有放，全是戲曲，又不花錢，又不收你電費，你又有閒，不看白白可惜了。」李福仁便跟聽話的小孩一樣，躑躅往老人會去了。

老人會是錄像場改裝的，後排供老人家打麻將，前排供老人家電視，電視裡整天放的都是老人家最愛看的戲劇。只是有一樣不好，裡面沒有正經的廁所，只有一個小便槽通往外邊，用磚頭壘起半人高圍住，卻有刺鼻的臭味瀰漫開了。還好老人嗅覺不靈敏，又一心埋頭打麻將看電視，倒沒埋怨，只是剛一進去人會覺得臭。李福仁進去，見有稀落幾桌老人在打四色牌或者麻將，便坐在前排橫凳上看戲劇電視。初時還能覺出些難聞的尿騷味，過了一些時候便不覺得了，但又有一樣不好：眼睛不好，看戲劇看得似懂非懂，看長了，眼睛便要難受。因為看完了一齣，便出來，又往過路亭上去聽人聊天了。

卻猛地聽了一個消息：原來鷺鷥昨夜死了。因前兩天還有人見鷺鷥在山上種豆的，故而死得頗為突然。眾人議論紛紛，說那死狀：今晨聽了鷺鷥嫂的乾嚎才曉得的，死得毫無徵兆。又有頭人到同宗族各戶收錢，做鷺鷥的安葬費用。因鷺鷥夫婦無依無靠，眾人自都願意出大小不等的錢幫忙。鄰里婦人來幫忙鷺鷥嫂做喪事，頗有些忌憚：原來鷺鷥嫂近年極為刻薄，人對她好對她壞渾然不知，只知道今日責怪這個，明日怪罪那家，大事小事皆怨天尤人，言辭尖刻，頗惹人嫌棄。人老了，或者更善心寬廣，或者更偏狹自我，偏偏鷺鷥嫂屬於後者，帶了老癖，四鄰不但怕與她交往，見她有為難之處想助她一二，都不敢主動的。只是鷺鷥還頗和善，帶著一身老病，又老又辛苦：鷺鷥嫂有白內障，視物不甚明瞭，凡吃喝倒都由鷺鷥來操持——晚年夫婦生活的位置倒了個過兒。鷺鷥地頭的活兒基本幹不了，除了種些菜，生活基本上靠採茉莉花維持。鷺鷥嫂眼睛看不見後，不能去採花了，每日只等著鷺鷥回來做飯與她吃；鷺鷥的身體景況與她半斤八兩，只是硬撐著，哪裡能做什麼能讓她吃得爽快的！居然有一個多月沒肉吃了，鷺鷥嫂叫喊著要吃，鷺鷥便早起去買了半斤五花肉，掛著屋裡，只等採完了茉莉花再回來做，採到下午回來，那塊五花肉早聚集一堆蒼蠅，聞一聞已經臭了，只得扔掉——這一齣講與那眾人聽，都唏噓老倆口過日子不易。鄰人看鷺鷥可憐不過，便有去幫力所能及之忙，卻又怕被鷺鷥嫂知曉，惹得無端臭罵：此間尷尬，是旁觀者不知的。

俗話說：「親三代，族萬年。」意即：凡在農村，親戚不過傳三代，宗族卻是代代相傳的。

鷺鷥死了，鷺鷥嫂又半瞎，大小一應事都是族人操持，鄰里七手八腳來幫忙的。有一樣：一時卻買不到棺材，託人去打聽。當下眾人在過路亭七嘴八舌談論，李福仁聽了，回到厝裡，將消息傳給常氏與厝人。常氏道：「哎喲，鷺鷥兄弟都是個好人呀，如何說走就走了！」一厝人都同情他，道：「這樣子走了，鷺鷥嫂倒如何過——沒個子女太可憐了。」常氏道：「他無兒無女，其中緣故，當初鷺鷥兄弟，倒是將知心話告訴了我，他是好心人呀！」原來常氏鸚鵡籠的茉莉花與鷺鷥的茉莉花是隔壁，看鷺鷥採花甚是拙笨，常氏若自己的採完了，經常幫他採摘。一日，鷺鷥道：「你這好心人，我老了，沒得東西回報你，卻你一椿教訓說與你：你鷺鷥嫂六歲來我家，做童養媳，就到後山風水林裡掃落葉做柴禾，到如今燒了一輩子，子嗣沒有一個，曾弄了一個堂侄子來養，卻也夭折了——指定是燒風水林的柴禾造的孽。你這輩子即便是拆了板壁來燒，也莫去風水林裡弄柴禾燒，燒不得呀！」常氏相信這個說法，十分感謝鷺鷥說了這個心得。如今說了出來，眾人將信將疑，又慶幸自己不曾去破壞過風水林，更不曾燒過風水林的柴禾。

常氏聽說鷺鷥買不到棺材，倒想起一事，道：「曾聽他三叔那裡一口棺材想讓出去的，待我去問問他，讓給鷺鷥，倒是好事。」原來前些年三叔病重，他三女兒便出錢買了棺材備用。後三叔挺過去了，這口棺材一直放在家裡，倒惹得三叔的兒子李懷堯埋怨姐姐道：「有錢不拿來給爹治病，卻去買棺材，真不知是什麼邏輯。現如今這口棺材放在家裡，占著一個房間，成了累贅。若村裡有人用，先讓給他。」常氏當時聽見這話，留了意的，如今想替鷺鷥的後事做點力量，便過來問三叔。三叔知曉了原委，道：「不煩，我打個電話跟懷堯說一聲。」那懷堯在外地工作，三叔在電話裡跟他說了情況，懷堯道：「既是無兒無女的老人家，那就把棺材送與他用，莫要錢了。」三叔依言，常氏便高興去通了消息。

恰三嬸晚上陪鄰居去請將洞主神仙問事，待鄰居完事，三嬸多了一心，順便問道：「弟子請問洞主一事，合該不合該：夫君有一口大厝，又有同村一個無兒無女的老人走了，這口大厝無償送與他用，合不合規矩？」洞主回道：「恐怕不妥，若送與他，將來麻煩只怕你承受不起：你對他好，他無兒女，做了鬼，便會常來找你。鬼上門來，不論何用意，你總是要生病有礙的。你須得將大厝賣與他，便是一文也算是賣，不能送的。」三嬸便回來，將洞主的意思與處理後事的族人說了，眾人都覺得有理。頭人道：「族人湊的有棺材錢，既是按禮俗要買的，一二百又太便宜，不像買的，那大厝依價錢要一千出頭，就折價，按五百買了算了，也算對鷺鷥有關照了，又免了麻煩。」於是便五百塊將棺材買了，又用湊的錢做了墳墓，雖是無依靠的老人，但依風俗下葬，名目也一應俱全，不提。

鷺鷥走了，鷺鷥嫂日子更是難過，都是鄰里族人挨家給她送飯吃的。族中人給鷺鷥去陰，也請了一通靈巫師到陰間與鷺鷥對話，鷺鷥道：「我走了，婆娘肯定沒得吃，也要帶她走的。」恰到了鷺鷥的忌辰百日，鷺鷥嫂便也一命歸天，去陰間與鷺鷥相聚了。族人都鬆了一口氣，道鷺鷥嫂活著比死了難受。鷺鷥嫂生前，四鄰只記得她的刻薄，死後，人家才想起她從前的好，偶爾提起她撮合過哪對夫婦，如今甚是和睦等等。再過一兩年，人們忘記了他們夫婦，他們的墳頭也無人掃墓，後輩的小孩，更不曾知道村中曾有過這樣的夫妻。若沒有有心人述說往事，他們將不會再被人提及。

死者已矣，且再說人間逸事：這一日，消失多年的三春回來了，還帶回一個女人。親友鄰居齊來道賀，探聽消息。三嬸也用手絹包了四個鴨蛋，過來探望，見那女子甚是俊俏，操外地口音，便偷偷問常氏：「是哪裡的人？可願給三春？」常氏喜孜孜道：「三春說是杭州的，剛有身孕。」三嬸道：「這下好了，兒媳婦和孫子一起來。」又問三春道：「三春，去外面這麼多年，該賺了一百萬回來了吧！」三春不屑道：「一百萬算什麼，外面錢多的是，你沒運氣也弄不到你手上來。」然後興致勃勃道：「上海有錢人太多了，一回我實在無錢吃飯了，便在街上演戲，說是我做生意的，幾萬塊錢讓賊仔偷去了，如今身無分文，沒得飯吃。你猜如何？那街上的人給我資助，至少是十塊以上，沒有人拿一塊兩塊的，最可笑的是，有一人掏了兩千給我，我要留他的名字，說日後賺錢了還他，他硬是不留，可見多有錢。後來倒是後悔沒有堅持，否則跟他聯絡上，倒可以再敲他幾筆！」三嬸聽了他這般說辭，已是搖頭，回家再說與三叔聽，三叔笑道：「你還指望他富貴還鄉？他就是狗改不了吃屎的，一輩子犯賤，若能混得開，他是不回來的，如今絕對是身無分文。」又道：「別看他剛剛回來到處招搖，人家看不出底細，只幾日便現出原形：本是個到處敲詐的壞仔，就他娘當他是寶貝了！」三嬸道：「許是娶了媳婦，人才會實事的。」

常氏給三春找了兩間住處——如今搬到縣裡的人多，住處甚是好找——將他和女朋友杭州人安頓下來。恰此刻計劃生育抓得又緊，兩人沒有結婚，又沒做準生證，不免要提心吊膽。那監視各家各戶的探子，早已知曉了杭州人未婚先孕、躲在此處的事實，便來家探詢。常氏便老實道：「確實是從外地剛回來，沒來得及結婚，你們務必要手下留情，不能抓了她的。」那人道：「只有一個法子，務必要趕緊辦了證明，把結婚證準生證給辦了，否則鎮上來人肯定要抓你的，抓去了就沒辦法了。」常氏為此著了慌，三春卻不著急，道：「不用他來抓，我們自己打胎去。」常氏道：「哎喲，不能這麼做，還是想法子結婚把準生證了辦了吧！」三春道：「你給我去弄一筆錢來？」說得常氏啞口無言。次日，三春便帶著杭州人去鎮衛生院做了人流——那女人不知三春的底細，跟著他全是因為相信他一張嘴，因此完全聽他的。等常氏知道，悔之莫及。只好亡羊補牢，催促他們結婚。常氏自作主張，背著李福仁借了幾百塊利錢，給她做盤纏回家去開證明——那三春回家來卻是身無分文的，而常氏和李福仁已經沒有經濟來源，完全靠細春每月拿一二百元做生活費。

那杭州人女人回家，開了證明，打了電話回來，讓三春寄一筆錢來做路費回來，三春回道：「你若是有錢拿一兩萬回來，就結婚，自己沒有錢，就不要回來了。」至此，這樁姻緣了然結束。鄰人親友得知，不免又有一番番議論，三嬸怪常氏不懂規劃：若借些錢，在縣裡找個住處，讓杭州人把孩子生下來，三春有家有口，說不定就成人了。三叔卻評論道：「那婦人離開三春，是她的福氣；若一輩子與三春為伍，那才是苦命人，既要養孩子，還要做了給三春吃，不可能有好日子過的。」又有人道：「那三春天定是無妻無兒的命，就是女人給他生了孩子，也是留不住的，早走是好！」是非假定，各有說法，一段尷尬姻緣，只留些談資與他人閒說。

三春只在家中混飯吃，李福仁自看不慣，對常氏勸道：「莫要讓他上桌了，如今我們吃的是細春的飯，你還養他，沒這道理的！」常氏也曉得三春這麼混不是個事兒，這邊勸三春道：「兒呀，你學乖點，你做點什麼活，為娘的已經老了，再過幾年便無法呵護你了。」一邊又跟李福仁道：「兒子餓著肚，你忍心讓他餓死麼，我也不是沒勸他幹活去呀！」因嫌李福仁在這裡阻擋，又叫三春等著飯點過後再過來吃飯，一味護犢。三春聽了娘勸他去幹活，卻回道：「咳，這年頭只穩穩坐著，又餓不死人，何必跟牛馬一樣拼死拼活去幹！」這番理論傳出，村人傳誦驚嘆：那農人自出生以來，只知道種瓜得瓜，種豆得豆，一分耕耘，一分收穫，進一步又知提倡勤力，懶惰可恥，卻不想三春有反其道而行之的道理，卻也可行。如今糧食不缺，村中雖然懶散之輩，卻從未餓死過人，不比那六〇年的飢荒。人嘆三春不愧是讀過書的，只是不知這書讀到什麼邪道裡去，說的話看似無理，卻駁不得，令人哭笑不得。

那一日，李福仁殺了個回馬槍，覷得三春正吃得津津有味，常氏還在鍋裡加菜伺候，只怒從心起，奪了三春手上的筷子，往窗外扔了出去。三春也怒，站起來只伸出胳膊肘一推，李福仁便往牆角倒去，天幸牆角還放著一張椅子，竟然跌坐其中，已說不出話來——他腿腳早就無力了。三春趁勢把桌子掀了，碗筷劈劈啪啪跌落在地，指著李福仁道：「你是老不死了，我不跟你計較，吃你算是看得起你，以後不來這裡吃呀，你也記得，老得動不了別叫我！」說罷，出門揚長而去。李福仁已經氣累交加，只能低聲哼哼道：「這畜生，這畜生！」常氏先是去攔三春，又來攙扶李福仁，驚慌得眼淚都出來了，道：「冤家呀冤家，你莫再跟你爹動手了！」又嘆道：「兒子來吃口飯，你又何苦呢！」李福仁支起身子，道：「你還護著這畜生，只要你護著他一天，他就一天不能變成人，你疼他，卻不知他就是你害的，我這條老命要送他手裡了！」常氏道：「我如何害他哩，說給人聽都不信的。你倒是這樣逼兒子有什麼好處，原先四個兒子，二春先走了，三春又被你逼得不知下落，你可知我這心頭跟掉了兩塊肉似的。如今三春幸好懂得回來，你又何必再逼他走，讓我心中如何落忍！」說罷，傷心成淚人了，她一心只知團圓和好，如何能想到「你疼他便是害了他」這番道理。李福仁一時也無言，動了動老胳膊老腿，幸好還能用，無有大礙。常氏低頭拾那殘碗碎片，又掃那狼籍菜餚，老倆口竟然再無語了——越老，那愛與恨便越執著，再多言語也無益通融了。

此後三春倒不來這裡吃飯，沒有吃的，便候著常氏道：「娘，沒有米了，幫我弄點過去。」也不用自己動手，常氏便偷偷將米送了過去。沒有菸酒錢，也是常氏這裡支取。不僅常氏這裡支援，那三春卻自有一套生存法則。算好了，這個月該去大姐借錢，下個月該去縣裡大姨那裡借的，過節該去東家借過節費，過年該去西家借錢，如此精打算盤，來往游擊，便是他怎麼也餓不死的原則。親戚沒有不被盤剝過了，他的借是黃鼠狼的借，從來不言還的。借一次還客氣，借兩次三次就有變臉的，他也不懼，誰不借便數落誰，道：「我到某某人那裡借幾千幾百都有，向你借你幾十也不給，沒見你這裡小氣的，還配當國家幹部呢！」又有道：「還是我親戚呢，沒見過這麼無情的親戚，眼見我無錢過年，也幫一把，這麼沒良心的人一輩子不會發財的。」種種難聽的話，不可思議的邏輯，不一一細表。後來那借錢的主兒，不僅是親戚了，凡是熟悉的人，都敢借，特別是本村在縣裡做生意的人，他便會急匆匆跑到人家攤位上去借，讓人很難拒絕。凡此，借名遠揚，壞名聲自然會傳到李福仁那裡去，倒是令他捫心自問：「這樣的人是我生的麼，我一世老實，哪裡來的這個種！」失望之情，只有那生了不肖之子，天天煩心的人才能體會。倒是常氏並不放在心，道：「他能借到錢是他本事，總比餓著肚子要好！」

且說前塘的田地，因開發區要買來做廠區，引得村中喧嘩一片。先前，村幹部自作主張，以每畝一萬九千八的合約收了預付金，然後開始向每戶村民購買。那急著用錢的農民，早已支取了去；也有田地不甘心賣掉的，不收那錢；也有嫌那土地賣得太賤的，也不願就成交了。又，幾日後傳出村幹部從中漁利上百萬的錢，便有人寫了大字報，夜裡貼到街上去，又引得聲討喧嘩一片——此事便僵著，後又傳出，其他村中有田地賣到一畝十萬以上，更有那縣郊的，又賣到一畝八十萬的，這下村民更加不肯賤賣。種種是非，在村中拖了兩三年，終未解決，其中不外乎利益之爭，且不管它。卻說那安春，聽說有得錢領，早早下來領了去，又在村中待了下來，困在常氏這裡吃喝。他在縣裡沒什麼事幹，又懶惰，被老婆孩子趕了下來，又在村中遊蕩，若哪裡能弄些錢來，便再上去。李福仁是不願去領那錢的，他是想不通農民如何能把土地換做錢的。常氏要他去領，他道：「這田地是年年有收成的，多少錢都能花光，把土地買了，正式是敗家子，如何忍心做這種事。」常氏道：「你七老八十，鋤頭把都拿不住，還要這田地。原先要交公糧，加上水利費、教育費、民兵訓練費，七七八八的費，田租收來都不夠交，田地只能是個累贅，如今有人買了，豈不是一舉兩得。」李福仁嘆道：「原先是我自己不能做——如今公糧也減免了，正是做田地的好時機，即便是我不能耕作，等細春他們將來邊務工邊務農，至少也有糧食得吃。你又不吃皇糧，只能是農民，做農民沒了田地，那就不是農民了。」那安春，正想常氏去領了這錢，好讓自己借支些去，插嘴道：「將來還誰去耕作田地，土疙瘩裡能刨出錢來？簡直是笑話。將來這耕地做了工地，農民都去做工，比在土裡刨食要好得多，你白發愁什麼！」話不投機，李福仁便不再說，只找李兆壽傾訴去了。

安春在村子裡住了時日，不是在街上閒談，便是想著如何整錢，當下見李福仁走了，便對常氏道：「我爹是死腦筋，若不先去領這錢，讓人領光了，將來錢地兩空無處哭訴，農村的事是不講理，先來先吃。你不賣，將來那片地都是工廠，你能拿來種嗎！我看還是你代他去領了，省得後悔！」常氏道：「他固執得很，直把田地看得比兒子還親，我若偷偷領了，少不得他將來一頓臭罵！」安春道：「罵，他能罵到哪裡去，總比丟了這份錢要好。將來看著不領錢的人哭了，他自然會曉得道理的！」常氏聽了安春的話，便鐵了心，去大隊將錢領了回來。她信安春是見多識廣的，說的話有理，大凡跟安春有過交往的人，都曉得安春說話有連哄帶騙的習慣，唯獨常氏不覺察，人說，因她打心裡就不願承認安春是那樣的人，反而盲目了。常氏將錢偷偷領回，安春已經先支取了一半，說是給兒女們當學費去。常氏雖然有求必應，但還是說道：「你爹若曉得有這筆錢，該合計著做墓了，他如今人老了，倒是老念叨陰宅來著。」安春道：「不是還沒死嗎？死了自然有地方住。把錢拿來供兒女大學，將來若考上大學發了財，總是比做那無用的東西強，這叫先顧活人再顧死人！」

常氏買了一個羊前腿，加些草藥燉了，給李福仁補腳力。吃什麼補什麼，是農人天然的邏輯，那羊爬山坡全靠前腿，自然有加強腳力之功效。李福仁雖木訥，但亦有直覺——但凡常氏若自己吃得好，乃至一段日子伙食又上了層次，必定是得了什麼錢財。越瞞著李福仁，李福仁便越能覺察一二，卻也不聞不問，只看戲去了。村中幾個賭頭請了一個霞浦戲班，連演了三日還不見停，也不知是賭場得利還是失利。只要靠演戲能引來賭徒，便一直演下去。那下午十分，戲還未開始，只是側台唱班喇叭二胡手在調試樂器，偶爾發出吱吱呀呀的幾聲。台下擺著一條條長凳，稀稀落落的老頭子在無聊地等戲，互相攀談，又有小孩竄來竄去，引得老人責備。靠後，卻是兩個賭攤，圍著一幾圈人聚精會神賭博。李福仁立定邊廊高處，卻瞅得清楚一幕：三春正在在賭桌上押空注，一聲比一聲高，賠了也無錢拿出來，只好繼續空押。做莊的便要他走，他卻有理道：「如何不讓人賭，沒了天理，只等賭完了一併給你便是！」做二的收錢幫手曉得他是攪局的角色，便掏出一百塊遞給三春道：「拿去買酒喝吧，只求你離開這裡。」三春不客氣地收了錢，道：「就依你，喝了酒再來賭！」訕訕離開。

李福仁不忍再看——只要想那是自己的兒子，心中便空落落的。從偏門出來，信步踱到數百米之外的祠堂去，上了二樓，正是村大隊辦公所在。出納在裡面，見李福仁，問道：「來領田地款？你家已領了。」李福仁聽了，「哦」地一聲，意料之中又似乎意料之外，道：「這麼點田地賣了，以後子孫若想種田，卻去哪裡種！」出納笑道：「人人都想讓後世有快活飯吃，你還想讓子孫種田？田賣了以後自然就不用種田了！」李福仁無語了，出了門來，若有所失——往常都聽常氏道「如掉了心頭肉」，卻不解其滋味，如今算是知了。那邊鑼鼓大鬧，曉得戲已經開始了，李福仁便又踅過來，在人群中立定了，呆呆得看著戲台上：鑼鼓震天，人如龍馬，彩旗揮舞。他卻只看得一片模糊，便曉得自己是心不在焉，無心看了，便從人群中走了出去，也不回家，竟一步步朝後山走去。

爬上鷓鴣籠，又上了小嶺仔，氣喘吁吁。一是腳力不如前了，再便是路不好走，兩邊盡是茅草擋道。若是往年，這些茅草早被人砍了做柴禾去，如今大多都燒煤氣筒了，無人砍柴，漫山是荒草遍布。在山間立定，朝村子裡看，景色盡收眼底：原來前塘盡是稻田和池塘，如今被一條高速公路橫截開來，高速外邊一片田地本來就是經濟開發區的，已被建成一格一格的廠區，煞是齊整。那裡邊的田，因為價格的爭執，還處於僵持狀態，也有人還種著，遲早是要賣掉的。李福仁見了此景，腦筋一直有個不開竅的問題，便是：若田賣了，如何來糧食吃！世界之大，他只記得口腹之憂呀！

上了小嶺仔，翻過最高之處，底下的山澗之中，便是慈聖寺。只聽邊上一條小溪有淙淙流水，其餘便是寂靜的世界了。長生和尚在上堂聽了咳嗽聲，眺望下來，早看出是李福仁幾近蹣跚的樣子，便腳踏布鞋健步下來扶住了，道：「你能來這裡看我，必然是有大大的閒心了。」李福仁喘著氣，道：「閒心是假，煩心是真。」長生和尚道：「有煩心到我這裡，也是合適的，這是清淨世界，住幾日便可將煩惱掃盡了。」將李福仁扶到上堂禪房，地板桌凳甚是乾淨，坐定，泡了清茶，李福仁吃了，才漸漸將氣息平了。長生和尚道：「依我俗眼來看，你子孫滿堂，又無病，嫂子也清健，能照顧你，應該是沒有煩惱有福之人，安享晚年的；如今看你，卻眉頭鎖愁，腹中藏憂，不如道來我聽聽。我四大皆空的人，曉得一些看破的道理，也能與你說說！」李福仁嘆道：「人都道我子孫滿堂，卻不知我是生無厝，死無墓，舌頭當擦嘴布。生了四個兒子，卻連一片自己的瓦都沒有，如今住的是別人的房子；一隻腳都踏進棺材了，墓地卻還沒著落，怎麼敢做有福之人？」又將安春將自己墓錢吞了的事說了一遍——墳墓的事，他是耿耿於懷的。長生和尚道：「依常人看，做墓是最要緊的，但依我看，是最不要緊的，生來赤條條，死後無非化為塵土，不用去多管的。你我都是死過一遍的人，活到如今已是萬幸，自不必去憂心死的事，更不必為死而破費去。」

李福仁道：「依你這麼説，也還過得去，便罷了，只是四個兒子，老二比我早先去了，已是一大苦；那老大和老三，全是懶漢，一個是哄哄，一個是無賴，只把親戚朋友都得罪光了，也只差把我老命要去了；只苦了老四，最是懂事，卻最苦，做養殖失敗了，翻不過身來，如今為了逃避計劃生育生個兒子，逃到縣裡去住，開老鼠車過活，卻要養活我們老倆口，我心疼他，最懂事又最苦，其他兩個好吃閒坐，卻餓不死，這是為何？」長生和尚道：「人有前世今生，若他前世是地主老財，又吝嗇，這一世必然要受些苦，若前世做牛做馬，這一世必然要享些福，都是註定的。不必去尋思道理，人的命是不講道理，只講輪迴的。為何有的人生來富貴，有的人生而窮賤，都是對應上世的。」李福仁聽了，似解非解，又問道：「人都説我子孫滿堂，是有福的，我卻覺得一個個都不成材，老大和老三隻跟寄生蟲似的，且沒有一個肯繼承我做農的，失落多多，你覺得算是有福還是無福呢？」長生和尚笑道：「福在心中，自覺得有福便是有福了，那福，乃是自己參悟出來的。」見李福仁不解的樣子，長生和尚道：「你且在我這裡住些日子，慢慢心就平了，這裡寂靜山川，你自當能悟出四大皆空。」李福仁道：「若住這裡，須得跟家裡説一聲。」長生和尚道：「不煩，到山間找一人捎個信回去即可。」當下兩人出了寺門，轉而到山嶺上，看小嶺仔間有一老人正在鋤地，認得是十隊的李安全。長生和尚便叫李福仁立住，自己健步下到山間與他交代清楚，又健步上來，宛如猿猴一般輕捷。李福仁道：「你這腿腳，只怕比後生還靈便得多。」李福仁道：「全憑走動走出來的，原來在天王寺，我清早從大殿掃地到山門，已是晌午，每日這麼掃著，居然越來越勤健，也算是一樁佛法修煉的。」

李福仁眺望山下景色，指著前塘良田道：「我有一事不明，從前我們是給地主做田的，分得半口糙米吃；後來自家分了田，才有自家的米吃，以為永遠是這樣了；將來這前塘卻是要做工廠，田都沒了，哪裡去弄米吃？」長生和尚道：「吃食是不用愁，佛祖自會安排人口生生不息。人即便多蠢，總是能留口飯給自己吃的。」李福仁道：「想不通。」長生和尚道：「想不通就莫想了，天地有造化，不必去想的。」

且不說慈聖寺裡李福仁初悟佛理。卻說常氏在家中做了晚飯，左等右等卻不見李福仁回來，去大廳裡找，那看戲的人早已散了。常氏道：「這老頭，戲看了還不夠，接著去哪裡耍，莫非瘋了！」便叫三春去街上，上邊街下邊街尋了一遍，乃至常去的幾戶人家裡，連個人影也沒有。三春回來，道：「雖找不到，卻跑不了，他又不是小孩，可以被人拐賣，一個老頭，沒人偷沒人搶，自己會回來的。」說得常氏有些放心，自己邊吃了飯。乃至天黑了，還是不見蹤影，這才著慌，將鄰里都驚動了，齊聚在家裡出主意。又去問了村裡開車的，問李福仁有沒有坐車出去；託人打電話問了女兒各家有無李福仁的消息，均無果，將半個村子都驚動了。常氏一夜，乾坐在家裡犯愁，也曾尋思到是不是將田地賣了讓李福仁想不開，卻也不說出來，心中自有千般滋味，只求李福仁平安罷了。

次日早晨，還沒有消息，美景、美葉，細春全回到家，只有安春通知不到——但凡他手裡有錢，一般便不露面。爹沒了，自是大事，眾人亂哄哄商議，又四處村外尋找，塘裡溝渠，山林之間，自不放過。又有人建議去請神問卜，不一而足。卻說老人家李安全從地裡回來，七八點鐘便上床睡了。早上五點鐘就吃了早飯出去做活，直到中午回來，才聽得路人沸沸揚揚傳那李福仁失蹤了。李安全回過神來，拍腦袋道：「虧我這記性，誤了大事！」徑直到了常氏家裡，將李福仁住在慈聖寺的消息說了出來。眾人得知，才曉得虛驚一場，將長長的一口氣鬆了。常氏道：「也怪我，想遍了熟人，獨獨忘了長生和尚，誰能想到他又跑和尚那裡去閒聊了，看來真是閒得慌了。」眾人釋然，熱心的鄰里散去，細春也馬不停蹄趕回縣裡去了——如今他開老鼠車要養家糊口，又要供養雙老，緊張得很，自不能與安春之懶散、三春之無聊一概而論。常氏便吩咐美景、美葉去山上接李福仁下來，頗擔心他腳力不支。兩人到了山上寺中，李福仁在寺邊菜園裡鋤草，如何也閒不住。長生和尚倒是在寺裡解籤，這寺裡倒是時時有散落香客，因長生解籤準，香客多是在下堂吃素麵，上堂來抽籤。

當下長生將美景美葉帶到菜園子裡，美景道：「你到了這邊，娘驚了一夜，我們把你扶回去。」李福仁停了鋤把，道：「我方到這裡來安靜，與你長生叔叔聊天的，回去做甚？回去倒有解不開的煩惱，這裡心靜。只是你們回去叫細春送些米麵來與我作伙食。」美景道：「爹，你還是回去，要麼到我那裡去住幾日？在這裡待著，人家只以為你要做和尚，多不好聽。」李福仁道：「回去無田無地，千般無聊，又兩個兒子在村裡丟人現眼，哪有這裡快活。你不必勸我，就隨我心吧！」長生道：「你爹住這裡只管放心，空氣又好，又安靜，心平氣和，倒是能無病無災。」倒是美葉動了感情，道：「爹，從前我不孝，傷了你的心的。如今想盡點孝順，你又跑這邊來了，做女兒的對不住你呀！」李福仁道：「這心早也傷過，都不提了，當年三春拿刀要和我鬥，那是自我出世來沒有見過的。你看那安春，是粗人，卻是好天氣也坐家裡壞天氣也坐家裡，口袋裡乾巴巴沒有一塊錢，到你娘跟前混飯吃，我看了眼睛就想瞎掉。一切都莫提了，我就聽你長生叔叔說了理論，倒能看開了去，你們回去吧。」兩人無奈，只得戀戀下山回來，又送了些米麵蔬果菜油上來。那常氏聽得李福仁不下來，又聽說在寺裡還過快活，便由他去，只在家裡更自由接濟三春。

李福仁在寺中住了時日，頭髮漸長，便讓長生和尚來剪了。長生和尚有個自練的絕活，能夠自個兒理自己的頭髮，理得如秋收後的大地，一毛不剩。當下長生取了一應工具，讓李福仁端坐堂前，替他理了平頭。理了一半，李福仁道：「就將我理了光頭吧，倒清淨。」長生和尚笑道：「也是，理了光頭，活像那佛祖如來。」當下將李福仁理了個光頭，倒與寺中景物融為一體，不像個閒人了。每日裡鋤種些菜，或看香客進香拜佛，祈求平安，或者聽長生解籤，似懂非懂。無事也上了山頭，看山觀海，聽鳥聽泉，碰到零丁到此地種茶種紅苕的農人，閒叨幾句，便將那世俗煩惱，漸漸忘卻。

那寺中雖是清淨之地，卻每每能鬧看紅塵煩惱之事：香客來求籤拜佛，盡是帶了煩惱來了，可笑可嘆可憐之事倒應接不暇。一日見那本村李師貴來拜福抽籤，跪道：「佛祖在上，如今求助增坂村弟子李師貴一籤，賭今晚六合彩。一年來已經輸去兩萬，如今最剩三百塊，一定要翻本，若不翻本，必然只有一死。念我已是老人，老婆又死了，沒有兒子，這回佛祖一定要幫助我，救我一命！」念念有詞，百般哀求，求得一籤掉下，等待長生來解。李福仁看他一身破爛，屁股破洞迎風招展了，便道：「師貴，為何穿這一身破爛，不區做身好衣裳穿！」師貴道：「我女兒倒是給我剪了布，要我做褲子還要花師傅一二十元，多破費，我無所謂，將就著。」李福仁道：「你哪來那麼多錢，輸了兩萬？」師貴道：「以前賭博贏的錢，加上賣掉的田錢，我一數，居然輸了兩萬不止，如今只能求神佛保佑，最後一衝了，要是不成，便跟你一般做和尚去！」李福仁道：「老人家了，何必那麼雄心，省些錢安靜過日子多好！」師貴道：「已經輸去那麼多，迫不得已了，以前我賭博都不至於輸，如今倒是全輸在六合彩上，若佛祖能幫我一把，許是能翻本哩。」李福仁道：「佛祖是普渡做善事的人，許是不會幫助賭博的。」師貴道：「那也未必，或者他看我是老人家，可憐，發了慈悲之心幫一把，只要能說中一次，我就能翻回來了！也不單是我，賭六合彩的全把村裡的神山上的鬼都祭出來猜了，我只想這裡佛祖清淨高遠，或許能看得更清楚哩！」當下長生和尚過來，看了看李師貴的籤，道：「此籤你問的是今晚六合彩的結果，籤上卻跟你說，此事乃達摩面壁，自己反省去。觀其意，乃是佛不願意替你猜，滋長賭心呀！」那李師貴聽了，道：「連佛都不願意幫我，我這般落魄還不夠可憐嗎！」牢騷著負氣下山去了。李福仁直嘆道：「此佛有靈，此佛慈悲，要我，也是這麼勸他。」此乃李福仁閒居所見逸事，以此為鑑，觀照自身，也知曉從前種種所求太過計較。天長地久，拙人也有感悟，不再細提。

卻說常氏見李福仁去久了，不思回家，便打發安春上去叫回來。安春道：「他在寺裡有吃有喝，願意長住，便順他意去，叫他回來做甚？」原來安春也有小主意：曉得自己花了爹的墓錢，被爹記掛著，他一意躲著爹，哪會自動去打照面，恨不得爹不回來了。常氏叫不動安春，便使喚三春，道：「你爹許是受了你的氣，不下山來的，你去喚他下來吧。」三春道：「他見了我跟見了仇人似的，哪能聽我的，去也是白去！」常氏道：「你扶二叔一起去，讓二叔做和頭，將他勸下來。」三春在村裡閒著無事，便叫了二叔一起往寺裡來。二叔也不勝腳力，扶到寺裡已氣喘不已，見了李福仁，對三春道：「你自跟你爹道歉去，我都說不出話了。」三春道：「道什麼歉，若要下去，我便扶你下去，我也算盡孝了。」李福仁見了他，已是不悅，道：「這麼老遠扶二叔上來做甚？待喝茶歇息了，扶下去，我自好好的，不用你憂心。」聽了三春的話，又道：「你休在我面前提孝字，這個字如何寫你都不知的。」三春見爹對他不岔，已不堅持，自跟長生和尚閒聊去了。二叔邊歇息邊便跟李福仁閒談婉勸，交流些老來心得，不提。

卻待三春在寺中張望，對長生和尚道：「你這寺廟也有香客，你卻不懂經營，聽我教你一招：我去那大城市寺廟，都有收費的。你在這裡印了門票，誰要拜佛求籤，先買門票進去，還何用你去到處化緣，只怕發財都來不及！」長生和尚笑而不語。三春道：「莫不相信，若聽我的話，我幫你一起經營，賺了錢一起分便是！俗話說，有錢大家賺，你賺我賺佛祖也賺！」長生和尚笑而點頭，道：「你腦筋倒活絡，只不過用錯了地方，這裡用生意經，對不住香客，更對不住佛！香客有在這裡布施香火錢，都是自願的。」三春撇嘴道：「這你就不懂了，這年頭，哪有不談錢的地方，若你不在這裡，將來換了主持，也要這樣做的。」

二叔對三春道：「你還有心說閒話，你爹一世受你氣，還曾要打他，如今還不快道歉悔改，將你爹請回去！」三春狡辯道：「我何曾要打他？那是我喝了酒，酒性作怪，是酒要打他不是我要打他，要道歉也是酒給他道歉。」說得眾人哈哈大笑，三春倒更得意了。李福仁見他說得天花亂墜，纏住長生和尚，又引得香客注目，惱他這般輕浮，便將他趕出寺去了。二叔見李福仁留意已決，便和三春一道下山去了。

細春抽空回家，交付爹娘的伙食錢。常氏道：「你爹去寺裡兩個月裡，也不思回來，被街上人說得不好聽，道是有兒有女卻去做和尚。我思量他有心結的，沒人給他做墓，他有氣。你上山一趟，好歹將他哄回來。」細春便上了慈聖寺，恰暑時，長生和尚下山購買物事去了，李福仁自坐在白棗樹石座上聽蟬瞌睡。山寺寂靜，細春四下尋找，在菜園裡找到了，看李福仁光著頭，渾然不覺，似乎把世事都忘了，便喚道：「爹！爹！」李福仁睜開眼睛，茫然道：「細兒，你上來了。」當下細春亦坐在另一石座上——此處被長生和尚弄來各樣青石，依其形狀成座，是乘涼談禪的好去處。細春道：「爹，你上來許久了，也該下去，不下去，娘說街上的人閒言十分不好聽。」李福仁微笑道：「不好聽，能不好聽到哪裡去，總不比安春被全村的人罵得不好聽，總不比三春被人恥笑得不好聽。我在這裡自在自在，又跟你長生叔談得來，你便遂我願，何必管他人閒說。」細春道：「娘說，你是因為做墓的錢被安春貪了，心裡有氣，才想到這裡消氣！」李福仁道：「細兒，你還幼，世事有所不知，我讓你知曉一二：若說從前沒有氣，是假。世上有哪個兒子不給父親做墓，反而貪了墓錢去吃？除了安春，一世未見過這麼不孝順的人，卻被人說我子孫滿堂，福氣多多。如今被你長生叔勸解，也無氣了，安春是懶人，吃懶飯的，連你二哥的死人錢他都敢吃；三春是無賴，吃渾飯的，你娘沒死，總是能養著他的，命是這樣，我氣也氣不完的。我死了，無墓也沒關係，一把火化了，撒到這山間，成了泥土，去長花草莊稼，也能如我的願。」

細春道：「他們不來做，這墓我指定是我來做，等我做一場會，再去大姐二姐那裡湊些，能做起來的。你好歹回家去住，讓娘過得體面放心些。」李福仁道：「只要安春三春在她身邊竄來竄去，她自能過得舒心。我的墓，如今我覺得不重要了，不必勉強。你開車辛苦，把自己生活安排好，我就放心了——那幼青又懷孕了，如今生了麼？」細春犯愁道：「又生了個女兒，自覺得養不起，恰三叔那裡有個福州親戚，生活條件還不錯，想養個女兒，便送給他了。」李福仁長嘆道：「哦，也是可惜。你如今這樣艱難，若生不起，也不必太勉強，如今我倒覺得生個女兒家倒是有情有義的，雖不能傳宗接代，倒是對父母體貼，也是有用的。」

正說著，那長生和尚已經回來，進了菜園，道：「你們父子在此談天——阿彌陀佛，今日下山，才曉得李兆壽兄弟昨夜西歸了！」李福仁道：「哎喲，他身子骨還好好的，怎麼說走就走？」長生和尚道：「可不是，並非病死的，昨夜裡還在說書，說到一半，高昂之處，聽書的只見手拿驚堂木，卻往後倒了下去，送到家裡已經不行的，醫生說是叫腦溢血，就是腦袋中血管破裂，淤到腦中，說死就死了！」李福仁嘆道：「從前他只抱怨自己不死，兒子親事難成，又怕自己要是病重，跟老姆一樣無人照顧，拖累他人。如今倒好，說走就走，死得這麼乾淨，倒是如了自己的願。這個人一輩子就未有享過什麼福，只是自己樂觀，好事壞事在他嘴裡都是笑咪咪的，這種苦命人，應該能進上西天享些福吧！」長生和尚道：「不妨，今晚在佛堂我們念經給他超度，好心人準是上西天極樂世界的。這輩子還未見過說書說死的人，這般勤勞，下輩子準是有福之人了！」

閒聊著，太陽西落，雲霞漫天，長生和尚便去做飯吃了。細春力勸李福仁回去，未遂，只得下山。李福仁道：「你自顧你自己的事，不必想我，只一個月給我送一次米就可以了。」當下李福仁將細春送下寺門，該說的話都說了，父子倆默默無語地走著，似乎用腳步來說話了。下了寺門，又上了嶺頭，細春道：「你就別下去了，住這裡也無煩，我每個月來看你就是。」李福仁便止了步，目送細春沿著坎坷彎曲的石板路，往小嶺仔下去了。山中寂靜，只有蟬鳴是熱鬧的，風浩蕩得很，將山谷中餘熱席捲到遠方去。細春越來越明白爹是一心想住這裡了，他想起十來年前，自己還是不諳世事的少年郎，爹光著膀子在巷子的木板上午睡乘涼，黃狗坐在旁邊吐著舌頭，自己和一群小仔在玩耍，偶爾會被父親喝斥幾句。那斥責，如今想來如此親近，歷歷在目——這喝斥以後不會再有的。如今自己也當了父親，那感覺，也許只有自己喝斥兒女的時候，才會再有——卻是換了角色。想到此處，眼角不由得濕了。轉頭回望，父親還站在嶺上，似乎在注視自己，又似乎在觀望前塘的江山景色——父親的身影在雲霞的背景下，有些黑，立在肅靜的山頭，鐵一般堅定。

二〇〇七年四月五日　初稿

二〇〇七年四月二十六日　改稿

二〇〇七年五月十五日　定稿

後記

從寧德市區到增坂村，十三四公里，沿著一〇四國道，送父親回村。道路兩邊的景致倒是不錯，桉樹、香樟四季常綠，其後是村莊、田野、果園，依次從車窗掠過，每次讓我想起侯孝賢《童年往事》、《最好的時光》之類的電影畫面。若是冬日，陽光從車窗進來，車裡暖洋洋的，我有一搭沒一搭地跟父親聊一兩句。

回寧德生活這兩三年，有一件重要的事就是送父親去看病。他是三十來年的老支氣管炎，有時候十天半月發作一次，有時候一兩個月發作一次，唯一的辦法就是打消炎藥。八十多歲的人了，一般的私人醫生不願意接診，我上午八點左右開車送父親上去，十一點多再接他回增坂村。期間三個小時他在我好友李育文的診所打吊瓶。如此連續五六天，甚是疲憊。但是有一天，我突然意識到，送父親來往的時光，亦可能是人生中最美的時光之一。

父親於我而言，不僅是父親，他承載著我對鄉村的寄託與迷戀。

有一天，在南漈登山，在路邊荊棘叢中發現一隻小貓，大概出生不久，兒子安川很喜歡，於是我們把牠送到老家，安川叫牠湯姆。每次回鄉村，就會看看湯姆，湯姆很快長成一隻壯碩的公貓。我心有所託，似乎不在家的時候牠替我守護家園。有時候牠在後院仰臥著懶懶地晒太陽，有時候抓來一隻老鼠放在地上玩耍。農村的院子，總是鬧過老鼠的，湯姆去了之後就絕少了。去年，由於老院子過於老舊，拆掉重建。在這過程中，湯姆各種受驚（也許主要是搬家時被鞭炮給驚著了），落荒而逃，再也不敢進家門，變成一隻在村裡閒逛的野貓。母親說牠有回來過幾次，看見房子跟原來不一樣，又跑掉了。

前幾個月，跟安川在街邊的車軲轆底下撿了一隻走丟的小貓，又帶回老家，這次取名叫六一，因為是六一兒童節撿的。六一在家住了幾天，後來就被經常到後院偷食的野貓帶走了——野貓生了一窩小貓，跟六一一般大，也許六一覺得跟牠們過更快樂些。

我又想養狗，父親是不太願意的，我就說服他。小時候家裡的一隻黑狗，跟我同齡，陪我上山，陪我走夜路，處處給我壯膽，總是是我童年最好的夥伴，以及最甜蜜的記憶之一。我說，現在如果有一隻狗陪你晒太陽，陪你看家，陪你散步，多好。父親終於被我說服了。我的私心是，我沒有時間或者不能做的事，狗能幫我做到。

我終究是希望一隻貓或者一隻狗，替我維繫與鄉村的關係。

我越來越深刻地意識到，終究是需要故鄉的。即便你無暇回家，只在腦海中回想。

有一種論調，說的是，如果你開始懷舊，就證明你老了。其實我從小學高年級到城裡念書開始，就開始懷舊了。我懷念在河中撈魚的日子，懷念在山上摘草莓的時光，懷念在祠堂改成的小學裡被同學孤立的孤獨，懷念母親抱著我躲避颱風的惶恐，懷念鄉村給我的每一點童趣、恐懼以及喜悅——至今這些元素滲入血液，腦海中揮之不去的氤氳二字：故鄉。

不會懷舊的人註定是冷血動物。

在前幾天與友人的聊天中，我們得到一個認同的說法：有一個鄉村老家的人，是多麼幸福。當然，一切終將逝去，一切也將改變。譬如，對剛上小學的安川這一代人來說，也許他的故鄉在諸如迪斯尼樂園之類的場所。他頗為排斥鄉村，一點都不會興趣。當然，主要原因也是他沒有在此長時間生活過。

增坂村的前面是當年攔海造田的大片田地，現在已經成為蕉城最大的工業區。在離增坂村四五公里的海邊，台資闖入的聯德鎳合金項目正在投產，汙染指日可待，並成為整個寧德市人民的心頭之患。村莊裡高樓林立，外人租住的人口大量湧入。與我寫《福壽春》之時相比，鄉村以及周遭完全迥異。再過些年，這一片土地變成什麼樣子，不得而知。

可以預知的是，再過多年，我所熟悉的故鄉，將會面目全非，乃至消失——不論是因汙染而背井離鄉，還是因開發而物是人非，「故鄉」，將被快速奔跑的中國遠遠拋棄。

那時候，聊以自慰的，只有手邊一本《福壽春》。

二〇一五年一月十五日於廈門FEELER咖啡館

附錄：李師江創作年表

《比愛情更假》（短篇小說集）　二〇〇二年十月時代文藝出版社出版；
二〇〇二年十月台灣寶瓶文化事業有限公司出版

《愛你就是害你》（長篇小說）　二〇〇三年一月時代文藝出版社出版

《她們都挺棒的》（長篇小說）　二〇〇三年四月台灣寶瓶文化事業有限公司出版

《畜生級男人》（隨筆集）　二〇〇三年九月大眾文藝出版社出版；
二〇〇四年六月台灣寶瓶文化事業有限公司出版

《肉》（短篇小說集）　二〇〇三年十月台灣寶瓶文化事業有限公司出版

《逍遙遊》（長篇小說）　二〇〇五年八月遠方出版社出版

〈剃頭記〉（短篇小說）　入選《中國年度短篇小說二〇〇五》（灕江出版社）

《像曹操一樣活著》（歷史傳記）　二〇〇七年七月遠方出版社出版；
二〇〇八年台灣圓神出版社出版；二〇〇九年五月亞洲出版社出版

《福壽春》（長篇小說）　二〇〇七年八月人民文學出版社出版

《找對象》（中短篇小說集）　二〇一〇年六月香港文匯出版社出版

《福州傳奇》（長篇小說）　二〇一〇年八月文化藝術出版社出版；同時期刊載於大型文學期刊《青年文學》

《兒女培養手冊》（教育）　二〇一〇年九月鳳凰出版傳媒集團出版

《中文系》（長篇小說）　二〇一〇年十月人民文學出版社出版；同時期刊載於大型文學期刊《當代》

《厚黑聖人曹操》（長篇小說，共兩卷）　二〇一一年十月台灣普天出版社出版

《哥仨》（長篇小說）　二〇一三年三月花城出版社出版；同時期刊載於大型文學期刊《百花洲》

《和珅：帝王心腹》（歷史傳記）　二〇一四年九月北京聯合出版公司出版

《老人與酒》（中短篇小說集）　二〇一四年十月山東文藝出版社出版

《神媽》（長篇小說）　二〇一五年一月安徽文藝出版社出版；同時期刊載於大型文學期刊《收穫》

人間 書訊

當代大陸新銳作家系列

01 在雲落　張楚著　二〇一四年十二月出版

二〇一四年魯迅文學獎得主張楚第一本台灣版小說集

河北作家張楚的《在雲落》以現代主義筆緻，書寫北方小縣城裡面貌模糊、生存堪慮的人們面對生活中種種困阨與苦難時的現實選擇與精神狀態。無論是〈曲別針〉裡既是殘暴凶手也是慈愛父親的宗國，或是〈七根孔雀羽毛〉裡吃軟飯的宗建明，甚者是〈細嗓門〉裡因不堪長期家暴殺了丈夫後，被捕前到了閨蜜所在的城市，想幫閨蜜挽救婚姻的女屠夫林紅；張楚既逼近他們的生命創傷又滿含悲憫，寫出他們絕望的黑暗與卑微的精神追求，介乎黑暗與明亮間蒼茫的生存景觀。

02 愛情到處流傳　付秀瑩著　二〇一四年十二月出版

被譽為具有沈從文之風的七〇後女作家

在《愛情到處流傳》中，北京作家付秀瑩以沉靜的目光靜看「芳村」，遙念「舊院」，不管是「芳村」系列中農村大家庭裡夫妻、母女、贅婿們之間的愛情與競爭，或者是〈小米開花〉裡，小米的性啟蒙與看待身體的方式，無一不精準的抓到鄉村人們特有的、微妙的人際關係、獨特的處世方式與世界觀。另一部分作品則是書寫都市人們精神與情感的隱密曖昧：〈出走〉裡男性小職員亟欲逃離瑣碎平庸日常生活的衝動；〈醉太平〉中學術圈裡浮沉男女的利益交換、欲望追逐；〈那雪〉則寫出了都市女性的情感缺憾。付秀瑩以傳統溫柔敦厚的溫暖剔透筆法，書寫了這人世間的岑寂荒涼。

03 一個人張燈結彩　田耳著　二〇一四年十二月出版

當魯蛇（loser）同在一起！

《一個人張燈結彩》具有鮮明的通俗色彩，來自湘西鳳凰的田耳筆下的人物都是現實世界中的失敗者、邊緣人、被損害者，他們在陰鬱、沒有出口的情境中，群聚在一起，以欲望反抗現實困厄的生存法則，以動物感官吹響魯蛇之歌。他們欲以魯蛇之姿，奮力開出一朵花。

04 愛情詩　金仁順著　二〇一四年十二月出版

與衛慧、棉棉、陳染齊名的七〇後女作家

二〇〇二年的〈水邊的阿狄麗雅〉造就了二〇〇三年張元、姜文和趙薇的電影《綠茶》。二〇〇九年的〈春香〉又開啟了朝鮮民間傳說的故事新編。

不管是朝鮮族的金仁順、女作家的金仁順，或是編劇的金仁順，她總面對著愛情，描繪著孔雀開屏時的美好與幸福，以及華麗開屏背後的殘酷與幽微。

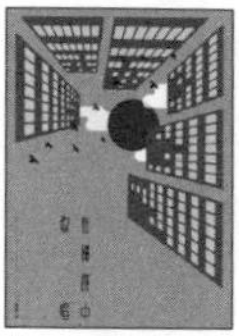

05 在樓群中歌唱　東紫著　二〇一四年十二月出版

山東作家東紫擅長日常生活化敘事，在《在樓群中歌唱》一書中，她敏銳細膩地觀察人情百態，寫出各階層人物在近乎無事日常生活中的情感

人間文學

空虛與心靈創傷。〈白貓〉藉由一隻白貓介入初老失婚男性與闊別十年的十八歲兒子重聚的生活，帶出父親對兒子期待又戒慎恐懼的情感、初老失婚男性枯寂冷漠的生活與對生命的回顧與甦醒。〈在樓群中歌唱〉中，透過喜歡唱著「我在馬路邊撿到一分錢，把它交到警察叔叔手裡邊」的清潔工李守志無意間撿到十萬元所引發的波瀾，寫出消失中的德性與安於本分的快樂。東紫的作品看似庸常，卻宛若「顯微鏡」般總能於瑣碎中見深刻。

06 **狐狸序曲**　甫躍輝著　二〇一四年十二月出版

今年剛滿三十歲的甫躍輝來自中國南方邊陲保山，大學考上了上海復旦大學，從此開始了一個鄉村青年的都市震撼教育，也開啟了他的創作之路。身為作家王安憶的學生，也為現在大陸最受注目的八〇後青年作家之一，他的小說主人公多數和他自身一樣，是外地移居上海的異鄉人，他們孤寂，他們飄零，他們邊緣，他們是大城市中的一點浮塵微粒，他們存在，但並不擁有這個世界。然而，這群浮塵微粒也有過去，因此，他也喜寫老家保山，這個孕育他想像力的故鄉。在這些鄉村書寫中，可以察覺出他對幼年時代農村生活的懷念。然而，懷念亦表示這群浮塵微粒再也回不去了，他們注定在這個世界中繼續飄零。

01 **山南水北**　韓少功著　二〇一四年七月出版

韓少功散文集《山南水北》的最新繁體中文版

《山南水北——八溪峒筆記》是韓少功在多年以後從大城市重新回到文革時期下放的農村，重新拿起農具務農的農村生活筆記。書中充滿了他對生命、農村、勞動、農民、自然的重新思考。特別是在現今這個只講求GDP成長的時代，韓少功對生命、農村、勞動和自然的重新探索，開啟了我們面對世界時的另外一種思索與想像。

02 **中國在梁庄**　梁鴻著　二〇一五年五月出版

梁鴻在離家二十多年之後，回故鄉「梁庄」以田野考察的方式，再現中國的轉型之痛、農村之傷。透過作者具有思考力的觀察和誠懇、踏實的文筆，我們看到在當代中國經濟朝前飛越、並取得莫大的成功的同時，沒有討到便宜的「農村」在這過程中，逐漸崩壞、瓦解，漸成一個廢墟，產生了諸多的問題，比如留守老人、留守兒童產生的家庭倫理和教養問題，天主教進入農村產生的「新道德」之憂，離鄉青年們在中國當代大規模經濟資本下的生存苦鬥，成年「閏土」們欲走還留的困境，與農村改革與鄉村政治之間的衝突與折衝等等。透過梁鴻筆下的「梁庄」故事，除了道出「梁庄」這一農村的困境，更道出中國近二十年被消滅的四十個農村的美麗與哀愁。

04 **出梁庄記**　梁鴻著　二〇一五年七月出版

梁鴻於二〇一〇年推出《中國在梁庄》之後，深感必須把散落在中國各處打工的「梁庄人」都包括進去，才是真正的「梁庄」故事。因此，他歷時兩年，走訪十餘個省市，再度以田野調查的方式訪問了三百四十餘人，最後以二十二萬字和照片，描繪出這些出梁庄的人們——也就是我們熟知的「農民工」、當代中國的特色農民——的生活與精神樣貌。他們遠離土地已久，長期在城市打工，他們對故鄉已然陌生，但對城市卻也未曾熟悉。不管在哪裡，他們都是一群永恆的「異鄉人」。梁庄外出的打工者是當代中國近二‧五億農民工大軍中的一小支，從梁庄與梁庄人的遷徙與命運、生存與苦鬥，可以看到當代中國的細節與經驗的美麗與哀愁、傲慢與偏見。看梁庄人出走的路徑，也就如同在看中國農民從農村——土地出走的過程，看得見的「梁庄」故事編織出一幅幅看得見的與看不見的當代中國。

人間文學03

福壽春

作者　李師江
執行編輯　蔡鈺淩
校對　林淑瑩、李六、蔡鈺淩
封面設計　蔡佳豪
內文版型設計　黃瑪琍
排版　仲雅筠
發行人　呂正惠
社長　林怡君
出版　人間出版社
台北市長泰街五十九巷七號
電話　(02)23370566
傳真　(02)23377447
郵政劃撥　11746473．人間出版社
電郵　renjianpublic@gmail.com
定價　三八〇元
初版一刷　二〇一五年六月
ISBN　978-986-6777-89-9
印刷　崎威彩藝有限公司
總經銷　聯合發行股份有限公司
新北市新店區寶橋路二三五巷六弄六號二樓
電話　(02)29178022
傳真　(02)29156275
缺頁或破損，請寄回人間出版社更換
有著作權．侵害必究

國家圖書館出版品預行編目資料
福壽春 / 李師江作. -- 初版. -- 臺北市：人間, 2015. 06
384面；14.8 x 21公分(人間文學；3)
ISBN 978-986-6777-89-9 (平裝)

857.7　　104007807